익사

SUISHI
by OE Kenzaburo

copyright ⓒ 2009 by OE Kenzaburo
Korean translation rights ⓒ 2015 by Munhakdongne Publishing Co.,Ltd.
All rights reserved.

Originally published in Japan by Kodansha Ltd., Tokyo.
Korean translation rights arranged with OE Kenzaburo, Japan
through THE SAKAY AGENCY and ERIC YANG AGENCY.

이 책의 한국어판 저작권은 사카이 에이전시와 에릭양 에이전시를 통해
OE Kenzaburo와 독점 계약한 (주)문학동네에 있습니다.
저작권법에 의해 한국 내에서 보호를 받는 저작물이므로 무단 전재 및 무단 복제를 금합니다.

이 도서의 국립중앙도서관 출판예정도서목록(CIP)은 서지정보유통지원시스템 홈페이지(http://seoji.nl.go.kr)와
국가자료공동목록시스템(http://www.nl.go.kr/kolisnet)에서 이용하실 수 있습니다.
(CIP제어번호: CIP2015005034)

세계문학전집
1 2 8

大江健三郎 : 水死

익사

오에 겐자부로 장편소설

박유하 옮김

문학동네

차례 ▌

제3부 이런 글 조각 하나로 나는 나의 붕괴를 지탱해왔다

　　　　　　　　　　　바다 밑 조류가
소곤대며 그의 뼈를 주워올렸다. 떠오르다간 가라앉으면서
나이와 젊음의 계단들을 오르내리다
곧 소용돌이 속으로 휩쓸려갔다.
　　　　　　　　　　A current under sea
Picked his bones in whispers. As he rose and fell
He passed the stages of his age and youth
Entering the whirlpool.
　　　　　　　　　　—T. S. 엘리엇, 후카세 모토히로 번역

제1부
'익사 소설'

서장

농담

1

지방의 오래된 집안에는 특별히 번창했던 역사가 없어도 집안을 둘러싼 나름의 일화들이 전해 내려오는 법이다. 가끔씩, 기묘하고 우스꽝스럽기조차 한 전승담이, 집안 바깥에서 화제가 되는 일은 없어도 내부에서는 일종의 인기 있는 '농담'으로 기억되곤 한다……

내가 대학에 들어간 해, 돌아가신 아버지의 기일—아마 마지막으로 치른 제사—에 이런 일이 있었다. 오랜만에 집안을 가득 메운 친척 중에서, 맏딸을 도쿄대 법학부 출신 관료에게 시집보낸 큰아버지가, 너도 같은 대학이라니 경사스러운 일이라면서 전공은 뭐냐고 물었다. 문학부라고 대답했더니 큰아버지는 실망한 기색을 드러냈다. 문학부 출신이면 번듯한 직장에 취직하는 건 어렵겠구나……

그런데 평소에는 늘 조용했던 어머니가 반박에 나서, 불문학자가 되기만 바라고 있던 나를 당혹스럽게 만들었다.

"취직이 안 되면 저 아이는 소설가가 될걸요!"

순간 모두가 침묵했는데, 이어진 말이 웃음을 불러일으켜 좌중의 긴장이 해소되었다.

"소설 재료는 '붉은 가죽 트렁크'에 한가득 들어 있거든요."

바로 그 '붉은 가죽 트렁크'야말로 우리 집안에 전해 내려온 기묘하고 우스꽝스러운 전승담이었다. 다른 사람도 아닌 가까운 친척에게 웃음거리가 된 것도 있고 해서, 어머니의 말은 내 가슴속 깊숙한 곳에 자리잡았다. 그리고 실제로, 진로가 불투명했던 삼 년 후, 시험 삼아 단편소설을 써보았다. 그중 하나가 도쿄 대학 신문에 게재되었고, 이후 나는 소설가로 살아가게 되었다. 말하자면 어머니의 '농담'이 나를 이끈 셈이다. 이 이야기에는 '농담'이라는 단어가 그냥 웃어넘길 수 없는 방식으로 다시 한번 나타날 터인데, 그 이야기는 그때 다시 하기로 하자.

2

요 몇 년 동안 아내 치카시와는 새해 인사를 나누면서도 나에게는 간접적으로 인사를 전하기만 했던 여동생 아사가 어느 날 나에게 직접 전화를 걸어왔다.

"어머니가 돌아가신 지 십 년이잖아요. 유언으로 '붉은 가죽 트렁크'를 오빠한테 주라고 하셨던 그해가 됐어요. 유언이라고 해도 나한테 받아적게 하신 거니 법적 효력이 있는지는 모르겠지만…… 기일인 12월 5일까지 기다리게 되면, 연말이라 바빠지니까…… 오빠는 여름에 기타가루이자와에 가잖아요. 그곳에 가는 대신 올해는 시코쿠 숲에 오지 않을래요? '붉은 가죽 트렁크'를 가지러요. 잊고 있던 건 아니죠? 요즘은 한 달에 한 번 신문에 칼럼만 쓰고 소설은 거의 안 쓰는 것 같던데……"

"맞아. '붉은 가죽 트렁크'를 자료로 삼아 '익사 소설'을 또 쓸지도 모른다면서, 어머니인지 너인지는 모르겠다만 어머니 사후 십 년이라는 유예 기간을 정했지."

"어머니였어요. 눈이 잘 안 보이게 되면서 글쓰는 일을 귀찮아하셨지만, 정신은 또렷하셨지요. 어머니는 당신이 돌아가시고 십 년 후까지 오빠가 살지는 못할 거라고 생각하셨던 거죠. 남자들 수명이 짧은 집안이니까……

연말에 바빠지는 이유는, 올케 언니한테도 오빠 옛날 작품 건으로 얘기해두었지만 내가 젊은 사람들 연극에 힘을 쏟고 있기 때문이에요. 그 일과도 연관이 있는데 '산속 집'에 관해 상담이랄까 부탁이랄까 오빠하고 얘기를 좀 하고 싶기도 하고요. '붉은 가죽 트렁크' 내용을 보고 나서 '산속 집'에 좀 머물다 가지 않을래요? 언니한테도 허락을 받았는데, 그 집을 극단 젊은이들한테 사용하도록 할 일이 있어서 환기도 시켰고 그 사람들이 사용 후 정리도 잘하고 있거든요."

'붉은 가죽 트렁크', 그리고 '익사 소설'. 전화가 걸려온 날, 나는 노인이라고는 해도 아직 남아 있는 소설가다운 흥분에 휩싸이는 느낌이 들었다! 해가 중천에 떠 있었지만 나는 작업실 겸 침실로 들어가서 커튼을 치고 침대에 누웠다. 나는 아직 학생이었을 때 소설을 쓰기 시작했다. 그 때문에, 이 소설가는 변변한 현실 경험도 없으니 금방 쓸거리가 바닥날 거다. 아니면 요즘 젊은이처럼 기발한 변신을 도모할 요량이겠지, 하는 식의 야유를 듣곤 했다. 그래도 나는 흔들리지 않았다. 때가 오면 '익사 소설'을 쓸 거다. 그 소설을 쓰기 위한 수련을 하고 있는 거다. 그렇게 생각했다. '나'로서 쓰기 시작해 강 아래 물살에 흐르는 대로 몸을 내맡기다가 드디어 이야기를 끝낸 소설가가 단번에 소용돌이에 휩쓸려 들어가버리는, 그런 소설……

사실 나는 소설다운 소설 한 권 제대로 읽지 못했을 무렵부터 내 '익사 소설'의 한 장면을 꿈에서 보았다. 여러 번 반복되던 그 꿈은, 열 살 소년 때의 체험에 바탕을 둔 것이었다. 그리고 스무 살에 어떤 시인의 영시(프랑스어 버전도 함께 있었다)*에서 '익사'라는 단어를 보았을 때, 아직 단편조차 써본 적이 없을 때였는데, 내 소설은 이미 확정된 것이나 다름없었다.

하지만 실제로 그 소설을 쓰기 시작한 것은 아니었다. 단적으로 말하자면, 그 소설을 쓸 수 있을 만큼 수련을 쌓지 않았다는 것을 잘 알고 있었기 때문이다. 뿐만 아니라 나는 젊은 소설가로서 앞으로 살아남을 수 있을지 어떨지 위태롭게 느껴지는 곤경에 처했을 때도, 마음속으로는 낙관했다. 언젠가 나는, '익사 소설'을 쓸 거라면서……

그렇다면 너무 늦어지기 전에 썼으면 좋았을 터인데 나는 아직 그때가 아니라고 나 자신을 제어했다. 만약 내가 이런저런 생각 하지 않고

---

* 엘리엇의 『황무지』 제4부 「익사」.

'익사 소설'로 도망칠 수 있다면, 필요한 때에 내게 필요한 소설을 쓰는 작업의 어려움과 그 어려움을 극복하려고 고통스러워하는 일이 대체 무슨 의미가 있겠는가?

3

딱 한 번 '익사 소설'을 쓰기 시작한 적이 있었다. 삼십대 전반의 일이다. 나는 『만엔 원년의 풋볼』을 썼고 내 나름대로 수련을 쌓았다는 생각이 들어 '익사 소설'을 통해 검증해보자고 생각했다. 나는 소설의 서장과, 소설을 쓰기 위해 만들었던 어느 정도 되는 분량의 스케치를 시코쿠의 깊은 산속에 사는 당시 예순 몇이셨던 어머니에게 보내면서, 아버지를 중심으로 하는 이 소설을 계속 쓸 수 있도록 어머니가 상하이로 여행 갔다가 사온 '붉은 가죽 트렁크'를 보여주었으면 좋겠다는 편지를 같이 보냈다. 그런데 이 트렁크에 소설 자료가 있다고 먼저 말했던 어머니한테서는 답장도 오지 않았고 소설 초고도 되돌아오지 않았다. 어쩔 수 없이 나는 그 소설을 계속 쓰는 일을 단념했다. 하지만 다음해 여름, 분노에 찬 심경으로 아버지와 소년 시절의 나, 그리고 어머니까지 희화화한 『손수 나의 눈물을 닦아주시는 날』을 발표했다.

어머니와 함께 살고 있던 여동생 아사한테서,

"어머니가, 오빠가 소설 말미에 쓴 사기비판보다 훨씬 심한 말로 오빠한테 뭐라고 하셨어요. 우리는 코기(내 어릴 적 이름이다)와 의절할 수밖에 없다고 하세요"라고 쓴 엽서가 도착했다.

4

그 일에 앞서, 우리집에는 장남이 머리에 혹을 달고 태어난 일이 있었는데, 실생활에서 부닥친 아들 문제가 나와 어머니의 관계에 변화를 가져왔다. 장애를 넘어선 장남 아카리의 성장이 매개체가 되어 아내 치카시와 시코쿠 어머니 댁의 교류가 회복된 것이다. 나도 그런 편안한 가족 관계에 자연스럽게 이어지게 되었다. 하지만 내 '익사 소설' 서장 및 카드와 '붉은 가죽 트렁크'에 관해 어머니 쪽에서 무슨 이야기를 꺼내는 일은 없었고("코기가 골짜기에서 살던 소년 시절에 너무 힘든 일을 당했는데 내가 그걸 건드려서 성격이 이상해졌어!" 하고 아사에게 말씀하셨다니, 교육상의 실수를 되풀이하지 않을 생각이셨는지도 모른다) 95세로 돌아가실 때까지 그 상황은 변하지 않았다. 당신 사후 십 년까지 배려하고 떠나신 거였다!

그래도 나는 머지않아 '익사 소설'을 쓰게 되리라는 걸 의심하지 않았던 것 같다. 그렇다고 내가 삶 속에서 그때그때 자신의 정면에 '익사 소설'을 놓고 생각하는 일이 있었는가 하면, 그렇지는 않다. 해외에서 얼마간 혼자 살 때라든가 경애하던 사람의 죽음과 맞닥뜨렸을 때 생각나는 경우는 있었지만, 그런 경우에도 내가 새로운 스케치를 시작하리만큼 그 생각이 지속된 적은 없었다.

5

그런데 아사에게서 어머니가 돌아가신 지 십 년이 지나 '붉은 가죽 트렁크'를 받을 때가 왔다는 이야기를 듣자, 나는 오랫동안 방치해왔던 '익사 소설'을 쓰는 일 외에는 아무것도 생각할 수 없게 된 것이다. 뿐만 아니라 그렇게 되고 보니 이제까지 조금씩이긴 했어도 내가 그 소설을 쓸 준비를 해왔다는 것을 깨달았다. 어머니가 원래 보관해왔던 자료에다 내가 어머니에게 보냈던 '익사 소설'의 서장과 카드까지 아사가 나에게 맡기겠다는 '붉은 가죽 트렁크' 안에 들어 있다. 숙제로 남아 있던 '익사 소설'을 쓰기 시작할 수 있는 기량이라면 이제까지 소설가로서 살아온 인생의 습관이 쌓아두었을 터. 그런 생각은, 소설가로서의 인생이 이제 마지막으로 접어들고 있다는 생각과 이어져 있었다.

6

이제 '익사 소설'을 다시 쓰게 된다. 그 작업을 위해 '붉은 가죽 트렁크'를 가지러 간다는 계획을 재촉하는 사건도 생겼다. 내가 사는 곳은 무사시노 평지 끝에 있는 언덕 위인데 서쪽으로 언덕을 내려가면, 전에는 습지였던 곳을 운하를 중심으로 정비해서 잇달아 들어서는 대단지 이피드 주민을 위한 자전거도로를 만들어두었다.

그곳으로 장애가 있는 아들을 데리고 걷기 훈련을 하러 갔는데 거기서 생각지도 못한 사람을 만나……하는 식으로 시작하는 소설을 칠십대 초반에 쓴 적이 있다. 그런데 또다시, 자전거도로를 걷고 있었는데 새로운 지인이 생겼다. 라고 쓰기 시작한다면, 늙은 작가가 여전히 자기 모방을 하는군, 하는 비웃음을 살 것이다. 하지만 나처럼 폐쇄적인 생활을 하는 노인에게는, 외부와의 만남의 장은 지극히 한정되어 있는 법이다.

어느 초여름 날 아침, 최근 몇 년 사이 운동 기능 쇠퇴가 진행되면서 (간질 발작을 억제하는 약의 양도 점점 늘어났다) 걷기 훈련이 힘들어진 아카리는 집에 두고, 나 혼자 산책하러 나갔다. 그런데 내 뒤에서 누군가가 안정적인 리듬의 가벼운 발걸음으로 재빠르게 다가와 나를 앞질러 앞으로 나아갔다. 몸집이 작은 여성이었는데, 진한 갈색으로 염색한 머리를 하나로 묶고, 연한 베이지색 셔츠와 같은 색 치노 바지를 입고 있었다. 부드러운 광택이 흐르는 얇은 천으로 된, 여유 부분 하나 없이 특히 작은 엉덩이와 허벅지 부분이 딱 달라붙는 바지였다. 탄탄하지만 근육질로 보이지는 않는 허벅지 위에서 작은 엉덩이가 튕겨질 듯 움직였다. 그러고는 곧바로 나와의 거리가 벌어졌다……

나는 그냥 천천히 걸어갔는데, 시야에서 한번 사라졌던 그 아가씨가 철봉과 벤치 등이 있는 작은 공터에서 체조를 하고 있었다. 한쪽 발을 천천히 앞으로 펴서 허리를 굽히고는 가만히 있었다. 그러고는 다리를 바꿔 다시 반복했다. 스쳐지나갈 때 얼핏 보니 동그란 얼굴이었는데, 한냐般若형의 하얀 옆얼굴이 눈에 들어왔다(일본 여성 중 미인은 오타후쿠御多福형 아니면 한냐형*이라는 말을 책에서 읽은 적이 있다). 운하

---

* 한냐는 질투에 미친 귀녀로, 턱이 날렵하고 눈꼬리가 위로 치켜올라가 있다. 오타후쿠는 복을 불러들인다는 칠복신 중 하나로, 얼굴이 둥글고 포동포동하다.

의 강물 소리가 커지기 시작한 건 그 지점이 물이 떨어지는 곳인데다 오다큐 선 철로를 지탱하는 구조물도 머리 위를 지나가는 곳이기 때문 인데, 나는 그 강 표면에서 또다른 물소리를 만들고 있는 어떤 움직임 에 눈길을 빼앗긴 채 계속 걸었다.

그러다가 갑자기, 앞에 나타난 가로등에 머리를 세게 부딪혔다! 그 충격 때문에 얼굴 오른쪽 옆 부분부터 눈꼬리까지 진한 피멍이 사오일 남았을 정도로. 눈앞이 캄캄해지면서 뒤로 거의 벌렁 나자빠질 뻔했는 데 뒤에서 확실하게, 그리고 부드럽게 누군가가 나를 받아 안았다. 탄 탄한 팔이 내 양 옆구리를 감쌌고 내 엉덩이는 방추형紡錘形 판 위에 걸 터앉은 모양새가 되었다. 그 판이 뜨거웠기 때문에, 그것이 허벅지라 는 사실, 그리고 내 등을 받쳐준 것이 부드러운 가슴이라는 사실도 곧 깨달았다. 나는 가까스로 혼자 힘으로 일어섰고 방금 전 충돌했던 가 로등에 팔을 받치고 숨을 내쉬었는데, 내 신음 소리가 다른 사람이 내 는 소리처럼 들려왔다.

"선생님, 한번 더 제 무릎 위에 앉아보세요." 아가씨가 차분한 목소 리로 침착하게 말했고, 하여 현기증을 일으킨 노인은 다시 조금 전의 자세로 되돌아갔다……

조금 시간이 지난 후(아카리가 중간 정도 발작에서 회복하는 만큼의 시간이었을까), 나는 뜨겁고 땀에 젖기까지 한 아가씨의 무릎에서 몸 을 일으켰다. 그리고 감사 인사를 하려는데 아가씨가 물었다.

"이런 일이 자주 있으신가요?"

"아니요, 그렇지는 않습니다."

"자주 있다면 너무 힘드시겠죠?" 아가씨는 삼십대 중반다운 여유를 보이면서 미소를 지었지만, 나는 아직 통증 때문에 얼굴이 굳어진 채로 방금 일어난 일에 대해 내가 이해한 내용을 설명했다.

"여기는 위로 오다큐 선이 지나는 곳이라 어둡고, 가로등 기둥 아랫부분에 자동으로 조명을 바꾸는 장치가 들어 있는지……폭이 넓지요? 그런데 그 윗부분이 이상하게 좁아서 눈에 들어오지 않았어요……

그런데다 이 옆까지 왔을 때 강물 속에서 물고기들이 첨벙거리는 소리가 들려서 거기에 정신이 팔려 그쪽을 보면서 걷고 있었지요. 지금도 저쪽 강변 쪽으로 물고기들이 이동하면서 첨벙거리는군요, 암컷 한 마리에게 몸집 좋은 수컷 네댓 마리가 번갈아가면서 들이대고 있었거든요. 잉어 산란기인 거죠. 내 고향의 강에서는 이렇게 큰 잉어들이 떼지어 다니지 않았기 때문에 나도 모르게 정신이 팔렸습니다. 정신이 들었을 때는 이미 가로등에 머리를 부딪히기 직전이었고요. 젊었을 때였다면 그래도 피할 수는 있었을 텐데 말입니다."

"……뭐든 언어로 정확히 설명하시는군요. 역시 직업은 못 속이나 봐요." 아가씨는 풉! 하고 웃었다.

"여성의 무릎에 앉아, 뭔가를 자신에게 이해시키려 한다는 것도 우스운 상황이었군요." 나는 다시 감사의 뜻을 표했다. "실은 너무 아파서 일어날 수가 없었습니다. 실례가 많았습니다. 고마웠습니다."

"관자놀이는 피해서 다행이에요. 하지만 이마 끝 부분에 피가 난 것 같아요. 어서 댁으로 돌아가셔서 냉찜질을 하시는 게 좋겠어요."

하지만 내가 평소 산책 나갔다가 집으로 되돌아가는 지점인 운하를 건너는 다리로 향하자, 아가씨는 나와 보조를 맞춰 걷기 시작했다. 나는, 이 아가씨가 일단 나를 앞질러 갔다가 공터에서 나를 확인하고 나서

무언가 이야기하기 위해 쫓아왔는데 엉뚱한 사태가 일어나 나를 도와
주게 됐고, 그걸 계기로 대화를 이어가려 하고 있음을 깨달았다.

"인사드리는 게 늦었는데요(아뇨, 내가 갑자기 기둥에 머리를 부딪
혔으니, 하는 내 표정을 보면서 아가씨는 말을 이었다). 저는 아나이
마사오의 극단 '혈거인穴居人'에 소속된 배우예요. 아나이는 예전부터
선생님과 알고 지냈다고 하더군요. 극단을 만들었을 때 편지로 부탁드
렸다고 하던데, 선생님 초기 작품을 연극으로 만드는 작업에 도움을
주셨다고 들었어요. 그후에 『손수 나의 눈물을 닦아주시는 날』을 연극
으로 만든 것이 성공해서 상을 받았던 게 저희 극단에는 무엇보다 중
요한 일이었습니다. 그 일이 계기가 되어 저희 '혈거인'은 지금 시코쿠
의 마쓰야마로 근거지를 옮기고 다시 선생님의 작품을 연극으로 만들
계획을 세우고 있습니다. 아사 아주머니는 정말 죄송스러울 만큼 저희
에게 잘해주세요. 『손수 나의 눈물을 닦아주시는 날』의 공연에 저도 출
연했습니다. 팸플릿에 Unaico라고 나와 있는 것이 저예요, 우나이코
라고 합니다."

"그 일이라면 집사람도 아사에게 들었다고 하더군요."

"가능하면 선생님을 뵙고 싶다고 오래전부터 생각해왔습니다. 이번
에 다른 일도 있어서 도쿄에 오게 되어 아사 아주머니에게 부탁을 드
렸더니, 정식으로 약속을 잡는 걸 번거로워하는 사람인데다 또 그럴
만한 나이이기도 하니까 우연히 만난 것처럼 하면 어떻겠냐고 하셨어
요. 매일 나가는 것 같지는 않지만 아침에 집 부근 자전거도로를 산책
한다니까 거기서 기다리면 될 거라면서 사모님한테 시간을 확인해주
셨고요. 물론 어떤 일정으로 선생님이 산책을 하시는지는 들을 수 없

었지만요. 그랬는데 첫날에 불행인지 다행인지(라면서 또 품! 하고 웃었다) 선생님께는 당연히 불행이지만, 가로등 기둥에 부딪히시는 일이 일어나서 다행이었어요. 저한테는요……"

내가 정해둔 코스는 다음번 다리를 지나 운하 건너편에 있는 검고 붉은 자갈이 깔린 부드러운 포장길까지 갔다가 걷기 시작한 지점까지 되돌아가는 경로였다. 아가씨는 이야기하면서 따라왔다. 이쪽은 눈썹과 귀 사이, 그리고 이마에도 혹이 하나씩 생겨 통증이 있었고 그 부위가 전체적으로 뜨겁게 느껴졌다. 그래서 거의 듣는 역할을 맡았다.

"실은 아사 아주머니한테 이런 이야기를 들었어요. 이번 여름에 선생님께서 오랜만에 고향에 오시는 일이 정식으로 결정되었다. '산속 집'에 머무실 거다. 그래서 대청소를 해두고 싶으니 '혈거인' 젊은이들이 도와줄 수 없겠느냐고요. 기꺼이 그렇게 하겠다고 했는데 일주일 동안 그 댁에 다니면서 같이 일하다가 고향에 오시는 이유도 들었어요. 아사 아주머니는 어머님이 돌아가신 후 유품인 '붉은 가죽 트렁크'를 맡아두고 계셨고, 금년이 어머님 사후 십 주년이라 '붉은 가죽 트렁크'를 선생님께 드리게 된다고요. 그 트렁크에 든 자료를 사용해서 오빠는 오랜 과제였던 '익사 소설'에 착수할 거다. 그 제목이 보여주는 것처럼 골짜기를 흐르는 강의 큰물부터……홍수를 그렇게 부른다지요?……쓰기 시작할 듯싶다. 귀성한 참에, 영화로 말하자면 로케 장소를 찾는 식의 조사도 하고 싶다고 했다. 그러니 오빠의 작품을 잘 알고 있고, 실제로 소설을 소재로 연극을 만든 적 있는 아나이 마사오 군이 협력해주면 양측에 모두 좋은 일이 아니겠느냐고요.

특히 아버지가 익사한 밤의 리얼리티를 살리기 위해, 골짜기 강물이 불어나는 때를 틈타 아버지가 타고 나갔다가 돌아가신 것과 똑같은 크기의 배를 강물에 띄워보겠다. 그 작업은 의미가 있을 거다. 대청소뿐 아니라 그런 육체노동 플러스 두뇌 작업을 극단 젊은이들이 잘해줄 수 있지 않을까, 라는 말씀도 하셨을요……

마사오라면 몰라도 저희 젊은이들한테 그런 일을 해낼 수 있는 능력이 있는지는 의심스럽지만(그렇게 말하면서 아가씨는 자기 자신도 포함해 실로 부끄럽다는 듯한 표정을 지었다) 저희는 무척 기뻤지요. 이 이야기는 이미 아사 아주머니한테 들으셨나요?"

"'산속 집'에 일정 기간 머물면서 아사가 보관해온, 내가 젊었을 때 쓴 작품의 서장과 카드, 그리고 아버지와 관련된 자료들을 조사하고, 또 현지에서 소설의 세부에 대해 재검토한다는 계획은 아사와 전화로 이야기했지요. 지금 들은 것처럼 구체적이지는 않아도 '혈거인'에 대해서도 들었습니다."

"운이 좋아 선생님을 만나더라도 너무 억지로 요청하지는 마라, 그분은 한번 반발심을 갖게 되면 설득하기 어려워진다……라면서 제 성격을 아는 마사오는 걱정했어요. 그래서 저는 그저 '혈거인' 일동이 모두 그렇게 되기를 바라고 있다는 말씀만 드리려고 했어요.

이렇게 선생님과 이야기를 할 수 있었던 것만으로도 가로등 기둥 사건은 제게는 행운이었어요."

나와 아가씨는 자전거도로와 자동차도로가 만나는 지점에 있는, 쇠파이프로 만들어진 자동차 통행 금지판 앞에 멈춰 섰다. 그곳에서 언덕을 오르면 바로 우리집이었다. 확실히 부어오르기 시작한 귀 옆과 이마를 누르면서 나는 아가씨에게 상황을 말했다.

"운하 양쪽이 다리로 이어진 코스……걷거나 사람에 따라서는 뛰기도 하는 이 코스는, 우연히 만나려고 하면 걸어가는 방향 맞은편에서 오는 사람과 만나거나, 뒤쪽에서 오던 사람이 앞지르거나 아니면 자기가 앞질러 만나는 방법밖에 없지요. 저쪽에서 아가씨가 걸어오다가 나를 겨냥하고 다가왔다면 말을 걸어도 무시하고 그냥 지나갔을 겁니다. 뒤에서 쫓아왔다면 더 압박감이 느껴져서 마찬가지로 기분좋게 응대하지 못했을 거고요. 가로등 기둥에 부딪힌 건 의미 있는 일이었습니다. 아가씨와 이야기할 수 있어서 잘되었다고 나도 생각하니까요. 그러면 아사한테, 이 건으로 전화해달라고 전해주세요."

그렇게 말하고 언덕 쪽으로 걷기 시작하려는 나한테, 아가씨가 이제까지와는 달리(나에 대한 태도의 변화라기보다는 그녀 혼자만의 생각에 사로잡혀 있기 때문인 것 같았는데) 갑자기 이렇게 물었다.

"……다른 이야기입니다만, 조코長江 선생님의 은사이신 불문학자 선생님이 16세기 대작 소설을 번역하셨다죠. 거기에 개를 여러 마리 부려서 파리 거리에서 대소동을 일으키는 사람의 이야기가 나온다고 하던데요……"

"네, 나옵니다. 라블레의 『가르강튀아와 팡타그뤼엘』이라는……말 그대로 긴 대작 소설 중 「팡타그뤼엘」의 첫 권이에요. 거인족 왕이 마음에 들어하는 부하 파뉘르주가 자신의 사랑을 받아주지 않은 귀부인한테 장난을 치지요. 발정난 개를 찾아서 맛있는 걸 먹이고……정력을 돋우었다는 거겠지요……그러고는 그 개를 죽여서 어떤 기관을 뱃속에서 꺼냅니다. 그걸 잘게 잘라 가루를 낸 다음 윗옷 주머니에 넣고는 외출을 합니다. 그리고 앞서 말한 귀부인의 소매라든가 드레스 자락 같은 데 뿌려요. 그러자 수캐들이 잔뜩 몰려오지요. 귀부인을 겨냥해 달려와 한바탕 소동이 일어난다는 이야기입니다. 60만 14마리 이상 되는 수캐들이 그랬다는……"

"처음 말씀하신 죽였다는 개는 암캐였을 것 같은데……도대체 뭘 꺼냈던 걸까요?"

"이런 자리에서……이제 막 알게 된 젊은 여성에게……할 말은 아니지만," 실제로 나는 당황하면서도 무스미 선생님의 의기양양한 얼굴과 유쾌한 듯한 말투도 기억해내며 그 번역의 상세한 주석 중 하나를 가르쳐주었다. "암캐의 자궁입니다. 그리스 시대부터 학자들에게 알려진 효능인데, 중세 마법사들이 사랑의 묘약으로 썼다고 하지요……"

아가씨는 잠자코 인사한 후 사라져갔다. 나는 묘한 해학을 즐기고 있는 자신을 발견하고, 아사의 요청에 덧붙여진 그들의 요청을 받아들일 생각이 들었다.

제1장
'혈거인' 내방하다

1

마쓰야마 공항까지 차로 마중나온 동생 아사가 이렇게 보고했다.

"오빠가 이번에는 오랫동안 '산속 집'에 머물 수 있다고 했더니 '혈거인' 극단 젊은이들이 좋아하더군요. 극단의 여자 간부가 독단적으로……뭐 나한테는 상의했지만요……직접 도쿄에 있는 오빠한테 이야기하러 갔다는 걸 알고 이제까지 나름대로 신중하게 준비해온 일을 망치는 거 아니냐면서 극단 리더는 걱정했던 것 같지만요……

그리고 전부터 마을에서 해왔던 이야기인데요, 오빠가 상을 받았을 때 만든 기념비가 새로 들어설 도로에 방해가 되는데 어떻게 할 거냐는 얘기요. 치카시 언니가 말한 대로, 다른 적절한 곳에 옮길 필요도 없고, 기념비 받침대는 부숴도 된다고 전했어요. 그렇지만 기념비는 오빠가 어머니가 쓰셨던 글을 골라 자기 시를 이어 붙여 만든 거니까,

그 비는 인수하고 싶다고 했어요. 기념비가 세워진 후로 오빠는 한 번
도 본 적 없죠? 한번 보러 가요. 기념비가 있는 혼마치 오카와라까지는
한 시간 반 걸려요. 눈 좀 붙이세요."

그러더니 아사는 입을 꼭 다문 옆얼굴만 보이면서 운전했고, 거의 아
사가 말한 만큼의 시간이 지난 후 공원으로 만들어진 강변에 도착했다.
새로 만든 다리에 이어 공원 한가운데를 지나면서 국도가 똑바로 뻗어
있어야 할 지점에, 도로를 넓히는 공사가 잠시 중단된 구역. 어머니가
심었다는 장미와 동백이 뽑혀 맨땅이 드러난 곳 한가운데에, 운석이라
고 들었던 동그란 돌이 놓여 있었다. 일단 강변 쪽에 내려 기념비를 올
려다보니 식물처럼 보이는 연한 푸른빛 돌에 단지 다섯 줄, 내가 만년필
로 쓴 것을 확대한 서체로 시가 새겨져 있었다.

코기를 산으로 올려보낼 준비도 하지 않고
강물결처럼 돌아오질 않네.
비 내리지 않는 계절의 도쿄에서,
노년기에서 유년기까지
거슬러오르며 돌이켜보네.

"너한테 이야기를 듣고 상상했던 것만큼 나쁘지는 않은데?" 나는
말했다.

"어머니가 쓴 앞의 두 행은 처음부터 평이 좋지 않았어요. 하이쿠*도

---

* 일본의 고전 정형시. 17자로 구성됨.

아니고 단카短歌*도 아니라고 비판받았지요…… 그거야 어쩔 수 없지만 기념비 모임의 고문 선생님한테 마쓰야마까지 불려가서 불평을 들었다니까요. 미소라 히바리** 노래를 패러디한 거 아니냐고요……

그래서 히바리 노래는 강물이 흐르는 것처럼이지만 어머니 시는 강물결처럼이라고 말해줬지요. 우리 어머니는 표절 같은 거 안 하신다고요. 우리 마을 사람들은 강에서 익사한 사람이나 살아났다 해도 한번 홍수에 떠내려갔던 사람들을 강물결이라고 한다…… 한번 강을 떠내려갔던 사람들은, 죽은 사람은 물론이지만 살아 돌아온 사람들도 언젠가는 마을을 떠날 거라고 생각한다는 설명도 했지요.

도쿄에서 공부만 시켜주면 꼭 마을로 돌아올 거라고 약속했는데, 오빠가 강물결처럼 돌아오지 않는다는 점에선 오히려 풍자시라는 말도 해봤어요. 그건 기념비가 세워진 오빠에 대해 아는 마을 사람들이라면 잘 아는 일이죠. 분명 이 첫 행은 이해하기 힘들지도 모르지만, 하고 말했더니 대학교수여서 그런지, 자기는 이 지방 역사와 전승에 관해 책을 쓰고 있다면서 내 설명을 받아들이지 않는 거예요. 그래도 오빠가 보내준 대로 새겼지만요……

나는 오히려 그 교수가 첫 행을 제대로 이해하기나 했는지 의심스럽더라고요. 우리집에서 오빠가 어렸을 때 코기라고 불렸다는 사실, 그리고 그 오빠가 역시 코기라고 불렸던 자신의 분신과 함께 살고 있다고 생각했다는 사실을 알 리가 없잖아요? 오빠 소설에 대해 아주 잘 아는 게 아니라면……

---

* 일본의 고전 정형시. 31자로 구성됨.
** 쇼와 시대를 대표하는 가수. 일본의 국민 가수라고 불릴 정도로 큰 인기를 끌었다.

산으로 올려보낸다는 말이, 죽은 사람을 위무한다는 뜻이라는 것을
그 교수가 전승 조사를 통해 알 수는 있겠지만……"

"너는 여기부터 강 아래로 뻗어 있는 모래톱 어디쯤에 아버지 유해
가 떠밀려왔는지 모르지? 아버지 유해가 돌아온 바로 직후의 일이
네 인생 최초의 기억으로 존재한다고 말한 적은 있지만……" 나는
말했다.

"그때 코기 오빠가, 돌아가신 아버지가 누워 있는 이불 주위를 한 바
퀴 돌아보고 아버지 옆에 죽은 아이가 한 사람 누워 있는지 아닌지 보
고 오라고 말했죠. 그리고 이십 년쯤 지난 후 오빠가 이런 꿈을 꾼다는
말을 우스개 이야기처럼, 아니면 슬프고 고통스러운 실화처럼 듣고 난
다음부터, 그 꿈이 어쩌면 아버지가 돌아가셨을 때 오빠가 보트에서
도망쳤던 일과 관계있는 건지도 모른다는 생각이 들었어요……

얼굴에 수건을 덮고 누워 계시는 아버지 주위를 돌다가, 뭔가에 걸
려 넘어졌고, 그때 뻗은 손에 젖은 머리카락이 닿았어요. 그때 장면이
기억나기 때문에, 아버지가 강물결이 되어 돌아가셨다고 주장하는 오
빠를 믿는 거예요."

"우리 마을이 통합되기 전에 이 지역 신제도新制度 고등학교에 내가
일 년 동안 다녔잖아?

미술 시간에 저 모래톱으로 스케치를 하러 갔지. 혼마치 출신 미술
선생님이 모래톱 한쪽에 있는 갯버들 숲을 향해 이젤을 세워놓고 유화
를 그리고 있었어. 내가 어슬렁거리며 걸어갔더니, 이곳은 예전부터
'조코 씨 댁 강물결이 밀려 올라온 곳'이라던데, 너희 집과 상관이 있느
냐면서 나한테 말을 걸었어. 우리집에서는 부정되고 있던 아버지의 익

사가, 집밖에서는 누구나 다 아는 사실이 되었던 거지. 저 짧은 시에 강물결이라는 말을 어머니가 써놓은 이유는 그런 데 있는 건지도 몰라."

우리는 묵직하게 느껴질 만큼 울창해서 어두운 벚꽃나무 가로수(이미 벌채하기로 결정되었다고 한다) 아래를 걸어서 차로 돌아왔다. 그리고 거기에서 이십 분쯤 걸리는 곳에 있는 숲속 골짜기로 향했을 때, 아사가 그때까지 줄곧 가슴속에서 정리해둔 것으로 보이는 이야기를 꺼냈다.

"난 코기 오빠가 '붉은 가죽 트렁크' 문제를 해결하는 일도 받아들여주고, 원래 내가 꺼낸 제안이긴 하지만 '산속 집'에 한동안 머물 생각이라고 말해줘서 기뻤어요……그러면서도 오빠가 이제 나이가 든 건가, 하는 생각도 했지요. 나이를 먹는다는 건 그런 식으로 하나하나 정리를 해나가는 일이기도 하지만, 이제 죽음을 생각하는 것이 자연스러운 나이라는 얘기지요.

나 역시 노년기라서 그런 생각을 해요. 하지만 가장 쉽지 않은 문제는 그 앞에 있는 게 아닐까요? 그런 식으로 죽음을 각오했다고 하더라도, 지금부터 그날이 올 때까지의 시간이 있잖아요? 죽음 자체는 그냥 놔둬도 찾아오지만 죽기 직전까지의 삶에 대해서는 자신이 책임을 지지 않으면 안 되니까요.

어머니의, 시 같은 글……뭐 일단 하이쿠라고 해두죠. 그 시에 관해서 그런 생각을 해보면, 그 시는 이곳에 돌아와 기념비를 볼 오빠에게 보내는 메시지가 아니었나 싶어요. 코기를 산으로 올려보낼 준비도 하지 않고/강물결처럼 돌아오질 않네.

그 메시지에 대해, 오빠의 응답 세 행은 이랬죠. 전 분명 이곳에는 돌아오지 않습니다. 더욱이 (엘리엇을 인용한 거죠?) 집을 떠난 저로서는, 비 내리지 않는 계절에 늙은 몸으로 이런저런 생각을 하고 있지요. 그냥 보면 나름대로 대견해 보이지만, 어머니 시에 비하면 역시 아무런 생각 없는 아들의 응답이에요.

어머니한테는 이 하이쿠를 지었을 때에도 오빠는 여전히 코기였고, 아카리를 어떤 식으로 산으로 올려보낼 준비를 해야 할지를 늘 당신 마음에 담아두셨던 거예요. 그래서 난, 오빠가 '산속 집'에 한동안 살겠다고 생각한 건, 오히려 그런 여러 가지 의미를 포함한, 코기를 산으로 올려보낼 준비 중 하나라고 이해하고 있어요."

그러더니 한동안 침묵을 지키며 운전을 계속한 후 아사는 차를 도로 갓길에 붙여 세웠다.

"여기에서 짐승들 다니는 길 같은 언덕을 올라가는 길이, '산속 집'으로 가는 가장 가까운 길이에요. 오빠도 길을 잊어버리진 않았죠? 오늘은 늦었으니 여기서 내려주고 난 그냥 돌아갈게요. 좀 쉬고 나서 저녁 식사를 가지고 갈게요. 오빠 짐하고 같이.

그건 그렇고 도쿄에서 오빠와 이야기했던 여성이, 내일 극단 멤버인 아나이 마사오 군하고……이 사람이 하나와 고로 씨 제자였던 건 알죠……'산속 집'에 온대요. 오빠가 여기 머무는 동안 같이 하고 싶은 작업에 대해 오빠와 접점은 만들었다고 하던데, 내일은 우선 기념비 철거 작업을 하러 단원들도 올 거예요. 그 일이 끝난 다음에 앞으로 함께 해나가는 데 앞서 필요한 이야기를 해주세요. 그 사람들 아주 기대가 크니까. 부탁해요, 오빠!"

2

아사가 강조한 기념비 철거 작업이란 폐기될 기념비에서 문자를 새긴 돌만 '산속 집' 뒤에 있는 좁은 정원으로 운반해오는 일이었는데, 나와 함께 기념비를 보러 가기 전에 일 순서를 정해둔 모양이었다. 매사에 빈틈없는 아사는 소극단 청년들에게 오전중에 현장에서 돌을 운반해와달라고 했다.

뒤뜰에는 아내 치카시가 도쿄 집 정원에서 옮겨온 '커다란 술잔'이라는 이름의 단풍나무와 산딸나무가, 장모님이 주셨던 석류나무와 함께 뜰 규모에 걸맞게 자라 있었다. 나는 돌을 그 나무들 앞쪽으로 땅위에 바로 놔두는 일에 찬성했다.

'혈거인' 극단은 하나와 고로가 써준 극단 이름을 확대해 붙인 왜건을 타고 도착했다. 산의 바위가 튀어나온 곳을 깎아내고 자갈을 깔아두기만 한 앞뜰에서, 차를 같이 타고 온 아사가 아나이 마사오를 소개했다. 얼른 보기에도 눈에 띄지 않는 작업을 오랫동안 계속해온 연극인다워 보이는 그 사십대 남자는, 어디선가 본 기억이 있었다. 그 남자 옆에, 일전에 도쿄에서 만난 아가씨가 작업복 같은 투피스를 입고 등을 똑바로 편 자세로 서서 미소 짓고 있었다. 아사는 아가씨와 나의 엉뚱한 만남에 대해 알고 있었지만 그 이야기는 하지 않고, 아나이 마사오 군, 우나이코 씨라고만 소개했다. 인사를 대충 끝내고 아나이는 두 청년을 시켜 낡은 담요로 싸서 밧줄로 묶은 물건을 왜건에서 내려놓았다. 그리고 튼튼해 보이는 목재 두 개를 사용해 물건을 들어올린 청년들을 뒤뜰로 인도했다.

혼자 남은 아가씨에게 지난번 일에 대한 치사를 하자 아사가 말을 끊으면서,

"이 아가씨의 이름인 우나이코는 치카시 언니하고 관계가 있어요"
라고 이야기를 꺼냈다.

"저희 극단을 주재하는 아나이 마사오를 '혈거인'이라고 부르기 시작한 건 하나와 감독님이라는데요. 아사 아주머니한테, 어머님께서 감독님 누이분의 따님을 두고 우나이코* 같다고 말씀하셨다는 이야기랑 그분이 저와 닮았다는 이야기를 들었어요. 그렇다면 극단 리더의 성과 비슷한 발음이기도 하니까 우나이코라고 개명할까, 하고 말해봤거든요. 그랬더니 젊은 친구들이 좋아하기에 그냥 그렇게 되었어요."

치카시가, 어머니를 만나게 하려고 아이들을 처음 이 골짜기 마을에 데리고 왔을 때, 장녀 마키가 지금 눈앞에 있는 아가씨와 똑같은 머리 모양을―더 어린 여자아이 같은 모습으로― 한 걸 보시고 어머니가 탄성을 올렸다는 이야기는 나도 치카시에게 들은 적이 있었다. "아주 잘 어울리는구나, 예전엔 남자아이든 여자아이든 이런 식으로 자른 머리를 우나이라고 했다던데 진짜 이런 모습이었을 거야!"

"어머니와 치카시 언니가 그 얘기를 할 때 나도 옆에 있었어요." 아사가 말했다. "우나이코라는 이름이 나오는 노래도 어머니가 알려주셨죠. '두견새여 다시 한번 돌아와 노래해다오, 우나이코 같은 머리를 한 아이가 서 있는 비 내리는 오월 하늘' 하고 읊으시면서 밝은 얼굴을 하셨어요. 손주들이 만나러 와서 기분이 좋으셨거든요……"

---

* 어깨에 닿는 정도의 길이로 가지런히 자른 머리 모양을 한 어린이.

아사는 이미 되돌아온 아나이도 이해할 수 있도록 보충하면서 말을 이어갔다. "그런 일이 있어서 골짜기 마을에 있는 동안 치카시 언니가 마키를 우나이코라고 불렀다는 이야기를 우나이코 씨한테 했지요.

그럼 뒤뜰에서 일하는 젊은 친구들 모습을 좀 볼까요? 식당에서 요……."

하지만 우리가 식당 테이블에 앉았을 때는 이미 돌은 고정되어 있었다. 청년들도 잠시 쉬면서 붙박이 유리창 너머로 자기들 쪽을 바라보는 우리의 반응을 살피는 듯했다. 나는 만족했다는 뜻을 아사에게 전했다. 아사는 청년들에게 손짓을 했고 그들이 앞뜰로 돌아오는 움직임에 맞추어 밖으로 나갔다. 남은 우리는 돌에 새겨진 문구에 시선을 돌렸다.

"강물결이라는 말의 의미는 아사 아주머니한테 들었는데요." 아나이가 말했다. 옆얼굴을 보니 '혈거인'이라는 별명은, 원래 자기 이름에서 따온 거라고는 하지만* 눈썹 뼈가 튀어나와 있고 이마가 뒤로 비스듬히 물러나 있어 야성미가 넘치는 모습에서 온 것(그런 식의 관찰력에 바탕한 유머가 고로의 특기이기도 했다)이라는 생각이 들었다.

"실은 '코기'라는 존재는 조코 선생님 소설 전체를 조망해서 각색하려고 생각하는 주제이기도 해서 솔직히 놀랐습니다.

하지만 산으로 올려보낼 준비도 하지 않고라는 말은 조코 소설의 신화 세계와 모순되는 건 아닙니까? 원래 유년기 조코의 분신으로서의 코기는, 산에서 내려왔다가 나중에 스스로 산으로 날아가 사라진 아이 아

---

* 아나이는 穴井이라고 쓴다.

니었나요?"

"맞습니다. 하지만 코기는 어릴 적 내 이름이기도 하거든요. 그 이름
을 사용해서 어른이 된 나에게 어머니가 묻고 계신 거지요. 코기, 그러
니까 나의 죽음을 어떻게 준비할 것인지, 아카리를 어떻게 할 것인지
를 묻는 물음이 겹쳐 있습니다. 나 자신의 죽음을 위한 첫번째 준비는
아카리를 산으로 올려보낼 준비라는 것이 어머니가 이 글에 담은 메시
지죠."

아사가 되돌아와 아나이에게 말했다.

"젊은이들이 세 시간, 차로 오다미야마 안쪽을 돌고 오겠다네요. 힘
든 일도 아주 잘하고 남의 집에서 지켜야 할 예의도 잘 차리고. 극단
'혈거인'은 참 대단하군요."

"그런 방면으로 훈련시키고 있는 건 우나이코입니다." 아나이가 말
했다.

분명 젊은 남자가 두 사람쯤 더 들어와도 좁지는 않을 식당에서 우
리는 아사가 끓이고 우나이코가 따라준 커피를 마셨다.

"아나이 군이, 오빠가 이번에 머무는 동안 우선은 오빠에게 도움이
되고 싶은데, 다른 한편으로 오빠도 자기네 연극 제작에 협력해주었으
면 좋겠다고 하더군요. 그 이야기를 설명해봐요." 아사가 말했다.

"아니요, 저희가 조코 선생님께 도움을 드리겠다기보다, 조코 선생
님의 작품 전체를 조망해서 연극화할 계획이 있었는데 마침 선생님께
서 이곳에 머무르신다니 그럴 수 있으면 좋겠다고 생각해본……저희
좋을 대로 한 이야기지요.

선생님이 이곳에 머무르실 거라는 이야기를 아사 아주머니께 듣고

그동안 저희가 구상해온 이야기를 선생님이 혹 들어주실 수는 없을까요……하고 상의드렸더니 아사 아주머니가 하신 말씀이, 저희로서는 더이상 좋을 수 없는 얘기였습니다. 아주머니 말씀은, 이번 체류의 목적은 지금까지의 작업을 총괄해보는 데 있는 것 같으니, 오빠의 그런 계획과 당신들 계획의 접점을 찾을 수 있을 거다, 라는 것이었습니다.

조만간 이제까지 저희가 공연해온 작품의 축약판을 보여드릴 생각이지만, 우선은 조코 선생님 작품 전체를 조망하면서 저희가 하려는 작업의 윤곽에 대해 말씀드리겠습니다.

이제까지는 조코 선생님 작품 중에서 몇 개의 장면을 가져와 저희 관점에 입각해서 그 장면들을 각각 연극으로 만들었습니다. 그리고 지금은 그 작품을 어떻게 전개시킬 것인지 구상중입니다. 물론 이제까지의 조코 선생님 작품에 기반을 두고 구상하겠지만, 이 기회에 조코 선생님의 인터뷰를 넣으려는 생각도 하고 있습니다. 선생님께서 협력해주셔서 인터뷰가 모이면 그 인터뷰를 저희 극단의 방식으로 정리할 겁니다. 인터뷰에 응답하는 역할은 배우가(그 외의 역할도 맡을 '혈거인'의 배우가) 조코 선생님 역할을 맡아서 하고, 조코 선생님 이야기에 나오는 제3, 제4의 인물들도 배우들이 교대로 연기하는, 그런 방식으로 만들 생각입니다.

저는 선생님 작품을 줄곧 읽어오면서 작품을 몇 개 만들었는데, 이번 작업을 그 총결산 작업으로 생각하고, 코기라는 인물을 중심에 두고 있습니다. 과연 어떤 식으로, 선생님의 모든 작품을 관통하는 하나의 캐릭터로, 코기 상像을 만들어낼 것인가. 그에 대한 구상은 이미 되어 있지만, 이제는 선생님과의 대화가 가능해졌으니 그걸 잘해나가기만 한다면 아사 아주머니한테 들은 작업, 그러니까 선생님께서 이제까지의 작품을 정리하시고 또 새 자료를 추가해나가시는 작업에도 저희가 도움이 될 수 있지 않을까요? 오히려 저희로서는, 조코 선생님이 이제까지의 작품을 점검하시는 데 도움이 될 수 있다면 그것만으로도 충분하다고 생각합니다."

"오빠가, 이 기회에……오빠한테 이 일이 풀어야 할 숙제였다는 건 '혈거인' 단원들한테도 이야기했는데……이곳에서 우선 자신의 소설들을, '붉은 가죽 트렁크'에 들어 있는 자료와 함께 다시 읽으려는 것 같다. 그러고 나서 새로운 작품으로 연결시켜가려는 것 같았다고만 이야기해두었어요.

전에 왜, 옛날 작품들을 다시 읽어보려고 하는데 혼자서는 좀처럼 계속하기 어렵다고 했잖아요? 그래서 나는 아나이 군이나 아나이 군 친구들과 함께 같이 읽으면 어떨까 생각한 거예요. 아나이 군과 우나이코는 적극적으로 받아들여주었고요."

나도 내 작품을 처음부터 끝까지 다시 읽고 코기의 캐릭터를 새로운 방향에서 찾아내려는 아나이 마사오의 작업에 흥미를 느꼈다.

"그렇다면, 딱히 시험 삼아 해보자는 건 아니지만, 나와 하는 인터뷰는 코기를 테마로 해도 좋겠군." 나는 말했다.

"지금 곧바로 시작해도 저희는 상관없습니다." 우나이코가 말했다.

나는 그녀가 아니라 아사에게 시선을 돌렸다. 젊었을 무렵, 여성이 이렇게 적극적으로 나올 경우 아사가 곧잘 대신 응대해주었기 때문이다. 그런데 아사는 별일 아니라는 듯 태연하기만 했다. 그리고 기다렸다는 듯, 우나이코는 여성의 물건치고는 조금 크다 싶은 천가방에서 녹음용 기자재들을 꺼냈다. 지금은 누구나 사용하는 소형 기자재가 아니라 오래된 스타일의, 그러나 어디로 보나 전문 작업에 쓰이는 물건임을 금방 알 수 있는 것들이었다. 그렇다고 해서 우나이코와 아나이가 곧바로 녹음을 시작하려 한 것은 아니었다. 그저 그 기자재들을 우나이코가 식탁 한가운데에 꺼내놓는 것을 아나이와 아사가 함께 지켜봤을 뿐이다. 그렇게, '혈거인'과 나의 공동 작업 방식이 제시되었다. 즉 우나이코와 아나이, 그리고 아사는 나를 향해 받아들일 준비가 되었는지 물어온 셈이다. 그렇게 느꼈지만, 저항감은 없었다.

3

아나이 마사오는 침착하게 말했다.

"저희는 선생님 승낙을 얻지 못한 상태에서 새 작품 구상을 시작했습니다(아사 아주머니에게는 상의드렸습니다. 그런 방향으로 만드는 거라면 문제는 없을 거라고 말씀해주셨지만, 선생님한테 다리를 놔주실 때면 아사 아주머니는 신중한 태도를 보이십니다). 아시겠지만, 작은 극단의 주재자들이 노리는 자금 조성 펀드가 있는데 거기에 응모하려면 공연했던 작품으로 상을 받아둘 필요가 있습니다. '혈거인'이 연극판 〈손수 나의 눈물을 닦아주시는 날〉로 인정받았던 건, 무대는 안 부셨어도 알고 계시죠? 그 작품에 이어 새로운 구상을 담은 계획서를 제출할 생각입니다. 처음에 저는 그 원작의 속편을 선택하려고 했습니다. 그런데 『손수 나의 눈물을 닦아주시는 날』에는 그런 속편이 없지요. 그래서 저는 조코 선생님의 전 작품을 관통하는 기호를 찾아보려고 생각한 것입니다.

그것이 코기입니다. 코기라는 이름은, 선생님이 작품 속에서 몇몇 다른 대상에 대해 붙였던 이름입니다. 그중에서 하나 골라본다면, 선생님이 어렸을 때 함께 지내고 있다고 생각했던 자신과 꼭 닮은 어린아이. 그렇게 생각했던 대상을 선생님은 코기라고 부르셨지요.

코기는 어느 날 허공을 걸어서 높은 곳으로, 즉 산으로 돌아가지요. 즉 이 코기는 신체를 갖고 있긴 하지만 허공을 걸어 높이 날아오른 겁니다. 실재하는 어린아이를 넘어선 초월적인 존재지요. 제가 펀드 위원회에 제출한 계획서에서는 그런 초월적인 존재를 어떻게 구체적인 인물로 표현할 것인지 설득하려고 했습니다. 실제로 형태를 부여해서 등장시킬 것인지, 아니면 관객의 의식 속에만 존재하도록 할 것인지? 아무튼 가장 심플한 연출 방식을 취할 생각입니다. 소재는 조코 선생님 작품 전체에서 가져왔습니다. 이런 식으로 카드를 만드는 방식은 학생 때 선생님의 에세이를 통해 배웠습니다.

최종 무대에 남길 것인지 아닌지와는 상관없이, 연습장에 작은 코기 인형을 만들어두었습니다. 우나이코가 헝겊을 이어 붙이고 속을 채워 만든 거지요. 객석에서 보이는 범위 안, 무대에서 가장 높은 곳에 놔둘 겁니다. 다른 연극에서 똑같은 것을 사용한 경험이 있거든요. 그런 높이에서 내려다보는 코기 인형이, 무대 평면에 있는 배우들에게 영향을 줍니다. 그것만으로도 효과가…… 이번 경우라면 코기 효과라고 해야 할 것이…… 있을 겁니다.

코기의 첫 예를, 작곡가 다카무라 선생님이 조코 선생님 작품 중에서 좋아한다고 했던 작품을 기억하고 있다가 초기 단편에서 찾아보았습니다."

"젊은 음악가의 이야기로군. 캥거루만한 크기의 죽은 아이가, 면 속옷을 입은 차림으로 공중에 떠다녔다는 이야기. 아구이라는 이름을 가진……"

"그렇습니다. 화자인 젊은이는 음악가가 산책을 할 때 동행하지요……그런 설정만으로 이미 음악가의 심리적 불안감이 나타납니다……산책 동행이라는 아르바이트를 하면서 화자는 자신의 고용주가 보는 환영을 속으로는 한심하게 생각합니다. 그런데 그 '일'로서의 산책 때, 조교사調敎師가 데리고 있는 수십 마리의 도베르만과 좁은 골목에서 딱 부닥쳐……수십 마리라는 숫자는 젊은 소설가의 과장벽이 너무 드러나 리얼리티는 없습니다만……아무튼 음악가가 캥거루만한 아기한테만 너무 신경쓰고 있으니 개한테 습격당하는 거 아닌가 싶어 패닉 상태가 됩니다. 하지만 그 자신은 아무것도 하지 못한 채 눈을 감고 있고, 감은 눈에서 그저 눈물만 흐르지요……"

"'내 어깨에 믿을 수 없을 만큼 부드러운, 세상 모든 부드러움의 진정한 핵심이라 할 부드러운 손길이 느껴졌다. 나는 아구이가 나를 만진 것처럼 느꼈다.'"

"그렇습니다. 저는 다시 한번 읽어보고, 자신의 어깨를 만지는 아구이의 손으로 젊은이가 느낀 것은 코기의 손이었을 거라고 생각했습니다. 그리고 코기가, 공중을 떠다니는 아기와 똑같은 높이에서 소설가를 내려다보는 장면을 만들었습니다.

그리고 스물 몇 해 후 쓰신 장편『그리운 시간에 보내는 편지』의 마지막 장면. 죽은 기 형과 가족 모두가 인공호수 위의 작은 섬에……'그리운 시절'의 섬에 있습니다. 아카리 씨가 히카리라는 이름으로 존재하고 있어서(사모님은 유라는 이름이고요) 이 광경에서도 코기의 존재는 이중적이 되지만, 앞서의 장면과 연결시킬 수 있습니다. 그 페이지를 복사해서 갖고 있으니, 읽어보겠습니다. 위엄 있는 노인으로서, 단테의 『신곡』에서 연옥의 섬을 지키는 문지기인 아프리카의 카토가 작품에 차용되어 있습니다.

'시간은 순환하듯 흘렀고, 기 형과 나는 다시 한번 풀밭에 드러누웠다. 오셋짱과 여동생이 풀꽃을 따고 있고, 아가씨 같은 유와 아직 어려 순진무구 그 자체여서 장애가 오히려 순박한 사랑스러움을 더해줄 정도였던 히카리가 풀꽃을 따는 무리에 합류한다. 햇빛은 화창하게 내리쬐여 버드나무 새순의 연한 연둣빛을 반사했고, 노송나무 거목의 짙은 녹빛은 점점 더 짙어졌으며, 강 건너 기슭 산벚나무의 하얀 꽃송이들이 끊임없이 흔들린다. 위엄 있는 노인은, 다시 한번 나타나 말을 할 터였는데, 모든 것이 스쳐지나가는 시간 속의 편안하면서도 진지한 게임 같아서, 서둘러 뛰어올라갔던 우리는, 다시 노송나무 거목이 있는 섬의 풀밭 위에서 뛰어놀게 될 터였다……'"

아나이의 낭독은 나에게 강렬한 인상을 심어주었다. 연출가로서의 아나이의 실력을 귀로 확인한 듯한 느낌이 들었다.

"……오빠가 쓴 문장이나 기록된 말을 훈련된 목소리로 무대에 올려보는 건 드문 경험이죠?"

아사가 그렇게 말하자, 아나이 마사오는 그 말에 곧바로 힘을 얻은 듯했다.

"이런 부분을 포함해서 코기의 메타포라는 초점이 존재하는 겁니다만, 우나이코한테는 자기가 참여하는 이상, 또다른 아이디어가 있을 겁니다.

'혈거인'은 단순하지 않습니다. 그렇기 때문에 오히려 조코 선생님의 이번 작업에 자극이 되지 않을까 합니다. 대학의 일본문학과에도 이젠 조코 연구 그룹 같은 건 없는 것 같고요……"

"대놓고 그런 식으로 말하면 될 일도 안 될 거 같은데요, 마사오 군? 서로가 창작 활동에 좋은 자극을 받을 수 있다, 정도로 해두고 천천히 가지요. 우나이코에게는 또다른 아이디어가 있을 거라고 마사오 군이 말했는데 그 점은 어때요?" 아사가 말했다.

"저는 적극적인 관심을 갖고 있어요." 우나이코는 가만히 듣고 있었을 때 보였던 표정─우나이 머리를 한 어린 여자아이가 그대로 자라 삼십대 여성이 된 것 같은, 생각에 잠긴 표정─을 지으면서 나를 바라보았다. "아나이 마사오에게도 선생님께도 의미 있는 공동 작업이 될 거라고 생각합니다. 저도 직접 조코 선생님께 여쭙고 싶은 것이 있고요……"

"그런 식으로 추궁당하면 우리 오빠는 더 겁을 낸답니다, 하하! 오빠한테는 '붉은 가죽 트렁크'에 든 자료를 읽어야 하는 작업이 있으니까요. 하지만 바로 시작하지는 말고요, '붉은 가죽 트렁크'에 대한 내 나름의 감정도 있으니까요. 너무 서두르지 마세요.

자, 이세 젊은이들이 오다미야마를 한 바퀴 돌고 돌아올 시간이네요. 앞으로 차편 일로 신세를 질 테니, 그 사람들을 저녁식사에 부르는 건 어때요?"

4

그다음주 월요일 오전 아홉시에 '혈거인'의 왜건이 도착했다. 아나이 마사오와 우나이코, 그리고 지난번에 만난 단원 두 사람. 러시아워임을 감안해서 여섯시 전에 함께 마쓰야마를 출발했다니 젊은이 두 사람한테는 부담스러웠을 터였다. 그들은 모두 아직 눈이 잘 안 뜨인다는 듯한 얼굴로 인사를 했는데, 아사와 함께 집의 일층을 소극장으로 만드는 작업을 시작하자, 실로 눈이 부실 정도로 일을 잘했다.

그들은 힘쓰는 일에 익숙해 보였고, 실제로 그런 체력이 필요한 작업이 있었다. 바로 우나이코와 아사 사이에 합의되고 준비도 되어 있었던 '산속 집' 공동생활의 기반 만들기다. 아사는 임시로 가구를 재배치하는 거라고 말했지만, 내 예상을 뛰어넘는 상황이 곧바로 벌어졌다. '혈거인'의 시스템에 나를 끌어들여 인터뷰를 진행하는 일 자체가 연극 기법 중 하나였던 것이다. 그리고 이제까지 아사도 같은 목적으로 '혈거인'에 제공해왔던 '산속 집'은 그런 식의 장소로 만들기에 적당한 구조인 듯했다. 아사는 일요일에 이미 혼자서 준비를 마쳐둔 집을, 새로운 일꾼들에게 안내했다.

이층 서쪽 끝에 내 서고와 작업장 겸 침실, 그리고 또하나의 방이 있다. 그곳에는 들어가지 말 것.

일층 동쪽 끝에 있는 장소의 북쪽 반은 원래 응접실로 만들어졌지만 사용하는 일은 없다. 남쪽 반 부분에 현관과 좁은 로비, 이층으로 올라가는 계단과 손님용 화장실이 있다. 로비에서 문으로 연결되는 곳에는, 북쪽에 식당이 있고 그보다 한 단 낮게 지어진 거실이 있다. 그곳에도 커다란 고정창이 바깥 정원으로 나 있다. 그리고 서쪽에 가족들이 왔을 때 침실로 사용하기 위해 만든 두 개의 방과 욕실, 세면대와 화장실이 있다.

"거실에 있는 테이블과 의자, 그리고 이동 가능한 책꽂이와 소파, 텔레비전 같은 건 모두 응접실로 옮겨주세요." 우나이코가 말했다. "조코 선생님이 웬만해선 '산속 집'으로는 오시지 않을 것 같았던 작년에 아사 아주머니가 권유하셔서 일층 전체를 연극 연습장으로 사용했거든요. 거실에 있는 것들을 전부 치우면 남쪽 부분의 3분의 2를 무대로 쓸 수 있어요. 식당도 테이블을 치우고 나면 객석의 일부가 되는 거죠."

"내가 '산속 집'에 매년 오던 무렵에도 이층에서 책을 읽거나 일할 때 외에는 대개 응급실 서쪽에 있는 소파에서 뒹굴었지. 그 소파만 남겨주면 다른 건 뭐든 자유롭게 사용해도 됩니다. 아사가 마을의 젊은 사람들과 극단을 만들었을 때도 그랬는데, 여러분도 사용한 후에 가구들을 꼭 다시 제자리로 되돌려놓을 필요는 없어요. 나도 한 번 이곳을 소극장식으로 사용한 적이 있었지. 아사가 이야기하지 않았나? 아카리가 만든 소품 음악을 CD에 녹음해준 연주가들을 불러서 음악회를 열었죠. 어머니와 아사, 그리고 몇 안 되는 손님들은 무대 앞쪽과 식당에 앉히고, 거실 유리창 옆 벽돌로 한 단 높은 곳에는 피아노를 두고…… 여기는 천장을 높게 만들었기 때문에 나름대로 음향 효과가 괜찮았어요."

"우리도 여러 가지 일을 해봐요." 우나이코가 말했다. "우선 목적은 무대로 만든 공간에서 아나이나 제가 선생님과 인터뷰를 하는 건데요,

그 장면이 대본으로 만들어지면 연습 삼아 연기해보고 싶기도 하고, 조코 선생님은 아직 '혈거인' 연극을 안 보셨으니 『손수 나의 눈물을 닦아주시는 날』의 연극판을 짧게 만들어 보여드리고 싶다는 얘기도 하고 있습니다."

그렇게 말한 후 우나이코는 식당으로 뛰어가더니, 거실과 식당 중간에 있는 카운터에 양손을 짚고는 거실을 둘러보고 천장 높이도 확인한 후 만족스러운 얼굴을 했다.

"'혈거인' 공연은 보통, 무대와 똑같은 평면에 만들어놓은 객석에서 내려다보도록 하는 형태로 진행됩니다. 이곳의 경우, 저 큰 유리창 바깥쪽에서 손님들이 들여다보고 있다고 생각하시면, 저희가 어떤 식으로 하는지 아실 수 있을 거예요."

극단 젊은이 두 사람은 거의 단둘이 거실에서 소파 하나만 빼고 전부 치워버렸다. 우나이코가 가구가 있던 장소부터 청소기를 돌리는 동안, 나는 고정창 양쪽을 열어 환기를 시켰다. 마사오는 아사와 나란히 서서, 아내 치카시가 수많은 화분과 땅에 직접 심고 가꾸어 나름대로 무성해 보이는 장미들과 가지를 기운차게 뻗고 있는 석류나무, 산딸나무, 키가 큰 자작나무 같은 나무들(치카시는 벌써 여러 해째 이곳에 올 수가 없어서 돌보는 일은 아사에게 맡겼다)에 눈길을 주고 있었다.

"여기 모인 나무들은 산을 메운 나무들과는 종류가 다르네요." 아나이가 말했다. "저도 마쓰야마에서 산딸나무를 가로수로 심어놓은 것을 본 적이 있지만 아직 어린 나무들이었어요. 자작나무도 이렇게 큰 것은 드물지 않나요?"

"치카시 언니가 기타카루이자와에서 한 번 도쿄 세이조 집의 정원으로 옮겨 이십 년이나 기른 것을 여기로 옮긴 거지요. 강한 산바람에 꺾여버린 것도 있지만, 여기서 씨를 심어 기른 나무들도 상당히 자랐어요. 그 무렵엔 치카시 언니도 젊었고 일을 곧잘 했지요……"

"장미 화분 수도 그렇고 나무를 과감히 크게 키우는 방식을 보면 치카시 사모님은 하나와 고로 감독님과 비슷한 점이 있는 것 같습니다." 아나이가 말했다.

"고로는 나무에 특별히 관심이 있는 건 아니지 않나?"

"아카리한테 음악을 가르치는 방식에서도 나는 치카시 언니한테서 고로 감독과 비슷한 것을 느껴요." 아사가 말했다. "우리집 가계에는 그런 부분은 없으니까요. 고등학교에서 처음 고로 씨와 만났을 때 오빠는 먼저 그런 부분에 끌렸던 거 아닌가요?"

"아무튼 그는 특별했어. 또 고로는 우리 아버지의 익사에 관심을 갖고 있었지. 나는 가족 외에는 처음으로 고로한테 꿈 이야기를 했고."

"고로 감독님은 조코 선생님에 대해, 저 녀석한텐 코기가 있으니까, 라는 식으로 역시 특별한 존재로 인식하고 계셨습니다. 그런 부분도 저한테 조코 선생님과 코기라는 이미지가 깊이 각인된 이유이고, 또 앞으로 하려고 하는 일의 근거가 되고 있지요.

그래서……이제 무대의 기본틀이 만들어졌으니, 저희가 어떤 형식으로 선생님과의 인터뷰를 진전시킬 건지, 어떤 식으로 무대를 만들지 파악할 수 있도록, 코기에 대한 것부터 먼저 말씀해주시면 안 될까요? 하나와 김독님은 영화로 만들 복안을 갖고 계셨던 것 같은데 그 이상은 말씀하시지 않았기 때문에, 저는 선생님의 소설을 통해서만 알고 있을 뿐입니다. 그러니 선생님 자신의 목소리로 코기에 대해 이야기해주실 수 있을까요?"

나는 그의 자연스러운 권유에 이끌렸다. 지난번과 똑같이 우나이코가 식당과 거실의 중간에 녹음 설비를 놓았고, 가슴에 붙이는 마이크에 대해 나에게 설명했다. 아나이는 거실로 치워버린 팔걸이의자를 젊은 이들을 시켜 가져오도록 했다. 곧바로 의자가 무대 한가운데에 놓였다. 그 진행 순서가 자연스러웠던 점에도 나는 이끌렸던 것 같다.

"선생님은 가능한 한 편한 자세로 앉아 계세요. 이제부터 장면마다 다른 방식이 될 텐데 저는 우선 선생님 앞에 서서 심플한 방식으로 말을 걸겠습니다. 피곤해지면 제가 알아서 적당한 때에 의자를 가져와 앉겠습니다. 선생님도 앉아서 말씀하시는 것이 지겨워지면 자유롭게 일어서거나 돌아다니셔도 됩니다. 그래서 우나이코가 선생님께 마이크를 붙인 거니까요……

지금 선생님이 그런 식으로 앉아서……정면에 보고 계시는 것은, 저희가 뒤뜰에 옮겨놓은 동그란 돌이라고 생각해주시기 바랍니다. 시가……하이쿠라고 해도 좋은 선생님이 생각하시는 두 줄의 시구가 그 돌엔 새겨져 있습니다. 그 첫 행.

코기를 산으로 올려보낼 준비도 하지 않고

여기서의 코기가, 선생님 소설에 나오는 코기와는 다른 의미를 갖는다는 부분 말입니다만……"

"우리 어머니가 이 하이쿠를 만드셨으니, 어머니가 코기라는 이름에 어떤 의미를 부여했는지를 살펴봐야 해요. 내가 앞으로 이야기할 것도 소설에 써온 이야기인데, 어머니가 이 하이쿠를 지은 당신 만년 무렵의 '코기'란, 머리에 혹을 달고 태어난 손자 아카리를 가리키는 말이었지.

어머니는 미래에 닥쳐올 아카리의 죽음에 관해, 내가 준비를 제대로 하고 있는 건가, 하고 신경을 쓰고 계셨지요. 어머니 자신의 죽음이 가까이 다가오고 있다는 사실은 당연히 염두에 두고 계셨지. 자신의 아들, 어렸을 때 코기라고 불렸던 나에 대해서도, 그 죽음이 결코 먼 일이 아니라는 생각도 하셨을 테고. 그래서 그 코기, 나 자신이 산으로 갈 준비를 하고 있나 하는 걱정도 이 시에 담겨 있는 겁니다. 두 가지 마음을 담아 어머니는 아카리에게는 산으로 잘 보내줄, 도와줄 사람이 필요하고, 또 그건 다름 아닌 내 일인데, 내가 자신의 죽음에 대한 준비에서조차 어설퍼 보이는 한심한 몰골로 우왕좌왕하고 있다고 비판하신 거지요.

강물결처럼 돌아오질 않네.

어머니가 말한 그런 의미를 이해하고, 내가 세 줄을 쓴 거지. 나도, 정말 어머니 말이 맞는다고 생각했고, 어머니가 나를 속속들이 꿰뚫어 보고 계신다는 느낌을 받았어요.

비 내리지 않는 계절의 도쿄에서,

노년기에서 유년기까지

거슬러오르며 돌이켜보네.

그런 의미죠……하지만, 하나 더 말하자면, 코기라는 이름이 나한테 각별히 중요한 이름이라는 걸 이야기해두고 싶군요. 여러분은 소설을 통해 알고 있겠지만.

우선 코기란, 내 본명에서 따온 이름이에요. 유년기의 나는 가족들한테 코기라고 불렸어요. 그런데 나는, 나와 똑같은 나이에 모습과 얼굴 생김새까지 나와 똑 닮은, 그리고 나도 코기라고 불렀던 또 한 명의 아이와 사이좋게 지내고 있었거든(지내고 있다고 생각했어요).

그런데 어느 날, 코기가 혼자서, 그러니까 나를 혼자 놔두고 산으로 올라가버렸지. 그 일을 어머니한테 호소했는데 상대해주지 않더군요. 그래서 코기가 어떤 식으로 우리집에서 나갔는지, 반복해서 어머니에게 이야기했습니다. 그 일이, 내가 소설가라는 직업을 갖게 된 간접적인 원인이 되었다고 아사는 말하지.

그날, 강 쪽으로 난 집 뒤편 손님방 앞 복도에 앉아 (초점이 흐려진 사진처럼, 코기 바로 오른쪽 옆에 내가 서 있는, 그런 시각적인 기억이 지금도 사라지지 않아요) 홑겹 기모노 소매를 난간에 걸쳐놓고 강 건너편 밤나무숲을 바라보던 코기가, 무슨 놀이라도 생각해낸 것처럼 난간을 밟고 위로 올라섰어요. 그리고 양손을 벌리더니, 균형을 잡는 듯한 모습으로 조용히 서 있었지⋯⋯그러고는 한 발을 허공으로 내딛더니, 또 한 발을 먼저 내디딘 발 쪽으로 모아, 양팔을 흔들면서 수평으로 걸어나갔습니다.

코기는 어머니가 기르던 옥수수밭을 지나고, 그 끝에 있는 돌담을 건너, 그곳보다 한 단 낮은 강변을 지나 강 한가운데 바로 수면 위까지 가더니, 홑겹 기모노를 입은 양팔을 옆으로 똑바로 벌리고는, 커다란 새처럼 바람을 탔어요. 나는 그냥 복도에 서 있었기 때문에 금방 난간에 가려져 코기의 모습이 보이지 않게 되었는데, 복도에서 조금 앞으로 나아가서 하늘을 올려다보니 코기는 나선을 그리며 하늘 높이 사라져가고 있었습니다.

그러고는 사라진 것이죠. 나는 그 일을 계속 어머니한테 이야기했는데, 나와 똑 닮은 아이가 존재한 일 같은 건 처음부터 없었다는 양, 상대해주지 않았어요.

그러던 어느 날, 이번에는 내가 사고를 당했습니다. 코기가 높은 산속으로 사라지고 나서 얼마 지나지 않았을 무렵(강 건너 경사면은 이미 붉게 물들어 있었고), 어느 보름날 밤에 어떤 이상한 느낌을 받고 집 앞 도로로 나가보니, 반대편을 바라보고 서 있던 코기가 침묵한 채 걷기 시작했어요. 그리고 마을 동사무소와 신사神社 사이로 난 언덕길로 굽은, 햇빛이 내리쬐는 좁다란 길을 성큼성큼 올라가는 거야. 나도 줄곧 그 길을 걷고 있었을 텐데 문득 정신을 차리고 보니, 숲속 커다란 구슬잣밤나무 둥치에 들어가 웅크리고 앉아 있더군. 코기는 없었고. 이미 날이 밝아 있었고, 나무 바깥으로 검붉게 물든 숲을 적시면서 비가 내렸지……

다시 정신을 차렸을 땐 열이 올라 몸이 불덩이 같았고 썩어서 말라 비틀어진 나무 부스러기 더미에 파묻힌 나를 소방단원*이 안아 일으켜줬어요. 그러고는 우비를 입히고, 숲을 채운 비 냄새 속을 지나 골짜기 마을로 데려다 눕혔지.

며칠 후 열이 내린 내가 이해하게 된 것은, 이번만큼은 어머니도 나의 이상한 경험에 빠져 있다는, 묘하게 꼬인 상황이었다오(어린 마음에 꼬였다고 느꼈을 뿐이고, 그런 말로 표현할 수 있었던 것은 나중 일이지만). 나는 보름날 밤에 사라진 채 돌아오지 않는데, 그다음날부터 비가 내리기 시작해서 골짜기 마을 아래를 흐르는 강이 누런 황톳

---

* 화재나 풍수해 등의 비상시를 위해 조직된 비상근 지방 공무원.

물이 되었고, 그러다 명백히 홍수가 나서 굉장한 소리를 내며 흐르고 있었으니까, 누구나 아이는 강물결이 되어버렸다고 생각했겠지요. 그 돌에 새겨진 시 그대로.

강물결처럼 돌아오질 않네.

그런 상황이 되어…… 내가 쓴 시와는 달리 가을 끝 무렵의 비 내리는 계절이었는데 그런 골짜기 마을에서 일어난 일이었으니, 아이를 잃어버린 어머니가 소방단으로 달려갔다고 했을 땐, 보통은 강을 찾아봐달라, 강 하구로 찾으러 내려가달라, 그렇게 부탁했을 거 아니에요?

그런데 어머니는 그 반대로 산으로 올라가달라고 부탁했다는 거죠. 큰비가 와서 숲속으로 들어가는 길은 또하나의 계곡이 되어 있었는데, 그 강을 거슬러올라가서 훨씬 안쪽으로 들어가달라고 주장했어요. 그러는 동안—비가 좀 잦아들었기 때문이겠지—산으로 찾으러 들어갈 생각이 든 소방단원들이 구슬잣밤나무(이 거목은 산신과 같은 존재로 어른들한테도 아이들한테도 잘 알려져 있었는데) 둥치 안에서 감기에 걸려 열이 나고 정신이 이상해진 것처럼 난폭해진……그게 아니라면 멧돼지 새끼처럼 저항하는 어린아이를 안고 돌아와 내려놓은 거요……

이상하지 않나요? 왜 어머니는 내가 강을 내려가는 대신 산으로 올라왔다는 걸 알고 계셨을까(무슨, 직감이 들었던 걸까)? 마을 어른들은 묘하게 심술궂은 얘기를 아이들한테 하는 일이 있는데 아주 나중까지도 어머니는, 도련님께선(너는, 이라는 의미입니다) 코기를 그리워한 나머지 참지 못해 산으로 들어가 헤매는 바람에 소방단원들한테 크게 폐를 끼쳤다면서 나에게 퉁을 주곤 했지요."

5

첫 녹음을 끝내고 나자 아나이 마사오는 기분이 아주 좋아 보였다.

"오늘은 저희 시스템을 체험만 해주십사 하는 생각이었는데 아주 유익한 인터뷰가 되었습니다. 물론 조코 선생님께는 앞으로 '붉은 가죽 트렁크'를 검토하는 중요한 작업이 있지만, 가끔 이런 식으로 저희에게 시간을 내주신다면 머지않아 연극으로 완성될 어떤 중심이 생길 겁니다. 선생님 작업 용어로 말하자면 단편소설처럼 그것을 엘라보레이트*하고, 저희 용어로 말하자면 다시 한번 그것을 선생님께 피드백하는……그런 식으로 진행해나갈 수 있으면 좋겠습니다. 다음주에 다시 찾아뵙기 전에, 우나이코가 컴퓨터로 정리할 겁니다. 우선 그것을 보여드리겠습니다.

조코 선생님은 강연을 하시면……가끔 그 강연을 수정해서 잡지에 게재하시지요. 저는 그 글을 대부분 봤습니다. 하지만 '혈거인' 방식으로 말하자면, 그렇게 하면 재미가 없습니다. 저희가 하는 것은, 연극을 위한 것이니까요. 이야기 그대로, 그러니까 구어체로, 불필요한 말이 있거나 별로 달라진 것 없는 반복이 있어도……그런 부분들을 정리하지 않고, 그러면서도……조코 선생님의 말투가 신체성을 갖게 되는 그런 방향으로 엘라보레이트합니다."

우나이코는 더 차분한 말투로 말을 이었다.

"오늘 해주신 인터뷰 거의 마지막 부분에서요, 조코 선생님은 그런

---

* elaborate, 퇴고하다.

데 이다음은 어떤 식으로 말하면 좋을까……하고 머릿속에 떠오른 방향이 두 가지 있어서 어느 쪽을 택할지 주저하시는 것 같았어요."

"맞아요." 나는 인정했다. 우나이코는 관찰력이 있었다.

"이야기를 녹음하면서 주의깊게 듣는 일에는 익숙하거든요."

"이야기중인 나한테 지금 보고 있는 거라고 생각하라 했던 유리창 건너편 돌에 있는, 첫번째 구절의 코기와 두번째 구절의 강물결을 연관시켜 먼저 이야기해둘까, 아니면 그와는 다른 방향으로 갈까, 하고 생각하는 동안에 그냥 끝났군요……"

"다른 방향 쪽 얘기도 들어두고 싶습니다." 아나이 마사오가 말했다. "그건 이제까지 소설에 쓰셨던 내용입니까?"

"그렇지. 이건 오히려 아나이 씨가 지난번에 했던, 내 작품의 인용에 가까운 거겠군. 나는 어머니가 어떤 식으로 구슬잣밤나무 둥치에 생각이 미쳤는지……그것에 관해 내 생각을 말하려고 했어요. 어머니가 늘 산의 전승에 대해 해주던 이야기 중에 제일 재미있었던 내용을…… 『M/T와 근원의 숲 이야기』에 어머니의 말투를 그대로 사용한 적이 있는데 그 일을 떠올리고 있었지……

어머니는 우리 지방에는 '숲의 기묘함'이라는 전승이 있는데, 사람들마다 각각 다르게 이야기하지만 나는 이렇게 생각한다, 라고 말하셨지요."

아나이 마사오가 별로 시간을 들이지 않고 인용해야 할 부분을 커다란 노트에서 찾아내어 소리 내서 읽어주었다.

우리는 지금, 한 사람 한 사람 개개인의 생명을 소중하게 생각하지만, '숲의 기묘함' 안에 존재할 때엔 각기 개개인의 생명이면서도 하나였단다. 커다란 그리움으로 감싸여 있었어. 그런데 어느 날, 우리는 '숲의 기묘함'에서 바깥세상으로 나와버렸지. 한 사람 한 사람의 개별적 생명이기 때문에 바깥으로 나오게 되니 이제 뿔뿔이 이 세상 안에 태어나게 된 거지, 그런 것이 아닐까, 하고 생각하고 있었단다! ……하지만 우리 생명 안에는 '숲의 기묘함'이라는, 원래 우리가 있던 곳에 대한 그리움을 품고 있는 것이 아닐까?

우나이코도 마사오와 그 '숲의 기묘함'에 대해 이야기한 적이 있는 듯, 인용에 이어 이렇게 말했다.

"사라진 어린아이는 물이 불어난 강물에 떨어지거나 한 게 아니다, 그 아이한테는 특별한 방향 감각이 있어서 이제 '숲의 기묘함' 안으로 돌아가려고 한다. 그렇게 되기 전에 어머님께서 '숲의 기묘함'으로 가는 입구인 구슬잣밤나무 둥치에 대해 소방단원에게 말씀하셨다…… 그런 거라면 얘기의 앞뒤가 맞지요."

"그렇게 전개시킨다면, 저희가 만들어가는 연극의 하나의 중심으로 정말이지 딱 맞습니다." 아나이 마사오는 우나이코의 정리에 대해 신뢰감을 나타냈다. 그것은 나도 마찬가지였다.

제2장
연극판 〈손수 나의 눈물을 닦아주시는 날〉의 리허설

1

골짜기 마을에서 안정을 찾으면 곧바로 아사한테 어머니의 '붉은 가죽 트렁크'를 받을 수 있을 거라고 생각했다. 그런데 아사는 '혈거인' 단원들 앞에서 트렁크 내용을 검토하는 일을 너무 서두르지 말라고 말한데다, 내가 (사십 년 정도 전에) 어머니와 함께 살던 아사에게 보냈다는 '익사 소설' 서장 원고와 그와 관련된 물건만 먼저 주었다. 내가 도쿄로 가져가버릴 '붉은 가죽 트렁크'에는 어머니를 추억하기 위해 복사해두고 싶은 것이 있다는 말까지 했다.

아사에게 받은 종이봉투를 열어보니, 내 기억에 있던 것보다 훨씬 양이 적었다. 스케치 몇 장을 제외하면, 소설 형태로 정리가 된 것은 400자 원고지로 스무 장도 되지 않았다. 나는 서장 첫 부분을 정서한 단계에서 그 원고를 어머니에게 보냈고, 소설을 전개해나갈 자료로,

아버지의 친구들과 지인들이 아버지에게 보낸 편지 같은 것과 그에 대한 아버지의 답장이 있으면 보여달라고 부탁했었다. 종이봉투에는 '붉은 가죽 트렁크'에 같이 들어 있었다고 들은 내 편지가, 고무밴드로 함께 묶여서 들어 있었다. 직접적으로는 아사에게 보낸 것이었지만, 어머니가 나의 '익사 소설' 초고를 그냥 가진 채 자료에 대해서는 아무런 말도 하지 않은 데 대한 분노의 감정을 토로한 편지였다. 내가 부탁한 건 취소하겠다, 내가 보낸 원고는 태워도 좋다. 어머니가 그런 태도를 보이신다면 나는 어떤 자료도 사용하지 않고, 또 소설의 화자를 나와 분리해 정신병원에 수용된 삼십대 남자가 마구 내뱉는 형식의 망상 이야기를 쓰겠다. 소설에서 아버지는 익사가 아니라 충격을 당해 죽는다. 사실과는 다르니 이 소설을 아버지를 모델로 하는 소설로 간주하고 출판을 방해하지는 못하실 거다. 하지만 내가 쓰는 것은 아버지의 내면, 진실이다. 그리고 나는, '익사 소설' 대신 『손수 나의 눈물을 닦아주시는 날』을 써서 문예지에 발표했다. 이어서 단행본으로 출판하자는 이야기가 있었고, 나와 어머니(그리고 아사)의 (그후 우리가 불렀던 방식에 따르자면) '의절' 상태는 여러 해에 걸쳐 이어졌……

그런데 나는 '익사 소설' 초고 서장에, 그 부분을 쓰던 무렵 늘 꾸던 꿈을 바탕으로 1945년에 있었던 일을 쓴 바 있다.

바위 때문에 강과 구별되면서 평소에는 송사리가 몰려다니는 얕은 시내가, 홍수 때문에 깊어져 있고 그곳에 보트가 한 척 떠 있다. 이미 보트에 탄 아버지를 향해, 나는 돌담 아래쪽에서 어두운 물 안으로 발을 내디딘다. 가슴께까지 물이 차올라 흠칫 놀란다. 차가운

물에 잠긴 가슴의 살갗에 가시가 있는 나무열매인지 벌레인지가 가로로 일직선으로 달라붙어 아프다. 그것들을 떨어낼 생각도 하지 않고, 나는 물결을 가슴으로 밀면서 앞으로 나아간다. 거친 물결이 큰 소리를 내고 있다.

한밤중이 되자 비가 그치고, 갈라진 구름 사이로 나타난 보름달이 보트에 탄 아버지의 곧은 등을 비춘다. 아버지는 고개만 앞으로 떨구고 있다. 보트까지 가면 보트를 약간 밀어내듯 하면서 아버지 옆으로 올라탈 것이다. 머릿속에서 반복해 외워두었던 순서대로 앞으로 나아가는 내 가슴께와 보트 사이로 펼쳐진 수면.

강 쪽을 향해 튀어나온 바위로 인해 생긴 강 얕은 곳에 매어둔 보트를 끌어내리고 먼저 아버지가 탔는데, 바위에 로프로 고정해둔 호제통들이 둥둥 떠오르면서 바위를 따라 이동한다. 내가 올라타기 전에, 바위 옆 땅에 묻어둔 닻에 묶어놓았는데 헐렁해진 로프를 다시 잘 묶어두고 싶다. 그쪽으로 돌아가려 하다가 어떤 기척이 느껴져 뒤돌아보니, 보트 뱃머리가 순식간에 강물에 휘말리며 국민복*을 입은 아버지가 곤두박질치는 것이 보였다. 아버지 옆에서 이쪽을 바라보면서 보트 난간을 꽉 잡고 있던 코기가 묘한 표정을 짓는다. 나는 세찬 물결에 발을 헛디딜 것만 같아, 호제통이 달린 로프에 매달린다.

나는 실제로 지금도 꾸는 꿈의 광경을 묘사힌 마흔 몇 해 전 초고에,

---

* 태평양전쟁 시기에 일본 정부에서 지정한 남성용 표준 의복.

리얼하게 코기가 등장한다는 사실을 잊고 있었다. 그리고 익숙한 그 꿈의(늘 같은 꿈인데, 꿈을 꾸는 내 컨디션에 따라 차이는 있다) 마지막 장면을 검토해보고, 꿈을 꿀 때마다 언제나 코기가 있었고 묘한 표정을 짓는 것을 보았다는 사실을 새삼 인식했다.

나는 보통 인물이면서 초월적인 존재이기도 하다고 마사오가 말한, 코기의 의미 부여에 대해 생각해보았다. 그리고 아사가 마쓰야마로 복사하러 보낼 '붉은 가죽 트렁크' 자료와 함께 이 초고도 보내 복사본을 마사오에게 전달해달라고 부탁했다.

그다음다음 주에, 마사오와 우나이코를 태운 차를 운전해온 이인조의 요란한 양복을 보고 난처해하는 나에게, 함께 타고 온 아사가 그들을 소개했다. 그들은 이제부터 영업을 해야 한다고 했다. 혼슈로 이어지는 큰 다리가 개통되었기 때문에, 간사이 지방에서 차로 오는 손님들을 겨냥해 젊은 예능인들을 등장시키는 홀이 우와지마에 있다는 것이다. '스케와 가쿠'라고 한 그들의 이름은, 간사이 지방 사람들을 의식한 이름이었다.

"이 사람들 예능은 포스트모던이에요. 이름이 촌스러운 건 물론 일부러 그런 거고요. 그들이 철들었을 무렵부터 TV에서 했던 〈미토코몬〉*에서 따다 붙인 거라네요."

"콩트 팬들이 '혈거인' 연극을 보러 왔다가, 연극 내용과는 상관없는 데서 신나게 웃곤 하지요." 아나이가 말했다. "그런 것이 연극에 미묘한 효과를 발생시킬 수도 있거든요."

---

* 1969년에 시작해서 2011년까지 방영한 텔레비전 사극. 스케와 가쿠라는 이인조가 등장한다.

앞서 인터뷰한 내용을 활자화한 후 '혈거인' 멤버 모두가 충분히 검토해서 방향을 확실하게 정해두었던 오늘 아침 인터뷰가 시작되었을 때, 마사오도 복사본을 읽었을 초고 이야기에 이어지는 형태로 나는 대답했다.

"나도 그 초고를 다시 읽을 때까지는 꿈에서 코기가 행한 역할을 별로 중요하게 보지 않았던 것 같아. 그런데 자네들의 연극이 지향하는 방향을 보면서 의미가 분명해졌어.

어머니가 쓰신 하이쿠의, 강물결처럼 돌아오질 않네, 라는 표현에는, 오랜 세월 그 생각만 하면서 불필요한 가지를 치고 또 쳐낸 물음……그저 그 시를 읽을 아들만 이해해주면 된다고 생각하는 물음이 존재하지. 언제나 꾸는 꿈을 그대로 '익사 소설' 첫머리에 썼을 뿐이고, 나 자신은 그 이상 검토하지 않았는데, 마사오가 말하는 코기라는 메타포의 의미를, 앞으로 자네들한테 이야기하는 일을 통해 나 스스로 잘 이해하고 싶네.

집에 안 쓰는 군용 보트가 있었는데, 집에 놀러왔던 젊은 장교들이 가지고 온 것이었다네. 우리는 커터보트라고 불렀지. 홍수로 불어난 강물 속으로 아버지가 저어나가는 배에 코기가 올라타 있지.

그건 분명 지금도 꾸는 꿈의 중요한 원형이네. 왜 꿈에서 그런 장면을 보는 것일까? 그건 우선, 내가 아버지 보트에 탄 코기를 본 것을 실제 사실로 기억하고 있기 때문이지. 그 장면이 꿈속에서는 더 분명한 형대를 갖추고 있어. 실제보는 일어나지 않은 일인데 꿈에서 보고 그런 일이 있었다고 한 것이 아니야. 아버지가 탄 작은 배를 따라 나가 강 한가운데로 밀어내면서 나도 타려고 했는데, 중요한 순간에 순서를 틀린 거지. 그것이 현실로 일어난 일이라네. 아버지의 익사라는 사실을 접하고 아버지 시신이 집으로 도착한 후에 곧바로 내가 만들기 시작한 상상 같은, 그런 게 아니야. 그런데 그 얘기를 하면, 훨씬 전에 코기가 산으로 가버렸다고 호소했을 때와 마찬가지로 어머니는 상대해주지 않았어, 그렇게 된 일이지.

어른이 된 소설가로서 나는 다시 한번 그 일을 그 초고에 썼어. 그 일은 아주 중요한 사건이라고 어머니에게 말하고 싶어서⋯⋯하지만 마음이 약해져 전체를 꿈의 기억으로 쓴 것이지(그 꿈을 꾼 건 사실이지만).

이야기가 복잡해지지만, 꿈의 계기가 된 일은 실제로 있었던 일이야. 내가 기억하는 정경의 세부는 모두 현실에 근거한 것이라네. 일본이 전쟁에 졌던 여름, 산에 폭풍우가 몰아쳐 강물이 불어났고 결국은 홍수가 났던 밤에 그 강—이 집에 있는 바위 끝으로 나가보면 지금도 내려다볼 수 있는데, 번듯한 제방이 생겨서 옛날 강과는 전혀 비슷하지 않지만—으로 아버지가 보트를 타고 나가 익사하고 말았지. 그것이 모든 일의 근간에 있는 실제 사실이야.

어머니는 그 일을 사실로 인정할 수밖에 없었지. 어머니의 하이쿠도 그 사실을 전제로 하고 있어. 아버지는, 강물결처럼 돌아오질 않네, 라고 쓰인 시구대로 강물결이 되었지. 그리고 아버지는 다음날 정오가 지난 시간에 강 하구에서 옮겨져 집으로 돌아왔지.

그러니까 이 첫째 줄과 둘째 줄 사이에서 어머니가 나한테 인식시켜두려고 하신 건, 너는 아버지가 홍수로 불어난 강으로 가셨다는 것을 강조하지만 아무튼 유해는 집으로 돌아오지 않았느냐, 강물결처럼 되어버린 건 아니지 않으냐, 하는 거야. 그리고 넌, 하면서 글자 그대로 언명하지. 강물결처럼 돌아오질 않네.

첫째 줄, 코기를 산으로 올려보낼 준비도 하지 않고로 돌아가자면, 그런 네 행동은 아카리를 두렵고 어두운 한밤의 강물로 보내, 아무것도 모르는 채 강물결로 만드는 거나 마찬가지라고 비판하는 거지. 그러고 보면, 그 말 그대로네. 이어지는 내 시구는 솔직히 현실을 인정하는 거야. 비 내리지 않는 계절의 도쿄에서, /노년기에서 유년기까지/거슬러오르며 돌이켜보네."

"하지만 조코 선생님은 어머님한테 수긍하는 게 아니라, 어머님 시에 스며 있는 목소리에 대해 이렇게 반박하시는 거죠? 나는 강물결일지 모르지만, 소용돌이에 휩쓸리기 전에, 유년기에서 오늘의 나 자신에 이르기까지의 모든 것을 반추하고 기억할 겁니다. 그러다보면 이 시에 나타난 곤경에서 빠져나오는 식의 역전도 가능할지 모른다…… 그렇게요. 그게 아니라면 선생님이 이렇게까지 노골적으로 자신의 시구가 엘리엇의 모방이라는 걸 드러내 보이실까요?"

나는 이미 이야기를 끝냈다는 표시로 우나이코의 물음에 대답하지 않았다. 하지만 우나이코는 녹음 장치를 정지시키지 않고 질문을 계속했다.

"호제통이란 건 뭐죠?"

"이렇게 코기와 연결시키고 나면, 방금 한 꿈 이야기는 코기 삽화의 중요한 일부가 될 것이고 앞으로도 가끔 나올 테니까 자세히 얘기해보지. 물론 아이였던 내가 그렇게 전체를 보고 있었다는 것이 아니라, 아버지는 아마 이런 걸 생각했을 거라고 나중에 연결시킨 것이지만……

아버지는 어디서 태어나고 자랐는지 아무한테도 말하지 않았는데 (어머니는 알고 계셨겠지만) 도쿄에서 만난 어머니의 고향에 두 분이 함께 돌아와 살기 시작하셨네. 그러니까 아버지는 인생 후반에는 거의 일을 하지 않고 사신 셈이지(나에겐 그렇게 보였어). 말하자면 시간이 남아돌아, 휴일에는 마쓰야마 연대에서 젊은 장교들이 찾아와 술을 마시거나 했어. 거기서 어떤 근본적인 논의가 있었는지—아마 '붉은 가죽 트렁크'에, 장교들의 스승뻘 되는 사람의 편지라든가 아버지 자신에 대해 어느 정도 알 수 있는 내용이 들어 있겠지, 그러기를 나는 기대해—아무튼 그런 지인이나 친구에게 얻은 정보에는 일상생활 정보도 포함되어 있었을 거라고 생각하네. 아버지는 그리 멀지 않은 장래에 식량난 시대가 올 거라고 예상하셨어. 그리고 거기에 대처할 수단으로 좀 남다른 착상을 하셨지.

이 골짜기 마을을 지나가는 가메가와 강 남쪽은—넓은 경사면이 지금도 어느 정도 남아 있는데—전체적으로 밤나무 숲이었다네. 우리 할아버지는 산산물山産物이라고 해서 밤이나 감을 간사이 지방 쪽으로 출하하는 일을 했는데, 언제부턴가 밤을 생산하는 농가 사람들에게 부업으로 밤나무 사이사이에 종이 원료가 되는 삼지닥나무를 재배할 것을 장려하셨어.

삼지닥나무는 지폐를 인쇄하는 종이의 원료인데 내각 인쇄국에 납품을 했지. 재배한 삼지닥나무를 베어서 삶고, 껍질을 벗겨 말려, 다발로 묶은 것을 창고에 모아둬. 농가 사람들 일은 거기까지인데, 그때 나오는 거친 껍질을 여자들이나 노인들이 강물에 담갔다가 얇게 벗겨 진피로 만드는 거야.

그냥 보기엔 일을 안 하시는 것 같던 아버지가, 그걸 얇게 벗기는 기계를 설계해서 주머니칼을 제작하는 곳에 주문을 했네. 대량으로 쌓아두고 전시중의 철 부족에 대비했던 거지. 하얀 진피를 화물차로 수송하기 위해 규격에 맞춰 압축해서 형태를 만들어 포장하는, 그런 꽤 커다란 작업 기계를 설계해서 특허까지 땄어. 그쪽 방면의 공부를 하시지는 않았을 텐데 아마추어로서 그런 취미가 있었던 거지. 나 역시 그런 식의 섬세한 작업을 요하는 일에 매력을 느끼기도 해.

그렇다면 식량난을 어떻게 넘어설 생각이었을까? 아버지는 감나무 경사면을 철마다 붉게 물들이는 피안화에 주목하셨어. 패전 전해 가을, 피안화 철이 끝난 다음해……그러니까 홍수가 나서 익사한 여름 몇 달 전까지, 아버지는 평소와 달리 사업을 혼자서 운영하셨다네. 우선 국민학교 학생들한테 피안화 뿌리를 파서 모으도록 하는 일을 교장 선생님에게 제안하셨지. 물론 어느 정도 금액의 돈은 아버지가 내셨고. 아이들은 그 일에 열심이었어. 밤과 감을 모아 쌓아두기 위한 창고는 피안화 구근(그걸 우리 지방에서는 호제라고 하지)으로 넘쳐났지.

아버지는 집 뒤 돌담으로 둘러싸인 어머니 밭의 일부에 공장을 세우셨어. 골짜기에서 대나무로 수로를 만들어 물을 댔고, 구근을 으깨기 위한 기계를(아무튼 이런 것들을 만드는 일에는 능숙하셨지) 설치했지. 돌담을 내려가는 넓은 돌계단을 만들었고 강변의 높은 부분을 2단으로 만들어 많은 양의 호제를 늘어놓을 수 있도록 콘크리트로 굳히기도 했지. 이런 물자 조달에 군인들과의 교제가 도움이 되었을 거네. 으깬 호제를 물에 씻어 강 아래쪽 넓은 강변에, 호제를 건져서 말리는 돗자리를 깔아둔 선반을 돌아가며 세워두었네.

피안화에 독이 있다는 것은 어린애도 아는 사실이지. 하지만 예전에는 식용으로 썼던 적이 있어. 피안화 뿌리를 갈아 물에 씻어내고, 숲에서 채집한 약초들을 섞어 유독한 성분을 제거하고 기근에 대비했다고 해. 그건 이 지방 공문서에서 발견한 실제 사실이야. 그 문서에 쓰인 약초는, 원래 그런 약초 채취의 전문가였던 어머니와 할머니가 발견한 것이었는데 소량밖에 채취할 수 없었다네. 그래서 약초를 대신할 화학 물질 제조를, 아버지는 규슈 대학에 있는 친구에게 부탁하셨지. 이제 공장이 가동되기 시작하면 질 좋은 전분이 대량으로 공급될 것이다, 그렇게 생각하시면서……

우리 어머니를 비롯해 공장 일을 돕는 근처 사람들은 그 유독 성분이 제거될 거라고 정말로 믿었던 것 같지만, 아무튼 작업은 이어졌어. 강변 높은 곳에는 어디에나 호제가 가득찬 통들이 길게 늘어서 있었지. 그리고 큰비가 내리기 시작하는 계절이 온 거야.”

“비바람이 몰아치다가 맑아져 구름 사이로 보름달이 비쳤던 한밤중에, 선생님 아버님이 홍수로 불어난 강을 보트를 타고 가다가 익사한 일, 그 자체는 사실이라고 아사 아주머니도 말씀하셨지요. 하지만 그게 실제로 있었던 일이라면 그만큼 더, 선생님 말씀으로는 보트에 먼저 타고 있었다는 코기가, 제때에 못 타서 남게 된 선생님을 가만히 보고 있었다는 이야기는 꿈일 거라고 말하고 싶습니다.” 마사오가 말했다. “꿈이라고 하면 리얼리티가 굉장히 강해집니다만……

하지만 저는 선생님이 주장하시는 대로 한밤중에 열 살짜리 아이가 홍수를 배경으로 해서 실제로 본 사실로 연출하고 싶습니다. 구체적으로 어떻게 할지는, 앞으로 이어갈 인터뷰를 통해 만들어나가도록 하지요. 제가 생각하는 코기라는 초월적 본질을 지닌 존재가, 보통 아이가 되어 나타나는 멋진 장면으로 만들고 싶습니다."

2

이날은 일요일이었지만, '헐거인'의 작업이 어떤 것인지를 나에게 보여주기 위해 연극판 〈손수 나의 눈물을 닦아주시는 날〉을 축약한 연극의 리허설을 '산속 집'에서 하기로 되어 있었다. 그런데 젊은 대표 배우 두 사람이 '스케와 가쿠'로서의 일도 해야 해서 그다음 일요일로 연기되었다. 마사오가 '헐거인'의 리더로서(최소한 우나이코와 함께) 지닌 강한 지도력을 봤던 만큼, 이런 민주적인 점도 있다는 사실이 기분좋게 느껴졌다.

그리고 당일, 아직 이른 아침나절에 리허설 준비가 시작되었다. 산길에서 '산속 집'으로 이어지는 사유지에 차를 주차하고 나서 들어오는 젊은 사람들이, 마사오와 우나이코의 지시에 따라 효율적으로 일하고 있었다. 나를 보고 특별히 인사를 하는 것도 아니었지만 그들에게 일층을 내주고 나는 서고에 틀어박혀 있었다. 시간이 흘러 아래층에서 마사오가 불러서 내려가보니 아사도 와 있었다.

단둘뿐인 관객인 우리가 칸막이에 등을 기대자, 마사오는 이층에서 옮겨온 군용 침대와 식당 의자를 하나 놓아둔 무대 중앙에 서서 이야기를 시작했다. 나와 아사를 위한 정황 설명이었는데 자연스러우면서도 빈틈없이 완성된 목소리 톤이, 이미 마사오 스타일의 연극이 시작되었음을 알려주었다.

"복사본을 주신 '익사 소설' 원고를 보고, 저와 우나이코는 그 첫머리에 나오는 사건을 반복적으로 꿈속에서 보는 인물의 대사로 시작되는 연극을 구상했습니다. 무대배경으로는 홍수로 불어난 강이 있고 그 강으로 이어지는 강변에 떠 있는 보트에, 아버지가 반대편을 바라보는 자세로 타고 있습니다. 조금 앞쪽으로 가슴까지 강물에 잠긴 소년이 역시 반대편을 바라보고 있습니다. 그리고 보트 위 높은 곳에서 혼자만 이쪽을 보는, 그러니까 관객을 마주보고 있는 코기가 있습니다……그 장면부터 시작하겠습니다.

하지만 선생님이 '붉은 가죽 트렁크'를 조사하고 최종적으로 '익사 소설' 전체가 우리 앞에 나타나는 것은, 아직 좀 나중 일입니다. 저희는 앞으로 올릴 새 연극의 디테일을 강화하는 비교판을 준비할 생각으로 선생님의 모든 작품을 다시 읽고 있는데, 오늘은 저희가 이미 만들었던 연극판 〈손수 나의 눈물을 닦아주시는 날〉 중에서 몇 장면을 해보겠습니다.

우선 첫번째 장면은 열 살짜리 소년이 아버지를……주위에서는 조코 선생님이라고 불리는 인물……따라 마쓰야마 연대를 탈영한 장교들과 함께 출진하는 장면입니다. 슬로모션의 팬터마임이(슬로모션인 건 조코 선생님이 탄 나무상자 수레 때문입니다) 무대 앞쪽에서 이루어지고 있습니다.

실은 그 정경은 무대 안쪽 침대에 누운, 정신장애가 있는 남자가 계속해서 말하는 대사와 겹쳐집니다. 처음엔, 그 남자를 담요와 시트로 온통 감싼 우나이코가 연기합니다. 병자의 침대 옆에는, 그 이야기에 회의를 나타내면서 침묵하고 있는 간호사 복장의 여성이 있습니다. 간호사는 선생님도 알고 계신 이인조 중 가쿠가 연기합니다.

연극이 시작된 후, 혹시 그럴 기분이 생긴다면, 무대 안쪽 침대에 누운 병자가 1945년 여름을 회상하면서 그 심경을 무대 앞에 있는 소년의 목소리를 통해(그건 소년이 스물 몇 해 전의 그 자신이기 때문입니다) 읊는 대사를, 따라서 읊조려주시기 바랍니다. 선생님의 『손수 나의 눈물을 닦아주시는 날』을, 한 구절 한 구절 충실하게 살려놓았으니 작가한테는 어려운 일이 아니겠지요? 자 그럼 시작합니다."

무성하게 얽힌 나뭇가지에 엷은 보랏빛이나 진한 붉은색 장미가 피어 있는 여름의 뜰과는 유리판으로만 나뉜 무대에서, 지금 군용 침대에 누운 인물은 스케로 바뀌어 있고, 간이의자에 앉은 몸집 큰 여성은 가쿠다. 두 사람 다 침묵하고 있고 가쿠가 연기하는 병자가 떠올리고 있는 과거의 자신인 전투모 쓴 소년이, 무대 앞쪽으로 나와 날카로운 목소리로 외친다(소년 역할은 우나이코가 맡고 있다).

어머니, 어머니, 중대한 사태가 일어났어요. 아버지를 지도자로 받들어 궐기할 거예요. 역시, 역시, 중대 사태가 일어나서 아버지를 지도자로 뽑은 거예요! 아버지를 비국민이라고 말했던 사람들, 패전주의자라고 말했던 사람들 이름을 쓴 종이를 잘 조사해서, 모아두지 않으면 안 돼요. 바빠요, 바빠, 어머니, 어머니, 역시 내가 예상했던 대로예요!

이 장면은 오랫동안 이어진다. 분명, 내 안에서 내 소설이 묘하게 비

틀리면서 함께 움직이기 시작하는 것을 느낀다. 그다음 장면, 무대 앞쪽에서 거동이 편치 않은, 군복 입은 아버지가, 나무 수레라고 불린 상자에 태워져 느릿느릿 이동하더니, 나무 수레째로 군용 트럭에 실린다. 그런 움직임에 맞춰 뒤로 한 발 물러섰던 소년이, 그때까지 사람이 누워 있었다는 건 확실하게 보여주던 침대에 누운 병자가 되더니, 얼굴을 내밀고 우나이코 본래의 부드러운 목소리로 낭독을 시작한다.

　아무튼 팔월 어느 날 이른 아침, 아직 어둡다기보다 깜깜한 골짜기를 군인들과 나는 임시변통으로 만든 나무 수레에 아버지를 태우고 거북이처럼 느릿느릿 출발했고, 골짜기 입구에서 나무 수레째 아버지를 트럭에 실었으며, 드디어 궐기 부대를 이루어 일곱 구비를 돌아가는 고갯길을 걸어서 지방 도시로 향했다. 그리고 트럭이 질주하는 동안 군인들은 외국어 노래 중 이런저런 부분들을 맥락도 없이 반복해서 합창했다.
　"이 노래의 의미가 뭐예요"라고 묻자, 아버지가 주름 하나 없는 도자기 같은 창백한 얼굴로 땀을 흘리면서, 여전히 눈을 감은 채, 또 살찐 몸을 나무 수레에 부딪혀가면서도 설명해주었다. 그렇다곤 하지만 지금 내가 직접 기억하는 것은 그 설명 중 극히 일부분에 지나지 않는다. "Tränen이란 눈물이고, Tod라는 건 죽음이라는 뜻이란다. 독일어지. 천황 폐하가 손수 나의 눈물을 닦아주신다고 노래하는 거야. 천황 폐하가 손수 그분의 손가락으로 눈물을 닦아주시는 날을 기다리고 있다고 노래하는 거지."

아나이 마사오의 연출은 여기서 바흐의 독창 칸타타 중 한 곡을, 나도 스무 해 가까이 전에 소극장에서 공연된 전위극을 보러 갔을 때 경험한 적이 있는, 웅장한 볼륨으로 울려퍼지도록 했다. 낭독은 그 소리에 저항하지만, 결국은 노랫소리에 파묻힌다.

da wischt mir die Tränen mein Heiland selbst ab(그곳에서 구세주께서 손수 나의 눈물을 닦아주시리라).
Komm, o Tod, du Schlafes Bruder(잠의 형제인 죽음이여 오라),
Komm und führe mich nur fort(와서 나를 먼 곳으로 인도하라);

그리고 이 합창이 오래 계속되는 동안, 무언가가 내 안에서 요동치기 시작했다……

3

리허설 형식의 공연을 끝내고 곧바로 무대 뒷정리에 들어가 일한 젊은 사람들이 사라지고 난 후, 커다란 항아리의 안쪽 벽과도 같은 골짜기 마을은 아직 네시 전인데도 순식간에 퇴락한 장소가 되었다. 그들은 마쓰야마로 돌아가, 도쿄에서 오는 싱어송라이터의 콘서트에서 무대 일과 무대 뒷일을 하게 된다. 나는 그런 콘서트에 간 적은 없지만, 이 사람들이 얼마만큼 효과적으로 콘서트 분위기를 잘 돋울 것인지 예상할 수 있었다.

'혈거인' 리허설 첫머리 부분의 분위기는 어두웠다. 우나이코가 분한 날카로운 목소리로 외치는 소년이나(그러니까 65년 무렵의 나인 셈인데), 무대 안쪽 병자와 간호원이나, 그리고 방광암 말기인 탓에 타고 있는 나무 수레의 발치께가 피오줌 범벅이었던 아버지나, 모두 산뜻해 보이는 밝은 인물일 수가 없었다. 그 점은 무대의 아버지가 나무 수레째 나무로 뼈대를 만들어 골판지 상자로 둘러싼 트럭의 짐칸에 태워지고 소년이 그의 옆에 붙어 보살피고 장교들이 뒤쪽으로 늘어서 있어도 별로 달라질 것이 없었다.

그런데 도합 스무 명이 넘는, 내가 처음으로 본 '혈거인'의 젊은 배우들이 장교들을 따르는 병사 무리가 되어 손으로 만든 전투모를 쓰고 가짜 검을 찬 모습으로 합세해서 독일어 노래 합창에 참여하자, 무대는 폭발적으로 빛나기 시작했다.

da wischt mir die Tränen mein Heiland selbst ab.

Komm, o Tod, du Schlafes Bruder,

Komm und führe mich nur fort;

그 합창이 잦아들자 침대에 누워 이야기하던 병자 우나이코가 일어서더니 앞서의 담담한 낭독과는 완전히 달라진, 무대를 휘어잡는 목소리로 말했다.

아버지의 지휘하에 궐기하는 군대와 함께 싸우고 죽을 거야! 내가 그렇게 생각하는데 지방 도시 쪽에서 전투기가 저공비행을 하며 나

타났고 군인들은 저마다, '저렇게 엉망으로 날고 있네, 아예 될 대로
되라는 식이로군!' '저 녀석들이 비행기를 망가뜨려버리지 못하도록
우리의 목적을 위해 비행기를 확보해야 한다!' '우리를 쏘는 걸 피해
제도帝都 한복판까지 가려면 열 대가 필요해. 전원이 그 비행기를 타
고 대일본제국의 핵심인 황궁으로 가서 산화하자!' '우리가 목적을
달성하면, 한발 앞서 순사하는 게 된다, 우리 전원이 맨 먼저 순사하
는 거다!'라고 큰 목소리로 외쳤다. 우리 전원이 순사한다. 그 뜨거
운 말의 가시가 내 작은 심장을 꿰뚫었고, 심장에 자리잡아 여전히
불타올랐다.

　우리 군대는 아버지의 지휘하에 궐기해서 전원 죽는 거다. 그리고
이 군인들은 천황 폐하가 손수 그분의 손가락으로 눈물을 닦아주시
는 날을 기다린다고 노래하고 있는 거다. 그리고 나도, 장교들 병사
들을 따라 찢어지는 목소리로 노래까지 부르기 시작했다.

　그리고 우나이코는 다시 한번 소년으로 되돌아가 무대 앞쪽으로 나
와 합창을 이끌었고, 합창이 고양되었을 때 객석에 있던 나 또한 노래
를 시작했다!

　da wischt mir die Tränen mein Heiland selbst ab,
　Komm, o Tod, du Schlafes Bruder,
　Komm und führe mich nur fort;

"코기 오빠가 이렇게 큰 목소리로 독일어 노래를 부를 수 있다

니……나로서는 발음이 좋은지 나쁜지는 잘 모르겠지만……마사오 군이 바흐의 독창 칸타타를 합창으로 만들었다고 했는데, 아무튼 훈련된 젊은 사람들 합창에 참여해 노래할 수 있네요! 오랫동안 여동생으로 지내왔지만 정말로 생각지도 못했던 일이에요. 나는 '혈거인'이 이걸 중심으로 성공한 무대도 봤지만 이만큼 감동하진 않았어요!"

내 옆에 혼자 남아 짙어져가는 골짜기 마을의 어둠을 내려다보던 아사가 그렇게 말했다.

"오빠가 노래했던 독창 칸타타 가사 내용은 우나이코한테 들었기 때문에 이데올로기적으로 공감해서 그런 건 아니지만, 솔직히 말해 마음이 움직였어요."

"글쎄, 내 소설에서 아버지가 설명한 대로 쓴 시구지. Heiland selbst, 즉 '구세주가 손수'를 '천황 폐하가 손수'라고 한 것은 억지로 갖다붙인 거지만. 아나이는 병사들도 노래하는 것으로 소설을 해석했지만 창고에서 술을 마시면서 붉은 빅터 라벨 음반을 듣고 있었던 건 젊은 장교들뿐이었어. 그들이 매일 밤 큰 소리로 노래를 했기 때문에 나도 기억하는 거야. 소설을 준비하던 무렵 희미한 기억을 더듬어 들려주었더니 고로가 바흐의 무슨 곡이라고 알려주더라고.

그러다가 고로가 LP를 찾아와서, 독일어 가사의 의미까지 배우고 둘이 노래하면서 다시 외우게 되었어. 그런 사연은 있었지만 저처럼 연극 형식의 커다란 소리가 흘러나오고 무대를 채운 모두가 노래하기 시작하니, 나도 모르게 노래를 시작했구나. 뒷맛이 묘해. '혈거인' 친구들이 나를 그렇게 만든 거지."

"나는 다른 생각을 하면서 리허설을 보고 있었어요. 그런데 옆에서 오빠가 노래를 하기 시작한 거예요! 목소리가 변한 지 벌써 육십 년이나 지났는데도 소년 같은 째지는 목소리를 마구 내지르면서 열심히 노래하는 것을 듣고(너는 째지는 목소리라고 했는데, 나는 고로가 찾아온 디트리히 피셔디스카우*의 레코드를 듣고 다시 외우게 된 거야, 바리톤이라고 말해주렴, 이라고 말하고 싶었다) 이건 진짜네, 라고 느꼈어요. 진정한 감정이 들어가 있다고.

나도, 코기 오빠가 천황 폐하가 손수 손가락으로 눈물을 닦아주시는 것을 머릿속에서도 기대하면서 노래했다고는 생각지 않아요. 그래도 가슴속에선 지금, 오빠한테 어렸을 때의 뜨거운 열정이 되살아난 것만은 분명하다고 느꼈어요……그리고 오싹했어요. 나는 오빠가 신제도 중학교에 다니던 삼 년 동안, 그리고 이웃 마을 고등학교에 다니던 일 년 동안 함께 살았지만 그렇게 열심히 노래하는 것을 들은 적이 없어요. 오랫동안 감정 속에 감춰져 있던 노래가 장교와 병사들로 분한 '혈거인'의 합창을 듣는 동안……코기 오빠의 영혼 언저리에서 되살아난 거 아닌가요?

그래서 나는 '혈거인'이 이 연극으로 만든 원래의 소설로 되돌아가서 지금도 생각해보고 있었어요. 『손수 나의 눈물을 닦아주시는 날』은, 그것을 계기로 어머니와 내가 무척 고통스러운 경험을 했던 소설이어서 잘 기억하고 있거든요. 소설에 나오는 군인들의 궐기 날짜는 8월 16일이지만, 일본에서는 전국을 통틀어 8월 16일에……당시로 말하자면 내일본제국 세력권 안에서 항복에 불만을 품은 군인들이 총격전

---

* 독일의 바리톤 가수.

까지 일으킨 그런 궐기는 단 한 건도 일어나지 않았지요. 그래서 아직 젊은 소설가였던 코기 오빠는 선배 비평가들에게 그 부분을 추궁당하지 않도록 정신병원에 있는 환자의 망상으로 그렸던 거죠. 트럭을 타고 궐기하러 나가는 군인들의 노랫소리를, 같이 타고 있었던 환자가 기억해두었다가 병실에서 노래한다는 걸로. 완전한 픽션이라는 걸 알 수 있도록 해두었고 소설 속에서 환자의 어머니가 그 망상을 깨뜨리는 비판도 하지요.

하지만 소설 이전의, 소년의 실제 체험에서, 오빠가 지금 말한 것처럼 아버지가 돌아가시기 전 네댓새 동안 마쓰야마에서 온 장교들이 곳간채*에서 아버지와 함께 술을 마셨어요. 그때 취한 젊은 장교가 노래하는 것을 듣고 외운 거지요. 노래 자체는 바흐의 독창 칸타타이니 천황과는 상관없지만 아무튼 오빠도 가슴이 뛰었던 것 아닌가요? 그건 소설에 쓰인 것만큼 명확하지는 않다고 해도, 오빠의 머리도 가슴도 역시 장교들과 똑같은 감동을 공유했던 것 아닌가요?

오빠는 오늘 비평적인 입장에서 '혈거인'의 리허설을 볼 생각이었을 텐데, 합창이 시작되니까 얼굴을 시뻘겋게 물들여가면서 째지는 소리를 내고 있었어요. 나는 노래하는 오빠를 보는 동안 이건 참 무서운 일이네……라고 생각했지요. 아까 말한 것처럼 나 자신도 감명을 받았으니 얘기는 복잡해지지만……"

나는 아사가 말한, 무섭다느니 복잡하다느니 하는 말의 의미에 대해 생각해보려고 했다. 우리는 어스름이 깔린 실내에서 치카시의 작은 장

---

* 에도 시대에 절이나 영주들이 쌀이나 물자를 쌓아두었다가 판매하기 위해 지은 집.

미 정원과 그 바깥쪽으로 이어진 골짜기에도 어둠이 내려 희미하게 등불이 켜져 있고, 비가 올 것처럼 내내 흐렸던 하늘에 저녁노을이 옅게 떠 있는 광경을 바라보았다. 아사가 다시 말을 이었다.

"나는 이제 와서 오빠가 우파 진영에 추파를 던졌다는 식으로 비판받는 걸 걱정하는 게 아니에요. 하지만 지금 오빠는, 물론 '혈거인'의 도움도 받아 '붉은 가죽 트렁크'를 잘 조사하는 것이 중심 작업이겠지만, 오빠 나이를 생각하면 마지막이 될 작업을 시작하려 하고 있잖아요. 그렇게 겨우 만들어낼 작품이, 독일어 노래의 잔향이 스며든 것으로 만들어진다면, 일이 어떻게 되려나 싶네요.

그런 생각도 들어서 오늘 우나이코와 함께 리허설에서 역량을 보여줬던 젊은 사람들을 혼마치 전철역까지 배웅한 후 많은 이야기를 나누었어요. 코기 오빠가 젊은 사람들의 합창에 이끌려 열창하지 않을 수 없었던 것처럼, 나도 그 독일어 노래에 어느 정도는 감정이 고양되었다고 우나이코에게 말했지요. 한쪽은 늙은 노파이고 또 한쪽은 판단력이 가장 좋은 시기의 젊은 여성, 그런 이인조가 분지를 에워싼 산등성이를 바라보면서 감흥에 젖어 이야기를 나누었어요. 우나이코와 나는 지금까지도 메일로 서로 연락해왔지만, 마사오와는 별도로 우리 여자들끼리 대화를 계속해나가자고 합의했어요. 결국 지금 내가 오빠한테 혼자서 이렇게 계속 이야기하는 것도, 우나이코와 하는 대화와 마찬가지로, '혈거인' 리허설의 여파인 셈이지요. 오빠가 곧잘 하는 말로 표현한 거지만!

그럼 나도 오빠를 골짜기 마을로 받아들여서, 마음의 준비도 된 것 같으니, 이제 '붉은 가죽 트렁크'를 전달할게요."

제3장

'붉은 가죽 트렁크'

1

아사는 내 발소리를 기다리고 있다가, 현관에서 거실로 들어가는 문 (열린 문 안쪽으로 다다미가 깔린 방과 예전에 사용했던 탁자가 보였는데, 혼마치의 전통 있는 제과점 밤과자가 준비되어 있었다) 반대쪽에 있는 창고로 나를 데리고 갔다. 아카리가 이곳에 있을 때 듣던 CD와 CD플레이어가 보관되어 있었고 그 옆에 어머니의 '붉은 가죽 트렁크'가 놓여 있었다. 1933년, 어머니는 이미 아버지와 도쿄에서 살고 있었다. 두 분이 함께 시코쿠 집을 이어받을 계획이었는데 아버지의 사정으로 늦어졌고, 그때 어머니는 유서 깊은 집안의 딸이기도 한 어릴 적 친구가 무역상시 직원이던 남편과 살던 상하이에서 아이를 낳자 친구를 보러 가서는 일 년이 넘도록 돌아오지 않았다. 그 가방은, 그때 아버지가 어머니를 데리러 갔다가 함께 귀국했을 때 가지고 온 트렁크였다.

새것이 아니고 일본인이 경영하던 서점에서 중고품을 샀다고 들었으니 얼마나 오래된 것인지는 알 수 없었지만, 어머니 소유가 된 후 어머니는 가방을 정성 들여 손질했다. 표면은 갈라지거나 벗겨져 있었지만 가죽의 약간 거무스름한 붉은빛은 아직 남아 있었다. 작지만 요즘 여성용 가방과는 비교도 안 될 만큼 튼튼한 물건이었다.

"자물쇠는 이제 고장나서 끈으로 묶어놓았어요. 어머니가 돌아가셨을 때 내용물을 확인한 후로 여태껏 열어본 적은 없지만 어머니가 살아 계셨을 때는 매년 통풍을 했으니 냄새가 난다 해도 그렇게 불쾌하지는 않을 거예요. 지금 끈을 풀어볼래요?"

"'산속 집'에 가지고 가서 보도록 하마." 나는 말했다.

"아버지한테 온 편지 중에서도 특히 아버지가 존경하던 선생님한테서 온 물건에는 붓글씨나 담채화가 포함되어 있는데 아버지가 쓰신 연필 메모는 거의 지워진 상태예요. 마사오 군이, 그림뿐 아니라 전부 컬러 복사를 하면 눈으로 보는 것보다는 또렷할 거라고 해서 그러기로 했지요. 복사가 다 되면 우나이코가 마쓰야마에 가서 찾아올 거예요."

나는 드디어 자유롭게 볼 수 있게 된 '붉은 가죽 트렁크'를 가져와 이층에 있는 침실 겸 작업장의 남쪽 창 옆에 놓고 노끈을 풀었다. 트렁크에 고정하는 금속 장치가 없어서 위뚜껑이 저절로 바닥으로 떨어졌다. 누름돌 같은 물건이 한쪽 바닥에 있었는데 들어올리자 트렁크가 기울어지면서 허벅지에 부딪혔다. 그것은 세 권의 커다란 책이었다. 맥밀란 판 『The Golden Bough』, 전체 몇 권인지는 몰라도 아무튼 세 권이었다. 살아생전 아버지는 세상 돌아가는 모든 일이 쓰인 책을 고치 현에 계신 선생님한테 빌려서 보고 계신다고 어머니가 말씀하셨는데, 이 책을 말한 것인지도 모른다…… 그리고 그 책이라면 나 역시 축약판을 번역한 이와나미 문고판을 학생 시절에 산 적이 있다.

책은 그게 전부였고, 내가 먼저 읽기 시작한 것은, 뒤로 돌아앉아 G펜을 작은 잉크병에 넣어 적시는 어머니의 뒷모습이 생각나는 일기였다. 어머니와 여러 번 충돌하다가 한번 관계가 좋아졌을 때, 천으로 장정된 작은 일기책을(그 안에 쓰인 내용은 소설에는 쓰지 않겠다고 약속한 후) 아사에게 부탁해서 빼낸 적이 있다. 트렁크 안에 든 것은 열다섯 권이었는데 그중 몇 권이었다. 어머니는 아사가 한 일을 알면서도 아무 말도 하지 않았다.

그때 나는 일기를 읽은 덕분에, 어렸을 때 가족처럼 중요한 사람으로 느꼈던 여성에 대해 알 수 있었다. 어머니의 친구이자 골짜기 마을을 내려다보는 언덕 위에 있던 대저택의 외동딸. 우리는 상하이 아줌마라고 불렀다. 일기의 주요 내용은 중국에서 살던 그녀가 고향에 있는 친구, 내 어머니에게 쓴 편지를 꼼꼼하게 옮겨 적은 것이었다.

나는 아직 전쟁중이었을 때 『닐스의 신기한 모험』을 애독했다. 그후에 어머니가 배급받은 군용 양말로 만든 작은 주머니에 쌀을 넣어 공습 위험에 처해 있던 민가를 찾아가 교환했던 몇 권의 이와나미 문고속에서 나는 『허클베리 핀의 모험』을 발견했다. 그 책들은 내게 최초의 문학적 기반을 만들어주었다. 그중 『닐스의 신기한 모험』은, 소학교 때는 같은 학년이었지만 졸업 후 골짜기 마을에 남은 어머니와 달리 마쓰야마 고등여학교와 도쿄에 있는 여대로 진학한 그 친구에게 받은 책이었다. 그 사실을 나는 일기를 통해 알았다.

그래서 나는 우선 젊었을 때는 건너뛰며 읽었을 것이 분명한 한 권을 다시 읽기로 하고, 지요가미*로 장정한 가장 최근 일기를 펼쳐 들었다. 하지만 어머니의 일기에는, 언제까지고 상하이 아줌마의 편지가 불러일으키는 그리운 추억들의 세세한 내용만 적혀 있었다. 내가 찾고 싶은, 아버지의 과거와 1945년에 이르기까지 몇 년 동안의 일은 언급되어 있지 않았다. 오히려 어머니 생활에서 아버지에 관한 부분을 지우기 위해 일기를 쓰기라도 한 것처럼.

첫날은 한밤중까지 어머니의 일기를 읽었고 다음날 나는 더 광범위하게 '붉은 가죽 트렁크'의 검토에 들어갔다. 이미 오후로 접어든 시각이었다.

내가 관심을 가졌던 편지류는 아직 복삿집에서 도착하지 않아서, '붉은 가죽 트렁크'에 들어 있던 것들을 정리된 것부터 책상과 책꽂이, 그리고 방바닥에까지 생각대로 늘어놓아보았다. 그랬더니 남모르는 어머니의 취향에 따른 수집품이랄까 이런저런 흥미로운 물건이 눈에 들어왔다. 나는 그 물건들—주로 신문이나 잡지를 잘라낸 것인데 오랫동안 접힌 부분이 닳아 해져 있어, 찢지 않고는 펼치기 어려워진 것들—을, 책꽂이 아래쪽 선반에 있던 크고 두꺼운 책(이를테면 'The Shorter Oxford English Dictionary' 두 권)의 아무 페이지나 열어서 끼워나갔다. 너무 해어진 나머지 약해져서 찢어져버린 것은 뒷면을 스카치테이프로 붙여두기도 했다. 아무튼 내용을 알 수 있는 신문기사는 대충 읽어가면서 선반 위에 겹쳐서 올려놓았다.

---

* 화려한 색채와 문양이 그려진 일본 전통 종이.

'런던 해군 군축 조약'* '통수권 간범干犯 문제'** '생사生糸 대폭락'***
'농촌 부채 48억 엔'**** 그리고 '우서 사건'***** 등 사회, 시사 관련 기사들
이었는데, 모두 1930년에 일어난 사건에 관한 것들이었다. 그러니까
내가 태어나기 오 년 전부터 어머니에게 그러한 분야에 대한 관심이
생기기 시작했다는 사실을 보여주고 있었다. 어머니의 소중한 친구가
상하이에 갔다는 사실, 무엇보다 친구의 편지를 통해 어머니가 여러
가지를 배웠다는 사실. 어머니 자신의 중국 여행과 체류는 그 배움을
전제로 이루어진 것일 터였다. 그러니 어머니가 돌아오게 하려고 아버
지가 노력하지 않았다면, 나는 존재할 수 없었다! 어머니로부터, 기묘
하고도 잔혹한 옛날이야기이거나 아니면 아주 오래된 옛날이야기인
것처럼, 800명이 넘는 대만 원주민이 죽창, 통나무봉, 만도를 휘두른
폭동 이야기를 들었던 기억이 났다……
    근대적이면서도 일본적인 느낌을 풍기는 반나체 여성의 삿포로 맥
주 컬러 광고(그냥 컬러가 아니라 특별히 인쇄한 것이라는 느낌을 주
는)가 있었는데, 그 회사의 창립자 격인 유력 인사가 상하이 아줌마의

---

* 1930년, 해군 보조함 보유량 제한을 목적으로 한 열강들의 조약.
** 일본에서는 군대 규모에 관해 정부가 의회의 의결을 받도록 되어 있었으나 런던 해
군 군축 조약에 반발한 반대파들이, 정부가 해군 감축 조약에 합의한 것은 천황이 갖
는 통수권을 침범한 것이라며 문제시한 사건. 결국은 의회를 거쳐 천황이 재가하여 조
약을 비준하나, 비준을 감행했던 당시의 총리는 우익 청년에게 총격을 당하기도 했다.
*** 1929년 세계 대공황의 영향으로 일본에서도 미국에 수출하던 샌사 등의 주가가 크
게 폭락했나.
**** 세계 대공황은 일본에도 심각한 영향을 미쳐 쇼와 공황을 일으켰고, 이에 따라 농촌
의 부채가 심각한 문제로 부상했다.
***** 1930년, 타이완 우서에서 일어난 고산족의 반일 봉기.

친정과 관계있는 사람이어서 어머니도 젊었을 때 만난 적이 있다던 이야기가 머리 한구석에서 되살아났다. '상하이 사변'에 관한 사진 중심으로 스크랩한 열 몇 장 정도의 기사, '펑톈의 만주국 건국 축하'라는 신문기사도 본 기억이 있다. 묘하게 키가 컸던 중국인들이 조용히 행진하는 사진. '린드버그 2세 유해 발견'이라는 기사. 세월이 지난 후 나는, 아직 아이였을 때 부모와 함께 길을 가다가 신문 가판대에서 본 어린아이의 시체 사진에 관한 기억을 떠올리게 한 에세이를 읽었다(나는 이 천재 동화작가*의 '체인질링'이라는 주제에서 힌트를 얻어 소설을 썼다). 그 무렵 나도 그 사진을 봤다는 거짓 기억에 휩싸였던 것은, 이 기사를 봤기 때문일 것이다.

내가 태어나기 전에 일어난 사건들의 기사를 오른쪽 상단에 연필로 쓰인 신문 이름과 날짜별로 정돈하는 동안, '익사 소설'에 대한 새로운 착상이 떠올랐다. 어머니가 스크랩한 기사를 선택한 방식에는 특정한 방향성이 엿보였다. 이건 어머니가 원하든 원하지 않든 늘 영향받았던 아버지의, 시대에 대한 관심 방식이 나타나 있는 것은 아닐까? 만약 그런 시대적인 관심이 보이는 서술을, 앞으로 아버지에 대해 쓴 편지나 그에 대한 답장에서 찾아낼 수 있다면, 그 내용을 근거로 구체적으로 더 파헤쳐나간다면(어머니 일기도 세밀하게 다시 읽을 생각이다) 내가 예전에 품었던 구상, 그러니까 『만엔 원년의 풋볼』을 이 지방의 민중적인 전승담과 중첩시켜 아버지가 살아온 현대사 쪽으로 전개하는 방식이 가능하지 않을까?

---

* 모리스 센닥.

아버지는 아버지 나름대로 동시대 역사에 대한 견해를 갖고 계셨다
는 이야기가 된다. 하지만 그에 기반한 궐기 계획은 애처로우리만큼
우스꽝스러운 방식으로 전개되었다. 혼자서(다만 코기가 아버지 옆을
지켰을 뿐?) 강물에 띄웠던 보트는 뒤집혔고, 아버지는 익사했다. 그
런 국면들에 대해 하나씩 소설에서 이야기하는 것은 가능할 터. 그리
고 드디어 소용돌이에 휩쓸려 들어갈 때 그에게 들리는 노래.

da wischt mir die Tränen mein Heiland selbst ab.
Komm, o Tod, du Schlafes Bruder,
Komm und führe mich nur fort;

나는 낮은 목소리였지만, 노래까지 하고 있었다.

2

다음날, '붉은 가죽 트렁크'의 내용물을 전부 선반에 늘어놓는 일을
끝내고 그 앞에 앉아 있을 때였다. 마사오가, 리허설에서 사용했던 조
명 기구와 음향 기구를 일층으로 더 많이 가져와 정리하고 있는 '헐거
인'의 젊은 멤버들 옆을 떠나 나에게로 왔다.

"선생님이 재미있는 것을 발견하셨는지 아닌지, 선생님을 재촉해서
이야기를 들으려는 건 아닙니다!"

"자네가 궁금해하는 건 당연하네만, 아직 내용을 구분하는 단계라

서……"

"저희가 아침부터 힘 쓰는 일을 하고 있었는데, 여성 멤버들은 반성 모임을 갖고 있었답니다. 이제 일단락되었다면서 우나이코가, 선생님께서 시간을 좀 내주시지 않겠느냐고 하더군요.

우나이코가 남은 멤버들을 배웅할 겸 마쓰야마에서 용건을 끝내고 올 참이었는데 문구점에 놔두고 온 자료 건으로 전화를 했더니, 컬러 복사 값이 좀 비싸서 문제가 있었던 것 같습니다. 그래서 제가 이야기하러 갔다 올 겁니다. 여자들도 데려갈 거지만…… 우나이코만 남겨두고 가겠습니다."

우나이코는 말끔히 치워진 거실에서 기다리고 있다가,

"선생님께서 보신 리허설에 관해 아사 아주머니가 선생님께 제 생각을 이야기하라고 하셨어요. 그렇게 하도록 해주세요"라며 곧바로 말을 꺼냈다. "아사 아주머니의 우려에 관해서는 말씀 들으셨지요?"

"들었네. 아사의 감상을 들으려고 한 건 아니고 아사의 생각을 들었을 뿐이지만."

"아사 아주머니는 저한테도 우선 제 생각을 말하는 것이 좋겠다고 말씀하셨어요. 오빠는 사람들이 자기 이야기를 듣는 일에 오랫동안 익숙해진 사람이라 도중에 말을 끊는 것은 어렵다, 그러시면서요……

마사오는 선생님의 소설 전체를 자신의 방식으로 연극화하려고 생각할 만큼 선생님에게 감화를 받고 있어요. 동시에, 젊은 세대로서 비판적 시각도 갖고 있지요. 비판이 포함된 관심이기 때문에, 자신만의 방법론으로 연극화하고 싶어하는 것이지요.

마사오의 비판과 관심은 선생님에 대한 제 느낌과 비슷하지만 조금 다르기도 합니다. 저는 이번에 〈손수 나의 눈물을 닦아주시는 날〉을 열심히 했지만 회의적이기도 했어요. 그것도 연습하는 동안에 회의감이 커졌다는 것이 솔직한 심정입니다. 골짜기에서 궐기대가 출발할 때, 아이도 노래를 하지요. 아버지의 언어로, 어른이 된 아이 역할을 담당하는 인물이 외칩니다. '천황 폐하께서 손수 나의 눈물을 닦아주시네, 죽음이여 오라, 잠의 형제인 죽음이여, 어서 오라, 천황 폐하께서 손수 나의 눈물을 닦아주시네……'

솔직히 이런 부분이 저는 싫어요. 소름이 끼쳤어요. 그래서 리허설 준비 단계에서, 우리는 이 부분을 비판적으로 표현하는 거냐고, 아직 어린 목소리로 노래하는 아이도 합창하는 군인도, 나무 수레에 탄 말기암에 시달리는 지휘관과 똑같이 우스꽝스럽고 그로테스크하게 표현하면 되느냐고 마사오에게 물었지요. 그랬더니 마사오는 이렇게 대답하더라고요. 네가 맡은, 아이 어머니는 어떻게 할 거냐고요. 그래서 저는 그녀의 냉소적인 비판적 언사를 강조하면 되는 거냐고 물었습니다.

그랬더니 마사오가 화를 냈어요. 내가 왜 조코 선생이 설파하는 전후 민주주의의 대변인이 되어야 하는 건데? 그러면서요. 그러고 나서 마사오가 저한테 이해시키려고 했던 것은 이런 거였어요.

조코 선생님에게는 그런 교조주의적 정치 감각과는 또다른, 더 깊고 어두운 일본인적인 강렬한 감각이 있다. 그래서 『손수 나의 눈물을……』에 흥미를 느낀 거다. 그러면서 조코 선생님의 '익사 소설'에서는 그 부분이 더 강해질 셈로 예감하고 있다고요.

그런데 저는, 〈손수 나의 눈물을……〉을 실제로 연기하면서 예상치 못한 감동을 받았어요. 아사 아주머니가 감동하셨다는 부분과도 통하니, 서로 공감한 거지요. 어떤 부분에 감동했느냐 하면, 무엇보다 독일어 노래에 맞춰 노래하시던 선생님이 진심을 다해 노래하고 계셨다는 점이었어요.

그렇다고 해서 제가 바흐의 음악을 통해 초월적인 천황주의, 국가주의에 매력을 느꼈다는 것은 아니에요. 이제 말씀드리겠지만 저는 그런 것에 근본적으로 혐오를 느끼는 데서 출발한 사람이고, 그 연장선상에서 '헐거인' 연극 활동을 하게 되었으니까요. 저는 선생님이 그런 식의 울트라 내셔널리즘으로 회귀하는 것을 반대하기 위해 평론 등의 분야에서 노력해오셨다는 것을 잘 알고 있어요. 그럼에도 불구하고 어렸을 때 그런 강렬한 감정적 경험을 하셨고, 그 경험이 지금까지도 이런 방식으로 되살아난다는 점에……충격을 받았어요. 그리고 이제까지와는 다른, 선생님에 대한 관심을 제 안에서 발견했는데, 마사오의 연극에 그렇게 만드는 힘이 있었던 거지요.

그래서 저는 저 자신의 근원적인 체험을 선생님께 말씀드리려고 해요. 그건 야스쿠니 신사에 관한 일이에요. 이렇게 말하면 제가 야스쿠니 신사에 대해 잘 아는 사람 같지만 그건 아닙니다. 십칠 년 전 큰어머니를 따라 야스쿠니 신사에 간 적이 있을 뿐이에요. 그때가 처음이자 마지막이었어요. 그후에는 간 적이 없습니다. 그런데 그 단 한 번의 경험이 저한테는 커다란 경험이었어요. 그 경험을 말씀드릴게요.

제 큰어머니는 문부성 엘리트 관료인 남편에게 영향을 받았는지, 아니면 큰어머니가 거꾸로 영향을 주었는지 몰라도 부부가 둘 다 보수 우파입니다. 큰어머니의 할아버지는 해군 중좌로 싸우다 전사했어요. 십칠 년 전 저를 야스쿠니 신사에 데리고 간 건 그 큰어머니지요.

그것도 야스쿠니 신사에서 하는 행사에 초대받아 간 것이 아니라, 큰어머니와 저는 참배하는 사람들의 대열을 따라 경내를 이동했을 뿐이에요. 그러는 동안 큰어머니가 멈춰 서서 할아버지의 영령을 위해 기도를 올리기 시작했는데, 열심히 오랫동안 계속했기 때문에 저는 옆에서 지쳐 있었어요. 그런데 커다란 목소리에 놀라 얼굴을 들었더니 그때까지 사람들로 가득했던 곳이 텅 비어 있었고, 그곳에서 아직까지도 잊을 수 없는 정경이 펼쳐졌습니다.

그때까지 본 적이 없던 커다란 깃발이 휘날렸는데, 흰색 천 한가운데에 붉은 동그라미가 그려져 있었지요. '일장기'라는 건 알고 있었지만 그 크기가 엄청나서 무서웠어요……그 깃발이 휘날렸던 건, 검은 옷을 입은 남자가 검은 깃대를 몸 앞쪽으로 들고 흔들고 있었기 때문이죠. 커다란 흰 천에 붉은 동그라미가 그려진 깃발이 펄럭펄럭 휘날리면서 제 시야 안으로 한가득 들어왔지요……

그 깃발이 이동하기 시작했습니다. 그 뒤쪽에, 옛날 군복을 입고 군모를(모자에 달린 천이 어깨에 드리워져 있었죠) 쓴 남자가 서서 긴 칼을 높이 치켜들었어요. 그리고 뭔가 맹세 같은 말을 하고 있었어요. 그 말은 천천히 반복되는데도 의미를 알 수가 없었습니다……

그때 저는 토하고 말았어요. 큰어머니가 가슴에서 꺼낸 무언가로 제 얼굴 반을 눌러 막으려 했지만 막지 못할 만큼 거세게 한참 동안 토했지요. 큰어머니는 하오리*를 벗어서 토사물로 더럽혀진 제 상반신을 감싸 안더니 인정사정없이 일으켜 세웠습니다. 그런 식으로 불경을 저

---

* 기모노 위에 입는 겉옷.

지른 한 저를 긴 칼을 치켜든 군인들이 따라올 거라는 생각이 저뿐 아니라 큰어머니한테도 들었는지 우리는 정신없이 도망쳤지요……

그것이 저의 야스쿠니 신사 체험입니다. 그리고 그게 다예요. 하지만 그때부터 십칠 년 동안 그 일에 대해 생각해왔답니다. 고등학교를 졸업하고 나서 변변찮은 직업을 가졌는데 몇 번이고 직업을 바꾸다가 직장 동료가 권하는 대로 '혈거인'의 연극을 봤어요. 그리고 이런 방식으로 사고할 수 있다면 좋겠다고 생각해서 직장을 다니며 연극 공부를 했지요. 그러는 동안에도 제 안에 응어리져 남아 있는 야스쿠니 신사 일에 대해 줄곧 생각해왔습니다. 실은 저는 선생님 작업에 관해서는 잘 알지 못했어요. 그런데 마사오가 선생님을 주제로 한 작품을 계속 만들었고, 그 작품을 보거나 저 자신도 참여하거나 하는 동안에 『손수 나의 눈물을……』의 대본을 읽었습니다. 그리고 그 작품을 통해 다른 어떤 작품보다 확실하게 선생님 세계를 만날 수 있었죠.

그후 일은 대충 다 알고 계시는 대로입니다. 마사오는 십대 후반에 하나와 감독님이 많이 아끼셨다고 해요. 그 관계로 선생님의 사모님을 만난 일도 있었던 것 같아요. 하나와 감독님은 마사오한테, 조코의 『일상생활의 모험』을 잘 읽어둬라, 그 작품을 영화로 만들 때 사이토 세이키치 역은 마사오 말고 없다, 그렇게 말씀하신 적이 있다고 하더군요. 영화는 만들어지지 않았지만, 마사오 세대의 감각으로 말하자면 과거의 작가가 된 조코 선생님의 작품을 초기작부터 다시 읽은 것이 연극판 『손수 나의 눈물을……』로 결실을 맺었고, 지금도 조코 선생님 소설 전체를 관통해 해석하는 구상으로 마사오를 이끌어가고 있는 것이지요. 마사오가 극단의 근거지를 마쓰야마로 옮기게까지 했고요.

마사오는 근거지를 옮긴 후 곧 저를 데리고 아사 아주머니를 방문하기 시작했습니다. 아주머니는 저희를 받아주셨지요. '산속 집'에서 '혈거인'이 연구 모임을 할 수 있게도 해주셨고요. 그러다가 마사오는, 선생님께서 한평생의 작업을 정리하는 소설을 구상하고 계시고, 그 자료를 어머님 유품 중에서 추리고 모으는 작업과 소설 첫머리의 디테일을 구상하기 위한 노트 작성을 위해 이곳으로 돌아오셔서 한동안 '산속 집'에 머무실 거라는 이야기를 들었습니다.

'익사 소설', 바로 그거야! 하면서, 마사오는 흥분하더군요. 아사 아주머니가 들려주신 이야기는 단편적인 것이었지만, 조코 선생님의 최근 작품을 전부 읽고 작품에 인용된 시인한테 자기도 빠져들게 되었다고 했던 만큼 마사오로서는 뭔가 통하는 것이 있었겠지요.

저는 그렇게 가까이에 조코 선생님이 계시게 된다면, 연극판 〈손수 나의 눈물을……〉의 원작자한테 야스쿠니 신사를 어떻게 생각하시는지 여쭤본다든가 저한테 그 문제가 어떤 것인지를 말씀드릴 수 있으면 좋겠다고 생각했어요. 생각이 들면 금방 행동으로 옮기는 성격이라서, 조코 선생님이 빨리 와주실 수 있도록 부탁하기로 했지요. 그게, 그때 몰래 기다리고 있었던 이유예요. 그리고 정말 우연히도, 생각보다 일이 잘 풀렸던 거지요."

이른 아침, 운하 옆 자전거도로에서 뒤로 넘어지는 내 상체를 받쳐주고, 탄탄한 한쪽 허벅지로 온몸의 무게를 지탱해주었지……어떤 자세였기에 그런 일이 가능했는지에 대해 나 역시 이런저런 상상을 하곤 했다. 아무 말도 하지는 않았지만……

"다만 저로서는 마사오가 말한, 선생님에게는 전후 개혁을 철저하게 지지하는 교조주의와는 또다른 깊고 어두운 일본인적 감각이 있다고 했던 말이 머리에 남았고, 연극판 〈손수 나의 눈물을······〉의 리허설 때 독일어 노래를 열심히 부르시던 선생님을 보고 나서, 새롭게 든 생각도 있어요. 그래서 오늘은 우선 이 얘기만 말씀드리고 싶었습니다."

"나는, 웬만해서는 새로 알게 된 사람한테 빠져 무슨 일을 시작하는 법이 없는(그러면서도 어쩌다 그런 일이 있으면 확실하게 개입하는) 아사가, 단적으로 말하면 자네가 가는 길을 함께 가려고 하는 데 관심이 있네."

"아사 아주머니는 이 산에서 어머님을 모시는 일을 통해 조코 선생님의 작업을 뒷받침해오셨다고 마사오는 말하더군요. 아사 아주머니는 다른 사람을 위해 진심을 다해 나설 수 있는 분이라고 저는 느끼고 있어요."

"하지만 아사 자신은 자네가 어떤 방향으로 가고 있는지는 잘 모르는 것 같던데. 그 부분이 나로선 흥미롭네."

"아사 아주머니가 이곳에 계셔주셔서 정말이지 든든해요. 하지만 저 자신도 제가 어떤 방향으로 나아갈지는 잘 모르겠어요. 저를 키워준 것은 마사오이고 앞으로도 그의 연극 활동과 보조를 맞춰나갈 거니까, 아사 아주머니의 호의도 그런 선에서 받아들이고 있어요.

하지만 언젠가는 저는 마사오의 노선 바깥으로 나갈 것 같다는 예감이 들어요. 마사오는 역시 남성이니까요. 그 부분도 아사 아주머니는 간파하고 계신 것 같아요. 아사 아주머니는 조코 선생님에 대해서도 장래에 어떤 극단적인 행동에 나설 때 도와줄 거라는 기대는 안 하는 게 좋다, 그 점에서는 나는 남성이 아니니까 어느 정도 기대해도 된다,

그러셨거든요……

그리고 아사 아주머니는, 나는 이래 봬도 이런저런 일을 겪어온 사람이고, 또 그 때문에 오빠한테 어느 정도 돈을 내도록 한 적도 있지만, 오빠가 도움이 된 것은 무엇보다 소설가로서니까(혹은 시나리오도 쓰는 사람으로서), 저도 그 선을 지켜주면 좋겠다고 말씀하셨습니다.

그런 식으로 저는, 아직 정해지지 않은 일에 대해서도 아사 아주머니에게 이런저런 얘기를 하는데, 그러다가 선생님에 대해 아주머니가 말씀하신 얘기에 강한 인상을 받았습니다. 처음에 아사 아주머니는 선생님에 대해 이렇게 말씀하셨어요. 오빠는 태평한 사람이면서도, 혼자 속으로 끙끙 앓는 경우가 있다. 언제까지고 옛날 일을 후회한다고요. 어릴 때부터 늘 그랬고, 아주머니도 마찬가지라고요. 그런데 '혈거인'과 알게 된 후로, 특히 우나이코와 젊은 여성 멤버들과 관계가 깊어진 덕분에 그런 성격을 극복할 수 있게 된 것 같다고 하셨어요. 우선, 이 젊은 여성들은 후회 따위는 하지 않는다는 걸 알게 됐다. 그리고 그녀들한테는 지금 자신의 행동이 미래에 후회의 씨앗이 되지 않을까 신경 쓰는 모습도 없다. 그도 그럴 것이 일찍이 후회라는 걸 한 적이 없으니 당연하다. 정말 깔끔하고 시원시원하다. 나는 그 점에 영향을 받아 성격을 바꾸기로 했다고요.

젊은 여성들은 후회를 하지 않아요. 지금 하는 어떤 행동 때문에 나중에 후회하는 거 아닌가 하면서 두려워하는 일이 없어요. 그렇다면 일흔을 넘은 내 경우는 더 말할 것도 없지! 지금 현재 일에 대해 장래에 나 자신이 후회하고 그에 대해 보상하려고 한들, 그럴 시간이 있을까? 없어. 제대로 후회할 시간조차 없을 거예요. 그래서 나는 아무튼 오늘 우나이코와 그 동료들의 계획에 동참하기로 결심했어요, 라고 말씀하셨어요. 우나이코와 함께한다고 해서 자신이 뭔가 새로운 일을 할수 있을 거라는 생각이 드는 것도 아니지만 잃을 것도 없다. 오빠가 우나이코와 대립하게 된다면 자신은 우나이코 편에 서겠다는 말씀도 하셨어요. 지방의 전통 있는 가문의 따님이라 상대의 몸을 만지거나 하지는 않으시지만, 제 어깨에 이런 식으로 아주머니의 작은 오른손을 내미셨던 것이 눈에 선해요."

다음날도 내가 '붉은 가죽 트렁크'에서 정리한 것을 선반에 재정리하면서 눈에 띄는 것들을 읽고 있는데, 마사오가 아사가 부탁했던 컬러 복사물을 전해주러 왔다.

"어제는 우나이코의 독무대에 함께해주셔서 감사합니다. 솔직히 저는 조마조마했습니다. 원래 저는, 우나이코가 야스쿠니를 숭배하는 울트라 내셔널리즘이라고 연극판 〈손수 나의 눈물을……〉을 비판만 한다면 선생님과 이야기하러 가는 건 무의미하다고 생각하고 있었습니다. 그런데 이번에 궐기에 나서는 젊은 장교와 소년들이 멋대로 천황과 동일시하면서 Heilland를 찬양하는 노래를 부르는 부분에서, 조코 선생님이 진짜로 감동한 듯 노래하고 계셨지요……그 모습을 보더니, 도대체 어떻게 된 거냐면서 선생님과 이야기하고 싶다고 하기에…… 그리고 나서는 우나이코는 자기 이야기를 선생님께서 잘 들어주셨다, 그래서 기본적으로 선생님에 대한 불신은 사라졌다고 하더군요. 자신은 상대방의 이야기를 잘 듣는 편이 아니고 선생님도 그렇다고 아사 아주머니한테 들었다면서요. 제 연극 방식은, 누구의 발언이든 다양한 사고방식을 지닌 사람들 중 그냥 한 사람의 생각으로 듣고, 각각의 사람들의 자기표현으로 무대에서 살리지요. 그것을 다중적으로 겹쳐서 하는 건데, 약간 역설 같지만 그녀는 '혈거인'에서 자기 역할을 하게 된 겁니다."

"우나이코는 스물 몇 살인가에 극단에 들어갔다던데, 그 정도 시간만으로 공동체 안에서 그렇게 분명히 자신을 표현할 수 있게 되었군."

"그 점에서 우나이코는 특별합니다. 우나이코는 어찌된 일인지 자기보다 젊은 사람뿐 아니라 윗세대에도 영향을 끼치는 힘이 있습니다. 우나이코가 '혈거인'의 정식 멤버가 된 후 대여섯 해 지났을 때 우나이코 주변에 있는 이십대 여성 멤버들과 작품을 하나 만들었습니다. 삼십 분 정도 되는 작품입니다. 그걸 공연에 끼워넣었더니 관객들이 아주 좋아했어요. 〈죽은 개를 던지다〉라는 제목입니다. 제목은 기억하죠?

물론 도쿄 근교 베드타운에 '혈거인'의 근거지가 있었을 무렵의 일입니다. 젊은 멤버들은 아침 일찍 걷거나 달리면서 기초 체력을 기르기 위해 노력중이었습니다. 선생님도 건강을 위해 걸으시는 것 같은데, 무슨 유행처럼 운동을 위한 장소가 도쿄 도와 도쿄 근교 지방자치단체에 의해 만들어지기 시작한 시기였습니다. 비슷한 시기에 교외의 새로운 주민들 사이에 개를 기르는 붐도 일어 개를 운동시키려 데리고 나오는 사람들과, 트레이닝하는 젊은 단원들이 서로 부딪치는 경우가 있었습니다. 달리기에 열심인 젊은이들은, 개를 산책시키는 여자들이 코스 안에서 멈춰 서서 잡담을 나누고 있어 방해된다고 불만을 토했습니다. 다른 여성들은 그렇게만 반응했는데 트레이닝 그룹의 리더였던 우나이코는, 개를 데리고 나오는 여자들의 습관과 행동에 흥미를 갖게 되었습니다.

그리고 우나이코는 개를 산책시키는 여자들을 억압하려는 세력이 나타난다는 발상을 연극적으로 구현했습니다. 그건 트레이닝 중 젊은 단원들이 한 말에 근거한 것이지만 부인들의 반격 쪽에 초점을 두고 연극화한 것이 우나이코다운 발상이었지요. 반격하면서 남자들을 모욕하는 여자들의 표현이 모두 수캐와 관련된 표현이었다는 점이 우나이코의 재능을 보여주었습니다. 남자들이 거기에 반응하지요. 그들의 세력과 응원단은 객석에 자리잡고 있는 것으로 설정됩니다. 개를 데리고 있는, 무대를 차지한 여자들 집단이, 남자들을 향해 일제히 비닐에 든 개똥을 던지면서 싸웁니다. 흥분이 점차 고조되어 자기 개까지 던지기 시작한다는 클라이맥스를 만들어냈습니다. 물론 객석을 넘어서 던져지는 개도 똥도 다 가짜지만요.

제목은 그 점을 강조해서 〈죽은 개를 던지다〉라고 우나이코가 붙였지요, 하하하!"

베트남전쟁에 대한 시민들의 비판이 유럽에서 고조되던 시기, 서독의 젊은 층들에 대해 현장 보고를 하는 귄터 그라스의 소설에서, 한 젊은이가 공중公衆 앞에서 애견을 태우는 계획을 제안했던 장면이 생각났다는 사실을, 나도 이야기했다.

"베를린에서 학생들이 그런 일을 했다면(실제로 있었을 법한 일이고) 사회적인 스캔들이 되었겠지요. '혈거인'의 〈죽은 개를 던지다〉에 대해서도, 애견 단체들한테서 항의가 와서 극단 책임자인 제가 불려갔습니다. 저는 '자숙'하겠다고 말했지만 우나이코 그룹은 가만있지 않았습니다. 그 연극 대신 다른 연극을 끼워넣은 극이 상연되는 소극장에 표현의 자유를 지키라고 말하는 여성들이 들이닥쳐서, 대응하는 저한테도 개똥이든 죽은 개든 던질 기세였습니다. 꽤 고생했지요."

"그 때문에 '혈거인'이 분열하는 일은 없었나?"

"'혈거인' 내부 남자들도 사태를 재미있어하는 상황이었고, 그런 식으로 연극 활동에 참가하는 걸 원래 즐겼으니까요. 다만 우나이코한테는……야스쿠니 신사도 그 한 예인데, 결코 양보할 수 없는 무엇이 있습니다. 그 점에서 역시 독특합니다."

"아사한테도 그런 점이 있는데, 아사가 그녀에게 매력을 느끼고 또 앞으로 그녀가 나아가는 곳, 진정으로 뭔가 해보려는 곳으로 함께 가려는 건 분명해 보이네."

"아사 아주머니라는 강력한 자기편이 생긴 셈인데, 그 두 사람이 목표로 삼는 타깃은 조코 선생님이 아닐까요. 이렇게 말씀드리면 제가 남의 일처럼 말한다고 생각하실지도 모르겠습니다만. 하지만 우나이코와 이야기하면서 조코 선생님 소설을 다시 읽는 저에게 어떤 중심이 생긴 것도 분명합니다.

선생님 작품 전체에 대한 인터뷰를 진행해서 연극을 만들어나간다는 제 구상은, 코기라는 주제를 설정하긴 했어도 아직 초점이 막연했습니다. 그런데 우나이코는 직접 조코 선생님의 '익사 소설'과 동시에 진행하는 식으로 하고 싶어하더군요."

"실제로 그렇게 되고 있고, 그 때문에 내가 곤란한 일은 아직 없네."

"하지만 우나이코가 아사 아주머니의 호의적인 제안을 넘어서는 일이 생긴다면, 우나이코와 조코 선생님 사이에 트러블이 생길 수도 있는데요……뭐, 하지만 이제까지 우나이코가 '혈거인'의 활동을 곤란하게 만들 정도로 모험주의를 취한 적은 없습니다.

예를 들면 그녀는 〈죽은 개를 던지다〉를 단순화한 퍼포먼스를 야스쿠니 신사 경내에서 한다든가 하는 일은 기획하지 않았으니까요. 선생님께서 협력해주시는 한 저희는 '익사 소설'의 연극화 구상을 우나이코를 중심으로 진행해나갈 수 있을 거라고 낙관적으로 생각합니다.

하지만 그 모든 것은 조코 선생님이 새로운 자료에 바탕해 '익사 소설'과 마주하실 수 있게 되고, 저희의 '익사 소설' 연극화에 방향을 제시해주셨을 때 가능한 일입니다만……

모든 것은, 선생님의 '붉은 가죽 트렁크' 독해에 달려 있습니다."

제4장

농담은 관철되었다

1

마사오에게 종이봉투를 받아들었을 때 좀 위화감을 느꼈다. 두께는 두꺼웠지만 가벼웠기 때문이다.

컬러 복사된 것은 A3 사이즈 봉투 석 장에 들어 있었는데, 원본은 각기 큰 사이즈의 한지였고, 문인의 작품이라고 말할 만한 글자와 그림이 먹과 물감의 번짐까지 또렷하게 복사본에 나타나 있었다. 하지만 내가 기대했던, 내용 있는 편지라고 할 만한 것은 한 통도 없었다……

아버지가 가업과는 상관없는 일을 하는 좁은 장소에서, 특히 고치현의 선생님이 보내온 그림과 글씨가 있는 큰 종이를 황송하다는 듯 양손에 받쳐든 것을 몰래 숨어서 본 기억이 있다.

"저 종이에는 무슨 내용이 쓰여 있남?" 나는 어머니에게 그렇게 묻곤 했다.

"우리 같은 사람이 어찌 그걸 알겠니!" 어머니는 그렇게밖에 대답하지 않았는데 충분히 경의를 담은 말투였고 내가 그렇게 물어보았다는 사실을 잊을 무렵에야, 아버지가 『대한화사전大漢和辭典』* 제1권에 나와 있는 것을 발견했다고 설명해준 적이 있었다. 모로하시 선생님의 책이 마지막 권까지 완성되면, 이 책에서 못 찾는 한자는 없을 거라는 말씀도 하셨지!

그 말에 대해 나는 이렇게 말했다.

"사람이 사용하는 글자는 벌써 전부 사전에 나와 있고 새로운 글자는 없다는 거네. 그건 시시해!" 그랬더니 어머니는 아버지에게 그 말을 전했다.

"아버지가 웃으시더라. 쟤는 사전에 안 나와 있는 말을 쓸 생각인가 보다, 라시면서……"

내가 알고 있었던 건, 그런 그림을 그린 종이들이 전부 '등외급'으로 내각 인쇄국 검사에서 탈락한 삼지닥나무로 만든 종이였다는 점이다. 검사를 통과하지 못한 것을 종이로 만드는 일이 묵인되었다고는 하지만 당시의 나로서는 두려웠다. 어머니의 반응은 나와는 또 달랐다.

"'등외급'이 나온다는 건 명예롭지 못한 일인데, 좋은 종이를 만들 수 있지 않으냐고 네 아버지는 좋아하시니……"라며 불만스러운 얼굴을 했다.

그런 종이를 아버지가 존경하는 고치 현의 선생님에게 보낼 때마다, 그 종이에 그려진 그림과 글이 역시 아버지가 제공한 닥나무, 안피나

---

* 15권으로 구성된 세계 최대 한화사전. 1925년에 한학자 모로하시 데쓰지를 중심으로 만들기 시작하여 2000년에 완성되었다.

무 등으로 만든 종이 편지와 함께 도착했다. 편지에는 어머니에게 보내는 짧은 글이 추신으로 달려 있었는데, 무슨 내용이냐고 물으면 어머니는 냉담한 어조로 말했다.

"송이버섯이나 은어나 말린 둑중개에 대한 인사 아니겠니!"

나는 받아든 커다란 봉투를 우선 선반에 두었는데, 편지가 전부 봉투뿐이고 편지 복사본이 없다는 사실에 충격을 받았다. 뿐만 아니라 편지가 도착할 때마다 아버지는 답장 초고를 만들어 받은 봉투와 함께 고무밴드로 묶어놓았는데(어머니는 그 습관을 칭찬했다) 그것도 없었다. 일단 나는 선반 앞에 의자를 옮겨놓고 복사된 편지를 한 장씩 읽기 시작했다. 그리고 골짜기를 채우던 빛이 아직 다 사위기 전에, 우울까지는 아니어도, 작업을 시작했던 낮 이전까지의 의욕에 넘치던 기분은 사라져버렸다.

2

해가 떨어지고 나서, 솔직히 말해 완전히 의기소침해졌을 무렵 아사가 저녁식사를 가지고 왔다. 아사는 내 표정을 보고 무슨 일이 일어났는지 알아챈 듯 내가 침묵한 채 눈앞에 있는 음식에 젓가락을 움직이는 모습을 바라보고 있었다. 그러다가 위로를 한다기보다는 중립적인 말투로 이야기를 시작했다.

"눈이 보이는 동안, 어머니는 몇 년에 한 번씩은 정리를 하셨어요. 어머니가 그때마다 신경쓰이는 일이 있는 것처럼 꼼꼼하게 작업하시는 모습을 보고 있노라면, 저러다가 편지는 전부 사라지고 봉투만 남는 것 아닌가 생각한 적도 있었고……"

"어머니가 그렇게 시간을 들여 정리를 하셨고, 그 귀결로 아무것도 없는 거라면……나도 오늘 저녁 생각해본 일인데, 그 사실을 부정할 마음은 없어. 모두 어머니 물건이고, 예를 들면 고미술상이라든가 고서점에 보일 만한 가치가 있는 물건은 아니라는 걸 다들 알고 있었으니까. 다만 오랜 세월 동안 내용물을 제대로 보고 싶다고 혼자 생각해왔을 뿐이지. 이런 내 생각은, 아버지가 남겼고 어머니가 '붉은 가죽 트렁크'에 넣어두었던 소중한 편지나 아버지 일기(혹시 있다면)류가 내가 상상하고 있는 일과 관계가 있어서 구체적으로 그 내용을 가르쳐주고……그걸 이른바 '현대사 자료'와 맞춰보는 것도 가능하지 않을까 하는 몽상에 지나지 않았던 거지."

"실제로는 오빠의 상상과 연결 가능한 회로는 없었고, 어머니로서도 오빠한테 불필요한 노력을 시킬 일은 없다고 생각한 거 아닐까요? 마지막에는……여러 편지봉투에, 어머니한테도 옛날 생각이 나는 이름이 쓰여 있어서 '붉은 가죽 트렁크'에 넣어둔 거라고 하더라도……"

"내가 볼 땐, 내 오랜 몽상과 연결되는 회로는, 네가 말한 대로 한 통도 없어. 그건 나도 이제 납득했어. 나는 오히려 언제까지고 내가 아버지에 관해 상상하는 일을 그만두지 않았던 것을 이상하게 생각해. 아버지가 살아 계셨던 동안의 일, 그리고 '익사 소설' 첫머리에 나오는 사건(실은 그 한밤중의 사건 자체가, 내 상상의 산물 아니었나 의심할 때도 있었어), 그런 일이 있었는데도 여러 가지로 상상을 했고. 뿐만 아니라 『손수 나의 눈물을 닦아주시는 날』에 쓰기도 했고. 어머니가 하신 일은, 나의 그런 상상을 아무런 근거도 없다면서 깨부수는 것이었어. 이 나이가 된 나한테 그 사실을 납득시킨 점(나한테 반증할 근거는 없으니까)으로 보자면, 어머니가 완전히 이긴 셈이군."

"내가 보기엔 오빠가 왜 그걸 끝까지 알지 못했는지가 이상해요. 어머니가 돌아가시고 나서 십 년 동안, 나는 오히려 오빠한테 미안한 일이 될까봐 두려워 '붉은 가죽 트렁크'를 열지 않고 지내왔어요. 그래도 어머니가 살아 계셨을 땐 나도 잠깐잠깐이긴 해도 읽기는 했어요. 어머니가 가끔 생각난 것처럼 그걸 꺼낼 때 언제나 옆에 있었으니까요. 그리고 시간이 지나면 어머니는 그걸 더이상 사용하지 않는 아궁이에서 태워버렸다고 알려주셨어요. 내용에 대해 이러쿵저러쿵 말씀하시진 않았지만 내가 조금이라도 신경쓰는 듯한 모습을 보이면 이건 역시 필요 없는 것 같아서, 라고 어머니는 말씀하셨어요. 어머니가 인생 후반기에 오랜 시간을 들여 해오신 일은 올바른 일이었을 거라고 나는 생각해요. 어머니는 혼자서 오랜 시간 동안 생각을 했고 그것도 그냥 가벼운 생각으로 결단을 내리려 한 게 아니라 시간을 두고 조금씩 실행해오신 거니까……

지금까지 오빠의 작품에서 아버지는 그로테스크하게 과장되어…… 우스꽝스럽거나 비참하거나 또 때로는 영웅적인 인물로 보이도록 연출되어 있기도 했고……그 차이가 심했지요. 그러니까 오빠는 확신이 없었던 거예요. 그 점에 관해 어머니는 오빠의 환상을 깨면서 아버지에 대해 공정한 태도를 지켰다고 생각해요. 어머니가 아버지를 미워해서 그런다고 오빠가 말했을 때, 내가 그게 아니다, 그저 죽은 사람한테 공정하게 대하려 했을 뿐이라고 반박한 적이 있지 않나요?

어머니는 살아 계신 동안 오빠가 아버지에 대한 일을 쓰는 데 항의
했고, 당신이 돌아가신 다음에 오빠가 좀 이상했던 아버지 친구들의 편
지 따위에 영향을 받아……더이상 항의할 제삼자도 없으니 아버지를
마음대로 과장하는 것을 막고 싶다고 생각하셨을 뿐일 거예요.

오히려 나는 지금 오빠가 심히 낙담하는 모습을 보고……안됐다고
생각은 해요……하지만 다시금 어머니는 옳은 일을 하셨다는 생각이
드네요. 어머니가 돌아가신 후 십 년 동안 냉각 기간을 둬서, 오빠가
냉정하게 대처하고 있고……의기소침해 있다고는 하더라도 오빠 나
이 때 의기소침이란 노인의 냉철함을 말하는 거지요……그게 나쁜 일
같지는 않아요.

나는 우나이코한테 건네준 것 말고 '익사 소설' 초고 중에서 메모 카
드 같은 것도 읽어봤어요. 곳간채에서 젊은 장교들이 연회를 벌인 모
습을 봤다든가 더 젊은 군인이 보트를 저어 오빠한테 노 젓는 법을 가
르쳐주었다든가 하는 스케치가 있었어요. 그리고 큰비가 온 날 밤의
일이 종합적으로 쓰여 있지만, 그 이상의 것은 오빠 기억에는 남아 있
지 않은 거지요. 그냥 보기에는 리얼하게 쓰여 있어요. 아버지의 보트
가 강물 위를 떠내려갔다는 부분은 오빠다운 상상도 덧씌워져 있어서
재미있어요. 하지만 리얼한 느낌은 없었어요. 어머니는 그런 식의 근
거 없는 전개 방식이 싫었을 거예요.

나도 '붉은 가죽 트렁크'를 어머니 마음대로 정리했다는 사실은 인
정해요. 하지만 어머니가 오빠의 '익사 소설' 플랜을 완전히 망가뜨리
려고 결심한 거라고는 생각하지 않아요. 그러려고 하셨다면 제방이 생
긴 다음에도 여러 번 났던 홍수 때 '붉은 가죽 트렁크'를 나한테 버리

라고 했으면 그만이었을 테니까.

　나는……감상적인 얘기가 되는데, 어머니는 오빠를 사랑했다고 생각해요. 그리고 오빠가 줄곧 신경써왔던 '익사 소설'을 언젠가 완성하는 것은 오빠의 자유라고 인정하셨다고. 다만 오빠가 갖고 있는 아버지에 대한 생각이 틀렸음을 스스로 깨닫고 그걸 전제로 쓰는 게 아니면 안 된다고 생각하신 거지요. 그건 어머니가 아마도 오빠를 사랑한 것처럼……불쌍한 아버지를 사랑하고 계셨기 때문이 아닐까요? 어머니가 아버지 인생에서 가장 어리석은 일이라고 생각하셨던 일은 그 선생님의 편지에 넘어가버린 일이에요. 그러니 그 증거가 되는 것이 있다면 뭐 하나 남기고 싶지 않다고 생각하셨던 건 어머니로서는 당연하지 않을까요? 그러니 그런 이야기가 담긴 편지는 버리자고 '붉은 가죽 트렁크'를 열 때마다 생각하셨다고 한들 당연한 거 아닐까요? 실제 행동을 권유하는 편지가, 아버지의 선생님한테서 직접 온 건 아니지만 각지에 있는 선생님의 숭배자들한테서 왔지요. 그걸 어머니가 오랜 기간을 두고 태워버린 것은 아버지를 불쌍하게 생각하셨기 때문이고. 그런 봉투는 많이 있었잖아요? 나는 편지들을 꺼내고 환기를 시킬 때, 딱 하나 내용을 봤어요. 형님의 산山 사단이 어쩌고 하면서 비웃는 듯한 편지였어요. 그런 계획이 실제로 있었다고 해도 그걸 정말로 믿었던 것은 어쩌면 아버지뿐이었고, 계획이 남긴 것은 한 사람의 익사체뿐이었다. 사건의 전말은 그런 거 아니었을까요?

　그런 계획을 오빠가 소설로 다시 쓴들 무슨 의미가 있겠냐, 어머니가 그렇게 생각하신 것은 일반적인 반응 아닐까요? 그래도 어머니는 봉투나마 버리지 않고 놔두셨던 거예요. 그리고 나는 어머니의 그런 뜻을 이어받는다는 의미에서 '붉은 가죽 트렁크'를 지켜왔던 거고요."

"그래, 처음에 말한 것처럼 나는 오랫동안 아버지에 대해 어떤 환상을 품어왔지.

그런데 어머니는 나의 그런 환상과는 달리, 너무 어리석지 않은 아버지를 소설에 쓰는 날이 오지 않을까 생각하고 계셨다……네가 그렇게 말하는 거라면 나로서는 또다른 충격이군, 아무튼 새로운 정보이기는 하구나."

"어머니는 오빠가 『만엔 원년의 풋볼』을 내고 나서 삼 년 후, 그후 쭉 써왔다면서 그때까지 쓴 부분을 정서하고 메모 카드까지 포함해서 '익사 소설'을 보내왔을 때, 교토에 있던 나한테 돌아와서 그걸 읽으라고 말씀하셨어요. 당신은 잘 모르겠다면서……

그런, 쓰다 만 소설을 보이는 일을 오빠가 왜 했느냐 하면, 어머니가 갖고 계신 '붉은 가죽 트렁크'를 보여줬으면 좋겠다, 이 소설을 더 쓰기 위한 자료가 필요하다, 그런 거였지요. 내가 어머니한테 그런 부탁은 거절하는 게 좋겠다고 말씀드렸더니, 어머니도 소설을 읽고는 동의하셨어요. 그래서 어머니도 나도 이렇게 생각한다고 답장을 썼더니, 오빠는 내가 놀랄 만큼 별말 없이 받아들였지요. 그러고는 '붉은 가죽 트렁크'에 대한 내 부탁은 취소하겠다, 보낸 원고는 그냥 태워도 좋다고 말했어요. 그때 어머니는 정말 기뻐하시면서 아깝게 어찌 그럴 수 있겠냐! 라시며 '붉은 가죽 트렁크'에 넣어두고 싶다, 이십 년 만의 새로운 내용 아니냐! 이렇게 말하셨지요. 어머니가 그렇게 기뻐하셨던 건, 아카리가 장애가 있으면서도 〈숲의 기묘함〉이라는 곡을 작곡해서 녹음테이프를 보내왔을 때 외엔 없었을 정도예요.

그런데 오빠는 일 년이 지났을까 말까 할 무렵에『손수 나의 눈물을 닦아주시는 날』을 발표했지요. 충격받으신 어머니 대신 내가 항의했더니, 이건 누가 읽어도 픽션이라는 걸 알 수 있다, 너도 알다시피 '붉은 가죽 트렁크'에 의존하진 않았다. 소설 내용이 그렇다는 걸 알 수 있도록 편지에도 썼었다. 아버지를 희화화하긴 했지만 나 자신에 대한 비판도 과장되리만큼 강하게 썼다. 그 비판에 이어지는 어머니의 냉정한 비판은 분명 정상적인 사람의 목소리를 빌려 썼고 작품 전체에 자기비판을 표현했다. 그것까지 부정하는 거냐, 개인의 자유를 침해하는 거 아니냐, 그렇게 말했어요. 나도 어머니도, 자신이 도쿄 사람 다 된 줄 아는 이 소설가는 더이상 우리가 아는 코기가 아니라고 느꼈지요. 그 후로 그토록 오랫동안 의절 상태가 이어졌잖아요. 그리고 그 기간 동안 쭉, 어머니는 힘들어하셨다고요."

내가 침묵하자 동생은 눈물을 흘리기 시작했다. 힘주어 입을 다문 탓에 검붉어진 얼굴(그건 어머니의 습관이기도 했는데, 손바닥으로 눈물을 감추거나 하지 않는다)에는 이 지방의 나이든 여성의 원형이 있는 듯했고 표정에도 단순화된 분노가 역력했다.

"코기 오빠의 '익사 소설', 사십 년 만에 돌려준 원고는, 나는 오랫동안 이런 꿈을 꾸었다, 라고 시작되지요? 그리고 그 꿈이 실제 체험을 바탕으로 한 꿈인지, 아니면 꿈에서 본 것을 현실로 착각하고 다시 한 번 새롭게 꿈속에서 보는 건지 이제는 더이상 알 수 없다, 이렇게 쓰고 있지요. 나는 밤기차로 돌아와서 그 내용을 읽었을 때 웬 엉뚱한 소린가 했어요. 실제로 일어난 일 맞잖아요? 난 오빠가 뒷방으로 가보라고 해서 이불에 누워 계시는 아버지의 흠뻑 젖은 머리카락을 만지기까지

했는데!

추측건대 오빠가 이렇게까지 '익사 소설'에 집착하는 건, 그러면서도 현실인지 꿈인지 알 수 없다는 식으로 말하기도 하는 건, 아버지가 보트를 타고 홍수로 불어난 강으로 노를 저어 나가 돌아가셨을 때, 오빠한테 따라와서 노를 저으라고 아버지가 말했는데 멈칫거렸고, 아버지가 성격이 급한 분이라 혼자 노를 저어 가버린 사실을 가슴에 담고 있기 때문이지요?

어머니와 약속했기 때문에 결코 말하지 않을 생각이었는데, 사실 그때 어머니는 돌담 위에 서서 내려다보고 계셨어요. 그런데다 어머니는 나한테, 오빠가 아버지를 따라가지 않아서 얼마나 다행인지 모른다고 말씀하셨어요. 어머니가 오빠한테 당신이 다 봤다고 말씀하지 않으신 것은 그렇게 말하는 게 오빠한테 너무 가혹한 일이라고 느끼셨기 때문이에요. 홍수로 강물이 불어났던 그날 밤, 현장을 보고 있었다, 처음부터 끝까지 달빛에 의지해 보고 있었다, 그렇게 말하면 오빠는 더이상 도망칠 곳이 없어지잖아요. 실제 일이었는지 꿈이었는지 모르겠다, 하는 식으로 엉뚱한 소리를 할 여유 따위는 없어지잖아요."

"……내가 가지 않아서 다행이었다고, 어머니는 정말 그렇게 생각하셨을까? 아버지가 나를 믿고 노 젓는 연습까지 시켜주셨는데, 가슴까지 차오르는 뿌연 강물 속에서 난 미적대고 있었지. 그래서 그렇게 됐다는 걸 어머니는 알고 계셨을 거야……위에서 쭉 보고 계셨다면……폭풍우가 끝나고 구름 사이로 보름달이 비치고 있었거든."

"그렇다면 오빠한테도 아버지의 보트를 기다리는, 범람한 강물이 잘 보였던 거 아니에요? 오빠가 아버지 보트가 강물에 휩쓸리는 것을 얼핏 보고 나서 개헤엄을 쳐 되돌아왔고 그래서 너무 기뻤다고 어머니는 말씀하셨어요. 오빠는 도대체 어떤 방향으로 '익사 소설'을 쓰면, 아버지와 개헤엄으로 첨벙거리며 헤엄쳐 왔던 소년의 명예 회복이 가능하다고 생각했던 거죠? '붉은 가죽 트렁크'에서 자료를 꺼내기만 하면 어떻게든 될 거라고 그저 무작정 믿었던 건가요?"

아사의 얼굴은 이제 붉지 않았고 그저 까무잡잡했는데, 뺨에서 움푹 들어간 입가까지 눈물이 계속해서 흘러내렸다. 나는 가슴이 먹먹해져 앉아 있었다. 그러다가 아사가 다시 한번 입을 열기 위해 고개를 들었는데 어둡게 가라앉은 얼굴에는 더이상 눈물의 기색은 보이지 않았다. 아사는 한층 더 강력한 공격을 하려고 작심한 것이다.

"오빠한테 말하지 말라고 어머니가 말씀하신 걸 말해버렸으니, 어정쩡한 태도는 이제 버릴게요. 어머니가 돌아가시기 삼 년 전 아버지가 홍수로 불어난 강으로 보트를 타고 나가 익사하신 날 밤의 일을 어머니가 직접 말씀하신 테이프가 있으니까 오빠한테 들려줄게요. 어머니가 눈이 잘 안 보여서 편지를 쓰지 못하게 된 후 언제나 아카리의 음악을 듣고 계시던 기계에, 답신 대신 녹음을 해서 보내던 일이 있었죠? 〈숲의 기묘함〉에 대해 얘기하셨던 건 오빠가 그대로 소설에 썼지요.

그때도 녹음을 담당한 건 나였는데, 홍수로 강물이 불어났던 날 밤 일을 얘기해주겠다고 어머니가 말씀하셨을 때, 또 소설에 쓰일지도 모르는데 싫어서 나는 어머니의 생각을 이해할 수 없었어요. 아무튼 그건 중요한 일이리고 밀씀드리고 도와드렸지요. 녹음테이프는 오랫동안 '붉은 가죽 트렁크'에 넣어두었는데 일전에 빼냈어요.

지금부터 집으로 돌아가서…… 오늘밤은 우나이코가 우리집에서 묵

을 테니까 우나이코 편에 카세트테이프를 들려 보내지요. 우나이코는
여기에 설치된 기계를 잘 사용하겠죠. 꼭 기계 때문이 아니라, 오빠가
테이프를 듣는 장소에 누군가 함께 있어주면 좋을 것 같아 그러는 거
랍니다."

3

　자동차가 앞마당으로 들어왔고 여전히 작업복 같은 차림을 한 우나
이코가, 아사가 주었다면서 보자기에 싼 것을 식당 테이블 위에 놓았
다. 중학교 교장이었던 아사의 남편이 남긴 도자기 병에 든 소주와 역
시 그가 취미로 모으던 소주잔이 세 개, 그리고 이런저런 요리가 비젠
도자기* 접시에 담겨 랩으로 싸여 있었다. 센 술을 마시지 않은 지 오
래되었지만 술 좋아하는 사람들이 늘 그렇듯 소주병 라벨을 들여다보
고 있자니 최신 기계장치를 세팅하던 우나이코가,
　"식사하시면서 들으시겠어요?"라고 물었다.
　"아사는 저녁식사에 술을 내오지는 않는데 이걸 보낸 걸 보면, 들은
다음에 필요할 거라고 생각한 거겠지. 우선은 그냥 듣겠네."
　기자재가 다 설치되어 소극장 비슷한 느낌이 나는 응접실 남쪽에 놓
인 스피커 쪽으로 의자를 하나 내밀자, 우나이코는 음성과 조명등을
조작하는 장소에 앉을 자리를 정했다. 나는 스피커 뒤쪽으로 입구의

---

* 오카야마 현 비젠 시 부근에서 생산된 도자기.

가로등 불빛에 드러난 키 큰 자작나무에 눈길을 주고 있었다. 속삭이 듯 시작된 목소리가 조정을 거쳐 다시 되감기더니 내 기억에 있는 것 보다 훨씬 쇠약해진 어머니의 목소리가 들렸다.

"……홍수로 불어난 강으로 보트를 타고 나가려고 이미 아버지는 굳게 마음을 먹은 터라, 우리는 아버지가 잠깐 주무시는 동안 코기가 곳간채에서 가져온 '붉은 가죽 트렁크' 속에, 이미 어느 정도 들어 있는 짐 위에, 갈아입을 옷이나 타월 등을 넣었단다. 아버지가 준비한 건 서류였는데, 그 아래엔 자전거 타이어 튜브가 하나 들어 있었지. 코기 가 늘 혼자 낡은 자전거를 분해하고 닦아 삼지닥나무 포장 기계용 기 름을 치곤 했기 때문에, 아버지가 튜브만 떼어내라고 하니까 신이 나 서 그렇게 했고 입으로 직접 공기를 불어넣었지. 강변 옆길에 있는 자 전거 집은 자전거는 없이 수선만 하고 있었는데……수선이라고 해봤 자 새 부품은 없었단다. 끊어진 체인을 이어 붙이거나 펑크난 타이어 를 고무풀로 붙이거나 하는 일만 했기 때문에, 한 번 떼어내면 새로 끼 울 타이어는 없었지. 코기는 전쟁에 졌던 해부터 다음해까지, 자전거 바퀴에서 떼어낸 튜브 대신 새끼줄을 타이어에 감아서 타고 다녔어. 코기가 집에 들어올 때는 그 타이어 소리가 나서 멀리서도 알 수 있었 단다!

떼어내 부풀린 튜브를 어디에 쓰냐고? 물에 띄우기 위한 거였지. 튜 브를 감아 '붉은 가죽 트렁크'에 넣어두면, 보트는 가라앉더라도 그 힘 으로 둥둥 떠오를 거 아니냐. 나는 '붉은 가죽 트렁크'에 아버지가 넣 는 물건을 보고 있었는데 전부 서류였어. 아버지 일생을 건 궐기가 누 구의 생각으로, 어떻게 준비되었는지 몰라도 이런 산속 일이니, 일을 진행하려면 마쓰야마나 더 먼 곳으로 편지로 연락할 수밖에 없지 않니? 전화를 하면 마을 교환수가 듣게 되니까, 편지를 많이 주고받았어. 그 편지들을 전부 가져가려고 하셨지. 아버지는 그 서류들을 가지고 범람한 강을 따라 내려가, 강폭이 넓고 완만한 부분……그러니까 논이나 밭까지 범람한 곳에 가서……거기까지 가면 보트에서 내려 육지로 올라가, 가까이 있는 기차역까지 철로를 따라 걸어서, 자신을 쫓아오는 사람들로부터 도망치려고……설령 도망칠 수 있었다고 쳐도 그후에 뭘 어떻게 하려고 생각하셨는지는 모르지만. 우리가 알고 있었던 건, 아버지가 그날 도망칠 생각을 하셨다는 사실……그것뿐이야.

그것도 자기가 도망치려고 한다는 걸 사람들이 알아챘다고 아버지는 혼자 생각하셨어. 우리 마을에서는 아버지를 다 아니까, 일반 길로는 위쪽도 아래쪽도 누군가가 감시하고 있을 테니 기껏해야 이웃 마을이상은 더 갈 수 없을 거고, 산을 타고 가더라도 국도로 나가면 뒤쫓는 사람들이 있을 거라고 생각하고 두려워하셨지. 그랬는데 이틀 동안 큰비가 내렸기 때문에 그 기회를 틈타, 보트를 타고 강 쪽으로 나가 도망치는 방법을 생각해내신 거지. 하지만 보트는 이웃 마을로 이어지는 강 입구 모래톱에 걸려 뒤집혔고 아버지는 익사하셨어. 거기까지나마 내려가신 게 용하다고 생각했지!

……'붉은 가죽 트렁크'에, 궐기 관계 서류를 넣어 가신 것은, 그걸 정말로 소중하게 여기셨기 때문일 거다. 사람들이 그걸 보면 안 된다고 신경쓰셨다는 거겠지. 나는, 아버지가 익사하신 후로 쭉 그렇게 믿고 있었다. 하지만 그렇다면, 보트가 뒤집히면 그냥 떠내려가서 유실될 테니 걱정할 필요가 없지 않겠니? 근데 어떻게 된 일인지 자신은 물

에 빠지더라도 '붉은 가죽 트렁크'만은 둥둥 떠내려가, 누군가가 줍기를 기대하셨던 거야……

그건 왜였을까? 실제로 '붉은 가죽 트렁크'는 누가 주워서 경찰에 갖다줬는데 전쟁이 끝나고 한참 지난 다음에 우리한테 돌아왔지!

아버지는 장교들이 술 마시고 궐기 이야기를 할 때, 처음에는 그렇지 않다가 점점 열심히 참여하게 되었는데, 그게 진짜 현실이 될 거라고 정말로 생각하셨을까? 장교들이 정말로 궐기를 생각하고 준비하니까 두려워지신 거야. 그리고 결국 도망치신 거지!

아버지는 홍수로 불어난 강을 떠내려가다가 익사하셨지만 그 물살 드센 강을 보트로 끝까지 갈 수 있을 거라고 정말로 생각하셨을까? 그저, 골짜기 마을에서 도망치고 싶은 마음에, 제대로 생각할 여유가 없으셨던 거 아닐까 싶구나. 코기를 데려가려고 생각하신 건 정말이지 어리석은 일이었지. 코기가 황톳빛 강물 속을 첨벙거리면서 되돌아오는 걸 보고 난 정말로 기뻤단다!

내가 그후로 오랫동안 그 일을 생각하면서 또하나 어리석은 일이었다고 생각한 건, 자신이 익사하더라도 '붉은 가죽 트렁크'는 떠내려가 누군가가 주워서 경찰에 갖다줄 거라고 아버지가 계산하셨던 일이란다! 내용을 경찰이 조사한다고 해도 이미 전쟁은 끝났고, 시간이 지나면 우리한테로 되돌아갈 거라고 계산하셨던 거지. 그렇지 않고 어떻게 타이어 튜브를 가방 안에 넣을 생각을 하셨겠니?

자신이 익사하더라도 '붉은 가죽 트렁크' 서류가 전달되면, 머지않아 가족들이 읽게 될 거고, 아버지는 민간인이지만 군대의 반란에 참여했고 임무를 위해 한밤중에 골짜기를 탈출했지만 홍수 때문에 뜻을 이루지 못하고 돌아가셨다……그렇게 여길 거라고 기대하셨던 거라고 생각했다. 실제로 코기는 그런 줄거리로 '익사 소설'을 쓰려고 궁리해오지 않았니?『손수 나의 눈물을 닦아주시는 날』에서는 아버지의 행동을 우스꽝스럽게 묘사했고, 그렇게 쓴 자기 자신을 다시 비판하는 식으로 썼지만, 언젠가는 '익사 소설'에서 아버지의 명예를 만회할 셈이라는 건 누가 봐도 뻔한 일 아니겠니?"

나는 재생 장치 앞에서 이쪽을 바라보는 우나이코에게 눈짓을 했다. 그리고 나머지는 나중에 혼자 듣겠다고 말했다. "아사가 테이프와 함께 보낸 소주를 마시고 싶은 기분이군"이라고 말하기도 했다. 우나이코는 익숙하게 테이프를 다시 감아두었고, 장치는 그대로 켠 채로 두었다.

나는 소주병을 들어 내 소주잔에 술을 따르고, 또하나의 소주잔을 우나이코한테 손짓으로 권했다. 하지만 페트 물병을 보자기에서 꺼내 식탁을 차리던 우나이코는 차를 운전해야 한다면서 마시려 하지 않았다. 나는 금방 다 마시고, 다시 한 잔을 따랐다.

우나이코는, 오늘 테이프 내용을 듣고 내가 받은 충격이 어떤 것이든, 그 이야기를 내가 스스로 한다면 듣는 역할을 하겠다는 모습이었지만, 당시의 나는 우나이코에게 이야기를 시작할 기분이 아니었다. 내가 침묵하면서 마시는 것을 보던 우나이코가 입을 열었다.

"선생님이 육십 년도 더 전에 돌아가신 아버님을 소재로 쓰려고 하셨고, 어머님께서도 '익사 소설'이라는 말을 사용하고 계시는 이야기에 관해서, 아사 아주머니도, 어머님이 생각하셨던 내용 그대로라고 말씀하셨어요. 왜 그 일을 어머님이 반대해오셨는지 저는 이해했어요.

저는 선생님이 이번 여름에 '산속 집'에 오시기 전, 아사 아주머니가 그러라고 허락해주셔서 이곳을 '혈거인'의 합숙소로 빌려, 집 청소 겸 마사오, 저, 그리고 극단 젊은이들한테는 집단 훈련도 되는 합숙을 했어요. 일주일 예정이었는데, 극단 젊은이들의 아르바이트도 있고 해서 저 혼자 일주일 밤을 이 집에서 지냈지요. 그래서 심심하겠다고 아사 아주머니가 이야기를 나누러 오신 적도 있었어요.

그러는 동안, 제가 아사 아주머니한테 물어본 건 아니지만, 뭔가 비밀이 담긴 '붉은 가죽 트렁크'를 받으러 선생님께서 여기 오시는 시기가 다가오는 걸, 아사 아주머니는 고대하면서도 동시에 걱정도 한다는 느낌을 받았어요. 그랬더니 마사오가 말하기를—이 사람은 예리한 사람이에요—실은 '붉은 가죽 트렁크'에는 아무것도 안 들어 있는 거 아닐까, 적어도 조코 선생님이 적극적으로 소설을 쓸 수 있도록 만드는 것은 말이야, 라고 했어요. 그 말이 좀 신경쓰여, 한밤중에 아사 아주머니와 이야기할 때 그만 이렇게 말해버리고 말았어요. 만약 실제로 그렇다면, 조코 선생님이 도착하시면 곧바로, 기대하신 수준의 자료는 없다고 말씀하시는 게 좋겠다고요……제가 너무 나선 셈인데요……

당연히 아사 아주머니는 불쾌해하셨어요. 마사오가 연출할 때 가끔, 젊은 사람들을 억압하지 않도록(이라는 표현을 쓰는데) 나는 너희에 대한 분노를 의식적으로 힘써 억누르고 있다고 말할 때가 있는데, 아사 아주머니야말로 그렇게 하고 계시다고 느꼈지요…… 아주머니는, 그럼 내가 혼자 고민하면서 생각하는 일을 전부 너한테 들려주겠다고 하셨어요. 그리고 강변에 있는 집으로 돌아가 잠옷과 수건 따위를 갖고 다시 오셔서 이불을 나란히 펴고 함께 누워 이야기를 해주셨지요.

익사한 아버지의 시신보다 훨씬 아래쪽 강 하구에서 누가 발견해서 경찰에 신고한 '붉은 가죽 트렁크'는 처음에는 그냥 창고에 넣어두었다가 오랜 기간에 걸쳐 어머니가 서류들을 선별해서 처리해오셨어. 그건 어머니가 아버지가 하신 일을 조금씩 진정으로 이해해나가는 과정이기도 했다고 생각해……

아버지는 원래 고치 현 선생님의 소개 편지를 갖고 온 마쓰야마 연대의 젊은 장교들과 술 마시면서 대화하는 일만 즐기셨지. 제철에 그물로 잡아서 구워 말려 다음 수렵기까지 보존해두는 은어나, 골짜기 마을 아이들한테 잡도록 해서 개울 안에 가두어두는 가재나 장어, 소를 몰래 잡아 산속 동굴 안에 걸어둔 것까지 내놓고 술대접을 했지. 신문지에 싼 피 흐르는 소고기를 받아 아버지가 요리했다고 코기는 썼지만, 좋은 부위는 장교들이 먹었단다, 라고 어머님께서 말씀하셨대요. 그렇게 산골짜기 나름의 맛있는 음식을 먹고 아버님이 마을 양조장에서 받아온 술을 마시면서 유쾌하게 하는 이야기를, 아버님은 그저 듣기만 하셨다고 해요.

그러다가 점차 긴장감이 고조되면서, 장교들은 유신 이후의 역사의 진행 방향을 바꾸지 않으면 안 된다는 식으로 이야기를 했고, 그런 이야기가 시작되면 음식 시중을 들던 마을 처녀들은 곳간채에 들어갈 수 없었고 어머님이 혼자 다 시중을 드셨대요.

뿐만 아니라 아버님은 말은 한마디도 하지 않고 술을 따뜻하게 데워오는 역할을 담당했는데, 점차 이야기를 더 열심히 듣게 되셨답니다. 그러는 동안 젊은 장교들의 궐기 이야기에 아버님도 참여하시게 되었던 거지요.

그리고 규슈에 특공대 기지가 생겨 그곳에서 편도 비행 연료와 폭탄을 실은 특공대가 떠나고 있다는 정보가 전해지자, 그후로는 어머님도 곳간채로 요리 전달만 하시게 되었다고 해요. 그다음에 중요한 일일지도 모른다고 어머님이 생각하셨지만 아사 아주머니가 잘 이해할 수 없었던 일이 있는데, 장교들이 오지 않은 날 아버님이 늦게까지 당신의 좁은 서재에서 커다란 영어 책을 몇 권 읽으셨다는 점이에요. 그 책은 '붉은 가죽 트렁크'에 들어 있었지요?"

"이번에 처음 확인했는데, 프레이저의 『황금가지』 중에서 이른바 제3판의 첫째 권과 그다음 두 권이지. 우리는 그 축약본을 이와나미 문고 번역으로 읽었던 세대라네……"

"왜 그 책이었을까요?"

"잘 모르겠네."

"아버님이 익사하셨기 때문에 그후로는 가족들도 아버님에 관해서는 말하지 않는다는 불문율이 있었는데, 조코 선생님이 『만엔 원년의 풋볼』에 이어 '익사 소설'을 쓰겠다고 말을 꺼냈기 때문에 어머님의 우려가 시작된 거지요. 그런데 조코 선생님은 서장을 포함해서 계획 그 자체를 중지해버리셨지요. '붉은 가죽 트렁크'의 자료도 필요 없다고 해서 어머님도 안심하셨고요. 그런데 조코 선생님은 자료도 뭣도 없이 『손수 나의 눈물을 닦아주시는 날』을 발표하신 거예요. 그후로 모든 것이 변했다고 아사 아주머니는 말씀하셨어요. 조코 선생님이 『손수 나의 눈물을 닦아주시는 날』에서 쓰셨던 이야기는, 아버지를 나무 수레에 태우고 반란군의 자금을 마련하기 위해 마쓰야마 은행을 습격하다가 사살당한다는, 무의미한……그걸 어머님은 어리석은, 이라고 표현하셨다던데……그런 이야기였지요. 그것은 익사라는 비참한 형태로 돌아가신 아버님에 대한 모욕이 아니냐, 그런 걸 쓸 자격이 있다고 생각하는지 모르겠다, 하고 어머님은 되풀이해서 말씀하셨답니다.

그렇게 말씀하시는 아주머니의 표정은 우리 또래 여배우로서는 도저히 흉내낼 수 없는, 비통하다고 할까 비장하다고 할까, 너무나 많은 감정을 담은 것이었어요……저는 오늘밤 제가 들었던 테이프를 아사 아주머니가 녹음하셨을 때도, 그런 표정으로 듣고 계셨던 게 아닐까 싶어요. 또다시 주제넘은 말이지만……"

"이제부터 다시 한번 어머니의 테이프를 들을 건데……그러면서 내 옆에서 아사가 방금 말한 그런 얼굴을 하고 앉아 있다고 생각하도록 하겠네. 자 그럼 일단 오늘은 여기서 끝내는 걸로 하고 우나이코도 한잔 들지."

나는 내 귀에도 처량하게 들리는 목소리로 그렇게 말했다. 그리고 분명 품질이 좋아 보이는 소주를 다시 한번 우나이코 앞에 놓인 술잔에 따랐는데 우나이코는 받지 않고 일어섰다.

"아사 아주머니는 물론이고……마사오도, 이 테이프를 듣고 난 후 선생님 심정이 어떨지 걱정하고 있어요. 술 너무 많이 드시진 마세요."

나는 우나이코의 충고를 존중해, 다시 한번 스피커 앞 의자로 되돌아갈 때—한번 센 술을 마시기 시작하면 언제까지고 마시는 습관(혹은 약한 성격 때문)이 있었지만—우나이코에게 따랐던 술잔은 단숨에 들이켰어도 내 술잔과 소주병을 갖고 가지는 않았다.

4

다음날 아침, 꿈 하나 꾸지 않고 눈을 떴다. 물을 마시려고 일어서자 (오전 여섯시) 식당 바로 밖에 마사오가 있었다. 어깨에 닿을 듯한 석류 덤불에 둘러싸여 밝은 햇빛 아래서 혼자 고개를 떨어뜨리고 있었다. 음전해 보이는 모습이었지만, 실상 그는 나와 어머니의 시를 새긴 돌 위에 앉아 있었다.

나는 식당으로 가서 왼쪽으로 비스듬히 마사오를 볼 수 있는 위치에 앉아, 약간 소주 냄새가 나는 술잔에, 소주병과 나란히 테이블 위에 놓여 있던 플라스틱 용기의 물을 여러 번 따라 마셨다. 고정창 바깥쪽에서 고개를 든 마사오가 내 시선을 알아차린 듯했다. 특별히 인사를 하지는 않고 마사오는 저쪽 편으로 사라졌다. 그리고 극단측에 건네주었던 열쇠 꾸러미 중 부엌문 열쇠로 문을 따고 들어와서는 내 앞 정면에 앉아 부엌에서 가져온 컵에 물을 따라 마셨다. 그러고는 내 잔과 자기 잔에 한 잔씩 (손에 잡은 플라스틱 용기의 가벼운 무게에 신경쓰면서) 다시 따랐다.

"선생님이 여기에 머물면서 쓰시려던 '익사 소설'이 날아가면 거기에 맞춰 제작할 예정이었던 저희 연극 공연도 엎어지는 겁니까?"

"그걸 생각해볼 여유는 없었지만, 내가 이 집에 그냥 남아 어머니의 '붉은 가죽 트렁크'를 믿고 중단했던 작업을 개시한다는 플랜은 날아 갔네."

"하지만 그걸로 이번……마지막이라고 말씀하셨던 것 같은데, '산속 집'에서의 체류를 끝내시는 건 저희도 유감입니다. 단순히 저희만의 문제가 아니라—저희도 우나이코도 실제로 플랜을 진행하기 시작했기 때문에, 그런 생각은 저희한테도 있지만—오히려 조코 코기토의 '만년의 작업'에서 아쉽기 짝이 없는 일 아닙니까? 아사 아주머니는 그 점을 신경쓰고 계십니다. 아주머니는 날이 밝기 전부터 저에게 전화하셔서, 선생님이 얼마나 실망을 하셨을지 걱정되고, 오빠가 나이들어 매일 아침 눈을 뜨면 염세적인 일을 생각한다고 말했으니 지금 그런 시간을 저 집에서 혼자 보내도록 놔두는 건 불안하다고 하시기에, 제가 나설 일이 아니라는 건 알지만, 오게 되었습니다."

나는 침묵을 지켰다. 그리고 귀에서 울리기 시작한 이명 소리를 듣고 있었다. 뒷마당 한쪽 끝에 있는 잡목림은 어머니 소유였을 무렵 주변 삼나무와 동백나무의 혼성림에 섞이는 일이 없었던 옛 모습 그대로 남아 있다. 그곳을 올려다보니 아침 햇살 속에 드러나는 다양한 초록빛의 무성한 잎사귀들이, 눈이 확 뜨일 정도로 눈부시다. 나는 스물 몇 해 동안 '산속 집'에 돌아올 때마다 그 깊이 있는 고요함을 대하면 먼저 나의 이명을 의식했지만 그 안에 여전히 기반으로서 존재하는 '산소리'를 다시 만난 것 같은 기분도 들었다. 지금도 커다란 초록빛 숲에 울려퍼지는 '산소리'가 들리는 것처럼 느껴졌다. 마사오 일은 신경쓰이지 않았다. 그리고 나는, 코기를 숲으로 올려보낼 준비도 하지 않고라고 했던 어머니의 시구를, 이제 그 '산소리'에 중첩시켜 무력하고 쓸모없는 노인으로서 듣고 있다는 느낌이 들었다. 마사오는 앞서 석류나무 아래 혼자 앉아 있었을 때와 같은 심경이 된 듯, 무릎 위에 큰 노트를 펼쳐놓기는 했지만(우나이코도 그렇게 하고 있는 것을 여러 번 보았다) 노트를 읽고 있는 것 같지는 않았다.

"자네가 갖고 있는 노트는, 연출을 위한 노트, 뭐 그런 건가? 연극 세계에 그런 관습이 있다고 치고 말이네……"

"일본의 신극을 만든 사람들의 이른바 스타니슬랍스키 시스템에 기반한 연출 노트들을 곧잘 읽었지만, 제 노트는 그런 방법을 의식한 것이 아니라 그냥 단순한 노트입니다. 별로 시간이 지나지 않았는데도, 뭔가를 구상하고 이런 걸 썼나 싶어 머리를 갸웃거리게 되는 일이 곧잘 있습니다. 도움이 되는 것들은 오히려, 자료에서 세부를 옮겨 적거나 복사한 내용을 잘라서 붙여놓은 부분입니다. 원래 제 연극이, 인용의 콜라주 같은 거라서요."

마사오는 무릎 위에 놓은 노트를 내밀지는 않았지만, 펼쳐진 페이지에 가 있는 내 시선을 신경쓰는 것 같지도 않았다. 알파벳 시구와 일본어 시구가 있었고, 시구에 붉은 잉크색 밑줄이나 연필 메모가 있었는데, 메모가 아주 깔끔해서 마사오의 실제적인 행동가로서의 면모와는 다른 측면을 본 느낌이 들었다.

"이건 제게 보내주신 '익사 소설' 초고에서 옮겨 적은 메모입니다. 꿈에 나오는 장면과는 별개로, 젊은 시절부터 준비하고 계셨던 후카세 모토히로의 번역이나 엘리엇의 인용 등이 흥미로워서요…… 제가 놀랐던 것은 초고 소설 전체의 에피그래프가 프랑스어 텍스트였다는 점입니다. 엘리엇의 시인데……

이걸 쓰셨을 무렵의 선생님과 비슷한 연령대인 제가 흥미를 느낀 것은 영어, 프랑스어, 그리고 일본어(선생님은 후카세 모토히로의 번역을 저본으로 하고, 니시와키 준자부로의 번역도 소중하게 생각하고 계시네요) 상호 간의 교차성입니다.

말하자면 저는, 그런 것을 노트해나갑니다. 예를 들어 후카세 번역으로 말하자면 '나이와 젊음의 계단들을 오르내리다'라는 부분. 이 부분이 니시와키 번역에는 '노년기, 청년기의 일을 잇달아 그는 떠올렸다'로 되어 있지요.

두 개의 번역에서, 이 부분이 젊은 조코 선생님에게 영향을 준 포인트가 아닌가 하는 생각이 들었던 엘리엇의 영어 단어가 떠오릅니다. age라는 단어요. 후카세 번역으로는 나이, 니시와키 번역으로는 노년기입니다. 그런데 엘리엇의 프랑스어 시를 제가 직역해보면, '그의 지나간 삶의 여러 단계'가 됩니다. 여기서 제가 알고 싶은 것은 익사한 프레바스라는 인물이……그는 아직 젊으니 그의 인생이라고 해야 눈부신 청춘과 참담했을지도 모르는 유년기 정도일지도 모르지만……아무튼 후카세 번역은 젊음과 대비시켜 나이라고 하고 있고, 니시와키 번역은 처음부터 노년기입니다. 프랑스어 쪽에선 젊음과 노년기를 하나로 뭉뚱그려 처리하고 있습니다.

자, 그렇다면 선생님 소설에서는, 익사한 아버님의 지나간 인생의 여러 단계로의 재탐방이란 어떤 것이 될 터였습니까?"

"'익사 소설'에서 말인가?" (나는 이미 진작에 관심을 잃은 대상을 강제로 마주하게 된 느낌이었다!)

"재탐방하시는 것은, 선생님 아버님이 거친 인생의 여러 단계지만, 그것을 아직 젊었던 작가가 쓰는 것은 어려웠겠지요."

"자넨 내가 젊은 치기로 썼던 '익사 소설' 초고를 읽었지. 그건 아버지가 코기를 뱃사공 삼아 강물 한가운데로 노를 저어 나가는 장면까지만 쓰고 중단되었어. 사십 년 가까이 지나서, 내가 다시 쓰려고 했을 때 거기서 뭘 어떻게 더 쓸 생각이었느냐는 거지?

자네는 내가 그 '익사 소설'을 만드는 과정을 인터뷰하면서 따라가 보고 싶다는 새로운 구상을 제시했으니, 실제로 남의 일이 아니었을 걸세. 분명 익사하는 아버지의 age를 처리하기란 어려웠을 거야. 각각의 회상 장면에서 그걸 쓰는 나는 노인 작가가 되었으니, 내 생각을 젊은 아버지한테 덧씌울 수도 없고.

그 초고를 썼을 당시엔 소설 첫머리에서 익사하는 아버지가, 익사하기까지 어떤 식으로 인생길을 걸어왔는지, 그걸 따라가볼 생각이었네. 요전번에, 같이 정리해두었던 메모들을 읽어보고, 단순한 연대기식 메모가 있는 것을 보았네. 거기에는 예닐곱 살부터 열 살까지 할머니와 어머니한테 들은 이야기가 쓰여 있어. 마을에 내려오는 전승담, 우리 집 역사, 그 집에 아버지가 어떤 내력을 가진 사람으로서 들어오게 되었는지……얼마 안 되는 기억에 바탕해 젊은 작가다운 자유로운 상상력을 펼쳐보겠다는, 그런 계획이었던 것 같네. 소설 속에서 상상력을 자극하는 주체는 수면 아래 조류 사이를 떠다니는 익사체니까. 그 아버지가 무엇을, 어떤 순서로 떠올릴 것인지를, 정하는 건 내 자유라고 생각하면서, 나는 『킬리만자로의 눈』을 다시 읽어보곤 했지. 『만엔 원년의 풋볼』에서 쓰지 못했던 역사나 전승, 리얼리즘 기법과는 관계없이, 그러면서도 역사 연대표를 일일이 맞춰보거나 하면서 작은 삽화들을 중첩시켜 생각해보면서 준비하고 있었네. 그런 흔적이 여러 카드에 남아 있지.

하지만 익사체 자신, 그러니까 아버지가 홍수로 불어난 강 한가운데서 죽음에 다다르기까지의 생애를 어떤 식으로 떠올리게끔 할 것인가?

아직 그의 기억에서 가까운……아버지로서는 나이를 먹고 난 후, 그러니까 나이든 나날의(아버지는 우리 나이로 쉰이었으니 요즘으로 말하자면 장년이지만, 시골 생활에서는 글자 그대로 노년의 한가운데에 있는 상황이었을 거네) 이런저런 사건에서 시작할 것인지, 청일전쟁에서 시작되는 유소년기의 삽화까지 되돌아가서 쓸 것인지……

그런 것들을 이리저리 생각하다가, 내가 조금씩 들은 적이 있는(대부분은 할머니한테 들었지) 삽화에 대해 확인할 수 있으면 좋겠다고 생각했지. 어머니와의 만남이나, 어렸을 적 친구였던 여성이 출산할 때 중국으로 가서 돌아오지 않은 젊은 아내를 데리러 갔던 중국 여행 등에 관해서 아사를 통해 물어봤을 때부터, 어머니와 나의 갈등은 예상하고 있었네. 그리고 최악으로 일이 진행되었지. 결국 나는 더이상 어떻게 해볼 수가 없게 되어, 그때까지 써서 어머니한테 보냈던 초고……'익사 소설'을 포기하겠다고 말하고서야 겨우 일이 끝났지. 당시에는 '붉은 가죽 트렁크' 속을 보는 일이란 생각지도 못할 꿈이었네."

"그리고 그냥 내버려두셨지요. 이번 '익사 소설'을 다시 시작할 때까지 사십 년 가까이 내버려두셨습니다."

"하지만 어젯밤에 우나이코가 놔두고 간 테이프를 다시 들어보니, 내가 어머니한테 품고 있던 어리광이 밴 낙관주의적 기대가 말 그대로 얼마나 어리석은 것이었는지 잘 알 수 있었네. 언젠가는 어머니가 나에게 '붉은 가죽 트렁크'를 주실 테고, 어머니의 동의하에 편안하게 소설을 다시 쓸 수 있을 거라는 기대가 있었지. 그런데 어머니 사후 십년이 지난 단계에서 나는 그 어리광을 아사한테 철저하게 비판당한 거지. 말하자면 어머니와 여동생의 연합군한테. 그 두 사람은 줄곧 진심을 다해 대처해왔던 거야……대단해."

마사오도 말했다.

"저도 아주머니와 우나이코에게, 아직 선생님이 '산속 집'에 오시기 전 일인데, 복잡하게 꼬인 문제에 대해 들으면서, 선생님이 패배한 영웅으로서 쓰고 싶어하신 또하나의 쇼와사昭和史는, 초장부터 출발점에서 좌초되는 거 아닌가 의심할 수밖에 없었습니다.

그런데 정말 현실로 그렇게 되고 보니까, 그런데도 태평한 말씀을 드리는 것 같지만, 원래의 엘리엇의 「익사」라는 시가 젊은 시절의 선생님에게 불러일으킨 착상은 순수한 거였다고 새삼 생각합니다. 한 익사체가 강물결을 따라 떠올랐다가는 가라앉으면서 나이와 젊음의 여러 단계를 지나가지요. 엘리엇은 시인으로서 그런 발상을 보여준 것뿐이지만, 거기서부터 소설가의 산문 작업이 비롯되었다는 건데……

선생님이 사십대에 곧잘 말씀하셔서 비평가들이 비웃었던, 이른바 '방법론'으로 보자면 그건 빼어난 방법이었던 것 아닙니까?"

"하지만 젊은 나는 '방법론'적으로 먼저 출발한 것이 아니라, 그들 비평가들도 지겨워할 만큼 온전히 '사소설 정신'으로 '붉은 가죽 트렁크'에 기대를 걸고 있었네. 그러니 더이상 어떻게 해볼 수가 없었지. 대학에 들어간 해에, 이곳에서 지낸 제사 때 어머니의 '농담'거리가 되면서 말이네!

바로 그 옛날부터, 무슨 일이든 꿰뚫어보던 아사가 어젯밤 보내준 소주焼酎라도 한잔할 텐가!"

제5장
거대 현기증

1

아사는 이날 자신이 직접 나에게 한 이야기와 밤에 우나이코를 통해 보낸 카세트테이프에 담긴 이야기에 관해 다시 이야기하러 오지는 않았다. 최근에 집을 비워놓았기 때문에 며칠 동안 집안 정리를 좀 하겠다고 말했다고, 그날 밤부터 아사의 집에서 숙박하면서 식사를 갖다준 우나이코가 말했다.

나는 '산속 집'을 떠나기로 했는데, 이번 체류가 골짜기 마을에서의 마지막 체류가 될지도 모른다는 생각이 들어, 내가 쓰던 물건 정리에 며칠을 소비했다. 다음주 초에 도쿄로 떠난다고 전하라고 우나이코에게 말했더니, 아사는 실무적인 이야기를 할 게 있다면서 전화를 건 후에 찾아왔다.

"치카시 언니한테 전화해서, 코기 오빠가 '산속 집' 체류의 목적이었던 '익사 소설' 자료 찾기에 실패했다고 말했더니, 그렇다면 돌아오겠지, 라고 차분하게 대답했어요. 차분하게 말한 건, 큰 작업을 포기하면 경제적으로 문제가 생길 거라고 생각한 나에 대한 배려였지요. 그래서 이야기하기가 쉬워졌어요. 그랬더니 외국 판권 수입도 문고본 판매도 저조하지만, 신문에 에세이도 연재하고 있고, 줄곧 해왔던 생각들에 관해 소소한 행사에 강연하러 가면 그 강연 내용을 실어주는 잡지도 있으니까, 라고 말하더군요. 그런 게 순문학 작가 생활의, 말 그대로 '만년의 스타일'이라는 느낌도 든다면서요……정말 훌륭한 사람하고 결혼했다니까요. 코기 오빠는 운이 좋았어요!

오빠는 지난번에 내가 준 어머니의 테이프를 들어주었지요. 테이프 내용을 잘 아는 나로선, 역시 좀 신경쓰이기는 했어요. 그래서 오랜만에, 오빠가 아마도 마시게 될 것 같아 센 술을 보냈던 거고요. 다음날 마사오한테 물었더니 아무튼 잘 주무셨고 기분은 좋으신 것 같았다고 하더군요. 그래도 이제야 겨우 센 술은 안 마시게 되었는데, 하고 또다른 걱정을 했지요. 그런데 오늘 여기 들어올 때 부엌을 보았더니, 골짜기 마을 슈퍼에서도 스카치위스키를 싸게 살 수 있는 시대인데, 빈병이 굴러다니는 모습은 안 보이네요. 내가 보낸 소주병이 비어 있을 뿐이고.

그래서 말인데, 오늘밤 저녁식사 때 내가 만든 요리와 냉장고에 넣어둔 맥주를 우나이코한테 들려 보낼게요. 우나이코와 같이 마시는 건 어때요? '익사 소설'이 좌초되었으니 이제까지 '혈거인'과 해온 작업이 그대로 이어질 리도 없을 거고. 그러니 우나이코도 오빠와 이야기하고 싶은 기분이 드는 게 당연할 테니까요. 이별의 저녁식사에 내가 함께

하는 것보다는 기분이 좋지 않을까요?"

2

우나이코는 이곳에 와서 다시 만나보니, 지난번 리허설 때를 제외하면 여배우라기보다는 스태프 복장을 하고 있었는데, 세련된 캐주얼 복장으로(그러고 보면 운하 옆 트레이닝 코스에 나타났을 때도 그랬다) 찾아왔다. '혈거인' 간부로 행동할 때보다 젊고 아가씨다운, 잔잔한 꽃무늬가 있는 블라우스에 옆으로 퍼진 스커트 차림이었다. 아사는 햄과 소시지, 그리고 자신이 딴 산나물로 만든 각종 튀김을 보내왔다. 우나이코는 잘 먹고 잘 마셨다. 아직 젊다고 생각하지만, 술을 마시면 갑자기 취하기 때문에 두 시간 지나면 데리러 오라고 마사오에게 말해놨다고 했다.

또 우나이코는, 말이 많았다. 요 며칠 동안 지속된 우울에서 아직 헤어나지 못했을 터였는데 문득 정신 차리고 보니 나 역시 말을 많이 하고 있었다. 우나이코는 처음에는 이쪽을 배려해서 꺼내지 않았던 화제에 대해, 술을 마시더니 거침없이 언급하기 시작했다.

"벌써 끝난 일이니 별로 이야기하고 싶지 않은 기분이실지도 모르겠는데요, 저는 선생님께서 꿈속에서 보신……그것도 지금까지 같은 꿈을 계속 꾼다고 말씀하시는……아버님이 보트를 타고 홍수로 불어난 강으로 나아가는 정경을 잊을 수가 없어요. 아버님의 복장은 보이는 거지요? 갈라진 구름 사이로 달빛이 비치고 있었다고 '익사 소설' 초고에 쓰여 있으니까요."

"분명히 보였네."

"그건 꿈속에서 보실 때마다 가끔 변화가 있나요?"

"완전히 똑같다네. 낡은 흑백사진이 내 망막에 새겨져 있달까……
바로 그 점이, 그 꿈속 광경을 실제로 본 것이라고 믿어온 근거라네."

"어떤 복장이죠? 국민복을 입으셨을 거라고 아사 아주머니는 말씀
하셨는데 어떤 스타일의 옷이었나요? 〈손수 나의 눈물을 닦아주시는
날〉 연극판에서는 퇴역 군인이 군복을 입고 있는 설정이었는데."

"카키색 국민복……전쟁 때 국민 모두가 입은 제복이었지. 국민복
에 모자를 쓰고 '붉은 가죽 트렁크'를 옆에 둔 모습이었네."

"어머님께서는, 아버님이 처음에는 민간인으로 그저 듣기만 했는데,
아버님도 함께 참여하는 걸로 일이 진행되었고, 그뿐 아니라 실행하는
날이 가까워지자 무서워진 나머지 도망쳤다고 말씀하셨지요. 아버님의
행동으로 보아, 저는 그것이 자연스럽다고 생각합니다. 적어도 『손수 나
의 눈물을……』에 묘사된 것보다 훨씬 정상적인 모습 아닌가요?"

"그렇지. 나도 최근에 독일어 노래를 같이 따라 부를 만큼 연극판에
빠져들면서, 내 소설 자체는 미숙하다고 느끼고 있었네. 그 안에서 가
장 잘 표현된 건, 남편과 아들이 하는 행동의 유치함을 비판하는 어머
니라고 생각하기도 했고……"

우나이코는 벌써 취기가 올라, 나이보다 젊어 보이는 얼굴을 세게
흔들면서 말했다.

"하지만 조코 선생님은 홍수로 불어난 강으로 배를 타고 나가는 아
버지를 정상적인 사람으로 그리고 싶으셨던 거지요?"

"그렇다네. 그런데다 행동하려는 생각을 늘 갖고 있었고, 그 생각을 실천에 옮기기 위해 강에 간 거라고 쓸 생각이었지. 그 현장에서 소년인 내가 그렇게 믿었고, 그런 식으로 꿈속에서도 계속 믿었던 소년의 입장에서 쓰는 거니까. 아버지가 수면 아래 강물결 사이로 떠올랐다가는 가라앉으면서 반추하는 인생에 관한 이야기. 그것이 '익사 소설'이었다네."

"『손수 나의 눈물을……』에서 어머니 한 사람만은 전혀 신뢰감을 갖지 않지만, 아버지는 젊은 장교들의 궐기에 없어서는 안 되는 인물로서 출진하지요. 그 아버지를 소년은 영웅시하고 있고요."

"그걸 쓴 건, 어머니의 반대로 '익사 소설'을 쓰는 건 불가능하다고 단념하고 어머니한테 그렇게 약속하기도 한 시기였네. 어머니에 대해 분개하는 마음으로 썼다는 게 훤히 드러나 있지."

"『손수 나의 눈물을……』 마지막에서 리얼리티가 있는 인물은 어머니예요. 아버지는 영웅적인 죽음을 완수했다고 주장하는 아들을 부정하는 건 어머니뿐입니다. 그건, 오로지 그녀만 정상인이었다고 증명하려는 작품인가요?"

"내 소설은 그 안에 있는 한 사람만 정상이라고 말하지는 않는다네. 나무 수레 안에서 암으로 인한 고통을 견디는 아버지도, 가짜 전투모를 쓴 소년도, 큰 목소리로 독일어 노래를 부르는 장교들도 모두 같은 위치에 있지."

"저처럼 단순한 사람에게는 그런 게 사회적으로 무슨 의미가 있는지 의아하게 느껴져요. 이번에 선생님은 '만년의 작업'이라고 말씀하시는 '익사 소설' 작업을 시작하셨던 거지만, 다 쓰셨다 해도 결국 『손수 나의 눈물을……』과 똑같은 내용 아니었을까요? 마지막까지 소설에서는 그 어떤 시도도 현실적으로는 이루어지지 않지요. 무엇이 가장 소중한 것이었는지조차 보여주지 않습니다. 작은 삽화가 여러 익사체의 목소리를 빌려 전개되지만, 말할 수 있는 익사체는 소용돌이 속으로 휩쓸려가버렸고……그걸로 끝나잖아요?

저는 '만년의 작업'에서야말로, 이제까지 되풀이돼온 안티클라이맥스가 아니라, 홍수로 불어난 강으로 나아가 경찰과 군대의 포위망을 피하려 했던 아버지가 궐기를 하게 될 거라고 생각하고 있었어요. 물론 현실적으로 이 나라 역사에 그런 일은 일어나지 않았다는 건 저도 알아요. 하지만 그런 대사건의 출발점만큼은 만들고 나서 아버지가 익사하는 거라면, 늘 안티클라이맥스로 전개되는 다른 소설들과는 다른 작품이 될 거라고 생각하고 있었습니다.

그런데 어머님의 테이프를 들으시고, 아버님이 궐기를 주장하기는 커녕 무슨 일이 일어나는 게 두려워서 도망친 사람……게다가 보트가 뒤집히는 바람에 물에 빠져 죽은 사람이라는 걸 알게 되신 거지요. 그리고 '익사 소설'을 더이상 쓰지 않겠다고. 그거야말로 완벽한 안티클라이맥스 아닌가요!

아사 아주머니는 자신이 건네준 '붉은 가죽 트렁크'에서 '익사 소설'의 리얼한 세부가 되어줄 내용을 찾지 못해 선생님이 낙담하신 일을 가슴 아파하고 계셨어요. 그렇게 될 거라는 걸 처음부터 알고 계셨더라도 그건 마찬가지예요…… 하지만 아주머니는 그건 어쩔 수 없다, 라고 마음을 정하신 거예요. 아주머니는 익사한 아버지에게 영웅적인 아버지상을 투사하면서 열 살 때의 하룻밤을 일흔 넘어서까지 꿈속에서 보는 그런 사람을, 정상으로 되돌리려 하신 거였어요.

저는 테이프를 재생하는 일을 도와드렸지요. 그래서 책임을 느낍니다. 하지만 그걸 전제로 한 제 결론은 그게 뭐, 어떻다는 거지?라는 거예요. 아버님이 설령 일본군 중추를 상대한 반란군의 일원이 아니라 자신들의 계획이 두려워진 나머지 도망친 촌 아저씨라고 한들 뭐가 문제 되느냐는 거지요."

점점 더 빠른 속도로 취해가는 우나이코에게 내가 화가 나서, 고갈되어 사라지는 일도 없는 노인의 추태를 보였느냐고? 그렇지 않았다. 나는 평온한 마음으로 성대한 '산소리'에 둘러싸여, 끝없이 엄습하는 우울과 웃음의 충동에 번갈아 휩싸였지만, 잔을 들지 않고도 충실한 시간을 보냈다. 그런 우나이코의 취한 모습에 익숙한 마사오가 나타나 나를 해방시켰을 때는 오히려 아쉬운 기분조차 들었다.

3

다음날 우나이코가 숙취 때문에 일어나지 못한다면서 마사오가 조금 늦게 아침식사를 가져왔다. 내가 식사하는 동안 마사오는 뒤뜰 쪽으로 시선을 두고 나와 어머니의 시구를 새긴 돌을 바라보고 있다가, 우나이코가 어젯밤에 하려고 했던 질문을 대신 해달라고 했다면서 말을 꺼냈다.

'혈거인'이 근대문학 작품을 선택해서 낭독극 형태로 만들어 중학교나 고등학교에서 상연을 하며 순회하는 프로그램이 있다. 원래는 마사오가 이 현의 고등학교 국어교사인 대학 친구를 만난 것을 계기로 시작된 것인데, 이번 여름 동안 2학기 종합 학습 시간을 위해 새로운 레퍼토리를 만들어두고 싶다. 우나이코는 그에 관해 선생님과 상담하고 싶어한다. 마사오는 그렇게 말했다.

"한 회에 45분 정도 길이의 작품을 2회 하게 됩니다. 1회째는 스토리를 요약한 낭독극이고 2회째는 학생의 질문을 받아 저희와 학생들의 토론극으로 진행합니다. 이미 몇 개 만들었습니다. 미야자와 겐지의 『은하철도의 밤』, 쓰보타 조지의 『바람 속의 아이』와 『어린이의 사계』, 아쿠타가와 류노스케의 「갓파河童*」……

금년에는 나쓰메 소세키의 『마음』을 상연해달라는 신청이 들어와서 그 작품을 준비하고 있습니다. 한 사람이 '선생님'의 대사와 유서 부분, 다른 한 사람이 '나'의 대사와 내면의 목소리를 담당하고, 거기에 젊은 사람이 몇 사람 더 들어가게 됩니다. 그래서 우선 『마음』을 요약해 낭독극 각본으로 만드는 단계인데 처음부터 우나이코가 마음에 걸린 일이 있다고 합니다."

마사오는 늘 휴대하는 큰 노트를 꺼냈다. 이날 가져온 것은 '혈거인'의 새 작품을 만들어가기 위한 노트가 아니라 우나이코와 함께 사용하는 노트 같았고, 그는 이와나미 출판사의 문고판 소세키 전집까지 펼쳐들고 있었다.

"소설의 결말 언저리의 메이지 천황의 서거 지점에서 막힌 참입니다. '그때 나는 메이지 정신이 천황에서 시작해서 천황에서 끝났다는 생

---

* 일본의 전설에 등장하는, 강에 사는 요괴.

각이 들었습니다. 가장 강렬하게 메이지의 영향을 받은 우리가 그 이후에도 살아간다는 것은 결국 시대에 뒤처지는 것이라는 느낌이 사무치게 나의 가슴을 파고들었습니다. 나는 아내에게 솔직히 그렇게 말했습니다. 아내는 웃으면서 상대하지 않았는데, 무슨 생각을 했는지 갑자기, 그럼 순사殉死라도 하지 그래요, 하면서 놀렸습니다.'

'선생님'의 유서 부분을 준비 단계에서 우나이코가 읽고, 제가 반복하면서 의미를 설명했는데, 그러다 우나이코가 생각에 잠겼습니다. 우선 저한테 질문을 했는데 명확하게 대답할 수가 없었습니다. 그래서 어젯밤에 선생님께 여쭤보려고 했던 건데 미처 하지 못했으니 그걸 여쭤봐달라는 겁니다. 메이지 정신이 메이지 천황 시대 전반에 걸쳐 흐르고 있었다는 것은 분명하다고 하더라도, 그 시대를 살았던 사람들이 모두 메이지 정신에 영향을 받았을까요? 단순한 질문이라고 말씀하실지 모르겠지만, 사실 이 질문은 제가 더 여쭤보고 싶습니다. 즉 우나이코와 저한테는 선생님 소설에 나오는 '이상한 이인조'의 한 변종이랄까, 그런 부분이 있는데요. 『마음』의 '선생님'은 시대로부터 고립되어 죽은 셈 치고 살아야겠다고 결심한 사람이잖습니까? 그런 사람도 메이지 정신의 영향을 받지 않고는 지낼 수 없는 걸까요?"

"젊었을 때, 나도 같은 생각을 했네. 하지만 나 자신에게 잘 대답할 수 있었던 것 같지는 않네. 그런데 지금은 질문을 받고 보니, 이상하게도 명확히 대답이 떠오르는군. 시대에서 동떨어져 주위 사람들로부터 가능한 한 많이 떨어져 지내려 하는 사람이야말로, 그 시대정신의 영향을 받는 거 아닐까 싶네. 내 소설은, 대개 그런 개인을 그리고 있는데 그러면서도 시대정신의 표현을 지향하고 있지 않나. 그 점에 적극적인

가치가 있다고 주장하는 건 아니지만……그 때문에 독자가 거의 없어
지더라도, 죽게 되면 자신은 시대정신을 따라 순사하는 거나 마찬가지
다, 라고 생각하게 되는 거 아닐까?"

"그런 일을 아주 먼 미래의 일로 생각하십니까? 아니면 그 시기가
언제일지 구체적으로 감지하시는 겁니까?"

"그 질문도 우나이코의 질문인가? 아니면 자네가 지금 생각해낸 질
문인가?" 나는 반문했지만 대답은 없었다.

"그럼," 그는 화제를 바꿨다. "오늘은 이제 도쿄로 가실 준비를 위해
하실 일도 남아 있지 않은 것 같은데 지금부터 뭘 하실 겁니까? 선생님
이 '익사 소설'의 배경 조사도 염두에 두신 것 같다고 아사 아주머니가
말씀하셔서 저로서는 준비하고 있던 일인데, 골짜기 마을, 특히 가메
가와 강변을 천천히 한번 둘러보는 건 어떠십니까? 다음에 또 오실 일
이 있다고 해도, 강변길을 걷는 일이 또 있다고 해도, 지금의 선생님은
저희보다 훨씬 더 외지 사람이시니까요. 잘 아는 것 같아도 그렇지 않
은 곳도 있지요……마을 사람들을 만나시면 서로 깜짝 놀랄 겁니다.
상대는 아무튼 선생님이 누구인지를 알고 있고, 술자리에서 말을 걸었
는데 무시하시거나 하면 선생님이 좀 힘들어지시지요. 그러니 누가 말
을 걸면, 제가 인사를 할 테니까 선생님은 눈으로만 인사하시면 됩니
다. 그런 방식으로 한번 예행연습을 해두지 않으시겠습니까?"

마사오는 구체적인 계획도 갖고 있었다.

"선생님이 바위틈에 얼굴을 넣고 황어떼를 보다가 빠질 뻔했다는 부
부바위 근처에서 수영하지 않으시겠습니까? 선생님이 오시기 전에 '스
케와 가쿠'가, 소설 디테일을 조사하겠다면서 그곳으로 들어갔습니

다. 지금도 꽤 많은 황어들이 헤엄치고 있답니다!"

마사오와 나는 수영복 차림을 하고 나서 그 위에 티셔츠와 반바지를 걸치고 골짜기 아래로 내려갔다. 농번기 휴가 기간이라 아직 가을 학기가 시작되지 않아서, 강을 따라 난 길에도 늘어선 집들을 끼고 제방을 따라 난 길에도 아이들의 모습은 보이지 않았다. 인사를 하는 어른들도 만나지 못했다. 내가 예전에 알던 주민을 만나려면 육칠십대나 그 이상이어야 하는데, 정오가 되기 전 시각의 골짜기 마을은 마치 사람이 다 사라진 것 같았다. 우리는 제방 계단에서 강변 쪽으로 내려갔다. 지금 어린이들은 학교 수영장에서 수영하고, 이 근처에서 가장 좋은 수영장이었던 부부바위 주위에는 아무도 없었다. 수면 위로 나온 부분만 해도 3미터 정도 되는 각추형角錐型 바위가 있다. 그 옆에 같은 형태의 바위가 또하나 있었는데, 지금은 이미 사용되지 않는 콘크리트 다리를 만드는 암석으로 쓰기 위해 폭파했다고 한다. 즉 바위 한쪽이 없어졌기 때문에 강변에는 과부가 많다(예를 들면 우리 어머니)는 전승담도 있었다. 그 바위에 물결이 막히면서 만들어진 깊은 웅덩이와, 거기서 흘러내려오는 어느 정도 수심이 있는 구역이 내 어렸을 적 수영장이었다.

기다랗게 강 쪽으로 튀어나온 모래바위—홍수로 강물이 불어났던 날 밤 그 바위 뒤쪽 강변에서 아버지의 보트를 떠나보냈다—위에서 옷을 벗고, 우리는 허리까지 물에 담그고 부부바위로 향했다.

물살의 흐름을 거슬러올라가며 올려다본 강가의 숲은, 빼어나게 아름다운 나무들 모두가 내 기억에 있는 것보다 키가 컸고 가지들도 단단해 보였다. 내 기억 속에는 패전과 그 직후 삼 년 동안 가장 밀접한 관계를 가졌던 골짜기 풍경이 아로새겨져 있었고, 그곳을 둘러싼 숲은 분명 쇠약했었다. 육십 년이 지나 숲은 회복되고 있었지만, 그건 마을의 인구와 반비례하는 것이었다……

물 깊이가 가슴까지 오자, 나와 마사오는 부부바위를 향해 크롤 영법으로 수영을 했다. 나는 도쿄의 수영장에서 오랫동안 사용해온 물안경으로 눈을 보호했다. 바위에 도착해 어릴 때 내가 그 자세로 숨을 쉬었던 것처럼 물속에 감춰진 바위에 팔을 대고 쉬고 있는데, 물안경을 쓰지 않은 마사오가 빨개진 눈으로,

"영어나 프랑스어 교본으로 헤엄치는 법을 독학하셨다고 쓰셨는데 분명히 그런 느낌이 나는 수영을 하시는군요"라고 말했다.

"그렇게 해서 내 멋대로 영법을 교정했지."

"오른쪽으로 바위를 따라 1미터 더 나아가서 물에 얼굴을 담그면, 바위가 갈라진 곳이 있지요. 기억하고 계시나요? 아이들 머리 사이즈라면 그 안으로 머리를 들이밀 수도 있었을 거라고 스케가 말했습니다. 다시 한번 그 안을 들여다보고 황어떼를 보시겠습니까?"

나는 마사오가 말한 대로 물살의 흐름을 거슬러 바위 옆쪽으로 나아갔다. 소년 시절에 지금과 똑같이 헤엄쳐 나아가다가 잡을 수 있는 곳을 놓쳐버려, 바위 동쪽 측면으로 부딪혀오는 물의 힘 때문에 몇 번이나 내동댕이쳐졌던가. 이제 나는 아오리아시 영법*으로 그 힘을 받아낼 수 있다……즉 어른이 되었다(나이들어 눈에 띄게 쇠약해지기는 했지만)는 얘기다. 그리고 본 기억이 있는 두 개의 바위틈 사이로 상체를

---

* 옆으로 헤엄칠 때 양다리를 앞뒤로 벌리고 앞다리 발바닥과 뒷다리 발등에 물을 끼우는 것처럼 발장구를 치는 영법.

넣어보려 했는데 어른이 되어 커져버린 내 머리는 곧바로 거부당했다. 하지만 그 안쪽 물속에 밝은 공간이 열려 있는 것도 얼핏 보였다.

나는 일단 물살의 힘에 몸을 맡긴 다음, 강바닥에 발을 디뎌 방향을 바꾸어 크롤 영법으로 마사오 옆으로 돌아갔다.

"이제 선생님은 바위틈 사이로 머리를 못 넣으시니까……그건 아예 단념하시고 그저 틈새로 들여다보면서 똑바로 안을 보려고만 하면 성공하실 겁니다."

나는 정말 그렇게 했다. 그리고 수십 마리의 황어떼, 그리운 그 옛날의 황어떼가 부드러운 푸른빛이 도는 햇살 속에서 상류 쪽을 향해 물살과 같은 속도로 헤엄치는 것을, 근시용 렌즈가 붙어 있는 물안경 너머로 분명히 봤다. 은청색으로 빛나는 황어 머리의 검은 두 눈이 각각 나를 인식한 듯 한순간 움직인 것 같기도 했다. 나는 숨을 참을 수 있는 동안 그 자세를 유지했다. 그러다가 딛고 있던 바위 끝을 차내면서 머리를 수면 위로 내밀어 호흡을 하고, 하늘을 향한 자세로 물결에 몸을 맡겼다……

한동안 물결에 몸을 맡기다가 다시 한번 마사오 옆으로 헤엄쳐 간 나에게 마사오가 말했다.

"선생님은 『우울한 얼굴의 아이』 초판에서, 수백 마리의 황어라고 쓰셨지요. 열 살이었던 선생님이 머리를 바위틈 사이로 들이밀고 황어 눈에 비친 '아이'를……그러니까 코기로서의 자신을 더 잘 보려고 하디기 머리가 바위에 끼여서 물에 빠질 뻔합니다. 그때의 황어 눈도 수십 개였겠지요. 예전에 골짜기에서 강낚시를 했다는 사람한테 들었는데, 부부바위에 있는 황어 숫자는 변하지 않는답니다. 그 사람 경험으로도, 들어왔던 숫자 그대로였다고 하고요. 그러니까 방금 선생님은, 육십 년도 더 전에 봤던 광경을 그대로 보신 겁니다. 수십 마리지요?"

"숫자는 분명하지 않지만…… 그때 바위에 머리가 끼여 그대로 익사했다면, 지금의 나도 황어 한 마리로서 이쪽에 있는 나를 보았겠지."

"하지만 그 경우엔 현시점에서 이쪽에서 황어떼를 들여다보는 선생님은 존재하지 않게 되는데요……"

"그렇지. 나는, 수백 마린지 수십 마린지 몰라도, 이 바위틈 안쪽 푸른빛 도는 햇빛 속에서 영원한 시간을 헤엄치는 황어떼 중 한 마리는 될 수 없었어. 아오리아시 영법으로 겨우 바위에 의지하며 물위에 떠 있는 노인이지. 이곳에 와 있는 그치를, 받아들일 수밖에 없네."

"선생님은 홍수로 불어난 강을 따라 전속력으로 지나가 강바닥 아래에서 떠올랐다가는 가라앉곤 하는……지금의 선생님보다 스물 몇 살 젊은 아버지에게 자신을 중첩시켜보려는 시도는 단념했다고 말씀하셨지요."

"그렇다네. 아버지의 익사체 쪽이 황어에 더 가까워."

마사오는 나의 탄식조 발언을 무시했다.

"노령의 신체를(이라고, 가슴까지 물에 담그고 있어도 물에 젖은 어깨 근육의 터질 듯 팽팽한 갈색 피부가 드러내는 연령 차이처럼 노골적인 단어를 쓰면서) 이런 식으로 강물 속에 담가놓으시도록 놔뒀다가 감기 들어 폐렴이라도 걸리시면 어떡할 거냐고 우나이코가 화내고 있군요."

마사오는 하류에 나란히 놓인 새 다리와 옛 다리 중 대량의 자동차 통행을 감당하지 못한다는 이유로 방치된 다리 위에서, 열심히 손을 흔드는 두 여성을 돌아보고 있었다.

"이제 올라가지요."

우리는 바위에서 손을 떼고 나란히 몸을 물에 띄워 헤엄치기 시작했다. 숨을 쉴 때 올려다본 두 여성의 손짓은 어느새 응원으로 바뀌었고, 마사오는 나와의 간격을 정말로 벌리려 하고 있었다. 나도 거리가 벌어지지 않도록 전력투구했다. 어렸을 때는, 부부바위 옆 웅덩이부터 넓어지면서 흐르는 물살을 타면서 옆으로 횡단해 강줄기 옆길 쪽에 있는 바위로 올라가는 것이 아이들의 수영 코스였다. 이번에는 물살의 흐름을 따라 헤엄쳐 내려가는 일은 하지 않았다. 하지만 마사오는 크롤 영법에 적합한 깊이가 되는 곳까지 비스듬히 나아가는 식으로 헤엄쳐 갔다. 자갈과 모래를 밟고 올라서 보니(이제 무릎 위쯤 오는 깊이다), 150에서 160미터는 헤엄친 셈이었다. 나중에 생각한 일이지만, 그 일이 뜻밖에도 내 몸에 큰 부담을 끼쳤던 듯싶다.

강변으로 올라가 상반신을 수건으로 닦으면서, 나는 콘크리트 다리 위에 있는 우나이코에게 후들거리는 내 다리가 보일까봐 두려워했다. 그런데 옷을 갈아입고 나서 그들의 모습을 보니, 그들은 하교 후 귀가 중인 중학생들한테 둘러싸여 그들을 상대하느라 바빴다. 교복을 입은 중학생들, 특히 여학생들 앞에 그런 차림으로 올라갈 수도 없어서, 우리는 강변에 서서 이야기를 이어갔다.

"작년 가을에 부부바위 뒤쪽에 있는 숲에서 밤밭으로 올라가는 경사면에 붉은 꽃이 잔뜩 피어 있었는데, 그게 피안화라는 걸 알게 됐습니다."

"그래, 호제를……지금도 캐는 사람이 있다면 그랬겠지."

뒤로 젖혀진 밋밋한 붉은빛 꽃잎 속에서 튕겨나올 것처럼 보이는 암술 수술을 가진 꽃무리를, 엄청나게 많이 볼 수 있었던 것이다.

"이렇게 화려한 꽃 무더기라면 그걸 보는 동안 사업 욕심이 생기는 건 있을 법한 일 같다고 생각했습니다. 어쩌면 이런 꽃들이 떨어져 말라버린 후에 캐내는 호제 무더기보다, 붉은 꽃들이 골짜기 경사면을 뒤덮은 광경이, 불길이 온 세상을 뒤덮은 광경을 떠올리게 하는 건 아니었을까 생각했지요⋯⋯"

마사오에게 깊은 인상을 준 듯한 청년 장교들에 대해 생각해볼 마음은 나한테는 이미 없었다. 묵묵부답인 나에게, 마사오는 우나이코와 아사를 둘러싼 중학생들에 대해 설명했다.

"저 중학생들뿐 아니라, 이웃 마을 여고생들은 모두 우나이코의 팬입니다. 우나이코는 학생들을 통해 부모들과 이어지는 연결고리를 만들 생각이지요. 그래서 저런 팬들과의 교류를 소중히 여기는 겁니다. 우나이코의 경우, 연극을 매개로 한 교류에 그치지 않고 사회적인 방향으로 전개하는 일을 생각하고 있으니까요⋯⋯"

"지금의 크롤 헤엄이 좀 부담이 된 것 같으니, 다리 아래까지 차를 돌려주지 않겠나? 우나이코는 차로 온 거지?"

그제야 마사오는 내가 극심하게 지쳐 있다는 것을 알아차린 것 같았다. 하지만 우나이코와 골짜기 중학생들의 교류가 좀더 이어질 것 같다는 마사오의 말을 듣고 나는 강 위쪽 제방에 설치된 철사다리를 타고 올라가, '산속 집'으로 가는 가까운 길을 안내하겠다고 말했다.

4

이날 밤, 일찍 침대에 든 탓도 있을 텐데, 새벽까지는 아직 시간이 많이 남았을 때 눈이 뜨였다. 잠의 끝 무렵에 이미, 심리적이라기보다는 신체적인 문제로 고통받고 있었다. 어둠 속에서, 어떤 형태가 나타난다기보다는 무너지는 방식으로 사라졌다. 그 힘이 엄청난 충격을 몰고 오는데, 그런 상황을 느끼는 머리는 냉철하게 맑았다……애매한 꿈을 꾸는 잠에 여전히 지배당하면서 나는 침대 옆 램프 스위치를 누르고, 책꽂이와 천장 사이에 60도 각도로 벌어져 있는 원반 모양을 한 부분으로 시선을 돌렸다. 원반이 오른쪽으로 회전하기 시작하더니 무언가의 힘을 받아 스르르 오른쪽으로 무너져내린다……

나는 나도 모르게 눈을 감고, 내가 일찍이 경험한 적 없는 규모로 현기증의 공격을 받고 있다고 생각했다. 눈을 뜨면, 눈앞의 60도 각도 원반이 스르르 무너진다. 이번에는 눈뜬 채로 있어본다. 잠자던 동안 줄곧, 어둠 속에서 검은 60도 각도 원반이 스르르 무너져내리는 것을 계속해서 느끼고 있었음을 깨닫는다. 이제, 60도 각도 원반이 책꽂이에 꽂힌 책의 등 쪽 면으로 넘어가면서, 그 책들이 쓰러지는 것처럼, 와르르 무너진다. 나는 탈진해 힘이 빠진 오른손으로 침대 머리맡 스위치를 눌러 어둡게 한다……그 어둠 속의 벽면도 검은 60도 각도 원반 형태와 함께 무너져 쏟아져내리는 것처럼 느껴지는데, 눈을 뜨고 보는 것보다는 견디기 쉽다……하지만 발작은 그런 형태로 이어졌고, 어둠을 응시하는 눈조차 감지 않고는 견딜 수 없었다……

나는 자는 동안 공격받았던(어쩌면 눈을 뜨는 고통스러운 순간에 어둠 속의 천장……그러니까 뒤집힌 우물 바닥……을 올려다보는 일로 시작되었는지도 모를) 상황이, 격해진 발작 속에서 더욱 고통스럽게 이어지고 있다고 느낀다. 눈을 감은 채 상체를 일으키는데, 힘이 빠진 상반신이 저절로 오른쪽으로 돌아가더니, 나는 나동그라진다. 이 상황은 일찍이 경험한 적 없는 강력한 현기증이라는, 한층 더 냉철한 인식이 찾아온다.

그렇게 인식하면서(인식 가능하다는 것은 몸은 현기증의 공격을 받고 있지만 뇌는 정상이라는 뜻이겠지, 라고 인식하기도 한다) 이건 이제 막 시작되었을 뿐이라고 생각한다. 이 현기증이 더 진행되어 더 큰 두통이 오는 것은 아닌가? 이 정도 현기증이라면 강한 구토를 동반하지 않을 리가 없다. 그전에 해두지 않으면 안 되는 일이 있다……

눈을 뜨자 곧바로 책꽂이 위 60도 각도 면이 스르르 무너져내려 다시 눈을 감지만, 내 위치와 방안의 방향에 대해 어느 정도 감을 되살려본다. 그러고 나서 침대에서 바닥으로 몸을 밀어내 내려가려 한다. 그런데 잘되지 않는다. 손과 발의 모든 부분이, 60도 각도로 무너지는 환영의 영향을 받고 있는 것이다. 그래도 나는, 의도대로 바닥 쪽을 보면서 내려간다. 겨우 바닥으로 내려가 힘 빠진 손발로 명확하지 않은 의식으로 바닥을 기어 복도로 나가려고 한다.

아직 두통은 오지 않았고 눈을 뜨면 스르르 무너져내리는 붕괴 환영 때문에 인식은 조각나지만, 눈을 감은 동안엔 어느 정도 사고가 가능하다. 그렇게 하면서 화장실을 향해 복도를 기어간다. 머릿속 혈관이 끊기는 그런 유의 질환이 생긴 것은 아닌가? 동년배의 지인 중 누구누구가 습격을 받아 어떤 사람은 그냥 죽었고, 살아남은 사람도 뇌의 움직임은 예전 같지 않게 된, 그런 유의 질환. 내 생명이나 집필 작업 중 양쪽, 혹은 어느 한쪽의 미래를 예측할 수 없는 그런…… 어느 쪽이든 소설가로서 나는 이제 끝이다. 그렇다면 결정적인 더 큰 두통이 찾아오기 전에 해결해두고 싶은 일을 정리하지 않으면 안 된다.

내 글 가운데 집필중인 원고나, 아니면 손보는 중인 초고들은 전부 폐기해달라. 그렇게 지시하는 메모만 남기면(지금의 나는 아무런 고유명사도 생각나지 않지만) 그 일을 실행해주는 사람이 있지 않을까? 나는 침대 머리판과 남쪽 창문 사이의 공간에 언제나 앉아서 일을 하는 팔걸이의자와, 원고지를 끼워둔 화판이 있는 것을 기억해낸다. 단어가 이미지를 구체화하기 전에 이미 그 이미지 자체가 무너져내리는 미약한 기억에 의존해서. 만년필을 손가락으로 잡는 것은 무리지만, 옆에 몇 개씩 깎아 놓아둔 두꺼운 색연필이라면(독일제 LYRA 진한 하늘색 색연필) 눈을 감은 채 찾아 들고 흘려 쓸 수는 있을 것이다……

나는 힘을 얻는다. 하지만 무엇을 폐기하라고 쓸 것인가? 내 머리에는 아무것도 떠오르지 않지만, 그것은 내 머리가 혼란스럽고 무력해져 있기 때문이 아니다. 나는 뇌가 명쾌하게 움직이고 있음을 자각한다. 아무것도 떠오르지 않는 것이 맞다. 진행중인 작업은 아무것도 없으니까. 커다란 안도감과 함께 참담한 자조감이 나를 엄습한다. 말하자면 여기에 있는 나는 이미 죽은 사람이나 마찬가지다. 죽은 나 자신에게 죽음에 대한 공포가 전혀 없음은 당연한 일. 이어서 그것과는 다른 공횡감이 찾아온다. 놀에 새겨진 문자. 다시 감은 눈에는 보이지 않지만, 그것을 보면 나는 좌절감에 빠져 노년에 이른 내 인생은 무의미했음을 깨닫게 될 것이다. 눈을 뜨지 않은 채 이제 금방이라도 찾아오면 견딜 수 없을 거대한 두통에 의해 모든 것이 끝나는 쪽이 좋다. 하지만 나는 눈을 뜬다. 60도 각도 원반이 스르르 무너지기 전에, 환영 속의 둥그런 돌에 새겨진 두 줄의 시를 읽는다.

코기를 산으로 올려보낼 준비도 하지 않고
강물결처럼 돌아오질 않네.

5

사흘 후 나는 도쿄 세이조에 있는 자택으로 돌아가 의사에게 처방받은 약을 먹었고, 정밀 검진은 좀더 시간이 지난 후에 다시 가서 하기로 했다. 우리 가족이 모두 다니는, 집 근처 단골 병원 의사는 낙관적이었다. 현기증에 관한 설명은 주의깊게 들어주었지만, 그후의 회복 상태를 보면 일시적인 것이라며 기운을 북돋워주었다. 그리고 일주일이 지난 어느 날, 이층 침실까지 거실 전화 소리가 들려왔다.

최근에 아카리가 우울증에 빠져 전화를 받는 일이 없어졌다는 이야기는 아내로부터 들은 바 있었다. 집에 돌아온 후 좀처럼 잠이 오지 않아 아카리가 점심을 먹은 다음에 일어나곤 했던 내가, 아직 점심 전이라는 것을 벽시계로 확인하고 나서 아래층으로 내려가는 도중에 전화 벨 소리는 끊겼다. 아카리는 식당 의자 끄트머리에 걸터앉아 몸을 뒤로 젖히고 또하나의 의자에 양다리를 올린 채 무릎에 올려놓은 오선지를 바라보고 있었다. 막막해 보이는 뚱뚱한 중년 남자라고 해야 할 모습이었다. 아카리는 나한테는 신경쓰지 않고, 자신이 쓴 악보 일부분을 지우개로 지우고 있었다.

그런데 다시 전화가 왔고, 치카시가 지금 우체국에 있다고 했다. 어젯밤에 온 속달 우편이 있었는데 아직 아래층 가족들은 자고 있을 때라서 되돌아간 집배원의 메모가 남겨져 있었다. 급한 우편이라면 우체국까지 가지러 와달라고 하면서, 보낸 사람의 주소와 이름을 읽어주었다. 그래서 그것을 가지러 우체국에 와 있는데 같은 용건으로 찾아온 사람들로 붐벼서, 뜻밖에 시간이 지체되고 있다. 아카리의 대학 부속 병원 예약 시간이 다가오고 있는데, 자신은 컨디션이 별로 안 좋으니까 아카리를 병원에 데려가기가 어려울 것 같다. 만약 이쪽 상황을 봐서 대신 아카리를 병원에 데려갈 수 있다면 그렇게 해주었으면 좋겠다. 우체국에는, 집에 들렀다가 병원으로 갈 생각으로 택시를 대기하도록 해놓았다, 그런 내용이었다.

내가 부랴부랴 외출할 만한 꼴을 갖추었을 때(아카리는 이미 준비를 마치고 어머니를 기다리면서 작곡을 하고 있었다) 치카시가 돌아왔고, 아카리와 나는 그 택시를 타고 병원으로 향했다.

예약 시간인 열한시까지는 늦지 않게 갈 수 있었는데, 담당 의사의 진료가 한 시간쯤 늦어진다고 접수 창구에 적혀 있었다. 불만은 없었다. 이 과의 책임자인 의사가 때때로 응급 환자를 받는다는 건 알고 있었고, 그 선생님을 치카시가 지명했던 것이니까. 내가 내민 진찰권을 본 간호사는 혈액검사를 먼저 하라고 했다. 그래서 보험증 이외의 것이 들어 있는 파일을 확인했더니 혈액 검사 예약은 내일 날짜로 잡혀 있었다. 기다리는 시간을 유용하게 쓰라고 손써준 것이었을까? 혈액검사는 빨리 끝났지만, 갑작스러운 혈액검사(채혈에 대한 두려움이 있었던 것이다) 때문에 아카리는 불만이 남아 있었다.

대기실 구석에 있는 의자를 확보하고 비로소 소포를 열어보았더니, 오랫동안 알고 지내온 미국인 여성이 보낸 것이었다. 우리 둘의 친구였던 비교문화·문학 전문가 에드워드 사이드 사후에 처음으로 그의 유품을 살펴볼 여유가 생겼는데, 그 작업을 하다가 나와 관계있는 물건을 발견했으니 보내겠다는 카드가 동봉되어 있었다. 두꺼운 종이 파일 사이에 끼워 그대로 포장한 그 물건은, 베토벤의 피아노 소나타 123번을 고급 코튼지에 인쇄한 특별 장정본 세 권이었다.

소포를 보낸 여성 진 S는 사이드와 나를 연결시켜준 사람이었다. 맨해튼에서 가장 좋은 지역의 높은 곳에 위치한 그녀의 아파트에는 이슬람의 고서 그림이 그려진 벽지로 장식된 사이드의 방이 있었고, 그가 백혈병으로 입원했다가 퇴원했을 때 열린 축하 모임에 마침 뉴욕에 있던 나도 초대받았다. 사이드와 진은 매년 섣달그믐날 밤 한밤중에(이쪽은 새해 첫날 오후) 온 가족이 함께하는 식사 자리에서 전화를 했다. 사이드가, 하나와 고로의 자살 소식을 방금 지인에게 들었다면서 이메일을 사용하지 않는 나에게 팩스를 보내준 적도 있다. 그날은 지인의 집에서 파티가 있었고 사이드가 피아노를 연주했다던데, 그때의 악보에 연필로 써둔 초고를, 팩스로도 보일 만큼 또렷하게 진이 정서해두었다. 악보가 발견되면 보내겠다고, 사이드 사후에 그녀는 말하곤 했다……

아카리는 이날 처음으로 내 행동에 적극적인 관심을 보이면서 봉투에서 꺼낸 악보에 눈길을 주었다. 〈하이든에게 바치는 세 개의 소나타〉. 나는 지인이 보낸 긴 편지를 통해 그 세 곡 중 2번을 사이드가 쳤다는 사실을 알고 있었다. 세 권의 악보 속에서 나는 그가 연필로 쓴 부분을 금방 찾아냈고, 일단 악보를 봉투 안에 다시 넣었다.

나는 아카리와 일층 화장실까지 내려갔고, 내 손과 아카리의 손을 잘 씻었다(평소와는 다른 이 작업에도 아카리는 불만스러워 보였다). 입원 환자용 매점에서, 깎여서 비닐에 싸여 있는 HB와 B 두 종류의 연필을 샀다. 짐을 놓아둔 자리로 돌아가자, 갑자기 못 참겠다는 듯 손을 내민 아카리에게, 나는 피아노 소나타 악보와 부드러운 연필을 건네주었다. 악보를 읽을 때 아카리는 힘을 넣지 않아도 되는 부드러운 심의 연필로 몇 개의 소절을 동그라미로 표시해두거나, 그 의도를 나도 잘 아는 메모를 하곤 한다. 친구의 유품인 악보의 종이는 두꺼워서 튼튼하다는 것을 이미 확인한 터였다. 집에 가서 아카리가 기입한 정보를 집에 있는 베토벤 소나타 집*으로 옮기고 지우개로 꼼꼼히 지우면 흔적은 남지 않을 터였다.

아카리는 펼쳐진 악보를 가슴 앞으로 바짝 당긴 자세로 읽기 시작했는데 그 악보에서는 내가 소장한, 유럽의 특별 장정본 책과 똑같은 종이 냄새와 잉크 냄새가 났다. 곧바로 열중하는 아카리에게 이번에는 내가 조심하면서, 작은 목소리로 한번 물어보았다.

"재미있니?"

"재미있어요."

"삼깐 2번 소나타 책을 보여주지 않겠니?"

"그 부분이 흥미롭습니다. 모차르트의 쾨헬 550번과 똑같습니다."

아카리는 악보 끝부분을 스타카토로 치는 것처럼 쳐 보였다.

"제1주제를 유머러스하게 쳤고, 제2주제를 칠 때는 슬퍼 보였다고 편지에 쓰여 있었다. 그 말을 듣고, 그때 너한테 CD를 골라달라고 했지."

"저는 굴다의 판을 올려놓았습니다. 그런 식 연주였습니다."

"정말 그랬지……소리도 부드러웠고. 그 부분을 아빠가 알 수 있도록 연필로 표시해주렴. 집에 가면 그걸 보면서 그 CD를 들어볼 테니."

아카리는 (생각해보면 내가 도쿄로 돌아간 이후 처음으로) 미소를 짓고 있었다. 그리고 아카리는 내면에서 발생하는 음악의 속도로 악보를 따라갔고, 나는 마음을 놓고, 들고 다니기에는 너무 크지만 문득 생각이 나서 갖고 온—요즘 조금씩 펼쳐보는—'붉은 가죽 트렁크'에 있던 『The Golden Bough』 제1권을 펼쳐서 읽었다. 아카리는 세 권으로 된 책 중 두번째 권을 끝까지 보고 나서 다시 1악장부터 되풀이해서 읽고 있었다. 아카리 옆 의자에 중학교나 고등학교 선생으로 보이는 여성이 앉아 있었는데, 아카리가 열중하는 모습에 흥미를 느낀 듯했다. 악보가 커서 그 여성 쪽으로 삐져나가 있어 미안한 마음이 들었다.

그런데 아카리가 진찰받을 순서가 왔을 때, 아카리는 악보를 무릎 위에 놓고 고개를 숙이고 양팔로 머리를 감싼 자세로 있었다(이미, 우리는 세 시간 기다린 셈이었다). 항공편 소포 봉투에 악보를 다시 넣느라 늦어지고 있는 나를 곁눈으로 힐끗 보더니, 아카리는 신나게 진찰실을 향해 걸어나갔다. 그런 상황에서 여성이 말을 걸었다.

"그대로 놔두세요, 제 순서는 아직 먼 것 같으니까요."

진찰이 끝나고 그 여성에게 악보를 돌려받아 보기 시작하는 아카리를 놔두고 나는 수납창구로 이동해서 기다렸다. 수속을 끝내고 돌아왔더니 진찰실로 향하려는 여성에게 아카리가 뭔가를 건네주었다. 막 스쳐지날 때 여성은 나에게 두꺼운 볼펜을 보이면서 웃으며 말했다.

"두 가지 색깔이 나와서 편리하답니다. 아카리 씨는 눈이 좀 불편하지요?"

그 순간, 가슴이 쿵 하고 내려앉았다. 아카리 무릎에 펼쳐진 악보 부분에 전체적으로 시커먼 표시가 있었고 위쪽 여백에 커다랗게 K550이라고 쓰여 있었다! 내 안색이 변했을 것이다. 나를 쳐다보던 아카리의 얼굴에서 미소가 사라졌다.

"저는 연한 글자가 싫어서……" 이렇게 말하는 아카리의 말꼬리에 기운이 빠져 있었다.

"넌 바보로구나!" 나는 큰 소리로 외쳤다.

순간, 아카리의 얼굴에 어떤 격한 감정이 스쳐지나갔다. 잠시 틈을 두고, 아카리는 양팔을 머리 쪽으로 휙 들어올리더니 머리를 마구 때렸다. 자기 자신을 때리는 것으로밖에 보이지 않는 동작. 그 동작은 아주 오래전의 일인데, 나에게 야단맞았을 때 보였던, 저항의 표시이자 자신에 대한 징벌의 몸짓이다. 주위 사람들이 주목하는 가운데 나는 아카리를 일어서게 한 다음(적어도 그가 취한 몸짓은 사십대 남성의 행동은 아니었다) 아카리의 무릎에서 떨어지는 악보를 주워 계단 아래로 내려갔다. 이미 나는, 아무 효력이 없을 거라는 걸 알면서도, '너야말로 바보다'라고 나 자신을 향해 되뇌었다.

6

택시에 탔을 때 아카리는 거부의 표시를 온몸으로 내보이면서, 나를 외면하고 있었다. 창문에 이마를 대지 않고 몸은 똑바로 한 채, 그저 완강한 몸짓으로 반대편을 바라보고 있었다. 그러고는 현관문을 열어준 치카시를 발로 걷어찰 듯한 기세로 걸어 자기 방으로 사라졌다. 나는 봉투에 다시 넣어서 갖고 돌아온 악보를 식탁에 놓고 앉아 있었다. 치카시는 당연히 아카리의 행동이 보통 때와 다르다는 것을 느끼고, 침묵한 채로 있다가 시간이 좀 지나자 아카리의 방으로 들어갔다.

나는 두 종류의 볼펜으로 메모된 페이지가 눈에 들어오지 않도록 주의하면서 표지가 달려 있는 얇은 악보 세 권을 테이블 위에 꺼내놓고, 두번째 권 뒤표지에 연필로 쓰인 작은 글자들을 읽었다.

진이 만년필로 정서해서 팩스로 보낸 메모를, 요 두세 해 동안 책상 앞에 붙여두었다. 사이드의 영문英文은, 젊은 시절부터 나의 친구였던 이의 자살(그러니까 하나와 고로의 죽음)에 대해 알게 되었다면서 애도와 격려의 말을 전하고 있었다. 나는 그 한 구절을 일본어로 번역해서 백혈병으로 죽은 사이드를 애도하는 모임에서 인용한 적이 있다. 나는 그것을 암기하고 있다.

자네가 최근에 괴로운 시간을 겪고 있다는 얘기를 막 들은 참이네. 그래서 나는 자네에게 글을 써서 나의 solidarity(유대감)와 affection(우정)을 표현하려고 마음먹었네. 자네는 아주 강한 사람이고 감수성이 풍부한 사람이지. 그러니 그 난관을 극복할 거라고 확신하네.

치카시가 되돌아와, 내가 눈길을 주지 않은 채 그 앞에 가만히 두고 앉아 있는 세 권의 악보를 내려다보면서 입을 열었다.

"아카리는 베토벤의 세 개의 피아노 소나타 악보에 무척 신경을 쓰고 있는데……그것과는 별도로 아빠가, 넌 바보로구나, 라고 했다면서……

그런 일은 이제껏 한 번도 없었기 때문에 충격을 받았다네요. 그래서 내가, 기타카루이자와에서 돌아오는 전철에서 아카리한테 그렇게 말했던 사람과 몸싸움이 나서, 다카사키에서 내려 철도 직원들 선에서 끝내지 못하고 경찰에 끌려갔던 것을 기억하지? 경찰서에 모두 함께 갔으니까. 그런데 그런 말을 아빠가 할 리가 없잖니, 라고 해봤지만 아카리는 납득하지 않는군요. 아빠가, 넌 바보로구나, 라고 했다면서 그 말에 얽매여 있네요.

자기가 나쁜 일을 했다고 생각은 하지만 그렇게 한 데는 이유가 있다고 말하고 싶은 것 같아요. 베토벤의 제2번 소나타 부분에 대해 볼펜으로 써서 아빠에게 가르쳐주었습니다. 그러면서……"

"아카리한테 바보라고 말한 거 맞아(이번에는 역시 충격에 빠진, 그렇지만 내 안의 분노를 다스릴 길을 찾지 못한 내가 불평할 순서였다). 이건 진 S가 자기 집 손님방 피아노 옆에서 찾아준 악보인데, 고로가 죽었을 때 진의 집에 있었던 사이드가 보내준 팩스의 초고가 쓰여 있지……"

나는 악보책의 뒤표지를 보여주고 나서 첫 페이지를 펴놓고, 악보에는 눈길을 주지 않고 있었다. 치카시가 펼쳐진 악보를 가지고 아카리의 침실로 되돌아갔다. 낮은 목소리로 질문을 되풀이하는 치카시와, 한참 후에 저항감을 억누르며 대답하는 아카리의 목소리가 들려왔다.

나는 부엌으로 물을 마시러 가서 컵을 채웠다가, 생각을 바꿔 커다란 고블릿에 흑맥주와 라거를 두 개 따라서 선 채로 마셨다. 트림 비슷한 커다란 한숨을 내쉬고는 식당으로 돌아가려는데 치카시를 따라 아카리가 나와 있었다. 아카리는 내 쪽은 보지 않고 CD를 선반에서 꺼내서 치카시에게 건네주었다. 컵에 맥주를 다시 따르는 내 귀에, 〈하이든에게 바치는 세 개의 소나타〉 제2번 1악장이 굴다의 연주로 들려왔다. 나는 다시 한번, 사이드도 이런 식으로 연주했을 것이라는 생각에 마음이 동요되었다. 이어서 K550번 교향곡의, 지휘자가 누구인지는 모르겠지만, 앞서 들려온 소나타의 제1주제와 똑같은 멜로디가 울려퍼졌다.

나는 맥주를 다 마시고 식당으로 나왔다. 아카리는 두 장의 CD를 각기 조심스럽게 케이스에 넣는 중이었다.

"이 두 곡에 공통된 부분이 있다는 것을 아빠가 알 수 있도록, 병원에서 본 악보에 표시했다고 하네요. 그런데, 넌 바보로구나, 라는 말을 들어서 충격을 받은 거죠."

나는 치카시가 다시 식탁에 놓은, 두 가지 색깔의 볼펜 흔적으로 엉망이 된 악보를 내려다봤다. 잠시 (결정적인) 시간이 지났고, 그사이에 내가 말을 걸었다면 했을지도 모르는 양보를 단념한 아카리가 침실로 사라졌다. 그 걸음걸이는 (언제나 생각하는 건데) 하나와 고로의 젊었을 때의 걸음걸이와 닮아 있었다……

그날이 토요일이었으니 일주일이 지난 주말에, 아카리와 마주칠 일이 없는 시간에(라고는 해도 아카리는 방에서 나오고 싶지 않으면 늘 침대 옆 재생장치로 FM 클래식 방송을 듣고, 더이상 들을 것이 없어지면 자기가 만든, 자동으로 교체되는 CD 프로그램을 듣곤 했으니 하루종일 방에 틀어박혀 있는 거나 마찬가지였다) 계단 아래로 내려가서 아침과 점심을 한꺼번에 때우고 서재로 돌아왔다. 그런 식으로 생활하는 나에게 치카시가 우편물과 커피를 가져다주었다. 치카시는 내가 우편물을 훑어보는 동안 침대 정리를 하더니 정리된 자리에 앉아, 천천히 이야기를 시작했다. 그날 이후로 처음 있는 일이었다.

"아카리는 병원에서, 아빠한테 베토벤 소나타에 모차르트의 주제와 겹치는 부분을 가르쳐달라는 말을 들었다고 해요. 그 부분에 연필로 표시를 하고 있었더니 옆 사람이 볼펜을 빌려주었다고 말했어요. 연필이면 괜찮고 볼펜은 안 된다는 그런 구별을 아카리는 이해하기 어려웠겠지요. 아카리의 실수는 건네준 펜을 자기도 모르게 받아들었다는 것뿐 아닌가요? 그래도 자기가 깨끗한 악보를 더럽히고 만 것은 미안한 일이라고 느끼고 있어요. 하지만, 넌 바보로구나, 라는 말을 아빠한테 들은 것에 대해서는 지난번 이상으로 화해의 포즈를 취할 생각은 없어요. 그건 당신이 자기 쪽에서 화해를 청하려는 마음이 없는 것과 같은 거 아닌가요?

오늘 아침엔 마키와 전화로 이야기했는데 그애도 냉담하더군요. 아빠는 아카리 오빠한테 화해를 청하려는 용기가 없다, 아카리 오빠한테 넌 바보라고 말해버렸으니……어떻게 하면 그 말을 아카리 오빠의 기억에서 지울 수 있을지, 무슨 일을 해본들 불가능할 일을, 암울한 기분으로 이리저리 생각하고 계시는 게 틀림없지만, 아카리 오빠한테 화해하자는 말을 할 용기는 없으니 어쩔 수가 없어요. 그리고 이건 흔치 않은 일인데, 아카리 오빠한테 일 년쯤 전부터 변화가 보인다는 것을 가끔 집에 갈 때마다 느꼈는데, 그걸 아빠는 모르고 계시는 거 아닌지? 벌써 사십 년 이상 쭉 같이 살고 있어서, 아카리 오빠에 대한 억압적인 태도가 굳어졌다는 걸 아빠는 모르는 것 같다, 그건 아빠가 나이가 들었으니 그럴 수도 있다고 생각하지만, 이라면서 동정하는 것 같기도 했어요……현 상태로는 종국에는, 넌 바보로구나, 라고 말해버리는 레벨이 아니라 갈 데까지 가서……아무도 따르지 않고 황야를 방황하는 리어 왕이 되는 건 아닌지 걱정이다, 혼자 정신이상이 될 때까지 방황하고 나서, 스캔들이 되기 전에 스스로 자기 생명을 정리할까봐 두렵다, 물론 그런 일이 가능한 황야가 이 근방에 있다고 치고 하는 얘기지만……이라고도 하더군요.

당신이 아카리한테 넌 바보로구나, 라고 말했다는 것에 마키는 화를 내면서 그런 얘기까지 했지요. 그래서 마키와는 별개로 요즘 내 마음에 걸리는 일도 이야기해볼까 하는 생각이 들었어요. 나의 노령화, 당신의 노령화도 물론 문제지만, 당신은 아카리의 노화에 대해 제대로 생각해본 적이 있나요? 최소한 신체에 대해서만 말하자면 아카리의 노화는 점점 진행되고 있지요. 당신이 대개 집에서 일을 하거나 책을 내거나 하는 생활을 하다가 일정 시간 동안 걷기 위해 나가는 일을 시작한 건, 아카리를 걷기 훈련에 데리고 가는 일이 필요해졌기 때문이지요. 그 일이 오래 이어졌고 그후에 당신도 혼자서 아침 일찍 한 시간씩 걷는 습관을 갖게 되었지만, 그건 아카리가 산책 때 발작을 일으켜서 쓰러지는 일이 많아졌기 때문이죠. 그래서 결국 당신이 아카리를 데리고 걸으러 나가는 것을 단념한 거였고요. 게다가 그건 발작 증상이 더 심해져서가 아니라 단적으로 아카리의 노화가 오래 걷는 것을 방해하는 걸로 우리는 받아들였던 것 아니었나요?

아카리는 이빨을 벌써 거의 다 못 쓰게 되었어요. 내과에서 받은 혈액검사 결과는 당신이 직접 선생님한테 설명을 들었기 때문에 나는 기록을 체크하기만 했는데 요주의 마크가 붙지 않은 항목이라곤 없었어요. 한밤중의 무호흡 수면도, 우리가 노력해서 체중을 줄이고 있지만 좋아지고 있지는 않지요. 아카리가 낮에 곧잘 조는 건, 수면 부족을 스스로 보충하는 거예요.

장애인 시설에 도와주러 다니던 무렵, 소장님이 그때까지 시설에 적을 두었던 사람들……지적 장애를 가진 사람들의 평균 수명 통계를 보여주었어요. 당신도 옆에서 설명은 들었죠? 어느 시기부터 장애가 있는 아이의 노화는, 마찬가지로 나이 먹어가는 부모를 앞질러 진행된다는 말을 듣고 왜 그렇지?라고 이상하게 생각하고 당신한테 물어봤지만 당신은 아무 말도 하지 않았어요. 나도 지금은 그 말이 맞다고 생각해요. 문제는 우리 또한 아카리의 노화를 뒤쫓아가고 있다는 거지요.

'익사 소설'을 중지한 일이 당신한테 어떤 의미를 갖는지 나는 잘 이해하지 못했던 것 같아요……당신이 쓰기 시작한 소설을 완성하지 않고, 쓰던 작업을 중지하는 건 처음 있는 일이고(오랫동안 중단한 채로 놔뒀던 소설은 하나뿐인데 그게 다름 아닌 '익사 소설'이었지요) 그 의미가 조금씩 나한테도 이해되고 있는데, 그건 당신이 오랫동안 우울해하는 걸 봤기 때문이지만……그 우울이 여태까지 없었던 정도의 크기라고 느껴져서……큰일이라고 생각하고 있었어요. 그런데 아카리 또

한 우울에 빠져 있다는 것이 분명했어요. 식당에는 아카리가, 거실에는 당신이 각기 침묵하면서 앉아 있잖아요? 당신은 책을 읽고 아카리는 악보를 읽고 있으니 그 모습이야 지금까지와 똑같지만, 집안에 두 개의 커다란 우울 덩어리가······'우울 덩어리'라는 말이 있다고 치고······그런 덩어리가 가득 들어앉은 것처럼 느껴져서, 두 개의 '우울 덩어리'가 충돌하면 어떡하지? 하면서 걱정했어요. 그런데 그 충돌이 드디어 일어나고 만 거지요.

당신은 아카리가 태어난 이래 오늘까지, 넌 바보로구나, 같은 말을 한 적은 없었어요. 그리고 당신이 내뱉어버린 말을 지금 아카리는 이해하고 있어요······그걸 생각하면, 마키의 말처럼 당신이 아카리한테 화해를 청할 용기를 내지 못하는 것도 당연하다고 생각해요. 오늘 아침 일찍 눈을 뜬 바람에 줄곧 생각하고 있었어요. 오늘 아침엔 아카리도 아직 어두울 때 일어났는데 뭔가 이상해서 발작인가 싶어 들어가봤더니 우우 울고 있더라고요. 실은 그날 이후로 아카리는 자기 스스로 음악을 들으려고 하지 않아요. 이런 일은 어릴 때 이후로 처음이에요."

나는 아무 말도 할 수 없었다. 그리고 정말이지 어린애 같은 소리지만, 지금 나한테 저 엄청났던 현기증이 일어나서 치카시의 추궁으로부터 해방시켜주면 좋겠다고까지 열망했다! 그러나 현기증은 일어나지 않았고 가짜로 현기증의 공격을 받고 있는 척 연기를 할 수도 없어서, 나는 여전히 이어지는 치카시의 말 앞에서 그저 견디는 수밖에 없었다······

그리고 그날 밤, 한없는 암울함에 빠져 침실 겸 작업장 침대에 누워 있자니 베개 아래쪽에서 〈하이든에게 바치는 세 개의 소나타〉 제2번이 들렸다. 이곳까지 들린다는 것은 거실에서 꽤 상당한 볼륨으로 음악을 틀어놓았다는 말이 된다. 나는 그냥 있었는데 이어서 K550 교향곡이 들려오자 자신을 억누를 수가 없었다. 나는 계단 아래로 내려갔다. 아카리가 재생장치 앞 마룻바닥에 앉아 있었다.

"이제 늦었으니 그만 자고 내일 들어라." 나는 말했다.

아카리는 내 쪽을 보지도 않았다. 나는 분노에 휩싸였다. 그러고는 아카리 옆에 앉아 볼륨을 더 높이 올렸다. 옆만 바라보고 있는 아카리의 목덜미가 붉어졌다. 치카시가 침실에서 내려와 식당 입구에서 이쪽을 살폈는데 내 얼굴빛이 변한 것을 보고 도로 들어갔다. 곡이 끝나자, 아카리는 CD를 조심스레 넣고 일어섰다. 내 쪽을 향한 아카리에게,

"넌 바보다" 하고 나는 말했다.

그리고 이층으로 올라가 어둠 밑바닥에서 어둠 속을 올려다보듯이 하며 오랜 시간을 보낸 후, 도쿄로 돌아온 후로 없었던 일인데 침대 옆 스탠드를 켜고 머리맡 책꽂이를 더듬어 책 한 권을 찾아 읽기 시작했다. 그때 문고본의 글자로 채워진 직사각형 부분, 둘레의 하얀 부분(그 부분을 영어로 margin이라고 하는데, 그 여백에 쓴 메모를 marginalia 라고 한다고 무슨 이야기를 할 때 말했더니—우연히, 문화인류학자나 건축가 친구들과 주변성이라는 단어를 공통 주제로 삼고 있을 무렵이었는데—주변 사람들의 이야기를 흘려들으며 혼자만의 생각에 빠져 있는 것 같았던 다카무라 씨가, 얼마 지나지 않아 〈마지날리아〉라는 깊이 있는 아름나움이 느껴지는 신작을 발표했다. 내 인생에서 가장 창조적인 환경 안에 있었던 시기다!)과 책을 비스듬히 받치고 있는 내 손가락과 팔목 저쪽 편에 있는 책장 사이를 60도 각도로 나누어놓고 있

는 원반형의 한 변이 스스르 무너져내렸다. 가족들이(아카리는 아니지만) 거대 현기증이라고 부르게 된 현기증이, 만성화되면서 다시 찾아온 첫날이었다.

제2부
여자들이 우위에 서다

제6장

〈죽은 개를 던지다〉 연극

1

거대 현기증을 일으킨 후로 새로운 습관이 생겼다. 발작처럼 현기증이 찾아오고 그다음에는 깊은 잠에 빠진다. 칠흑 같은 잠이다. 원래 최초의 거대 현기증 이후의 잠이 죽음이었다고 한다면 삶에서 죽음으로의 이행은 나에겐 아무 문제도 아니었다. 그 경우 지금의 나는 죽은 이후의 내가 되는 셈인데, 아무튼 cogito, ergo sum, 이렇게 의식이 움직이고 있는 걸 보면 내가 존재하는 셈이다.

그렇게 살아 있는 나는 어떠한 방식으로 존재하는가. 어둠 속에서 반쯤 떴던 눈을 떠보았지만(이미 아침인데 커튼은 내려진 채로 있으니) 짐작할 수가 없다. 그런데 내 귀는 어떤 존재 방식을 가르쳐주는 그리운 노래를 반복해서 듣고 있다. ……A current under sea/ Picked his bones in whispers. As he rose and fell/ He passed the stages of his age and youth / Entering the whirlpool.

수면 밑에서 물길 가는 대로 떠오르다가 가라앉는다……하지만 아직 소용돌이에 휩쓸린 건 아니다. 뿐만 아니라 he라고 하고 있으니, 이 나는 나이면서 내가 아니다. 나는 그다, 아버지다. 현기증의 공격을 받은 나 자신보다 스무 살 이상 젊은(지금의 감각으로 말하자면 장년인) 아버지다. 익사한 아버지. 그리고 나는, 내가 아버지를 사랑하고 있다는 사실을 느꼈다! 그러고는 쑥스러운 안도감과 낙담이 교차하는 가운데 다시 한번 눈을 떴다.

또하나 생긴 새로운 습관은 역시 눈뜨는 방식과 관계가 있었다. 거대 현기증의 예감 같은 것 때문에 한밤중까지 고통받을 때가 있었고, 처방받은 약을 복용한 다음날은 이른 시간에 눈을 뜬다. 하지만 어느 정도 지나면 다시 그대로 자연스럽게 잠에 빠질 수 있었고, 그렇게 잘 자고 난 다음날은 오전중에 일어날 수 있었다.

나는 그 약을 함부로 쓰고 싶지 않았다. 그 약을 사용한 후 눈을 뜰 때 일어나는, 수많은 상기想起라고 해야 할 어떤 생각들이 특별했기 때문이다. 오전 시간에 다시 눈을 떴을 때, 앞서 눈을 떴을 때 떠오르던 생각들을 스케치하듯 간단하게 연필로 메모했다. 그것이 나의 거대 현기증을 불러오는 힘과 관련된 것 같다는 생각이 들었기 때문이다……

거대 현기증이 일어나고 있다는 사실이 아무런 의미가 없는 것은 아닐 거라는 생각도 들었다. 그리고 이런 엉뚱한 생각도 들었다. 거대 현기증이, 내가 전에 경험한 규모를 넘는 것인 이상, 뇌기능에 문제를 일으키지 않을 리가 없다. 하지만 공포심만 가질 것이 아니라 현기증과 함께 찾아오는 생각들도 상대해주자고 다짐했다.

그렇게 떠오르는 생각들을 그대로 지나쳐버리려 하지 않았던 것은, 이미 오십 년에 걸쳐 대개는 확실치 않은 어떤 생각들을 매일매일 종이에 메모하는 작업 속에서, 일에 관한 계기를 찾아내는 직업상의 습관이 있었기 때문일 것이다. 뿐만 아니라 나는 '익사 소설'을 쓰는 일은 단념했다고 확신했고, '익사 소설'을 쓰지 않을 거라면 이제 나에게 소설은 더이상 없다고 마음먹고 있었다. 그럼에도 내가 그렇게 떠오르는 생각들을 카드에 메모했던 것은, 그저 인생의 나쁜 습관에 의해서, 라고밖에 설명할 도리가 없다……

2

전쟁이 끝났던 날을 떠올려본다. 나와 같은 세대 사람 중에는 흐린 날이었다고 쓴 사람도 있지만, 시코쿠의 산은 맑았고, 그 시간은 대낮에 가까운 때였다. 나는 태양의 위치를 알기에 그에 맞는 자세를 취하고 있었다. 강 북쪽 마을의 여자들이 빨래하는 장소, 갯버들이 절벽 틈 사이로 삐져나와 있는 아래쪽에 동그랗게 튀어나온 부분이 있었다. 그 부분이 그림자를 만들어내면서 삼각형으로 쏙 들어가 있었는데, 강물 쪽으로 다리를 뻗고 누우면 어린아이의 몸이 딱 맞게 들어갔다. 다리를 사용해 안으로 몸을 좀더 밀어넣어보면 천장처럼 바위가 튀어나와 있는데, 바위틈에서 새어나오는 물이 똑똑 떨어지고 있다.

이렇게 움푹 파인 곳은 강과는 떨어져 있기 때문에, 내가 누운 곳 아래쪽으로는 녹은 진흙이 쌓여 있다. 부드럽고 매끄러운 진흙이 내 몸을 감싼다. 그렇게 누워 있으면 빨래터에 쭈그리고 앉아 있는 여자들 쪽에서는 보이지 않는다. 그 장소로 들어가는 일을 생각해낸 단 한 사람의 어린아이였던 나는, 언제나 자유롭게 그곳에 누워 시간을 보냈다……

그 작은 은신처의 기억이 나에게 특별히 강렬했던 것은, 후에 프랑스 작가가 로빈슨 크루소 이야기를 프라이데이의 시각에서 다시 쓴 소설*을 읽었던 기억과 연결되어 있다. 외딴섬에서 노동과 매일매일 이어지는 위험에 지친 로빈슨은 부드럽게 젖어 있는 진흙 동굴에 몸을 숨기고 즐긴다……그 장면을 읽고 나는 마음은 물론 신체 깊숙한 곳까지 매료당했다.

그날 정오 전에, 국민학교 뒤쪽에 있는 언덕길을, 골짜기 아이들은 높은 언덕에 있는 촌장댁으로 행렬을 지어 걸어갔다. 아이들은 집안에 들어갈 수 없었기 때문에 울타리 주변에 몰려 있었다. 하늘은 한없이 푸르렀고, 산은 빛났고, 매미 소리가 온 사방을 채우고 있었다. 저택 안에서 어른 남자들의 탄식 소리 같은 것이 일어났고, 촌장의 연설이 탄식 소리를 조용하게 만들자, 여자들의 울음소리가 높아졌다. 그리고 국민학교 교사 두 사람이 옆에 있는 쪽문에서 나타나더니, 천황의 라디오 방송은 끝났다면서 골짜기를 내려가라고 지시했다. 우리는 뜨거운 언덕길을 맨발로 무리를 지어 걸으면서, 나이를 더 먹은 아이들로부터, 전쟁에 졌다는 이야기를 들었다.

우리집 앞쪽에 난 창의 비막이 덧문은 닫혀 있었고(아버지가 죽은

---

* 미셸 투르니에의 『방드르디, 태평양의 끝』.

후, 그 문이 열린 적은 없다), 어머니는 뒷방에서 무언가 일을 하는 것 같았다. 나는 집 옆에 있는 좁은 비탈길을 지나 강변을 따라 부부바위 쪽으로 올라갔다. 빨래터 바위에 땀에 젖은 옷을 올려놓고 훈도시 하나만 걸친 모습으로 내 은신처인 얕은 물에 몸을 담갔다.

나는 하늘을 향해 몸을 누이고 귀까지 물이 닿도록 담그고 누워 있었다. 시간이 흘러 물에서 팔을 내놓자 차가워져 있었다. 오랫동안 생각에 잠겼던 것이다. 상체를 일으켜 햇빛에 반짝반짝 빛나는 강물 위로 솟아오른 바위로 눈길을 돌렸다. 나는 내가 할 일을 정했다. 나는 바위에 부딪히는 세찬 물결 쪽으로 헤엄쳐 갔고, 바위를 지난 곳에서 물살에 몸을 맡겼다. 그러고는 그대로 떠내려가 부부바위에 몸을 붙였다. 그후에 손발을 어떻게 움직여야 할지를 나는 잘 알고 있었다. 가슴에 소용돌이를 만들며 간질이는 물살을 느끼면서 이동했고, 하늘을 향해 크게 숨을 들이쉰 다음 그대로 물속으로 잠수했다. 나는 내가 겨냥한 바위틈으로 머리를 들이밀었다. 이미 짙은 푸른빛이 도는 이쪽 물 저편으로 햇빛이 비스듬히 비쳐들고 있다. 그 공간에, 넘칠 듯한 힘이 느껴지는 수십 마리의 황어떼가, 가만히 정지해 있다. 그 아래쪽, 거무스름한 그림자가 드리워진 강물 아래로 벌거벗은 남자의 커다란 몸이 옆으로 누워 있다. 물살을 따라 천천히 움직이는 아버지. 나는 그 아버지의 몸짓을 흉내내고 있다.

나는 기억 속의 영어 단어를 뜻과 함께 카드에 적었는데, 아버지를 절망저리리만큼(desperately) 사랑하고 있다······

3

코기 오빠, 치카시 언니한테 자상하고 찬찬한 편지를 받았습니다. 자상하고 찬찬한, 이라고밖에 표현할 수 없는 편지. 낙관적이거나 비관적인 불필요한 이야기는 빼고 현재 오빠의 상황에 대한 이야기를 들었습니다. 다만 내가 멋대로 생각하는 부분이 있을지도 모르니까 확인해주세요.

1. 오빠의 거대 현기증은 이곳에서 한 번 일어나고 끝난 것이 아니라 도쿄에 돌아가고 나서도 세 번 반복되었지요?

2. 오빠는 늘 다니는 의사 선생님한테 진찰을 받고, 안정을 취하려고 노력중이지만, 대학병원에서 MRI 정밀검사를 받으려고는 하지 않는다더군요. 치카시 언니와 마키가 권하지만 오빠는 받아들이지 않고 있다고요. 시코쿠에서 일어났던 거대 현기증 발작에 큰 충격을 받았기 때문에, 검사 결과에 더 큰 충격을 받을까 두려워하는 거라고 우리는 생각해요. 뇌에 이상이 생겼다고 판정받으면 글을 써서 발표할 수 없겠지요. 그 시점에서 재기 불능을 인정할 수밖에 없을 테고요. 오빠는 로쿠즈미 선생님이 신체 이상을 자각하면서도 검진을 거부했을 때 사모님의 부탁을 받고 선생님한테 다시 한번 검진을 받으라는 말을 하는 역할을 받아들였는데, 지금 오빠는 그때 선생님이 말씀하셨던 거부 이유그대로 살아가려 하고 있어요.

오빠가 중대한 일을 예감하고 있다면 오빠의 의지를 존중할 수밖에 없다고 언니는 각오하고 있어요. 나도 언니 생각에 동의합니다. 금년에 골짜기로 귀성했던 일은 오빠한테 뭔가 특별한 일을 자각하도록 만들었을 거라고 나는 생각해요. 오빠가 잘못 생각했다고 해도 이제까지 오빠가 잘못 생각해서 이런저런 일이 있었을 때처럼 그냥 웃고 넘어가면 되겠지요.

3. 그래도 오빠는 한번 쉬고 나면 다시, 가능한 한도 내에서 또 일을 시작하겠지요. 로쿠즈미 선생님이 그러셨던 것처럼. 하지만 오빠가 자각하지 못한 채로 이상이 나타난 글을 발표해버리면 아주 큰일이잖아요. 그래서 언니는, 늘 신세 지고 있는 편집자들한테 앞으로 발표하는 원고를 전부 사전에 검토받는 것을 생각중입니다. 실제로 문제점이 발견되면, 조코는 그때 은퇴한다고 표명하는 거지요.

4. 지금 보건대 오빠는 우울한 감상에 젖어 있긴 하지만 건강했을 때와 별로 다를 바 없는 생활을 하고 있고, '익사 소설'은 단념했어도 한 달에 한 번 신문 칼럼은 계속 쓰고 있지요. 책을 읽는 것도 거의 마찬가지고요. 다만 사전을 찾으면서 오랜 시간을 들여 외국어 책을 읽는 일은 조심하고 있지요.

거대 현기증 이후의 상황에 따라, 오빠와 내가 어떤 식으로 서로 연락을 할지 정기적인 통신 방법에 대해(그쪽에서 긴급한 용건이 있을 때는 언니가 나에게 전화를 합니다) 확인할 생각도 있어서 이 편지를 썼습니다. 저는 별일 없고, 마사오와 우나이코의 연극 활동에 대해, 오빠가 시코쿠를 떠나간 후, 전보다 더 많이 이야기를 하고 있습니다. 특히 우나이코는 이제까지보다 더 깊은 속내 이야기를 해주었습니다. 그와 관련해서 오빠와 상의해야 할 일도 생길 것 같다는 예감이 듭니다.

하지만 내 편지에 오빠가 그때마다 답장을 줄 수 있을지 어떨지는 보장할 수 없고(언니가 그렇게 말했지요) 소설이나 에세이 초고는 아니지만 오빠가 작성중인 메모 카드가 늘어나고 있으니, 그중에서 오빠의 동의를 받은 것을 복사해서 보내주겠다고 합니다. 나와 우나이코는 그것을 코기 오빠의 답장으로 여기고 읽을 생각입니다.

첫번째 편지는 벌써 받았고, 그것을 우나이코와 함께 열심히 읽었습니다. 그러면서 마치 오빠가 눈앞에 있는 것처럼 우나이코가 격하게 부정한 것은 아버지를 절망적이리만큼 사랑하고 있다고 심경을 고백하는 부분입니다.

우나이코는 오빠가 '산속 집'에 머물렀을 때 자기 쪽에서 야스쿠니 신사에서 겪은 경험을 말했고, 저항하지 않고는 도저히 견딜 수 없는 이 나라 사람들의 근본적인 특성에 대해 비판했는데(〈손수 나의 눈물을……〉 연극판에 나오는 독일어 노래에 대해서도 그랬는데) 거기에 대한 오빠의 생각은 물어볼 수 없었다고 말했습니다.

우나이코는 앞으로 그런 방향으로 표현을 해나갈 생각도 있어서, '익사 소설'은 끝났다고 한 오빠가 익사한 아버지한테 강한 사랑을 느낀다고 고백하는 점을 비판하고 싶다는군요. 오빠한테는 '익사 소설'이 끝났을지언정, 그걸로 '산속 집' 사람들과의, 특히 〈죽은 개를 던지다〉 연극과의 인연도 끝났다고 말하는 걸 보고만 있지는 않겠다면서 기운이 넘칩니다.

우나이코의 동향에 대해서도 보고하지요. 마사오는 오빠의 '익사 소설' 단념을 누구보다 진지하게 받아들인 사람입니다. 나와는 달리 그 일을 유감스럽게 생각하는 이로서, 그 일이 마음에 상처로 남아 있지요. 오빠가 '익사 소설'을 완성하러 오겠다고 했을 때, 마사오는 드디어, 드디어! 하면서 아주 좋아했다고 우나이코는 마치 남의 일처럼 말하면서 웃었는데, 마사오는 오빠의 집필 과정을 바로 곁에서 보며 이제까지 혼자서 축적해왔던, 조코 소설 전부를 연극화하는 작업을 완성할 생각이었던 겁니다. 그러니 이해가 안 되는 것도 아니지요.

그런데 우나이코는 오빠가 '익사 소설'에서 자유로워진 것을 긍정적인 방식으로 받아들이고 있어요. 오빠를 비판하는 작업을 통해 앞으로 협력을 이끌어내려는 생각인 거예요. 우나이코는 이미 현의 중학교나 고등학교 연극 수업에 관해 오빠한테 상담한 적이 있지요? 나쓰메 소세키의 『마음』을 어떻게 연극화할지에 대해, 마사오와 함께 이미 시안을 만들었고 벌써 몇 개 학교에 제안서를 보냈습니다. 그 일이 반향을 불러일으켜 연달아 추가 신청이 들어오고 있습니다.

그런데 우나이코는 그런 유의 호평에 안주해 똑같은 연극을 반복하는 타입이 아니에요. 우나이코는 연극 수업을 실제로 본 학생들의 감상을 녹음해서 검토합니다. 그보다 앞서, 상연 후 반성 모임에서 우나이코류의 연극적 퍼포먼스에 학생들을 끌어들이고요. 그것을 그대로 다음 연극 수업에 이용하는 겁니다. 『마음』의 낭독극에서는 한 발 더 나아가려 하고 있습니다. 성과를 모아 마사오의 협력을 얻어 작품화하려는 거지요. 지금까지 일반 관객을 상대로 무대에서 〈죽은 개를 던지다〉 연극 기법을 연마해왔는데, 그 기법을 연극 속에서 살리려는 겁니다. 『마음』을 소재로 한 연극 수업이 우선 그 첫번째 작업이 됩니다. 여러 학교에서 수많은 '죽은 개'를 던지도록 했습니다. 관람하는 쪽 학생들의 비판, 그리고 그에 대한 연기하는 쪽의 반反비판이 포함된 '죽은 개'를요.

이제 그것들을 합쳐 집대성판을 만들기로 했습니다. 오빠도 관계가 있어요. 혼마치 고등학교 선생님이 이 골짜기 중학교의 원통형 강당에서 치를 행사를 '혈거인'의 마사오에게 맡기겠다는 제안을 해왔습니다. 소세키의 『마음』을 소재로 해달라는 건데 오빠도 상담을 해줬다는 걸 학교측에서 알고 코기 오빠의 강연과 맞춰 상연하겠다는 플랜을 나에게 가지고 왔어요. 나는 그러겠다고 말은 했지만 '붉은 가죽 트렁크' 내용물을 생각하면, 그것을 오빠가 보기 전에 무슨 일을 부탁하는 것은 공평하지 않다는 생각이 들어 말을 못 꺼내고 있었죠.

그랬는데 오빠한테 거대 현기증이 일어나는 바람에, 나는 솔직히 아직 오빠한테는 승낙을 받지 못했는데 현 상황은 이렇다, 라고 고등학교에 사과하러 갔습니다. 그런데 한 학교만으로 비용을 다 감당할 수 있는 것이 아니라서 여러 학교와 연락하면서 실무를 맡아왔던 담당 선생님은 신경쓰지 않았습니다. 오히려 『마음』 낭독극의 집대성판으로 더 큰 규모로 해보지 않겠느냐고 했지요. 이번에는 현의 모든 고등학교 학생과 교원에게 이야기를 해두었고 중학생이라 해도 희망자한테는 개방할 것이며, 부모들까지 부르려고 생각했다는 겁니다. 저는 오빠의 강연이 중지되었다는 걸 듣지 못했나 싶어 걱정했습니다.

그랬더니 이런 대답이 돌아왔습니다. 그건 물론 큰 변경이다. 그러니 이쪽도 태세를 바꾸겠다. 현 소속 학교들의 젊은 교직원들 모임에 인터넷으로 제안해봤더니, 마쓰야마에서 '혈거인'이 공연한 〈죽은 개를 던지다〉를 높이 평가하는 반응이 많았다. 그 기법을 조금씩 『마음』의 낭독극에서 살린 데 대해서도 호평이 나오고 있다. 그런 부분을 명확히 집대성판에서 살리면 어떻겠느냐고요.

혼마치 고등학교가 주최해서 현의 중고등학교에 참여를 촉구하는 이번 시도에서, '혈거인' 공연에 더해 문학 강연을 한다는 건 솔직히 말하자면 평이 좋지 않았다. 건축 분야에서 훌륭한 성과물로 알려진 건물에서 새로운 행사를 하는 것은 환영하지만 왜 조코 코기토냐? 라는 학생들의 반응도 많았고……오히려 오빠의 강연이 중지된 것은 잘된 일이다. 시간이 두 배가 되었으니, 우나이코의 〈죽은 개를 던지다〉 연극의 본격적인 공연을 중학교에서 하도록 하자. 중학생 수가 감소하는 바람에, 예산을 많이 사용한 원통형 강당에 대해서는 비판도 있다. 하지만 그 강당을 일반인용 원형극장이라고 이름 붙여 활용하면, 마을 재건에도 도움이 되지 않겠느냐면서 학교도 군청도 마침 잘되었다고 좋아했습니다. 그래서 오빠가 강연회에 못 오게 된 대신, 우나이코의 낭독극에는 도쿄에 돌아가서도 텍스트 작업을 돕게끔 하겠다고 말해두었으니 잘 부탁할게요. 나는 이 좁은 골짜기에서 이런저런 비판도 듣는 조코 코기토의 여동생으로 오래 살아왔지요. 이런 식의 정치적인 인간이 될 수밖에 없었답니다.

4

〈죽은 개를 던지다〉 연극에 관해서는 들은 적이 있었다. 그런데 이번에는 나도 구체적으로 그 연극에 어느 정도 참여하라는 요청을 받게 된 이상, 내 성격상 신경을 쓰지 않고 가만있을 수가 없었다. 소세키의 『마음』을 소재로 중고등학생용 낭독극을 하게 된 발단에 대해, 또 이후 어떻게 전개되었는지에 대해서도 마사오에게 들은 적이 있다. 하지만 원래의 출발점 이야기만으로는, 예컨대 소세키 작품의 연극화가 어떻게 진행되는 것인지 알 수가 없다. 우나이코의 연출에서는 무대와 즉석에서 오가는 대화가 중요한 국면을 차지한다. 봉제 인형이라고는 하지만, '죽은 개'는 어떤 방식으로 서로 던지게 되는 것인가? 도대체 이 경우 '죽은 개'란 무엇인가?

여러 가지로 상상해본 후 나는 '혈거인'이, 특히 우나이코가 주도하는 그룹이 『마음』을 어떤 연극으로 만들어나가고 있는지, 연습을 어떤 식으로 하는지, 우나이코에게 전화로 물어봐달라고 치카시에게 부탁했다.

우나이코는 지금 〈죽은 개를 던지다〉 연극에서 사용하는 연습 대사가 (이미 아사에게 들은 얘기였지만) 중고등학교에서 상영하면서 녹음한 학생들의 목소리에 바탕을 두고 있다고 답했다. 그것을 그대로 전할 테니, 조코 선생님의 감상을 들려주었으면 좋겠다고 했다는 것이다. 그리고 그녀가 전화로 낭독해준 서로 주고받은 대화를, 재미있어하면서 치카시는 그대로 흉내내며 설명했다. 연극이 활발하게 전개된 후, 〈죽은 개를 던지다〉의 연극으로서의 클라이맥스가 온다. 무대 한쪽에서 다른 쪽으로, 또 무대에서 객석 쪽으로 그리고 각각 반대 방향으로 봉제 인형이 계속 던져진다. 연극을 재관람하는 관객들은 전개 방향을 이미 알고 있는데, 개를 산책시키는 부인들과 그 부인들에게 반감을 갖는 남자들이 일상에서 벌이는 말싸움이 싸움으로 번지는 내용이다. 처음엔 비닐종이에 넣은 개똥을 닮게 만들었던 것을 나중에 개 인형으로 바꾸었는데, 그 발단은 자연발생적인 것이었다. 그랬는데 화제가 되었다. 그리고 그 방식은 '혈거인'의 다른 일반 연극에까지 하나의 기법으로 도입되었다. 관객의 야유 때문에 연기를 계속할 수 없어 궁지에 몰린 여배우가(우연히도 그 궁지에 몰린 장본인이 우나이코였는데) 객석에서 일어나 말을 하는 관객을 향해 가한 반격.

그것도 처음 시작은, 관객이 무대 위의 우나이코와 다른 배우들에게 호감을 가지면서 재미 삼아 놀려보려고 말을 건넨 데서 비롯된 듯했다. 그러나 우나이코는 성실하게 반론을 펼쳤고 그 반론에 관객이 반발하면서 양쪽이 첨예하게 대립했다.

그때의 연극 내용은, 전쟁 전 신극 번창기의 가정극을 부활시켜 상연한 것이었다. 옛날 서양풍 응접실에서 의자에 앉은 젊은 아내가 무릎에 애완견 봉제 인형을 앉혀두고 있다. 관객의 야유 때문에 궁지에 몰린 젊은 아내는 리얼하게 개를 목 졸라 죽이고는, 거만한 얼굴을 한 관객에게 던진다. 당연히 '죽은 개'는 객석에서 무대로 다시 날아온다. 이 기법을 더 의식적으로 살린 그다음 연극에서는 무대 위에서 대립하는 연기자 사이의 반감이 대본을 넘어서 전개되었고, '죽은 개'가 무대 위를 날아다니게 되었다. 무대도 객석도 신명이 넘쳐 일대 소동이 벌어졌다.

지금은 객석 여러 곳에 가짜 관객 여러 명을 심어놓는 방식으로 연출하는데, 관객 중에는 처음부터 그런 소동에 참가할 요량으로 직접 준비한 '죽은 개'를 가지고 오는 사람이 있다. 여러 마리의 '죽은 개'가 날아다닌다. 그리고 그 '죽은 개'를 서로 던지는 클라이맥스에서 무대가 끝나는 형식이(선부 그렇다는 것은 아니지만) 거의 안정적으로 자리를 잡아가고 있다……

우나이코는 앞으로 행할 『마음』의 무대화에서 구체적으로 어떤 정경이 나타날지에 대해 치카시에게 말했다. 현의 모든 중고등학교에서 선택된 학생, 교사, 학부형을 관객으로 해서 상연할, 이제는 실제로 원형극장이라고 불리는 강당에서 열리는 공연은, 전체가 먼저 낭독 형식으로 시작되기 때문에 무대에 배우들이 나란히 서서 진행하게 된다. 낭독극 파트가 끝나면 낭독에 참가한 출연자들은 무대 왼쪽, 그리고 그때까지 객석에 있던 가짜 관객들은 무대 오른쪽으로 늘어선다. 그때까지 연극을 본 사람들이 먼저 배우들을 향해 질문이나 반격을 시작한다. 그에 대한 응답이 곧바로 과열되면서 논쟁으로 전개된다. 거기까지는 전부 배우들이 주도한 것이고, 각본으로 연습해온 대사들이다. 하지만 거기에 자유롭게 참가해오는 관객의 발언이 더해지고, 객석에서 터져나오는 왕성한 발언이 오히려 주류가 되면서, 최종적으로 '죽은 개'가 종횡무진으로 어지러이 날아다니는 광경이 펼쳐진다. 오히려 그 2부에 초점을 둔 집대성판의 완성이 가까워졌다.

5

9월 말 토요일에, 골짜기 원형극장에서 이루어진 우나이코의 연극, 중고등학생을 대상으로 한 집대성판은 대성공을 거두었습니다! 지난번에 치카시 언니한테 한 설명만으로는 그 광경이 충분히 눈앞에 그려지지는 않았을 터라면서 우나이코는 신경을 쓰더군요. 이 편지는 오빠와 언니 두 사람이 함께(가능하다면) 마음껏 즐겨주세요.

다만 이 편지는 실은 『마음』을 소재로 한 〈죽은 개를 던지다〉 연극의 성공이 가져온, 우나이코와 나의 새로운 한 걸음을 위해, 다름 아닌 오빠의 협조를 이끌어내기 위해 쓰는 편지입니다. 그 이야기를 직접 하기 위한 에너지는 남겨둘 건데, 우선 우나이코가 얼마나 멋지게 성공했는지 말해야겠어요!

아무것도 없는 무대와 반원을 그리면서 그 무대를 둘러싼 관객 사이에 막이 없기 때문에, 어둡게 만든 원형극장은 의자가 놓인 객석이 높고 무대는 낮게 파여 있어 어둠이 더 짙습니다. 그 한가운데에 가냘파 보이는 우나이코가 서 있는 모습이 보입니다. 조명이 들어오고, 우나이코는 고등학교 국어 담당 여교사처럼 보입니다.

우나이코는 이와나미 문고판 전집 『마음』을 한 손에 들고 마치 교실에서 수업을 시작하는 것처럼 입을 엽니다. 그녀는 두세 해 동안 현 안에 있는 여러 중학교에서 연극 수업을 해왔기 때문에 고등학교에 진학한 학생들과는 서로 아는 사이이지요. 더 열성적인 반복 관람객이 기다리고 있는 겁니다.

연극은 우나이코가 원형극장을 채운 중고등학교 학생들에게 수업을 하는 설정을 전제로 시작합니다. 이 국어 수업에서 하는 이야기에는, 후반도 마찬가지인데, 오빠와 나눈 대화의 흔적이 보입니다. 그걸 오빠한테 말할 필요도 없지만요.

"내가 이 소설을 처음 읽은 것은 꼭 여러분만했을 무렵이었습니다. 그때 이후 붉은색이나 파란색 색연필로 밑줄이나 동그라미를 치면서……여러분은 마커로 하나요?……몇 번이고 반복해서 읽어왔지요. 그런데 처음부터 의문을 느낀 점이 있었어요. 그 점부터 이야기를 하겠습니다.

예습으로, 두 가지 숙제를 내주었지요. 우선 하나는, 이 소설에 나오는 말로 중요하다고 생각한 단어를 하나씩 찾기. 또 하나는 제가 처음 읽었을 때처럼 각자 혼자 『마음』을 읽어오는 일이었습니다. 자, 이 소설의 화자인 '나'라는 청년은 자신이 '선생님'이라고 부르는 인물과 친해집니다. 그런데 그 '선생님'이 자살을 해버리고 '선생님'의 유서만 남게 됩니다. 청년은 커다란 충격 속에서 유서를 읽어나갑니다……그것이 소설 전체의 구성이라는 걸 여러분은 알게 되었지요. 유서 속에서, '선생님'이 청년에게 처음으로 마음을 열었을 때의 일을 선생님 자신이 떠올리는……부분을 읽어보도록 하겠습니다. 우리 극단의 배우가 읽어줄 거예요. 곧 여기로 텍스트를 가지고 나올 겁니다. 이번에 그의 역할은 읽는 것뿐이지만 우리 연극에서는 배우들이 한꺼번에 여러 가지 역할을 맡아서 합니다. 그대로 무대에 남는 사람도 있고, 일단 무대 뒤로 사라지는 사람도 있습니다. 새로운 인물로 분장하고 나올 때마다 박수 치지 않아도 됩니다."

선생님 당신은 가끔 나에게 성에 안 찬다는 듯한 얼굴을 했습니다. 그리고 나의 과거를 병풍처럼 당신 앞에 펼쳐놓아보라고 계속 졸랐습니다. 나는 그때 마음속으로 처음 당신을 존경했습니다. 스스럼없이 다가와 내 안에 있는 어떤 살아 있는 것을 꺼내려고 하는 당신의 결의를 보았기 때문입니다. 내 심장을 갈라서 따뜻하게 흐르는 피를 빨려고 했기 때문입니다. 그때 나는 아직 살아 있었습니다. 그리고 죽는 것이 싫었습니다. 그래서 다른 날을 기약하고 당신의 요청을 거절했습니다. 나는 이제, 나 스스로 내 심장을 갈라서 내 피를 당신

얼굴에 뿌려보려고 합니다. 내 심장의 고동이 멈추었을 때 당신의 가슴에 새로운 생명이 깃들 수 있다면 그걸로 만족합니다.

"저는 처음에 말한 것처럼 이 구절을 읽었을 때 여러분만한 나이였습니다. 그리고 단순한 얘기지만, 청년이 자신을 '선생님'이라고 부르는 것을 받아들여서 이처럼 친밀하게 이야기하는 인물이 주인공이니, 이 소설은 나 같은 세대에 대한 교육이 테마일 거라고 생각했습니다.

그런데 그렇지 않았습니다. '선생님'과 '나' 사이의 직접적인 대화는 있지만 '선생님'은 청년에게 가르치는 것이 거의 아무것도 없습니다.

'연애는 죄악입니까'라고 '나'가 물어보자, '죄악입니다. 분명'이라고 대답합니다. 집에 재산이 있다면 받을 수 있는 것은 제대로 받아두길 권한다……고 말할 정도이지요. 양쪽 다 '선생님'의 세계에 그늘을 만든 문제였는데도요.

그리고 '선생님'이 쓴 유서를 읽는 단계에서, 나는 이 작품이 오직 '선생님'이 유서를 통해 자기표현을 하도록 하기 위해 쓰인 소설이라는 것을 깨달았습니다. '선생님'은 사회에 대해 마음을 닫고 일생을 살아왔지만, 단 한 번 자기표현을 목적으로 유서를 썼다고 나는 생각했습니다. '선생님'은 유서에 무엇을 표현했던 것일까요? 유서에는 '기억해주세요'라는 한 줄과 '기억해주세요. 나는 이런 식으로 살아왔습니다'라는 두 줄이 포함되어 있습니다. '선생님'은 이렇게 말하는 것을 자신의 인생에서 유일한 표현으로 삼았던 겁니다.

그렇다면 '선생님'이 이런 식으로 살아왔다고 한 말의 구체적인 내용은 어떤 것이었을까요? 스무 살 때 '선생님'은 작은아버지에게 재산을 뺏기는 경험을 합니다. 그후로 타인에게 거의 마음을 열지 않게 된 인물입니다. 학생 때 함께 살 만큼 가까웠던 친구가 하숙집 아가씨를 사랑한다는 것을 알게 되자 그 친구에게는 말하지 않은 채 자기가 그 아가씨와 약혼을 해버립니다. 상처받은 친구는 자살합니다.

'선생님'은 그 현장을 보고 맙니다. 이 부분은 제가 읽겠습니다."

선생님 나는 그 자리에 붙박인 듯 우두커니 서 있었습니다. 경악이 질풍노도처럼 나를 휩쓸고 지나간 후, 나는 다시, 어떡하나 하고 생각했습니다. 이제는 돌이킬 수 없다고 말하는 검은 빛줄기가, 나의 미래를 관통하면서 순식간에 내 앞에 놓인 전 생애를 엄청난 기세로 비추었습니다. 그리고 나는 부들부들 떨기 시작했습니다.

코기 오빠, 나는 우나이코를 날카롭고 명확한 지적 능력을 가진 사람이라고 인정했지만, 연기자로서 굉장하다고 평가하지는 않았어요. 〈죽은 개를 던지다〉 같은 작은 작품을 보고, 연기를 할 때 코믹한 가벼움을 지니면서도 갑자기 공격적이 되는 점이 독특하다고만 생각했는데……

그런데 '선생님'으로 하여금 직접 반복하게끔 하기에는 너무나도 잔혹한 이 회상을, 무대에 서서 우나이코가 읽어나갔을 때, 원통형 강당 높은 곳에 살짝 열려 있는 창문과 천장에 있는 반구형 강화유리를 통과하는 빛만이 존재하는 무대에, 순간 '검은 빛줄기'가 지나가는 것을 보았다! 나는 그렇게 느꼈습니다.

뿐만 아니라 친구가 죽은 다음 '선생님'은 아가씨에게 진실을 밝히지 않고 결혼했는데, 사회에 나가 일할 수 없게 되지요. 거기에는 이런 생각이 있었기 때문이라고 우나이코가 읽어나갔던 부분에서, 다시 한 번 '검은 빛줄기'가 보이는 것 같았어요. 마사오에게 확인해봤을 정도예요. 이번엔 연출은 우나이코에게 맡기고 마사오는 다른 여러 가지 역할을 맡고 있는데, 조명 담당도 마사오가 하면서('죽은 개'가 날아가는 장면의 분위기를 돋우는 데 조명은 중요한 역할을 합니다) '검은 빛줄기'처럼 보이도록 조명을 만진 거 아니냐고요. 마사오는 웃기만 했지만요……

선생님 내 가슴에는 그때부터 이따금 끔찍한 그림자가 번득이곤 했습니다. 그건 처음엔 우연한 기회에 밖에서 찾아왔습니다. 나는 놀랐습니다. 섬뜩했습니다. 그러나 좀 지나는 동안, 내 마음은 그 엄청난 빛줄기의 번득임에 반응하게 되었습니다. 나중에는 밖에서 오지 않아도 내 가슴 안에, 태어날 때부터 숨어 있는 것처럼 느껴지기 시작했습니다.

낭독을 통해 여배우로서 실력을 보여준 우나이코는, 국어 수업을 하는 여교사로서 무대에 서 있다는 설정이라 짧게 설명도 하면서 진행해 나갔습니다. '선생님'에게는 친구에 대한 죄의식이 있다. 그래서 어떤 결심을 하고 겨우 생활해나갔다, 이런 식으로 설명한 뒤 '선생님'의 목소리 인용으로 옮겨가는 투조였죠.

선생님 죽은 셈 치고 살아가려고 결심했던 내 마음은, 가끔 외부의 자극을 받고 두근거리기도 합니다. 하지만 내가 어떤 방향으로 나아가려고 하면 곧바로, 어떤 힘이 어딘가에서 찾아와 내 마음을 짓누르면서 미동도 할 수 없게 만들어버립니다.

우나이코는 '선생님'으로서 그렇게 읽고 나서, 다시 여교사 역할로 돌아와 고교생들을 향해 이야기합니다. 이런 상태면 삶의 현장에 나와서 일하는 생활은 무리겠지요, 라고요……
'선생님'은 남아 있는 재산으로 부인과 조용히 살아가는 생활을 해왔지만, 메이지 시대 말기라고는 해도 역시 예외적인 삶의 방식이었을 겁니다. 그러다가 자신에게 다가온 젊은이와 어쩌다가 교제를 시작하게 된 거라고 설명합니다. 그렇게 설명하는 우나이코의 솜씨는 정말 훌륭했지요. 그러고는 유서로 되돌아갑니다 '선생님'이 다음과 같은 생각을 해왔다는 것이 밝혀집니다. 내가 할 수 있는 일은 자살 외엔 없다고……
그런데 그때, 〈죽은 개를 던지다〉 연극의 연출을 알면서도 집대성판은 처음이기 때문에 나도 깜짝 놀랐는데, 객석에서 우나이코의 발아래로……남학생의 힘이니 가슴이나 배를 맞히려고 생각했다면 쉬운 일이었을 텐데, 발아래로 '죽은 개'가 날아왔습니다. 우나이코는 그것을 던진 고교생에게 직접 대답하는 것처럼, 낭독을 이어갔습니다.

선생님 왜냐고 물으면서 눈을 커다랗게 뜰지도 모르지만, 언제나 내 마음을 사로잡고 옭아매러 찾아드는 그 이상하고도 두려운 힘은, 내 활동을 전면적으로 억누르면서, 오로지 그늘 쪽만을 나를 위해 자유롭게 열어둡니다. 움직이지 않고 있다면 몰라도 조금이라도 움직이려면, 그 길을 걸어가지 않고서는 나는 한 발짝도 앞으로 나아갈 수 없게 되었던 겁니다.

그리고 우나이코는 앞서 설명했던 한 구절을 우리 마음에 새기듯이 읽어내려갔습니다.

선생님 기억해주세요. 나는 이런 식으로 살아왔습니다.

그리고 한 박자 사이를 두고 나서, 여러분의 앙케트 응답은 정확했다, 소설의 작가가 의식하면서 자주 쓰는 말과 여러분의 앙케트 결과가 딱 일치했다, 라고 말해서 크게 환영받았습니다. 앙케트에서 가장 많았던 답은 제목 그대로 '마음'이라는 단어로 마흔두 개였고 '기분'이라는 말이 열두 개였는데, 그다음으로 많았던 것은 '각오'로 일곱 개였다고 우나이코는 발표했습니다. 그리고 '선생님'으로 하여금 때가 왔다고 각오하도록 만드는 사건이 일어나 '선생님'은 자살하지만, 학생들이 답으로 많이 쓴 그 '각오'의 내용은 다음과 같이 설명되고 있다면서, 감정이 실린 낭독으로 되돌아왔습니다.

선생님 그런데 한창 더운 어느 여름날, 메이지 천황이 서거했습니다. 그때 나는 메이지 정신이 천황에서 시작해서 천황으로 끝났다는 생각이 들었습니다. 가장 강렬하게 메이지의 영향을 받은 우리가 그 후에도 살아간다는 것은 결국 시대에 뒤처지는 것이라는 느낌이 사무치게 나의 가슴을 파고들었습니다. 나는 아내에게 솔직히 그렇게 말했습니다. 아내는 웃으면서 상대하지 않다가 무슨 생각을 했는지 갑자기, 그럼 순사라도 하지 그래요, 하면서 놀렸습니다.

......

나는 아내를 향해, 만약 내가 순사를 한다면 메이지 정신을 따라 순사할 거라고 대답했습니다.

연극 전반부는 여기서 끝납니다. 제 편지치고는 너무 길어졌으니 나머지는 다음 편지에 쓰지요.

6

연극의 2막은(여기서부터 집대성판의 특징이 명확해집니다), 휴게 시간에 천장에 있는 다섯 개의 반구형 창문을 여닫는 장치가 작동되는 것을 처음 보았는데, 창문이 닫히면서 실내가 어두워진 후에 시작했어요. 무대에 서 있는 우나이코의 모습도 보이지 않은 채로 낭독이 들리는데 다시 한번 '검은 빛줄기'라는 말이 강조되고 있습니다.

선생님 나는 어이, 하며 불러보았습니다. 하지만 아무런 응답도 없었습니다. 자네 왜 그러나, 나는 다시 한번 K를 불렀습니다. 그래도 K의 몸은 전혀 움직이지 않았습니다. 나는 곧바로 일어나서 문턱 부근까지 갔습니다. 그곳에서 방안의 상황을 어두컴컴한 등불에 의지해 둘러보았습니다.

……내 눈은 K의 방안을 본 순간, 마치 유리로 만든 의안처럼 움직일 힘을 잃어버렸습니다. 나는 그 자리에 붙박인 듯 우두커니 서 있었습니다. 경악이 질풍노도처럼 나를 휩쓸고 지나간 후, 나는 다시, 어떡하나 하고 생각했습니다. 이제는 돌이킬 수 없다고 말하는 검은 빛줄기가, 나의 미래를 관통하면서 순식간에 내 앞에 놓인 전 생애를 엄청난 기세로 비추었습니다. 그리고 나는 부들부들 떨기 시작했습니다.

……

그리고 뒤를 돌아보았을 때, 미닫이에 피가 튄 것을 비로소 알아챘습니다.

낭독이 끝나자 조명이 비스듬히 내려오더군요. 무대 전체에 먼지가 일고 있었기 때문에 원통형 빛이 향하는 방향은 눈에 확 들어왔습니다. 나에게는 그 원통형 빛이 앞서 무대를 가로지른 '검은 빛줄기'의 잔상처럼 보였어요. 게다가 그 원통형 빛은 무대 안쪽에서 밀려 앞으로 나오고 있는 두 개의 낡은 장지문을 비추고 있었는데요. 장지문에는 굵은 붓으로 잔뜩 칠해놓은 붉은 페인트 흔적이 보였습니다. 소세키의 글과는 거리가 있지만, 자살한 친구가 뿌린 피라는 것은 명확히 표현되어 있었어요. 바로 위에서 비치던 원통형 빛이 사라지자 다시 한번 '검은 빛줄기'의 잔상이 나타나는 가운데 고등학생들이(고등학생으로 분장한 '혈거인'의 젊은 사람들도 그 안에 섞여 있습니다) 객석에서 무대로 들어가 미닫이를 어두운 구석 안쪽으로 치웠습니다. 그 작업은 남학생들이 했는데, 여고생들도 열다섯 명 정도가 참여해 무대 앞으로 나오자, 우나이코는 여교사 역할로 돌아가 무대 왼쪽에 거리를 두고 혼자 섰습니다. 무대 양쪽에 자리잡은 모든 사람이 조명 속에 드러났지요.

우나이코는 고등학생들에게 말했습니다.

"시작할 때 했던 얘기인데, 제가 여러분 나이에 『마음』을 읽었을 때는 처음엔 '교육'을 위한 책이라고 생각했습니다. 하지만 학생이었던 '나'와 '선생님' 사이에, '교육'시킨다거나 하는 내용은 거의 없었기 때문에 실망했습니다. 그런데 지금 방향성을 분명히 설정하고 다시 한번 읽어보니, 그런 것을 영어로 reread라고 한다던데, 리리드를 해보면 역시 교육을 하려는 책이라는 생각이 듭니다. '선생님'의 유서 단계에 와서 이미 거기서는 자신이 어떤 교육을 하려는지 '선생님'은 말합니다. 생명을 건 교육입니다. 이제까지 두 번 읽은 것처럼, 이렇게 말하지요. 기억해주세요. 나는 이런 식으로 살아왔습니다. 여기도 영어로 번역해보면 잘 알 수 있는데 현재완료형 말투지요. 그렇다면 이어서 '선생님'이 말할, 이 역시 '교육'으로서의 말은 미래형이 되겠지요. 나는 이런 식으로 죽는 겁니다.

그리고 소설 화자인 '나'와 읽는 사람인 우리는, 이미 죽어버린 '선생님'의 편지를 읽은 셈이 되지요. 그러니 여러분이 한번 이 소설의 화자인 '나'가 되어보도록 하세요. 이 편지……이미 유서가 되어버린 '선생님'의 편지에서 여러분은 무언가를 배웠다고 생각합니까?

무대에 서 있는 남녀 고교생들이 저마다 대답한 것은 이런 말이었습니다. 정리해볼게요(나는 그 말들이, 지금까지 파견 수업에서 학생들이 했던 대답을 정리해서 대사로 만든 거라는 느낌을 받았어요. 고교생들은 아주 자연스럽게 이야기하고 있었지만……).

배웠다고 생각하지 않습니다. / 배웠다고 생각합니다. / 배웠다면 무엇을? / 자기가 존경하는 사람이 죽을 각오를 하고 모든 것을 이야기하고 나서 죽은 거니까, 그 사람은 이처럼 모든 것을 이야기해주고, 그걸 전제로 죽은 거라고, 살아남은 내가 생각한다면, 배운 거 아닙니까? 정말이지 이렇게까지 가슴에 바로 새겨지는 교육은 처음이라는 생각이 듭니다. 나는 이런 교육을 받는다면 잊지 않을 겁니다. 아니, 잊지 못할 거라고 생각합니다. / 학생은 기억하겠다고 했는데, '선생님'이 이런 식으로 살아왔고 이런 식으로 죽었다, 라고 기억할 거라는 이야기지요? 그리고 일생 동안 그 기억을 잊지 않을 거라는. / 하지만 그것을 기억한다는 게 어떤 교육을 받아들인 것이 되나요? 친구를 배반해서 자살하게 만들면 안 된다고요? 그런 걸 누가 모릅니까? 설령 그런 것이 교육하려는 내용이라고 치고, 그게 여러분 안에서 뭔가 도움이 됩니까? 그건 이 소설만큼이나 아주 특이한 경우뿐 아닌가요? / 그렇게까지 매력적이라고는 생각하지 않았던 여자가 있는데, 그 여자한테 내 친구가 푹 빠졌고, 그러자 그 여자를 뺏기는 것이 아까워져서, 자기도 좋아한다고 고백했더니 일이 잘 풀린다, 그런 상황에 충격을 받은 친구가 자살을 한다……이런 일이 있을 수 있다고 생각하나요? 그럴 수 있을 만큼 여러분은 진지한가요? 설사 그런 일이 일어난다 해도, 사회에 나가 일정한 직업도 얻지 못하면, 그런 사람과 결혼해주는 사람이 있다 하더라도, 결국 여자는 도망치지 않을까요? 아니면 그전에 '헤이세이 정신'을 따라 순사할 작정인가요?

그 대목에서 고등학생들은, 무대에 있던 학생들도 그보다 많은 객석의 학생들도 모두 와자하게 웃었습니다. 서로 목청을 돋워 대항했는데 지고 말았기 때문에, 그런 웃음판 속에서 분한 듯 혼자 침묵을 지키며 자기를 한 방 먹인 여고생들을 노려본 것은, 실은 고등학생이 아니라 내가 오빠한테 인사시켰던 '스케와 가쿠' 콤비 중 한 사람이었죠. 그 옆에서는 콤비 중 다른 한 사람이 상대방의 곤경을 남의 일처럼 웃고 있었는데, 실은 스케인지 가쿠인지를 궁지에 몰아넣은 것도, 여고생이 아니라 보통 때는 '혈거인'의 음악을 담당하고 우나이코가 극단에 들어왔을 때부터 늘 함께 다니며 파트너이자 비서 역할도 하면서 우나이코와 같이 살고 있는, 그러면서 튜터 역까지 맡고 있는 사람이었어요. 그러면서도 나서지 않는, 정말이지 믿을 만한 사람입니다. 그녀가 아주 어리게 꾸미고 무대에 나와 있었던 거죠. 저는 그만, 사랑스러운 릿짱! 하고 입 밖으로 소리 내어 불러보았을 정도입니다. 그런데 거기에 우나이코가 끼어들었어요.

"'헤이세이 정신'은 농담이라 치더라도 여기서 말하는 '메이지 정신'은 중요하니까 그 이야기를 조금 있다가 하지요. 그전에 소설 화자인 '나'는 결국 교육을 받지 않았다고 생각하는 사람들은 오른쪽에 모여주세요. 나머지 사람들은 왼쪽에요.

자, 그럼 여기서 오른쪽 그룹에게 묻겠습니다. 별 도움이 될 것 같지도 않은 '교육'을 실제로 목숨을 걸어가며 행했던 '선생님'은, 여러분한테는 교육자가 아닌 거지요? 대체 이 사람은 뭘 위해 이런 일생일대의 도박을 했다고 생각하나요?"

가끔은 웃긴 했지만 완전히 당하고 만 파트너 편에 충실히 남아 있는, 앞서의 인물이 스케라고 치면 가쿠로 여겨지는 사람이 발언했습니다.

"그건 최소한 일생일대의 도박이라고 말할 수는 없는 거 아니냐고 전 말하고 싶습니다. '선생님'은 죽은 셈 치고 살아왔다고 했고, 이상하고도 두려운 힘에 의해 활동을 제지당했다고 느끼면서, 그대로 자기 힘으로 서 있었습니다. 그러니 '선생님'이 이 부분에서 죽는 것은 오히려 자연스러운 행위 아니었을까요?"

"그 점에 대해서도 생각하면서 한 이야긴데요" 하고 우나이코는 조정에 들어갔습니다. "'선생님'이 교육자가 아니었다고 한다면, 이 사람은 뭘 하는 사람이었다고 생각하는지에 대해 이야기해볼까요?"

그러자 마사오가 객석에서 일어나서 발언하겠다고 했어요. 나는 그것이 마사오의 애드리브였던 것 같은데 어떨는지요? 아무튼 이러한 진행 상황을 보면서 나는 〈죽은 개를 던지다〉 연극의, 무대 위에 있는 사람들을 둘로 나누고 그것을 바탕으로 제3의 사고방식을 이끌어내어 토론을 활성화하는 기법이, 집대성판에서 완성되었다는 느낌이 들었답니다.

"저는 여러분의 아버지 나이……라고까지는 말하지 않겠지만 나이를 좀 먹은 세대입니다만." 그렇게 마사오가 말하기 시작했습니다. "저는 대본을 쓰거나 연출을 하는 사람입니다. 이 지역 출신인 조코 코기토 씨가 소설을 통해 자신을 표현하는 것처럼, 저도 연극을 통해 자신을 표현히는 일을 하고 있습니다. 부족하지만 일 년 내내 표현에 대해 생각하고 있다고 말해도 되겠지요.

『마음』에 나오는 '선생님'의 유서 부분인데요, 여러분도 읽은 그대로 처음 부분에 나오는 말. '내 심장의 고동이 멈추었을 때 당신의 가슴에 새로운 생명이 깃들 수 있다면 그걸로 만족합니다.' '선생님'은 자신의 죽음이, 유서를 읽는 청년의 가슴에 새로운 생명을 깃들게 할 수 있기를 바라고 있습니다. 이런 말을 하면서 죽는 사람도 다 있구나 하고 젊었을 때 저는 감동했었습니다. 그것은 제가 화자인 '나'라는 청년에게 자신을 겹쳐서 생각했기 때문입니다. 이런 말을 나한테 말해주고, 그 말 그대로 죽는 사람이 정말 있다면, 하고 저는 생각한 겁니다.

그런데 나이가 들면서 제 안에서 변화가 생겼습니다. 『마음』을 읽을 때 이 부분을 받아들이지 않게 된 것을 깨달은 겁니다. '선생님'은 사실은 자신이 유서를 남기려고 하는 청년을 진심으로 생각하는 게 아니지 않은가? '선생님'은 그저 자기 생각만 하는 건 아닌가? 그 '자기'라는 건 뭔가? '선생님'은 그때까지 줄곧 사회에서 격리되어, 요즘 말로 하자면 꼭꼭 숨어서 살아왔습니다. 그랬는데 단 한 번, 자기 자신을 '표현'하려 하고 있습니다. 말하자면 그런 식으로 자신을 '표현'하는 일, 유서를 쓰는 일만이 목적이었던 거지요. 그러면서 자신의 유서를 읽는 일이 한 청년의 가슴에 새로운 생명을 깃들게 할 거라고 어떻게 믿을 수 있는 걸까요? 오늘 무대에서 벌써 두 번이나 소리 내서 읽었는데 이 유서의 하이라이트는 '기억해주세요'와 '기억해주세요. 나는 이런 식으로 살아왔습니다'라는 두 구절입니다. 타인에 대해 이런 식으로 일방적으로 하는 이야기가 '선생님'의 '표현'인가요. 솔직히 말해서 저는 감동 따윈 못 느끼겠습니다. 그렇지 않나요? 여러분!"

이렇게 목소리를 높여 잘난 척해 보인 마사오에게, 뒤쪽과 양옆에서 '죽은 개'가 날아왔습니다. 마사오는 자신의 몸에 닿았다가 그대로 떨어진 '죽은 개'를 한 마리 한 마리 집어들어 이리저리 살펴보면서 주워 모으고는 얌전히 자리에 앉았지요. 그 모습을, '죽은 개' 세례를 받고 완벽하게 당한 자가 취해야 하는 마땅한 태도로 이해한 중고생들의 웃음소리가 다시 한번 높아졌고요.

전반부에서 보여준 마사오의 기세등등한 모습은 나름대로 중고생들을 사로잡았고, '죽은 개' 세례를 받고 급격히 저자세가 된 모습도 절묘하게 웃음의 강도를 높여주었어요.

그 모습을 확인한 후 무대 앞으로 걸어 나온 우나이코는, 고등학교 여교사의 위엄을 보여주면서, 원형극장을 채운 이들의 감정을 하나로 모으려 했습니다.

"여러분 중에서, '선생님'이 쓴 유서 내용이 비판당할 때마다, 하지만 '선생님'은 자살하지 않았느냐, 라며 반박하고 싶어지는 사람들이 많지 않나요? 그걸 함께 한번 생각해봅시다(이렇게 말하면서 우나이코는, 무대를 둘로 나누어놓고 있는 고교생 중에서, 고교생으로 분장한 척 봐도 그 역할을 잘해내고 있는 게 분명한 릿짱과 '스케와 가쿠' 콤비에게 앞으로 나오라고 손짓했습니다).

조금 전에 학생은, '선생님'이 이 부분에서 죽는 것은 자연스러운 거 아니냐고 했지요? 왜 그렇게 생각하는지 유서 내용을 바탕으로 설명해주지 않겠어요? 그리고 역시 아까부터 반대 의견을 표명한 학생, 계속 발언을 해주겠지요? 양측의 주장을 잘 듣고 여러분은 각자 반대하는 쪽으로 '죽은 개'를 힘차게 던져주세요!"

요청을 받은 '스케와 가쿠'가(이쪽 사람이 스케라는 것을, 이제 조명에 드러난 얼굴을 보고 분명히 알 수 있었어요) 자신도 펼쳐서 들고 있던 소세키의 책에서 인용을 했습니다.

당신은 왜냐고 물으면서 눈을 커다랗게 뜰지도 모르지만, 언제나 내 마음을 사로잡고 옭아매러 찾아드는 그 이상하고도 두려운 힘은, 내 활동을 전면적으로 억누르면서, 오로지 그늘 쪽만을 나를 위해 자유롭게 열어둡니다. 움직이지 않고 있다면 몰라도 조금이라도 움직이려면, 그 길을 걸어가지 않고서는 나는 한 발짝도 앞으로 나아갈 수 없게 되었던 겁니다.

"이렇게 쓰여 있습니다. 그러고는 메이지 천황이 서거하고 노기 장군이 죽어, 자신에게도 죽을 계기가 주어졌다고 느낀 것이지요. 자연스럽지 않습니까?"

"넌 그 계기와 '메이지 정신'을 어떤 식으로 연관시키고 있는데?"라며 여고생으로 분한 릿짱이 추궁했습니다. "자신의 배반으로 상처받은 친구는 자살을 해버렸고, 그 죄의식이 '선생님'을 사로잡고 있었던 거잖아? 하지만 그것만으로는 자살하지 않았지. 나는 어쩔 수 없으니 죽은 셈 치고 살아갈 결심을 했다라면서 스스로에게 집행유예를 선고해두었던 거 아냐? 그랬는데 결국 유예 기간이 끝났다고 생각하고 마음을 정하지. 죽을 때가 왔다고 각오를 하는 거야. 그래서 '메이지 정신'이 끝났기 때문이다, '메이지 정신'을 따라 순사한다고 말하잖아? 근데 왜 여기에 '메이지 정신'이 나오는 거지? 이 '메이지 정신'의 등장이, 자연스러워? 그때까지 계속, 친구를 배반하기 전에도 그후에도, '메이지 정신' 같은 건 신경쓰지도 않았잖아? 근데 왜 새삼스럽게 '메이지 정신'

을 꺼내는 거지? 그냥 심플하게, 죽은 셈 치고 살아가려고 했던 그 마음이 이제 사라졌다, 자살하기로 했다고 말하는 편이 자연스럽지 않아?

대체 '메이지 정신'이라는 게 뭔데? '선생님'은 죽은 셈 치고 살아가겠다고 결심을 했고, 가끔 외부세계의 자극을 받으면 뛰곤 하던 가슴도, 두려운 힘이 어디에선가 나와서 그 가슴을 꽉 움켜쥐고 미동도 할 수 없게 만든다고 했잖아? 그 힘이 '메이지 정신'? 아니면 그것과는 정반대의 힘? 아니, 그런 단순한 소리 하지 마라, 메이지 유신을 통해 새로운 나라를 만든 시대를 살아온 사람들은 다 공유하는 거다, 그렇게 말하고 싶은 거야? 이렇게 자기 혼자만의 알량한 죄의식에 빠져 사회와 담을 쌓고 살던 사람이, 메이지 사회의 일원으로서 힘껏 일한 사람들의 '메이지 정신'과 무슨 상관이 있다는 거야?"

"그걸 이해 못하는 건 네가 여자이기 때문이지!"라고 가쿠가 앞으로 걸어나와 외쳤습니다.

그것이 '스케와 가쿠' 콤비의 치명적인 실책이었습니다. 순식간에 두 사람 다 '죽은 개'의 총공격을 받았지요. 바로 옆에 서 있는, 원래는 한편이었을 여고생들은 '죽은 개'를 던진다기보다는 옆에서 '죽은 개'로 얼굴을 마구 때리고 있는 상황이었어요. 우박처럼 쏟아지는 '죽은 개'를 무대 바닥에서 주워 올려서는, 일부러 거리를 좀 두고 떨어져서 힘껏 던지기도 하고요. 끝이 나지 않았습니다. 던지고 맞으면서 모두가 자기 생각을 말하고 있는데, 형세는 분명해 보였습니다……그렇게 시끌벅적한 소동이 최고조로 날아올랐을 때, 조명이 약해지고 무대 위 사람들의 움직임이 그림자 그림처럼 되면서—그 부분이 연출 수준을 보여주었는데—들려오는 소리도 점점 약해지고, 마침내 정감 어린 속

삭임처럼 됩니다. 그림자 그림의 움직임도 정지하지요……그리고 막이 내립니다.

막이라고는 하지만 원형극장에 막은 없으니, 한번 어두워졌던 무대가 밝아지면 릿짱이 이끄는 여고생들이 해맑은 얼굴로 줄지어 서 있고, '스케와 가쿠' 콤비는 웅크리고 앉아 있어, 산더미처럼 쌓인 '죽은 개' 무더기 속에 파묻힌 것처럼 보입니다. 그것을 보고 박수가 터져 나옵니다. 다시 한번 어두워지면 이번엔 '스케와 가쿠' 콤비가 온몸에서 '죽은 개'를 줄줄 흘리면서 일어나 야유와 웃음소리가 섞인 박수를 받았습니다……이렇게 무대가 어두워졌다가는 앙코르를 받는 장면이 여러 번 이어졌고, 문득 생각났다는 듯 '죽은 개'가 몇 마리 날아듭니다. 그러니까 〈죽은 개를 던지다〉 연극은 대성공을 거두었던 거예요!

제7장
여파는 이어지다

1

중고생을 위한 〈죽은 개를 던지다〉 연극이 성공을 거두는 것을 확인한 후, 나는 공연을 보며 결심했던 바를 우나이코에게 이야기했습니다. 그리고 우나이코는 내 구상을 받아들여주었죠. '산속 집'과 직접 연관된 일이기 때문에 코기 오빠에게 보내는 이 편지에 쓰겠습니다. 찬성해주기를 간절히 바라는 마음입니다. 이런 식으로 서두를 떼고 보니 지금까지 내가 오빠한테 이렇게까지 부탁했던 적은 없지 않느냐, 그리 나쁘지 않았던 내 인생에서 이런 부탁은 딱 한 번일 거다, 하는 식으로 강청하는 것 같아 썩 내키지는 않는군요. 그런 점을 의식하면서 쓰는 편지라는 점을 염두에 두고 읽어주기 바랍니다.

내가 이 계획을 구상하게 된 최초의 계기는 오빠가 '익사 소설'을 단념한(나로서는 단념해준 거라고 이해하는데요) 데서 비롯되었습니다.

오빠가 '익사 소설'에서 아버지에 대해 쓰는 작업을 그만두었으니 나로서는 어머니를 위한 마지막 도리는 다했다는 기분이 들었거든요. 어머니가 돌아가신 지 십 년이 지나 오빠에게 트렁크를 전해주어야 했을 무렵, 내가 생각해도 연극 같은 행동을 했습니다. 솔직히, '익사 소설'을 쓰기 위한 자료가 '붉은 가죽 트렁크' 속에 들어 있지 않다는 사실을 나는 알고 있었으니까요. 그렇긴 하지만 오빠가 직접 '붉은 가죽 트렁크' 내용을 확인하고 나서 '익사 소설'을 단념한다고 말하는 수순을 밟는 것이 나로선 필요했습니다. 어머니가 그렇게나 많이 걱정을 하셨으니까요……

아무튼 '익사 소설' 건은 (표현은 별로 안 좋지만) 처리되었고, 나는 어머니의 그늘에서 벗어나 혼자 힘으로 앞으로 나아갈 수 있게 되었지요. 그런데 그런 생각이 들자마자, 실제론 나 혼자 힘으로 앞으로 나아가고 있는 게 아니라고 생각하게 되었어요. 이미 우나이코와 함께 나아가고 있었던 거지요. 내가 이번 무대에 감동해서 앞으로 전력으로 당신을 도와주겠다고 우나이코에게 말했더니 그녀는 기다렸다는 듯, 릿짱과 계속 얘기해왔는데 아나이 마사오 같은 남성이 아니라 아사 아주머니 같은 여성의 협력을 원하고 있었다고 말해주었습니다. 우리는 감동해서 여고생들이 졸업식 때 하는 것처럼 서로를 얼싸안고 말았지요!

지금까지 나는 어머니가 남겨주신 '붉은 가죽 트렁크'를 항상 염두에 두고 살아왔지만, 이제 오빠에게 하고 싶은 말은 앞으로는 〈죽은 개를 던지다〉 연극만을 생각하겠다는 겁니다. 우나이코를 위한 협력을 삶의 목표로 삼겠다는 말이지요. 우연히도 같은 시기에 우나이코가 생각해낸 새로운 일을 해나가는 데 내 능력과 시간을 투입하고자 해요.

나는 이제 어머니한테서도 오빠한테서도 자유로워져서 우나이코와 함께하는 삶에 인생을 걸어보려 합니다. 내 인생에서 가장 보람 있었던 일이라면 〈'메이스케 어머니' 출진〉의 영화 제작에 참여했던 일이지요. 계약상의 문제 때문에 아직 일본에서는 상영된 적이 없지만요. 하지만 생각해보면 그때도 어머니와 오빠의 영향권 안에서만 국제적 여배우 사쿠라 오기 마거색 씨에게 협력하는 게 가능했던 거지요. 그렇지만 이제부터 나는 무조건 오빠에게 의존하는 것이 아니라, 우나이코와 내 생각으로는, 원작자인 오빠와 정식으로 계약을 맺고 일을 진행해나갈 작정이에요. 오빠의 호의 없이는 출발점 자체가 성립할 수 없겠지만, 작업이 진행되기 시작하면 나와 우나이코의 독립적인 공동 경영을 통해 우나이코의 연극 구상을 실현할 수 있을 거예요. 나보다 훨씬 젊지만 우나이코는 단순한 나와는 달리 어딘지 모르게 복잡한 과거를 갖고 있어요. 우나이코는 독자적으로 축적해온 무언가, 꼭 우나이코가 원해서 경험했다고 볼 수 없는 복잡한 무언가를 가슴에 품고 있더군요. 그것을 바탕으로 치열하게 인생에 도전하려는 사람입니다. 게다가 우리에겐 릿짱이라는 유능한 매니저가 함께하고 있지요. 나는 이제 태어나 처음으로 어머니의 그늘, 오빠의 그늘 아래서 살아온 나라는 틀에서 벗어나, 나 자신이 스스로 준비한 도전을 우나이코의 도전에 걸어보려는 겁니다.

좀 지난 이야기지만 골짜기 마을로 돌아갈 수 없게 될 때가 올 테니 그때를 대비해 미리 사무석인 처리에 관해 생각해봐달라는 오빠의 말을 듣고, 동사무소에서 일하는 청년과 상담한 적이 있어요. 그때 제안받은 일을 실현해보자는 것이 내 생각입니다. 단 권리를 양도받을 사람은 내가 아니에요. 나 또한 머지않아 이 마을에서 더이상 살 수 없게 될 날이 올 테니까요. 그때 내 권리를 상속하게 될 아들에게 양도해달라는 것도 아니에요.

'산속 집'을 지었을 당시, 어머니 소유였던 토지 명의는 내 앞으로, 그 토지 위에 세울 '산속 집' 명의는 오빠 앞으로 하기로 했지요. 이제 나는 우나이코의 새로운 출발을 맞아, 〈죽은 개를 던지다〉 연극을 하는 극단으로 독립하게 될, 우나이코의 연극 플러스알파 운동에 '산속 집'을 유용하게 쓰려고 합니다.

오빠는 요전번 체류가 오빠 인생에서 마지막 체류가 될 거라고 생각했지요? 이참에 집 명의를 우나이코에게 양도해주었으면 해요. 나는 토지 명의를 양도할 생각입니다. 그에 따른 세금 문제라든가, 이미 시작되었지만 '산속 집'을 연습실로 만드는 일을 본격적으로 추진하는 데 들어갈 비용을 오빠가 부담해주었으면 하고요. 내가 오랫동안 '산속 집'을 관리해온 데 대한 답례라 생각하고 그렇게 해줄 수 없을까요?

물론 우나이코가 새로운 방향으로 시작할 〈죽은 개를 던지다〉 연극이 상연되는 것을 코기 오빠도 보고 싶다는 생각이 있다면(우나이코에게는 오빠가 연극 상연을 위해 협력해주는 일이 무엇보다 필요합니다), 혹 상연을 위한 실제적인 공동 작업을 이곳에서 해볼까 하는 마음을 오빠가 가지게 된다면 더더욱. '산속 집' 이층은 그대로 둘 테니 앞으로 오빠가 사용하는 데는 아무런 문제가 없어요.

그게, 새로운 체제로 연극 활동을 시작하려 하는 우나이코에게는 그렇게 할 수밖에 없는 사정이 있어요. 이번 공연의 대성공을 계기로 이 지역 우파들이 〈죽은 개를 던지다〉 연극에 대해 비판의 목소리를 더욱 높이고 있거든요. 비판을 넘어 실제로 방해해온다면 맞설 수밖에 없는데, 정치적인 개입은 피하려는 스타일의 마사오의 '혈거인'으로부터 독립된 극단으로서 맞선다는 점을 우나이코는 명확히 해두고 싶어합니다. 은행에서 활동 자금을 빌린다고 해도 담보물이 될 수 있는 자산을 극단이 소유한다는 점에서 의미가 있겠지요.

이상이 내 생각이니 잘 생각해보고 답장 주세요.

2

내 부탁을 들어주었군요. 고마워요, 오빠. 요전번 편지에선 내 부탁만 하고 말았지요. 오늘 편지에는 원형극장에서의 상연 이후, 새해로 접어든 후 일어난 일들에 대해 쓰겠습니다.

연극이 대성공을 거둔 후 우나이코의 〈죽은 개를 던지다〉의 『마음』판은 충분한 준비를 거쳐, 도쿄의 전위적인 극단도 공연하러 오는 마쓰야마의 소극장에서 성인 관객을 위한 재공연을 했고 성공을 거두었습니다. 이 연극은 원형극장에서 중고생을 대상으로 공연했던 연극에 대한 비판적 반응을 역이용해 적용한 점이 특히 훌륭했습니다.

이제까지 보낸 편지에서 내가 할 수 있었던 것은 간략한 실황 설명이었어요. 이 편지 또한 크게 다를 바 없을지도 모르지만, 우나이코의 연극은 나 같은 일반 관객은 물론이고 베테랑 저널리스트라도 전체상을 파악해서 정확하게 보고하기란 좀처럼 쉽지 않으리라 여겨집니다. 그만큼 다면적인 내용이 동시에 진행되는 무대랍니다. 그 점에 우나이코의 창의성과 독자성이 있다고 말하고 싶어요. 연극이 진행되면서 무대 중심뿐 아니라 무대 구석 여기저기에서 토론이 시작되기도 하고, 거기에 맞춰 객석까지도 분위기가 살게 되니까요. 그런 상황 전체에 귀를 기울이고 있는(이라고 쓰고 보니 전지전능한 쇼토쿠 태자도 아니면서, 라는 소리를 들을 것 같지만) 우나이코가, 흥미로운 대화를 나누는 것처럼 보이는 두세 사람을 무대 앞으로 이끕니다. 객석에서 올라온 일반 관객에겐 극단의 베테랑들을 붙여 논의를 도와주지요. 그게 우나이코의 방식입니다. 하지만 흥미진진해질 것 같았던 토론의 초점이 흐려지면 주위 사람들이 그 그룹을 겨냥해 사방에서 '죽은 개'를 던집니다. 개 인형을 던지도록 분위기를 선동해 결국 그 그룹이 무대에서 물러날 수밖에 없게 만드는 것 또한 애초에 그들을 발견해서 무대에 올린 우나이코입니다. 우나이코에겐 저널리스트로서의 재능이 있는 것 같아요.

마쓰야마 소극장에서 열린 공연 첫날, 객석에서 화제를 던져 우나이코의 주목을 받아 무대에 오른 인물은 나도 아는, 혼마치에 있는 고등학교 교사였습니다. 작년 가을 골짜기 마을에서 했던 연극도 보러 왔던 사람이지요. 그 사람이 주장하기를, 연극 도입부에선 『마음』의 '선생님'이 직접 말을 했기 때문에 흥미로웠다. 그런데 이번에는 '선생님'의 유서를 인용해서 '선생님' 본인이 아니고 제삼자가 이야기한다, 당사자가 토론에 참가하지 않으니 긴장감이 없다고 했어요(그건 당연한 것 아니냐, 그는 이미 자살하지 않았느냐는 야유를 받았지만 수그러들지 않았습니다). 자살했다면 자살한 그 '선생님'을 무대에 등장시켜도 되는 거 아니냐, 어차피 연극인데, 라고 하더군요. 극장 로비에 장애인을 위한 휠체어가 준비되어 있는 것을 봤다. 머리에 흰 천을 씌운 사람을 휠체어에 태우고……다시 말해 죽은 '선생님'을 앉혀놓고 질문도 하고 대답도 듣고. 여기선 그런 연출을 해주었으면 한다! 나로서는 죽은 그 '선생님'을 이승에 다시 불러서 질문하고 싶은 게 있다. 그런 이야기를 지금까지 객석에서 친구와 이야기하고 있었다, 라고 하면서요……

관객도 즉각 그 말에 반응했고, 눈에 띄게 기대감이 높아지는 듯했습니다. 그러자 '스케와 가쿠' 이인조가 다른 누구도 아닌 우나이코에게 흰 천을 씌우고 휠체어에 태워 무대 중앙으로 밀고 나왔습니다. 질문이 있다고 했던 고등학교 선생님은 이 망자에게 질문을 던질 수밖에 없었지요.

고교 교사 저도 말입니다, 당신의 유서를 학생들과 읽은 적이 있습니다……그렇지만 21세기의 공립 고교에서 국가에 대해 발언하기엔 곤란한 부분이 있죠. 세심하게 주의하지 않으면 안 됩니다. 반년 전에 제가 사는 지역에서 이 연극이 상연되었을 때는 학생들과 일반 국민이……제가 방금 일반 시민이라고 하는 대신 일반 국민이라고 말한 것을 기억해주셨으면 합니다만……여러 사람 참가했습니다. 오늘은 그때보다 더 일반적인 장소니까 교실에서 이야기하는 게 아니라는 점을 강조해두겠습니다.

누구에게 강조하는가 하면 우리 지역 교육위원회 분들입니다. 오늘 그분들이 일부러 마쓰야마 극장까지 모두 와주셨습니다. 중학교 강당에서 했던 지난번 상연이 문제화되었기 때문에 실제로 봐두자고 생각하신 거겠지요. 그분들 얼굴을 한번 봐두세요. 이런 소극장에서 공연되는 실험적인 연극에 얼굴을 내미실 분들이 아니니까요.

우선, 우리 지역 중학교 강당, 그러니까 원형극장에서 상연되었던 연극 얘기부터 하겠습니다.

원래는 그때, 〈죽은 개를 던지다〉만 공연한다는 기획은 아니었습니다. 우리 지역 옛마을 지구 출신으로는 처음 신제도 중학교에 입학한 학생이었던 조코 코기토 선생님의 강연과 함께 공연이 상연될 예정이었습니다. 그랬는데 조코 선생님이 현기증으로 쓰러지시는 바람에……우리는 조코 선생님의 글을 읽으면 현기증이 나는데요 (웃음) ……연극만 하기로 된 겁니다.

일이 그렇게 되고 보니 우리 지역 교육위원회로서는 잘된 일 아니었겠습니까? 왜냐하면 조코라는 작가는 지금은 폐기된 이전의 교육기본법에 깊이 공감했던 사람이란 말입니다. 구제도 중학교 시대였다면 집안이 넉넉지 못해 중학교 진학이 불가능했을 텐데, 마을 안에 신제도 중학교가 생긴 덕에 그곳에 입학할 수 있었던 사람이니까요. 신제도 중학교는 신헌법 및 신헌법에 기초한 교육기본법에 의거해 세워진 학교입니다. 이 법률이 유명무실화되기 전에는 지금 제가 읽을 이 한 구절이 포함되어 있었습니다. 원래 법은 개정되었지만, 우리는 이 기본법을 소책자로 만들어 상의 안주머니에 넣고 다니자고 조코 선생님이 제창했지요. 선생님이 자비를 들여 많은 양을 찍었지만 소설처럼은, 아니 소설과 마찬가지로 (웃음) 아무튼 별로 팔리지는 않았던 것 같습니다. 저는 한 부 샀습니다. 꺼내서 읽어보도록 하죠. "교육이란 부당한 지배에 굴복함 없이 국민 전체에 대해 직접적인 책임을 지고 행해져야 하는 것이다."

그런데 개정된 현행 법률에도 교육이란 부당한 지배에 굴복함 없이라는 부분까지는 남아 있습니다. 그다음이 다른 문장으로 바뀐 것이죠. '이 법률 및 다른 법률이 정하는 바에 근거하여 행해져야 하는 것'이라는 말로 이어지고 있습니다. 법률을 새롭게 제정하는 쪽에서 어떤 교육이든 할 수 있다는 말이죠. 현재 우리 현의 현실이 바로 그렇기 때문에 우리는 교육에 관해 이야기할 때 세심하게 주의하지 않으면 안 됩니다. 벌써 제게 '죽은 개'를 세 마리나 집어던진 사람도 있으니 바로 본론으로 들어가도록 하죠.

우선 '선생님'의 유서를 인용하겠습니다. "그런데 한창 더운 어느 여름날, 메이지 천황이 서거했습니다. 그때 나는 메이지 정신이 천황에서 시작해서 천황에서 끝났다는 생각이 들었습니다. 가장 강렬하게 메이지의 영향을 받은 우리가 그후에도 살아간다는 것은 결국 시대에 뒤처지는 것이라는 느낌이 사무치게 나의 가슴을 파고들었습니다."

'선생님', 그런 당신을 부인은 웃으면서 상대해주지 않죠. 오히려 당신을 놀리기까지 합니다. 그럼 순사라도 하지 그래요라는 말도 듣습니다. 사실 나는 이 점을……'선생님', 당신을 놀릴 생각은 없습니다만……좀 이상하게 느꼈습니다. 그래서 나는 왜 그런 생각이 들었는지, 당사자인 당신에게 묻고 싶습니다. 가장 강렬하게 메이지의 영향을 받은 우리라고 했는데, 정말 그렇습니까? 당신이 친구를 배신한 결과 그 친구를 자살에 이르게 했죠. 하지만 그런 당신의 행동은 개인적인 자질에서 비롯된 것일 뿐이지, 메이지의 영향을 강하게 받았기 때문에 그런 행동을 했다고는 말할 수 없지 않을까요? 당신은 그야말로 개인적인 사정으로 동시대 사회에 등을 돌리고 또한 사회로부터 스스로를 격리시킨 사람이 아닙니까? 시대정신이 당신으로 하여금 그런 행동을 하게 한 것이 아닙니다. 오히려 그 반대, 개인적인 마음의 작용에서 비롯된 행동입니다. 그래도 당신도 어떻게든 사회 속으로, 시대 속으로 들어가려고 한 적은 있죠. 그런데 그럴 때면 '가슴을 꽉 움켜쥐고 미동도 할 수 없게 만드는' 힘이 작용한다고 했어요. 정말로 그 힘이 외부에서 온 걸까요? 당신 개인의 내부에서 온 것은 아니었나요? 그런데도 시대정신이 본인에게 작용하고 있다는 당신 생각이 제게는 너무나도 이해되지 않습니다. 당신의 부인이 유순하고 순진한 사람처럼 보이긴 해도, 역시 여성이라는 우습게 볼 수 없는 존재니까요. 일하지 않고 집에 틀어박힌……아내인 자신한테도 밝힐 수 없는 이상한 힘 때문에 행동할 수 없게 돼버린 남자와의 오랜 생활에 단련되어 있어서, 여전히 심각한 듯 말을 꺼내는 당신을 조롱하려 했던 건 아닐까요? 제 생각엔 그런 것 같습니다. 나아가 무의식적 차원에서는 말이죠. 그럼 순사라도 하지 그래요라고 말했을 때, 그녀는 진심이 아니었을까요?

코기 오빠, 나는 자신도 모르게 일어나 박수를 치고 있었습니다. 박수를 치는 건 나뿐만이 아니었어요. 소극장 관객 중 3분의 1은 일어나 박수를 치고 있었지요. 개중엔 일어서서 손을 흔드는 사람까지 있는, 그런 상황이었어요.

그런데 평상시와 달리 만원이었던 객석 제일 뒤쪽에 레인코트를 입고 서 있던 남자 서너 명이 '죽은 개'를 붕붕 돌리면서(바로 던져버리면 항의를 위한 시위 행동으로 두드러져 보이지 않을 것 같다고 생각한 거겠지요) 그 고등학교 선생님에게 이의를 제기했습니다. 그들 모두가 교육위원회 사람이라고 말할 순 없지만 그 영향하에 있는⋯⋯그래서 중학교에서 했던 연극을 확인하러 온 자들이라는 점은 분명했습니다. 그런 유의 사람들에게 '국민'이라는 이름을 붙여서 의견을 정리해볼게요.

국민 메이지 정신이 천황에서 시작해서 천황에서 끝났다라는 말을 의심한단 말인가? 가장 강렬하게 메이지의 영향을 받은 우리라고 말하고 있지 않은가! 그것을 전제로 실제로, 메이지 정신을 따라 순사한 건데! 그 고귀한 죽음을 폄하하는가?

그러고 나서 국민들이 던진 '죽은 개'가 고등학교 선생님 쪽으로 날아가자, 거기에 동조하는 일반 관객이(젊은 사람들의 모습도 눈에 띄었는데) 던진 '죽은 개'가 여기저기서 날아가기도 했습니다. 그렇긴 하지만 국민들을 향한 '죽은 개' 공격 쪽이 훨씬 더 숫자도 많고 힘도 있었지요. 그런 와중에 자살한 '선생님'으로 분장하고 휠체어에 앉아 있던 우나이코가 벌떡 일어나 흰 천을 걷어내더니, 죽은 사람처럼 창백한 얼굴을 드러냈습니다. 소극장은 쥐죽은듯 조용해졌습니다. 우나이코는 흠잡을 데 없는 낭독법을 구사해 입을 열었어요. 바야흐로 '선생님' 역을 연기했을 때 목소리로, 바로 그 '선생님'에 대해 말했습니다.

선생님 나는 '선생님'을 연기하고 있기는 하지만, 이 소설의 마지막에 이르러서도 내가 연기한 '선생님'의 심중을 잘 모르겠습니다. 그런 나로서는, 자신의 내면을 잘 모른 채 죽음을 향한 마음만 조급했던 것 같다는 생각이 듭니다. 그리고 그런 상태에서도 자살은 할 수 있는 것이라고 느끼면서 죽으려고 하는 것처럼 느껴집니다.

"나는 신문에서 노기 장군이 죽기 전에 써서 남긴 글을 읽었습니다. 세이난 전쟁 때 적에게 깃발을 빼앗긴 후, 죄송한 마음으로 죽자 죽자 생각하면서도 어찌하다보니 오늘까지 살아왔다고 하는 의미의 글귀를 봤을 때, 나도 모르게 손가락을 꼽아 노기 장군이 죽은 셈 치고 살아온 세월을 계산해보았습니다. ……나는 그런 사람에게, 이제까지 살아온 삼십오 년이 고통스러울지, 아니면 칼로 배를 찌른 한순간이 고통스러울지, 어느 쪽이 더 고통스러울지에 대해 생각했습니다.

그리고 이삼일 지나 나는 드디어 자살할 결심을 했습니다. 노기 장군이 죽은 이유가 나한테 잘 이해되지 않는 것처럼 당신에게도 내가 자살하는 이유가 명확하게 납득이 안 될지도 모르지만, 만약 그렇다고 해도 그것은 시대의 흐름에서 오는 차이니까 어쩔 수 없는 일입니다. 혹은 개인이 원래 갖고 태어난 성격의 차이라고 말하는 편이 정확할지도 모릅니다. 나는 내가 할 수 있는 한 나라고 하는 이 이상한 인간을 당신이 이해할 수 있도록 지금까지 써온 편지 속에서 나 자신을 남김없이 표현했다고 생각합니다."

보세요, 이처럼 '선생님'은 철저하게 개인의 마음 문제에 집착하면서 개인의, 개인에 의한, 개인을 위한 마음의 문제를, 자신보다 젊은 사람에게 이해시키기 위해 최선을 다한 결과로 죽은 것입니다. 그게 어떻게 메이지 정신을 따라 순사한 게 됩니까? 나의 죽음을 나만을 위한 죽음으로 돌려주세요. 그것을 도와주실 마음이 있다면 저 국민들에게 '죽은 개'를 던져주세요, 여러분. 더 많이, 더 많이요!

3

여기서부터는 새로 쓰는 편지입니다. 지금까지 쓴 것을 먼저 우나이코에게 보냈습니다. 나와 오빠의 결정을 확인시켜주기 위해서예요. 그런데 여기에 치카시 언니의 편지가 두 통 도착했어요.

코기 오빠, 지금부터 새로이 쓸 편지는 좀 특별해요. 뭐가 특별한가 하면, 오빠가 예상하는 그대로입니다. 그런데 치카시 언니는 완전히 새로운, 상상조차 못했던 정보를 알려주더군요. 그것도 두 가지 큰 사건에 대한 정보를.

첫번째는 아카리와 오빠의 관계에 대한 정보. 두번째는 치카시 언니가 (의사들도 회복 가능성은 있다고 말한다고 하고, 오랜 세월 간호사로 살아온 사람인 내가 알기로는 의사들이 치카시 언니 같은 인격을 가진 사람에게 무책임한 말을 할 리는 없기 때문에 희망을 갖고 있는데) 큰 병에 걸렸다는 정보입니다.

물론 오빠는 이 두 가지 중대 사태에 내해 이미 알고 있겠지요. 두번째 사태는 이제 막 표면화된 일이라 오빠가 충격받는 모습을 본 치카시 언니가, 오빠가 직접 나한테 보고하는 것보다 언니가 직접 이성적으로 상황 설명을 해야겠다고 생각한 건데 (경의를 담아) 온당한 결정이라고 생각합니다.

하지만 첫번째 사태와 관련해 오빠는 도쿄로 돌아간 후 거대 현기증 예후에 대한 보고를 비롯한 생활상을 알려주겠다고 약속해놓고, 또 메모 카드 내용을 복사한 걸 편지 대신 보내주겠다고 말해놓고도(카드 내용을 복사한 건 보내면서도) 아무것도 알려주지 않았죠. 아카리와 오빠의 관계가 전에 없이 심각한 상황에 처해 있는데도 오빠는 (사태의 발단이 된 본인의 행동을 부끄럽게 여기고 있어서겠지요) 일기 대신 메모 카드에는 사태에 대해 자세히 썼으면서도 워드프로세서로 옮기는 마키에겐 나한테 그와 관련된 내용은 복사해서 보내지 말라고 지시한 것 같다고 치카시 언니의 편지에 쓰여 있었습니다. 치카시 언니가 투병하는 동안의 일을 어떻게 처리하면 좋을까? 오빠는 별로 믿음직스럽지 못하다. 마키가 집안일을 돌봐주러 오긴 하는데 베테랑 간호사인 내가 마키에게 협력해주길 바란다고 언니는 부탁했어요. 물론 나는 전력을 다할 거예요.

하지만 치카시 언니는 본인의 투병보다 아카리와 오빠의 관계 회복에 대해 더 염려하고 있어요. 무엇보다 마키에게 집안일과 오빠와 관련된 사무 처리를 맡긴 이상 마키가 항상 아카리 곁에 붙어 있을 수는 없다. 너무 많은 일에 치이면 마키의 우울증이 좋지 않은 방향으로 흘러갈지도 모른다. 그러니 오빠와 아카리의 관계를 회복시킬 지혜를 빌려주지 않겠느냐? 그것이 치카시 언니가 나한테 쓴 편지에서(언니한테는 가장 다급한 일이라고) 요청한 사항이었답니다.

나는 중대한 두 가지 사항에 대해 대답해야 합니다. 나는 치카시 언니에게 곧바로 답장을 써야겠다고 마음먹었습니다. 하지만 어떤 식으로 써야 할지 고민하고 있을 때 매사에 빈틈이 없는 치카시 언니가 나한테 직접 전화를 걸어왔어요. 내가 우물우물 안부 인사를 끝낼 때까지 기다렸다가 언니는 곧바로 필요한 일들에 대해 말했습니다. 언니는, 담당 간호사가 바뀌어 새로 온 간호사에게 환자가 직접 자신의 상태를 설명한다고 가정했을 때 이보다 더 잘할 수는 없으리만큼 훌륭하게 병에 대해 설명해주었어요. 언니의 병 상태에 대해선 주치의 선생님한테 직접 설명을 들었을 테니 반복하지 않을게요.

치카시 언니 성격으로 봐서 직접 전화를 걸었을 때는 이미 나한테 바라는 게 무엇인지 결정을 내린 이후였겠지요. 두 상황 모두 나를 필요로 하니까 양쪽을 어떻게 양립시킬 수 있을지 생각해주었으면 좋겠다고 언니는 말했어요. 언니가 그렇게까지 나를 의지하고 있다는 사실이 기뻤습니다.

치카시 언니는 간호사로서 협력해주었으면 한다고 했지만, 동시에 오빠와 아카리를 골짜기 마을로 보냈으면 한다고 말하더군요. 그 제안 또한 나는 승낙했습니다. 그게 오빠도 받아들이기 쉬울 거라고도 생각했지요. 자신의 입원에 맞춰 오빠와 아카리를 '산속 집'에서 함께 지내도록 보낸다. 그에 대한 기본 플랜이 확정된 후 제삼자에게 상세히 설명한다. 그런 게 치카시 언니의 방식이니까요. 나는 치카시 언니의 간호사로 도쿄로 가게 된 이상 '산속 집'으로 올 오빠와 아카리를 돌보는 일은 우나이코와 릿짱에게 부탁하기로 곧바로 마음먹었습니다. 그게 내 방식이지요.

코기 오빠, 그 사건 후로 벌써 반년 이상 아카리가 음악을 안 듣고 있다는 이야기를 들었어요. 치카시 언니가 암에 걸린 것도 그렇지만, 살아오면서 이렇게까지 놀란 적은 없었습니다. 고로 씨가 자살한 소식을 들은 이후로 처음이라고 생각했을 정도니까요.

코기 오빠, '익사 소설'을 단념하고 오빠가 얼마나 낙담했는지도 알고, 또 거대 현기증 문제는 더 말할 것도 없는 충격일 거라고도 생각해요. 아무리 그렇다 해도 아카리와 그런 식으로 대립하다니……만약 어머니가 살아 계셨다면 오빠에게 '그런 어리석은 짓을!' 하고 말씀하시지 않았을까요? 그 일 이후 결과적으로 아카리에게 일어난 모든 일의 책임은 오빠에게 있다고 나는 생각합니다. 하지만 아카리를 제외하고 그 누구보다 상처 입은 사람이 오빠라는 점도 분명하기 때문에 그저 탄식할 뿐이지요. 그런 어리석은 행동을 하다니! 치카시 언니는 언니다운 냉정함을 유지하며 이 이야기를 보고해주었습니다. 치카시 언니가 한 말 중 감정이 실린 것은, 앞으로 어떻게 될지 두려워, 라는 한마디뿐이었어요.

그런 언니한테 나는, 오빠와 아카리 일은 시간을 두고 지켜볼 수밖에 없지 않겠느냐, 지난번 아카리가 작곡을 그만두었을 때처럼, 이라고 말해버렸지요(지금도 내가 무심코 내뱉은, 무의미하면서도 나는 다 이해한다는 식의 위로의 말을 떠올릴 때마다 가만히 앉아 있을 수 없을 만큼 속이 상해 그저 한숨만 나올 뿐입니다).

차분하면서도 당혹스러운 심정이 묻어나는 목소리로 치카시 언니는 이렇게 대답했습니다.

"한동안 아카리가 작곡을 하지 않았던 건 스스로의 의지로 그만둔 것이고, 이후에 다시 마음을 고쳐먹고 다시 작곡을 하게 된 거야. 그만둔 것도 다시 시작한 것도 모두 자신의 의지에 따른 것이었지. 앞으로 곡을 만들지 않을 셈인가 싶어 서운했지만, 아카리 자신이 그렇게 정한 것이니 어쩔 수 없다고 납득하고 있었어. 게다가 그 당시 아카리는 변함없이 CD나 FM으로 음악을 듣고 있었고.

하지만 이번에는 아카리한테 돌이킬 수 없는 일이 일어난 것 같아, 가족들과……특히 아빠와……무언가를 공유하는 일은 하지 않겠다고 아카리는 결심한 것 같아……그건 지금껏 우리 가족이 한 번도 경험한 적 없는 일이지. 음악이 흐르지 않는 우리집에서 지내는 생활이 너무나 낯설어."

나는 앞서의 실수에서 얻은 교훈을 살리지 못하고 다시 이렇게 말하고 말았습니다.

"코기 오빠가 외출했을 때 모차르트든 바흐든 CD를 작은 음량으로 틀어두면 어때요?"

"아카리가 왜, 그런 식으로 남몰래 듣는 행동을, 그것도 음악에 관해서 해야 하는 건데? 그리고 무엇보다, 아카리가 그렇게 하겠어?" 치카시 언니가 대답했습니다(전화기를 타고 전해지는 목소리에서, 목소리 주인이 미간을 찌푸리고 엄한 표정을 짓고 있는 게 보이는 듯해 가슴이 철렁했지만, 치카시 언니는 곧 보통의, 생각에 잠긴 목소리로 자신을 향해 말하듯 이야기를 계속해서 나를 구해주었지요). "본인이 선택해서 튼 게 아닌 음악이, 여태껏 아카리를 지탱해준 음악과는 정반대로……빛에 건주어 말하자면 어둠인……기괴한 소리로 들리거나 한다면 어떡하나 하는 두려움이 있어서……"

이렇게 나는 한번 철렁했던 상태에서(상황이 좋지 못한데도 치카시 언니가 보여준 관대함에 구제받고) 빠져나올 수 있었는데도, 다시 언니를 자극하는 말을 하고 말았어요……

"아카리와 오빠 사이에 여태껏 경험한 적이 없었던 단절이 발생했다고 했는데 오빠가 아카리와의 관계 회복을 위해 직접 노력하지는 않나요? 지금까지 오빠는 아카리와의 사이에 이번 일 같은 일이 생기면, 온 힘을 다해 사태를 수습해왔다고 생각하는데요. 『새로운 사람이여 눈을 떠라』 같은 걸 보면요……"

그러자 언니는, 처음 듣는 말투로 이렇게 대답했어요(평소 오빠를 아빠라고 불렀던 치카시 언니가 그 사람이라 부르는 것이 우선 나를 긴장시켰습니다. 그리고 이어지는 언니의 말은 정말이지 신랄해서, 나는 그 말을 들은 후로 줄곧 머릿속에서 정리하면서 이해하려 했기 때문에 뭐랄까, 추상적인 문체로만 기억하고 있을 정도예요).

"아카리에게 그 사람이 화해의 손을 내미는 방법이 표면적이거나 작위적이라고까지는 말하지 않겠지만, 또 언제나 그런 식으로 화해가 이루어지기는 했지만, 아카리에 대한 그 사람의 억압은 늘 존재해왔던 것 아닐까?

지금의, 아카리와의 관계에서 철저하게 궁지에 몰린 상황을 그 사람이 여태까지 해온 방식으로 수습하려 한다면 나로서는 반대야. 특히 술을 마시고는 혼자서 좋은 생각이랍시고, 아카리가 흥미를 표할 거라고 여기고 새로운 CD를 찾아오거나 하는 짓은 절대로 하지 말아주었으면 해. 아카리의 삶에서 음악은 무엇보다 소중한 요소로 존재해왔어. 그런 음악에 대해 자유의지로 듣는다(강제로 듣지는 않는다)는 원리는, 절대로 지켜져야 해. 음악을 듣는 자유가 지켜져야 하듯 음악을 듣지 않는 자유도 지켜져야 해. 그거야말로 그 사람이 항상 강조하는 '기본적 인권' 아니겠어?

만약 이 상황에서 억지로 음악을 듣게 하는 강제가……억압의 새로운 수단이……행해지거나 한다면 아카리의 내면을 생각할 때 돌이킬 수 없는 사태가 벌어질지도 몰라. 아니면 그 사람한테, 지금까지 없었던 폭력적인 저항을 할지도 모르지……

실은 지금 내가 한 말은, 마키가 했던 말이 내 마음속에서 메아리가 되어 울린 소리야. 만약 정말 그런 일이 일어난다면 마키는 아카리를 데리고 나가 함께 살려고 하겠지. 나로서는 그 일에 반대할 수는 없을 것 같아."

말을 마친 다음에 치카시 언니는 내가 전화기를 든 채 떨고 있다는 걸 알아차린 듯, 그 사람이라는 호칭을 그만두고 이렇게 말했습니다.

"세이조 집에 '우울 덩어리'가 둘 있다는 식으로 말한 적도 있지만, 지금의 두 사람이 단둘이서 그 집에 있게 된다고 생각하면 두려운 생각이 들어. 그래서 두 사람이 같이, 어떻게든 평화적으로 함께 살 수 있을 만한 장소에 보낸 후에 입원할 생각이야. 아빠한테는 역시 나무로 둘러싸인 장소가 제일 좋겠지? 아사한테 전적으로 의지하게 되어 (내 간호에 더해) 마음이 무겁지만……그렇게 하고 싶어."

치카시 언니는 그렇게 나를 구해준 다음 전화를 끊었습니다. 하지만 치카시 언니가 조금 전 내뱉은 격한 독백의 음성이 아직 머릿속에서 울리는 것 같아 혼자 집에 있기가 괴로워졌어요. 그래서 나는 우나이코와 이야기하기 위해 '산속 집'으로 향했지요. 그러나 그녀도, 함께 사무를 처리하는 릿짱도 없었고 문은 잠겨 있었어요. 열쇠를 가지고

오지 않았기 때문에 나는 집 뒤편으로 돌아가 어머니와 오빠의 시가
새겨진 돌 앞에 앉았어요.

코기를 산으로 올려보낼 준비도 하지 않고
강물결처럼 돌아오질 않네.

코기 오빠, 오빠의 지금 행동은 이것보다 더 심한 거 아닌가요? 내가
이렇게 쓴들 오빠를 무의미하게 아프게 하는 것밖에 안 되겠지만……
오빠 자신이 이 시에 이어지는 시구를 썼을 때보다 좋지 못한 상황에
처한 게 분명하다는 건 나도 알고 있으니까요.

비 내리지 않는 계절의 도쿄에서,
노년기에서 유년기까지
거슬러오르며 돌이켜보네.

코기 오빠, 치카시 언니와 마키가 하는 말을 잘 듣고 신중하게……
부디 신중하게 판단하고 행동해주세요. 신중하게라는 건 두 가지 의미
예요. 오랫동안 오빠가 말해왔던 '익사 소설'이 엎어져버린 지금, 이미
노령이 된 오빠를 이 세상과 연결해줄 끈은, 소설가로서는 이미 끊어져
버렸을지도 몰라요. 오빠에게 아카리와의 관계는 그 누구와의 관계보
다 소중한 게 아니었나요? 그런 아카리와 오빠가 현재는 전혀 연결되
어 있지 않은 거지요. 이럴 때, 오빠가 자신과 현세를 이어줄 끈은 이제
아무데도 없다고 판단해버리는……그런, 경박하고 누가 봐도 나이가

들어 그러는 걸로 보이는 무분별함에 빠지지 않도록 신중하게 판단하고 행동해달라는 뜻입니다.

답장보다, 마키가 복사한 오빠의 메모 카드를 기다리겠습니다.

4

아카리의 인생은, 기본적으로는 클래식 음악을 듣고 그것과 연결되는 자신만의 음악을(전부 짧은 것들이지만 사랑스럽다) 작곡하는 일을 중심축으로, 이미 45세까지 진행되어왔다. 이번 사건이 발생하기 전까지 아카리는 네 장의 CD를 냈고, 아카리를 중심으로 가정의 하루하루를 그린 내 소설을 바탕으로 한 영화도 하나와 고로 감독이 만든 바 있다. 아카리는 음악 전문가를 집으로 불러 받는 레슨을 게을리하지 않았다(약 이 년간 아카리가 작곡을 그만둔 시기가 포함되어 있긴 하지만, 그 기간에도 아카리는 초급 음악 이론을 연마하는 데 열심이었다). 우리집 식당과 거실에는 늘 바흐부터 모차르트, 베토벤, 슈베르트, 쇼팽, 메시앙, 피아졸라까지가 너무 크지 않은 음량으로 흐르고 있었고, 그런 생활이 우리집의 하루하루를 이루었다.

현재 우리집에서 클래식 음악은 사라지고 없다. 아카리는 여전히 FM 주간지에서 클래식 방송을 체크하고 있고(월간 음악지 말미에 실린 방송 프로그램표에서 작곡가 이름, 작품명이 잘못 프린트된 것을 발견해 수정하는 일과도 변함없다), 머릿속에서 진화 발전해가는 듯한 구상도에 따라 선반에 놓인 CD를 재배치하는 모습도 여전하다. 그러나 최근 반년 동안 아카리가 실제 클래식 음악 소리로 공간을 채우는 일은 없었다. 다만 치카시가 어쩌다 한 말에 따르면 아카리의 침실에서 밤늦게까지 FM수신기 불빛이 새어나온다고 하니 헤드폰으로 혼자 음악을 소유하는 일은 있는 것 같다.

그것은 무엇을 말하는가? 화나는 대로 아카리에게 뱉어버린 말, 넌 바보로구나. 단순하고도 천박하기 그지없었던 그 말. 기타카루이자와의 사스레나무 숲에서 내 어깨 위에 목마를 탄 아카리가 근처 호수에서 들새가 우는 소리를 듣고선 태어나 처음으로 "흰눈썹뜸부기, 입니다"라고 새소리에 반응해 입을 연 후, 아카리는 급속도로 언어를 습득해나갔다. 그로부터 서너 해 사이에 아카리는 외부에서 들려오는 부정과 조롱의 언어까지도 의미를 이해할 수 있게 되었다. 여중생인 마키가 하교하자마자 부엌에 있는 치카시에게 달려가, 장애아 학교로 아카리를 마중 갔더니 남학생들이 아카리를 에워싸고 있었다는 이야기를 한 적이 있었다. 거실에서 음악을 듣던 아카리가, 동생의 목소리를 차단하기 위해 (하지만 계속 음악은 듣고 싶어서) 양 팔꿈치를 쑥 내민 모양새로 귀에 댄 양 손바닥 위치를 보일 듯 말 듯 조절하는 모습을 본 적이 있다.

이제, 가장 노골적인 부정의 말을 퍼부은 아버지는 아카리의 마음속에서 그런 소음을 내는 쪽의 인간이 되었다. 이미 반년 동안 이어진 이 상태가 반년, 일 년, 이 년 더 계속된다면, 아카리와 내가 한 공간에서 음악을 공유하는 일은 사라진 채로, 우리의 삶은 십 년, 십오 년 진행될 수도 있다.

5

마키는 나서지 않는 아이지만 내 요청에 확실하게 부응해주었습니다. 우선은 아카리를 둘러싼 곤경을 적은 코기 오빠의 카드를 워드프로세서로 정서한 복사본을 보내주었어요. 그 복사본만으로는 오빠가 너무 불쌍하다고 생각했는지 치카시 언니가 오빠에게 쓴 편지도 첨부되어 있었습니다. 물론 오빠는 이미 그 편지를 읽고 편지에서 언니가 부탁한 대로 잘 움직여주고 있겠지만, 마키가 나한테 보낸 건 복사본이 아니라 편지의 원본이에요. 따라서 지금 현재 오빠한테는 이 편지가 없을 테니 팩스로 보내도록 하겠습니다. 다시 읽고 싶어질지도 모르니까요.

아주 오래전에 당신이 젊은 독자에게 받은 편지를 읽은 뒤 그대로 입을 다문 채 서고의 간이침대에 드러누워 있던 때가 생각나더군요. 입원하는 나를 배웅하지 않아도 되도록 이발을 하러 간 당신이 읽고 있던 책이 손으로 만든 커버가 씌워진 채 소파 곁에 놓인 걸 봤는데, 펼쳐보니 소세키의 『마음』이었거든요.

그 독자는(당시 젊었던 당신보다 고작 열 살 정도 아래였을 거예요) 대학 생협이 운영하는 서점에서 무료로 나눠주었던 출판사 판촉용 소책자에 당신이 쓴 「기억해주십시오. 나는 이런 식으로 살아왔습니다」라는 짧은 글을 읽고(최소한 제목은 읽은 거지요) "누가 기억해줄까보냐! 당신이 어떻게 살아왔는지를 기억하면 무슨 좋은 일이라도 생기냐?"라고 쓴 대학노트를 한 장 찢어 보냈잖아요. 그걸 보고 나는 나도 모르게 웃고 말아 당신을 더욱더 시무룩하게 만들었지만, 지극히 내가 보일 만한 반응이어서 당신은 아무 말도 하지 않았죠.

입원하러 가기 전에 이층을 한 바퀴 둘러봤어요. 서고 책장에 진열된 당신의 저서를 올려다보고 소세키의 한 구절과, 지금은 노인이 되었을 그 독자의 반응(당신이 했던 인용에 대한)이 생각나서 혼자 피식 웃었어요. 어쩐지 비참한 기분도 들었지만, 그러니 당신한테 하나 부탁을 하자는 생각이 들었거든요. 당신의 책에서 아카리가 했던 말을 쓴 부분을 발췌해서 보내주지 않겠어요? 시대에 뒤처지는 것 같긴 하지만, 마키가 워드프로세서로 깔끔한 명조체로 타이핑해서 작은 책으로 만들어 보내주었으면 해요.

나는 이번에도 잘 극복할 수 있으리라 낙관하고 있어요. 지금껏, 무시할 수 없는 규모로 위기가 닥쳤을 때마다 그렇게 생각했고 실제로 그랬듯이. 생각해보면 다행히도 우리 가족은 모두 기본적으로 몸이 건강한 편이었지요. 장애가 있는 아카리 또한 마찬가지였고요. 무스미 선생님께서 라틴어를 정확히 번역하신 "건강한 신체에 꼭 건강한 정신이 깃드는 것은 아니다"라는 말은 진실일 테고, 그리고 이제 노인이 된 우리 둘에게 머지않아, '이제 당신에게 위기가 닥칠 일도 없을 겁니다'라고 별일 아니라는 것처럼 말해주러 올 최종적인 위기가 기다리고 있겠지만…… 저는 당신이 셀린*의 글에서 번역했던 문구 하나를 빌려 "어쨌든 기운을 내자!" 하고 말해보는 거지요.

---

* 프랑스 소설가 루이 페르디낭 셀린.

하지만 서고에 있는 많은 책을 쭉 둘러보니 그때 젊은 독자가 그 랬듯, 이걸 전부 기억해달라는 건 쉽지 않은 일이네 하는 생각이 들 었지요. 나는 고로 오빠와의 일을 쓴『그리운 시절로 띄우는 편지』 중간 부분부터 당신 소설을 읽지 않게 되었는데(에세이는 대부분 내 가 삽화를 그렸으니 제외하고요) 지금 세어보니……그러고 보니 소 세키도 나도 모르게 손가락으로 지난 세월을 꼽아보았습니다라고 썼군 요……벌써 이십 년이나 됐네요. 이번 기회에 몇 권 읽어볼까 하는 기력 역시 생기지 않는군요.

그래서 당신이 아카리가 했던 말을 썼던 부분을 발췌해줬으면 해 요. 아카리의 말을 소설에 쓸 때는 사실 그대로 쓴다, 꾸미지 않는 다, 왜냐하면 아카리가 스스로 그 부분을 읽고 정정해달라고 요청하 는 것이 불가능하니까, 라고 당신 자신이 진지하게 말했던 것을 기 억하고 있거든요.

6

코기 오빠, 오빠가 소설에서 발췌해 '나의 대사'라는 제목을 붙인 작 은 책을(고딕 활자체로 인쇄되어 있으니 찾기도 쉽고, 음악에서 보여준 것처럼 기억력이 좋은 아이라 자기가 한 말을 기억하고는, 아카리는 '나 의 대사'라 부르곤 했지요) 마키가 나한테도 한 권 보내주었습니다.

그 책을 읽은 우나이코는 곧바로 흠뻑 빠져서는 종종 인용도 하는 데, 마키는 아빠가 발췌한 내용들에 꼭 찬성하는 건 아니라는 카드를 첨부해서 보냈습니다. 마키가 오빠한테 직접 그 내용을 말하는 일은 없을 것 같군요. 마키는 중학교 2학년 정도까지는 활발한 아이였는데 어느 순간 갑자기 말수가 없어졌고, 우울증이 도질 때만 할말을 하는 성격으로 변하게 됐다고 치카시 언니가 언젠가 말했어요. 나는 항우울제에는 복용하는 사람을 공격적으로 변화시키는 성분이 포함되어 있다는, 간호사 시절에 배운 상식이 생각났습니다. 그건 그렇고, 코기 오빠를 위한 의견이 될 거라고 믿는 얘기를 한 가지 알려드릴게요.

사실 아카리가 오빠에게 강하게 저항한 적은 지금까지도 여러 번 있었다고 마키는 썼어요. 『새로운 사람이여 눈을 떠라』에 묘사된 대로, 반핵 시민운동이 왕성했던 때 유럽으로 텔레비전 다큐멘터리 제작을 위해 건너갔던 오빠의 체류가 생각보다 길어졌었지요. 그때 아카리는 아빠가 죽었다고 믿어버렸고요. "그렇습니까? 다음주 일요일에 돌아옵니까? 그때가 되면 돌아온다지만, 지금 아빠는 죽었습니다. 아빠는 죽고 말았습니다요!" 그리고 살아 있는 엄마의 말에도 공격적으로 대답하게 된 아카리에게, 귀국한 아빠가 뭐라 꾸짖은 것이 발단이 되었죠. 그랬는데 통풍 증세가 나타나 가족 중 누구보다 약자가 되어버린 아빠의 통통 부은 발을 매개로 해서 아카리와 오빠는 화해할 수 있었잖아요. 마키는, 아카리의 '나의 대사'를 포함해서 소설 속 이야기가 사실이라는 데는 의심의 여지가 없지만 이번 사태는 그때와 좀 다르다. 그때처럼 엄마는 화해를 기대하고 있고 아빠 역시 엄마와 같은 생각으로 이런 인용 책자를 만든 거라면 두 사람 모두 지나치게 낙관적이다. 아빠가 그때와 비슷한 식으로 오빠와 화해하려 하는 거라면, 아카리 오빠에 대한 억압(이 또한 엄마가 지적했던 것인데)은 변한 게 하나도 없다고 생각한다. 이게 마키의 비판입니다. 모두들 그저 '나의 대사'에서 아카리 오빠가 하는 말이 미묘하게 엇나가는 걸 재미있어만 하는 것 아닌가요!? 하고 마키는 말했어요.

치카시 언니의 입원이 앞당겨져 입원 일정에 늦지 않도록 도쿄로 출발할 예정이었는데 생각보다 늦어지는 바람에 나는 종종 마키와 전화로 연락하고 있어요. 전화 연락을 주고받으면서 마키가 오빠에게 그렇게 가혹한 이유를 설명해주었으면 좋겠다고 말해보았지요. 그리고 나는 치카시 언니가 괴로운 마음으로 함께 들려주었던 이야기를 들으면서도 이해되지 않았던 부분을 알게 되었습니다. 아빠는 두 번이나 아카리 오빠에게 심한 말을 했다. 첫번째는 그렇다 쳐도 두번째 모욕을 나는 용서할 수 없다. 아빠는 현 상황의 문제를 알고 이런저런 방안을 생각하고 있긴 하지만, 아카리 오빠와 아빠가 화해하지 않고 서로 떨어져 살아간들 나쁠 게 뭐가 있는가? 만약 그렇게 되면 나는 아카리 오빠와 함께 살기로 마음을 먹었다. 엄마한테도 그렇게 말했다. 마키의 생각은 이래요. 사이드 씨의 추억이 담긴 책을 더럽힌 일 때문에 이성을 잃어 첫번째 사건을 일으킨 건 그렇다 치더라도, 두번째는 한번 잠을 청하기 위해 침대로 가서 누웠다가, 일부러 다시 거실로 내려와 아카리 오빠에게 다가가서 그런 말을 했다. 심야였으니 잠을 청하기 위한 술도 마셨을 거다.

나는 해줄 수 있는 말이 없었습니다. 마키가 만들어준 예쁘고 작은 책 이야기로 돌아가지요. 앞서 말한 것처럼 우나이코는 열렬히 감동하더군요. 릿짱과 둘이서 코기 오빠와 아카리를 맞을 준비를 하면서 우나이코는, 오빠와는 이제 구면이지만 아카리와는 첫 만남인지라 신경

써서 열심히 그 작은 책을 읽었어요. 그런데 우나이코는, 드디어 오빠와 아카리의 화해를 위한 실마리를 발견했다면서, 통풍으로 뻘겋게 부어오른 발에 대한 부분이 말로 다 할 수 없을 만큼 좋다고 했어요. 우나이코가 잘하는 식으로, '통풍 걸린 발' 인형을 만들지 않는다는 보장이 없네요.

우나이코가 진지하게 한 말을 정리하면 대강 이렇습니다. 가정의 권력자로서 자신에게 화를 내는 아버지의 (자신은 그 억압에 반항하고 있고) 신체의 중심적 부분, 즉 얼굴이나 머리를 향해 화해의 손을 뻗을 용기는 없다. 화가 난 아버지의 얼굴은 무섭다. 그러나 통풍의 고통으로 괴로워하는 아버지의 뻘겋게 부어오른 발은 신체의 주변적 부분이다(게다가 중심적 부분에 반항하는 것처럼 보인다). 그런 발에게라면 내 쪽에서 다가가 착한 발이라고 말해줄 수 있다. "발아, 괜찮아? 착한 발, 착한 발! 발아, 괜찮아? 통풍, 괜찮아? 착한 발, 착한 발아!"

아카리 씨의 행동은 연극적으로 봐도 깊이가 느껴지는 자기표현이다, 기존 연극 무대에서 이런 장면은 본 적이 없다……

최근의 내 편지에는 비판을 담은 내용이 이어지네요. 아카리의 '나의 대사'를 또하나, 자기 자신보다 아빠를 걱정하는 부분인지라 켕기는 뭔가가 있어서인지 오빠는 인용하지 않았지만, 제게 준 마키의 작은 책에 가필하도록 하겠습니다.

"아빠, 잠이 잘 안 옵니까? 제가 없어도 잠들 수 있습니까? 기운을 내서 잠들어야 합니다!"

코기 오빠와 아카리가 시코쿠로 출발할 때 나도 도쿄로 갈 테니 하네다 공항에서 만나기를 기대하지요. 그럼!

제8장
기시기시

1

치카시의 수술 날짜가 정해져 나는 아카리와 함께 시코쿠 숲속 골짜기로 돌아갔다. 아사가 병원에서 치카시를 돌봐주기로 했다. 반평생 간호사로 살아온 만큼 그 역할에 가장 적합한 사람이라고 당사자 치카시는 물론 마키까지 인정했다.

국내외 판권 관련 사무 및 각종 문의·의뢰 편지와 팩스 처리 등 세이조 집에서 해야 할 사무는 마키가 맡아주기로 했다. 사무 처리를 위해 마키가 항상 집에 있게 됐으니 아카리는 분명 마키와 함께 집에 남는 쪽을 원했을 테지만, 뭔가 일이 생겨 소중한 두 사람이 충돌하게 될까봐 엄마가 우려한다고 마키가 잠을성 있게 아카리를 설득한 결과 그렇게 된 것이었다. 하지만 치카시가 우리 두 사람이 시코쿠에 가는 것을 희망한 건, 그 외에도 나와 아카리 둘의 관계 회복을 기대했기 때문이고, 우리의 관계 회복 문제는 치카시와 마키, 그리고 나 사이에 풀어야 할 (치카시의 수술과 그 무게가 비등할 정도로) 과제로 존재해왔다. 아카리 본인도 그렇게 느끼고 있음이 틀림없었다.

하지만 시코쿠행이 기대만큼 성과가 있으리라고 낙관할 근거는 어디에도 없었다. 치카시가 병세에 대해, 오랫동안 자궁 안에 있었지만 줄곧 아무 문제 없었던 종양이 드디어 활동을 개시했다고 설명하며, 아빠는 지나치게 걱정하는 스타일이니 이번 병은 우리 여성 진영에 맡겨둬요, 라고 했던 말만큼이나. 지금의 나는, 이제까지 아카리의 삶의 중심이었으며 집에서는 커뮤니케이션 수단이었던 음악을 공유하는 것을 거부당하고 있기 때문이다. 그런 생각이 들자 늙고 초라한 내 모습이 보였다.

지금 아카리는 불만으로 가득찬 얼굴로 굳게 입을 다문 채 시코쿠로 향하고 있지만, 나에게는 이 상황을 해결하기 위한 뾰족한 수단이 없었다. 하네다 공항에 도착할 아사를 마중 나온 마키와, 시코쿠로 향하는 아카리와 나 사이에 감정 교류가 듬뿍 이루어지는 일도 없었다.

다만 어떤 상황에도 굴하는 법이 없는 아사는 내 기운을 북돋워주기 위한 계획을 준비해두었다.

"코기 오빠의 말상대로 다이오 씨가 올 거예요. 원래 성은 오黄였지만 어린아이치고는 덩치가 큰 편이라 다들 다이오大黄라고 불렀잖아요. 패전 이전 점령지에서 고아가 되어 귀환했기 때문에 호적을 새로 만들면서 다이오 이치로大黄一朗라고 등재했어요. 그런 처지를 딱하게 여겼던 어머니가, 약초인 다이오大黄를 우리 마을에서 부르던 이름을 따서 기시기시라고 불렀던 사람…… 지금까지는 '익사 소설' 때문에 오빠한테 다이오 씨 이야기를 꺼낼 수가 없었어요. 사실 어머니가 다이오 씨 이야기를 못하게 했지요. 하지만 이제 오빠가 그 소설을 단념한 게 분명하니 어머니의 우려를 신경쓸 필요는 없겠네요. 오빠한테 다이오 씨는 아직 살아 있는 반가운 사람이죠? 어머니 십 주기 제사 때 다이오 씨가 왔는데 이야기해보니 아직도 옛날 일을 정확히 기억하고 있었고, 코기토 씨를 한번 뵙고 싶다, 라고 하더군요."

공항에서는 아카리와 주로 이야기를 나누고 내게는 사무적으로까지 느껴지는 어투로 대했던 아사에게 그런 이야기를 들었다. 그때 내 머릿속에 떠오른 것은 어머니가 그 사람을 기시기시라고 불렀다는 사실, 그것도 마치 중국어처럼 들리는 희한한 악센트로 그렇게 불렀다는 점이다. 그렇지만 사실 난 아카리와의 앞으로의 생활에 대해 생각중이었기 때문에 그냥 흘려들었다. 시코쿠행 비행기에서 오른쪽 등, 정확히는 허리에 가까운 부분에 통증을 느끼는 듯한데 아프다고 말하려 하지 않는 아카리의 옆좌석에서 나는 잠시 졸았다. 깨어나는 단계에서, 그야말로 노년기의 징후로, 오래전에 죽은 그 다이오가 나를 만나러 온다는 걸로 아사의 말을 잘못 알아들었군, 하고 생각했다.

처음으로 베를린에서 체류하다 돌아왔을 때, 다이오가 계속 운영했던 훈련도장의 마지막 훈련생이라고 말하는 사람들로부터, 다이오가 사망했다는 통지를 받았다. 스승을 잃고 훈련도장의 토지 및 건물 대부분을 매각하고 해산하게 되어, 도장 아래 흐르는 계곡에서 다이오 스승님이 잡은 자라를 보낸다는 인사 카드와 함께 40센티에 가까운, 팔팔하고 기운 넘치는 자라를 보내왔다. 나는 도전받았다고 느꼈고, 그 자라와 맞섰다. 한밤중에 시작한 자라 해체 작업은 새벽까지 이어졌고, 부엌은 온통 피투성이가 되어버렸다……

마쓰야마 공항에서 택시를 타고 가메가와 연안도로를 달려 '산속 집'에 도착해보니, 우나이코와 릿짱은 이미 우리를 맞이할 만반의 준비를 마쳐놓고 마쓰야마의 사무소로 돌아갔다고 했다. 지난번에 '산속 집'에 머물렀을 때 만난 '혈거인' 소속 젊은 여성이 저녁식사를 차려놓고 기다리고 있었다. 나와 아카리는 말없이 식사를 마쳤다. 여성은 생활 장소가 바뀌면 그곳을 꼭 탐색하는 아카리에게 여기저기를 안내하고 나서, 집 열쇠를 건네주고 돌아갔다. 아카리는 그녀가 알려준 자신의 침실, 내 작업실 겸 침실의 옆방으로 들어갔다. 나는 전보다 더 연습실답게 정비된 거실에 짐을 푼 다음 잠들기 위해 술을 조금 마셨다. 아카리의 침실에서는 아무런 소리도 들리지 않았다. 헤아릴 수 없는 고독감을 느끼며 나는 햇빛 냄새가 남아 있는 침대에 누웠다. 밤새 켜놓는 화장실 등을 확인하러 가보니 아카리가 밤에 복용해야 하는 약을 먹었다는 표시로 약케이스 등을 눈에 잘 띄는 장소에 놓아두었다.

이튿날 아침, 아래층에서 울리는 전화벨 소리에 내려가보니(아카리는 아직 자는 듯했다) 전화기 너머로 분명 들은 기억이 있는 목소리가 다이오라고 이름을 밝혔다. 순간, 내가 당혹감을 느낀 것을 눈치챈 그는, 훈련도장이 해산할 때 젊은이들이 코기토 씨를 골탕 먹였는데, 그건 젊은이들이 자신의 '사망 전 장례식'을 하면서 한 짓이었다고 해명했다. "저는 이미 강가에 도착했습니다만 강변을 삼십 분 정도 거닐다가 찾아뵙도록 하지요. 열쇠는 아사 씨에게 받아두었습니다. 아사 씨가 연극 공연에 불러주시기도 한지라 '산속 집'에 대해서는 잘 알고 있습니다."

"연락 없이 오셨다면 망령이라고 착각할 뻔했습니다. 그렇다 해도 전 세상 떠난 지인들이 많기 때문에 오히려 자연스럽게 받아들였을지도 모르지요……"

"도착하면 곧바로 찾아뵙겠다고 아사 씨에게 말해두긴 했습니다만……훈련도장 녀석들이 일방적으로 보낸 자라 때문에 꽤나 고생하셨던 것 같더군요. 오랫동안 저도 독서만이 유일한 낙이 된 터라……코기토 씨 소설을 읽었죠……그건 말입니다. 자라의 배가 위로 향하도록 도마 위에 눕혀놓으면 간단한 거였습니다. 머리를 내밀고 뒤집힌 몸통을 바로 하려고 버둥거리잖습니까? 그때 머리를 탁 잘라버리면 끝납니다. 코기토 씨 같은 분도 뭐든 다 아시는 건 아니군요!"

다이오 씨는, 어젯밤 내가 도착해 강한 인상을 받았던……연습실로 정비되었으면서 나와 아카리의 도착을 위한 준비도 마친 식당 옆 거실……생활공간에서 기다리고 있었다. 남쪽으로 치워놓은 조명 기구 및 스피커 등의 커다란 장비 중에서 직사각형 테이블과 의자 두 개를 중앙으로 옮겨놓고 그중 하나에 앉아 있었다. 고정창 앞에 만들어놓은 좁은 무대 위 바닥에, 열려 있는 트렁크가 놓여 있었다. 아래층에 내려올 나와 아카리를 위해 소파를 비워둔 것이다. 영국 소설에서 읽은 적이 있을 뿐이지만, 집사를 맡아줄 사람이 살러 온 것처럼 느껴질 정도였다.

다이오 씨는 의자에서 일어나 소파에 앉으라는 몸짓을 하더니, 아카리를 기다리는 듯 눈길을 세난 쪽으로 보냈다. 훈련도장 훈련생의 편지에서 그들의 지도자를 외눈에 외팔이라고 썼던 것이 생각났다. 그가 외팔이라는 건 골짜기 마을에서 봐서 이미 알고 있었다. 그러나 내가 소파에 앉자 의자를 조금 틀어 자리를 고쳐 앉으면서 내 쪽을 바라보는 그의 눈은 둘 다 멀쩡했다.

"코기토 씨는 조코 선생님이 만약 노인이 될 때까지 살아 계셨다면 이런 모습이었을 것 같은 모습을 하고 계시군요." 나를 지그시 살펴보고 나서 다이오 씨는 말했다. "자세가 바르지 못한 걸 제외하면요. 조코 선생님은 코기토 씨가 어렸을 때 재미있는 녀석이라며 기대하셨는데, 선생님이 기대하신 모습대로 살아오신 거 아닌가요?"

"재미있는 녀석이 아니라, 웃기는 녀석이라고 하셨던 것 같은데……"

"재미있는 녀석이라고 하셨습니다. 재미있다는 말과 웃긴다는 말은 다르지요. 조코 선생님의 『대한화사전』에서 신기한 한자를 찾아서는……곤충채집하듯 한자를 찾곤 하셨지요? 어떤 단어에 대해 조코 선생님이 흥미롭게 이야기하셨을 때 그 한자는 사전에 그렇게 쓰여 있지 않다고 코기토 씨가 말을 꺼내셨죠. 비슷한 부분이 많은 글자라 잘못 본 것 아니냐고……그래서 조코 선생님이 돋보기로 다시 봤더니 코기토 씨 말이 옳았고요!"

사실 그 일은 나에게는 자랑스러운 기억이었다. 당시 아버지는 아직 쉰 살이었지만 산촌인데다 전쟁 때여서 영양 상태도 나빴으니 노안이 되었을 터였다. 그래서 한자를 잘못 보셨던 것이다. 『대한화사전』에서 한자의 음훈音訓 색인을 보면서 신기한 한자 찾기에 열중했던 나는 아버지의 실수를 지적했다. 나는 그 한자를 계속 기억하고 있었기 때문에 나중에 아버지가 한자를 잘못 읽었던 텍스트를 발견했을 때 나이도 잊을 만큼 흥분했다.

오리구치 노부오가 『망자의 서書』에 대해 직접 쓴 해설, 「산 넘어 망자를 맞으러 오는 아미타불상을 그린 이유」가 바로 그것이었다.

……시텐노 사四天王寺에는 지는 해를 보면서 빌면 극락에 간다는 일상관왕생日想觀往生이라는 풍습이 있어, 신앙심이 깊은 많은 신자들의 영혼이 서방정토의 파도에 휩쓸려 바닷속 깊은 곳으로 사라졌다. 구마노 지방에선 이와 같은 일을 보타낙도해普陀落渡海라고 했다. 관음 정토로 왕생한다는 의미인데, 아득한森森 바다의 파도를 헤치고 나아가면 극락에 도달한다고 믿고 있었던 것이 애잔하다.

아버지는 그중에서 아득한을 울창한森森으로 잘못 보신 것이다. 하얗게 말린 삼지닥나무 진피 다발을 특제 갈고리를 이용해 무릎 쪽으로 끌어당겨서는 거친 껍질 부스러기가 붙어 있지는 않은지 등을 검사하는, 가업이기도 했던 작업을 하면서 아버지는 옆에 앉아 돕는 어머니에게 이렇게 말씀하셨다(고 어른이 되어 상상했다).

"울창한 파도라는 말이 재밌단 말이지. 이 지방에선 죽은 자의 혼이 하늘로 올라가 산으로 돌아간다고들 하잖아? 하늘 높이 올라갔다가 깊은 산속으로 내려오는 자들에게 산속 나무들의 잎사귀란 바다의 파도 그 자체가 아니겠어? 울창한 파도라는 말이 딱 맞아."

사람이 죽으면 골짜기를 둘러싼 산속 높은 곳으로 영혼이 향한다는 신앙을 우리 골짜기에서 지켜온 건 타지방 사람인 아버지가 아니라 할머니와 함께 사당을 관리해온 어머니다. 평소 말수가 적은 아버지가 한 모처럼의 발언에 어머니는 기쁘셨으리라……

그런데 『대한화사전』 음훈 색인의 애독자였던 나는 淼라는 한자를 발견한 적이 있었다. 부모님의 대화를 옆에서 듣고 있다가 나는 끼어들었다.

"淼는 물 水 자가 셋인 글자로, 나무 木이 셋인 森 자와는 다른 글자예요. 淼淼라는 말이 있는데 홍수가 났거나 물이 온 사방에 끝없이 가득 들어찼을 때 쓰는……"

아버지는 옆에 놓인 은테 돋보기 안경을 쓰고 평소와는 완전히 다른 사람 같아 보이는 얼굴로 안쪽 작은 방에 들어가셨다……그후에, 방금 다이오 씨에게 들은 감상을 어머니에게 말한 것이다. 그리고 지금 내 머릿속에 떠오르는 건 넓은 바다가 아니라 홍수로 불어난 강물 아래서 금방이라도 물결에 휩쓸려들어가버릴 것 같은 아버지다. 산속 깊은 곳으로 들어가는 능동적 감각과 물에 휩쓸려가는 수동적 감각, 그 두 가지를 동시에 경험하는 아버지. 울창하면서森森 아득한淼淼 강물……또하나의 세계를 애처롭게도 믿고 있는 아버지……

"조코 선생님은 사회나 국가가 어떤 식으로 움직이는지를 공부하신 분이어서, 훌륭한 분과 직접 편지를 주고받으며 공부하신 내용을 우리에게 가르쳐주려 하셨죠. 그렇다고 정치 문제나 경제 문제 전문가셨냐 하면, 그렇지는 않았던 거 아닐까요. 코기토 씨는 문학 방면으로 나아가셨죠. 그리고 조코 사모님께서 주신 책을 읽은 것이 소설가로서의 출발점이었다는 것이 코기토 씨에 관한 통설입니다. 그렇지만 저는 그 통설과는 좀 다른 생각을 갖고 오늘 이곳에 왔습니다."

이날 아침 나와 다이오 씨가 이야기를 나누는 동안 우나이코가 식사 준비를 해주고 있었다. 다이오 씨와 내게 커피를 가져다준 우나이코는 변함없이 중국식 바지에 편안해 보이는 저지 상의 차림을 하고 있었지만 아사가 편지에 썼던 대로, 원형극장 공연의 대성공이 자신감을 심어주어, 한 단계 성장한 것 같은 분위기가 느껴졌다.

아카리를 몇시쯤 깨워야 할지, 아침 약은 몇시까지(마키로부터 종류와 분량에 대한 지시는 있었으나) 복용하도록 해야 하는지 등의 규칙이 있는지에 대해 상담하는 우나이코의 모습 또한 생기가 넘쳤다. 앞으로의 일에 대해서도 다이오 씨와 이미 얘기가 끝난 모양이었다. 나는 이층에서 아카리를 깨워 함께 내려올 것이고, 약 먹는 시간을 특별히 신경쓸 필요는 없다고 말했다. 아침식사에 관한 세부 사항은 마키가 일러스트로 그려 팩스로 보내주었다며 우나이코는 여유를 보였다.

어젯밤, 나는 아카리가 잠들었는지 아닌지를 체크했던 것은 사실이지만 아카리가 화장실에 갈 때까지 자지 않고 기다리지는 않았다. 지난번 사건 이후 한밤중에 화장실에서 돌아오는 아카리를 위해 잠자리를 정리해놓고 기다리는 역할을(그렇게 하는 시간이야말로 나에게는 영원한 시간이라고 생각해왔으면서도) 나는 방치해왔다. 그리고 지금, 커튼이 쳐진 채여서 아카리의 체취가 남아 있는 침실 문을 열긴 했으나, 나는 전등을 켜는 것을 망설이고 있었다. 침대 쪽에서 기척이 느껴졌다. 그제야 나는 전등 스위치를 켰다.

아카리는 침대에 똑바로 누워, 여름용 이불을 덮고 천장을 올려다보고 있었다.

"우리는 시코쿠의 '산속 집'에 와 있다. 엄마도 마키도 없으니 옷은 알아서 갖춰 입어라. 아사 고모의 친구인 우나이코 씨가 아침식사를 준비하고 있다. 화장실은 이미 다녀온 것 같구나. 세수는 아래층에 있는 세면장에 가서 하고 거기서 양치질도 하려무나."

"알겠습니다요." 화난 것 같지도 호의적인 것 같지도 않은 대답이 돌아왔다.

아카리가 몸을 일으키려 하는데 약간 지장이 있는 것 같아 보였다. 그래서 아카리가 침대에서 내려오려 할 때 주저하면서 팔을 내밀려다가, 그 옆을 그냥 스쳐지나 커튼을 열러 갔다. 창가의 나무들은 아직 싹을 틔우지 않았고 앞뜰은 텅 비어 있었다. 구름 낀 하늘 아래 골짜기 건너편 절벽의 경사면은 황량해 보였다. 나는 아카리에게 등을 돌린 채 서 있었지만 아카리가 평소보다 빨리 옷을 갈아입는 듯한 느낌이 들었다. 우리는 사이를 두고 계단을 내려갔다. 우나이코가 아카리를 세면장으로 안내했다.

다이오 씨는 아카리가 먼저 인사를 하지 않아서 잠자코 있었지만 그가 걷는 모습을 바라보고 있었다. 우리가 이층에 있는 동안 다이오 씨는 연습실의 유일한 장식인, 소파 옆 벽에 걸린 단색 판화를 보고 있었던 듯했다.

"이 개는 정말 난폭해 보이네요. 이렇게 훈련시키면 사람을 죽일 수도 있겠습니다. 이 그림을 보고 있으니 생각난 건데, 조코 선생님의 성격에는 말이죠, 역시 방구석에 가만히 들어앉아 계실 수는 없는, 그런 구석이 있었던 것 같습니다. 하지만 그런 부분이 코기토 씨에게는 계승되지 않았죠. 뭐 딱히 나쁘다고 생각하는 건 아닙니다. 하지만 그런 코기토 씨가, 생활도 하고 가끔은 글도 쓰시는 장소에 이 그림을 걸어 두셨단 말이죠. 그건 왜일까 생각했는데…… 그러다 생각난 건데 말입니다, 하나와 고로 씨가 아직 십대였을 때, 그러니까 코기토 씨도 십대였을 때죠. 두 분이 함께 우리 훈련도장에 오신 적이 있었죠. 그때 고로 씨와 코기토 씨 사이에 말다툼이 일어났잖습니까. 그런데 체격도 더 클뿐더러 그에 걸맞게 신체 단련도 하는 듯 보였던 고로 씨가…… 뭐 저야 그런 쪽이 전문인 인간이라 척 보면 알 수 있죠…… 화를 내는 코기토 씨에게 기가 눌려 겁을 먹고 있더군요. 그때는 좀 이상하다 싶었는데, 고로 씨는 아마 코기토 씨의 그런 부분을 알고 있었던 거라는 생각이 들었습니다."

"아니요, 이미 단념했습니다만, 아버지가 돌아가시기 전후 무렵의 일을 소설로 쓰는 작업을 할 장소에 걸어두어야겠다, 그런 생각으로 가지고 왔던 겁니다. 도쿄로 돌아갈 때 그만 잊어버리고 두고 갔을 뿐이지요……"

"그것도 오빠가 '익사 소설'을 그만두고 말았다는 증거일지도 모른다, 뭔가에 씌어 있다가 정신이 들었달까, 아사 아주머니가 그렇게 말씀하셨어요."

아카리를 세면장에 데려다주고 온 우나이코가 그림에 눈길을 보내며 말했다.

"그렇지만 이 그림을 가지고 온 것에도 그대로 두고 간 것에도 큰 의미가 있는 건 아닙니다. 그 판화를 입수해서 줄곧 갖고 있었던 건 사실이지만."

나는 다이오 씨와 우나이코에게 판화를 입수하게 된 자초지종을 설명했다.

"제 생각으로는 이 그림이 다이오 씨가 생각하는 것만큼 무시무시한……그런 작품은 아니지 않나 싶은데요. 완벽하게 조화롭고 평화로운 환경에서 완성된 작품은 아니지만요. 판화 사인 아래에 연필로 연호가 적혀 있습니다. 1945년, 제 아버지가 돌아가신 해에 멕시코의 어떤 화가가 만든 판화입니다.

판화가 제작된 동기는, 당시 멕시코 정부가 멕시코시티의 신문사에 탄압을 가했던 일에 있었습니다. 신문기자들이 대규모 파업을 일으켰고 문화계 각 방면에 파업을 지원해달라고 호소했는데, 그때 화가들이 내놓은 작품 중 하나라고 들었습니다. 제가 멕시코시티에서 강의할 때 구입했습니다……

신문기자들이 탄압받는다는 건 그들이 만드는 신문이 짓밟히는 것과 다름없는 일이죠. 그런 곤경에 빠진 기자들을 상징하는 의미로 만들어진 것이 이 판화입니다. 분노를 드러낸 개가 보는 이를 향해 짖으며 달려드는 모습을 클로즈업해서 묘사해놓은 것이지요. 그 개는, 반항하는 기자들의 초상인가? 아니면, 신문을 탄압하는 권력의 흉포함을 표현한 것인가? 전시회에 저를 데려가준 멕시코시티의 문화인들 사이에서도 의견이 분분했습니다. ……그렇지만 단순히 저는 이 그림이 마음에 들어서 샀을 뿐입니다. 콜레히오 데 메히코에서의 임기가 끝났을 때, 반년 치 월급이 한꺼번에 지급된 덕분에 그 판화를 샀지요. 잘 보시면 시케이로스라는 사인이 있습니다."

"이게 바로 그 시케이로스의 작품인가요?" 우나이코가 솔직하게 흥분을 감추지 않았다. "커다란 벽화라면 화집에서 본 적이 있어서 알아요. 이 작은 판화 하나만 보고도 상당한 화가겠구나, 생각하기는 했어요. 우리도 이 그림만큼 박력이 느껴지는 개 봉제 인형을 만들 수 있으면 좋겠다고 아사 아주머니에게 이야기한 적도 있고요."

"그러고 보니 원형극장에서 〈죽은 개를 던지다〉 공연 준비가 진행
중일 때, 도쿄로 돌아가버린 오빠의 메시지를 대신해 '산속 집' 로비
벽에 걸어도 되느냐고 아사가 물어본 적이 있었네."

"〈죽은 개를 던지다〉 연극 중 한 가지 불만스러운 건 개 봉제 인형이
귀엽다고 하는 관객이 있었다는 점이라고 아사 아주머니가 말씀하셨
죠……그래서 이 그림을 걸어두려 하셨던 거예요. 다음번엔 그렇게
할 수 있게 해주세요. 선생님만 괜찮으시면 판화 사진을 프린트한 티
셔츠를 배우들 모두에게 입히고 싶습니다."

"저도 한 장 갖고 싶군요." 다이오 씨가 말했다(새삼 느꼈는데, 그가
걸친 베이지색 코듀로이 상의나 두꺼운 밤색 면셔츠를 보면, 그 연령
대치고는 꽤 멋쟁이였다).

우리는 우나이코가 준비해준, 커피와 빵과 계란이 차려진 아침식사
테이블에 앉았다. 그런데 자신은 식사를 하고 왔다면서 커피만 받
아 든 다이오 씨가 테이블에 앉아 있는 아카리의 등뒤로 다가가더니 물
었다.

"아카리 씨, 등이 아픈 거 아닙니까? 이쪽, 제일 아래쪽이……"

"아주, 아픕니다. 계속 아팠습니다." 아카리는 평소에 볼 수 없었던
기운 없는 말투로 말했다.

"그냥 식사 계속하세요. 제가 좀 만져보겠습니다. 아프지는 않을 겁
니다."

이가리를 안심시키기 위해 이렇게 말한 뒤, 다이오 씨는 아카리가
앉은 의자 옆에 무릎을 꿇고 오른팔로(왼팔이 없는 만큼 그는 상체를
의자 뒤쪽 공간에 밀착할 수 있었다) 아카리의 등에서 허리와 가까운

부분을 꾹 눌렀다.

"이 부근이 아프죠? 잘 때 꽤나 아팠을 것 같은데요?"

"계속, 아팠습니다요."

"거길 만지지는 않을 건데, 척추 아래쪽 이 부근을, 엉덩방아를 찧거나 해서 다친 거 아닌가요?"

"발작 때문에……현관에서 넘어진 후로 아팠습니다."

"등이 아프기 때문에 아픈 뼈 근처는 안 만지고 있는 거지요? 아카리 씨, 그 부근을 살짝만 만져보겠습니다(긴장해서 경직된 아카리의 상체가 순간 흠칫했다). 아이고 미안합니다……아카리 씨는 참을성이 대단하군요. 아카리 씨, 잘 때 아팠을 것 같은데 아무한테도 말하지 않았나요?"

"저는 말하지 않았습니다." 다이오 씨를 바라보며 아카리가 대답했다.

"코기토 씨, 우리 훈련도장에 있던 사람 중에, 도장이 해산된 후 정식 훈련을 받아 혼마치에서 접골 치료원을 운영했던 이가 있습니다. 그 사람 사위가 대학 의학부를 졸업하고 장인의 치료소를 물려받아 정식 병원을 차렸거든요. 그곳으로 가서 우선 엑스레이를 찍어보시죠. 흉추 제일 아래쪽 뼈 한쪽에 문제가 생긴 것 같습니다. 다시 한번 말씀드리는데 아카리 씨는 참을성이 정말 대단하군요."

아카리는 다시 고개를 숙였는데, 빼빼한 체격임에도 등이 곧은, 옆에 무릎을 꿇고 앉아 있는 노인에게 신뢰감을 드러냈다. 다이오 씨 또한 거무스름하고 메마른 뺨부터 목덜미 전체가 붉게 물들 정도로 집중하고 있었다. 우나이코가 둘에게 말없이 시선을 두고만 있는 나를 비판적인 시선으로 흘낏 보더니 말했다.

"서두르시는 편이 좋겠네요. 차로 제자였던 분 사위의 병원까지 가는 게 좋겠어요. 아침에 릿짱이 차를 가지고 가버렸으니 다이오 씨 차로 부탁 좀 드릴게요. 아카리 씨, 저도 함께 갈게요."

2

다이오 씨가 단서를 잡아 발견된 사실, 그러니까 아카리의 12번 흉추가 눌려 있고 등에 근육통도 있다는 것을 아사에게 보고했더니(나는 충격을 받고 13번이라고 말했다가 그런 뼈는 인간한테 없다는 핀잔을 들었다), 아카리의 깁스를 만들어줄 마쓰야마 적십자병원의 전문의를 소개해주었다. '산속 집'으로 돌아온 아카리가 이미 전적으로 신뢰하게 된 다이오 씨에게 아카리를 맡기고 병원으로 보낸 후 나는 이층으로 올라가 침대에 누웠다. 책을 읽을 기력도 없었다. 아카리의 신체적인 이상 징후에(비행기 좌석에서 아카리의 모습에 불안함을 느꼈으면서도) 아무런 대응도 할 수 없었던 일에 대해 생각했다. 아버지에게 고통을 호소하기보다는 참고 아무 말도 안 했던 아카리의 내면에 대해서도. 아래층에서 소리가 들려 내려가보니 우나이코가 현관에 서 있었다.

"차를 타고 돌아온 릿짱에게 조코 선생님이 너무 풀이 죽어 계셔서 마음에 걸린다고 말했어요. 그랬더니 아사 아주머니에게 '자이在'로 들이가는 길목에 있는 '사야鞘'*에 대한 이야기를 들었다. 다음 공연과 관

---

* 칼집이라는 뜻. 성적인 의미도 내포한다.

계가 있는 장소임이 분명하니 지금 조코 선생님께 안내해달라고 말씀 드려보는 건 어떻겠냐고 제안하더군요…… 부탁드려도 될까요?"

그래서 숲속을 돌아다닐 복장을 하고 다시 일층으로 내려가, 말쑥한 차림으로 극단 '혈거인' 소유 차량의 높은 운전대에 앉아 기다리고 있던 우나이코 옆에 올라탔다.

"저도 릿짱도 아카리 씨와 아직 많은 이야기를 나누진 못했지만, 저희가 말하는 대로 따라주긴 합니다. 하지만 보시는 것처럼 우울해 보이는 얼굴이고, 자기 스스로는 아무것도 하려고 하지 않아요. 원래 그렇게 지낸 분인가요? 매일 음악을 듣거나 악보를 보거나, 혹은 작곡에 몰두하는 날도 있다고 아사 아주머니께 들었는데 인상이 많이 달라요."

나는 아카리와 나 사이에 일어난 일을 설명하는 게 (필요하긴 하나) 썩 내키지 않았다. 그러나 우나이코는 아사에게 자세한 사정을 이미 들은 터였고 내가 입을 열 때까지 기다리는 타입도 아니었다.

"아사 아주머니가 사모님과 하신 이야기라면 저도 들었어요. 현재 아카리 씨는 조코 선생님과 함께 있는 장소에선 음악을 들으려고 하지 않는 거지요? 거대 현기증 이후 선생님께서는 병원 외의 다른 곳으로 외출은 일절 하지 않으시고 이른 아침부터 밤늦게까지 집에서 무언가를 하신다고요. 그래서 아카리 씨가 차분히 음악을 듣는 일은 불가능하다, 장시간 헤드폰으로 음악을 듣는 건 의사 선생님이 못하게 해서 늦은 밤 침대에서 작은 소리로 FM을 듣는 정도라고, 그렇게 들었습니다. 음악을 듣는 것을 선생님이 금지하신 건지……아니면 단지 아카리 씨가 그렇게 이해해서 발생한 일인지……"

"무의식중에 내가 그렇게 시킨 건지도 모른다고 아내는 말했네."

"선생님께 미안한 짓을 했다, 그런 자신을 아직 용서하지 않았다는 마음이 아카리 씨에게 있는 걸까요?"

"내가 확실히 알 수 있는 건, 아카리가 아버지와 음악을 공유하지 않겠다고 결심했다는 사실뿐이네."

"아카리 씨는 자존심이 강하군요."

"지적 장애가 있는 사람을 그 가족들이 계속 아이 대하듯 다루는 일이 종종 있어. 우리 가정에도 그런 요소가 있는 것 또한 사실이고, 아카리는 이미 어른이고……벌써 마흔다섯이니……자존심이 강한 것도 사실이지."

"이렇게 하면 어떨까요? 선생님은 찬성하지 않으실지도 모르겠지만……한 가지 여쭙고 싶은 게 있어요. 이 차는 이동 시간을 효율적으로 활용하자는 취지에 따라 스튜디오로도 활용할 수 있는 콘셉트로 개조되어 있습니다. 실제로 라디오 드라마를 만든 적도 있어요. 녹음 장치, 재생 장치 모두 좋은 것들로 설치해두었고요.

저나 릿짱이 아카리 씨와 드라이브하러 나가 산 높은 쪽에 차를 대놓고, 저희는 차 앞쪽 공간에서 일이든 뭐든 하고 아카리 씨는 차 뒤쪽에서 마음대로 음악을 들을 수 있게 하는, 그런 일은 불가능할까요?"

"자네나 릿짱이 아카리를 드라이브에 나서게 할 수만 있다면 그렇게 하는 것에 반대하진 않네."

"오늘 아카리 씨는 다이오 씨 차로 마쓰야마까지 갔다 왔어요. 그래서 함께 드라이브를 할 수 있지 않을까 하고 생각했거든요. 기회를 봐서 아카리 씨에게 제안해볼게요."

우리는 가메가와 연안 국도를 동쪽으로 달려, 저 유명한 봉기 때 농민들이 죽창을 만들기 위해 대나무를 베었던 넓은 대나무숲을 관통하는 갈림길로 막 진입한 참이었다. 갈림길을 통과하니 '자이'의 많지 않은 인가로 향하는 도로도 잘 정비되어 있었다. 도중에 또 한번 두 갈래로 나뉘는 길이 나오는데 그중 북쪽으로 향하는 도로를 달리면, 계곡 건너편 경사면의 잡목림 너머로 '사야'가 시야에 들어온다. 하지만 그 지점에서 길 폭이 좁아져 차가 다닐 수 없는 숲길로 이어진다. 그리고 도보로 숲길을 걸어가야 '사야'에 다다를 수 있다.

나는 앞에 서서 우나이코를 안내했다. 일단 경사면을 내려간 뒤, 울창하게 우거진 활엽수림으로 들어가서 밝아지는 방향으로 좁은 산길을 올라갔다. 우리는 '사야' 아래쪽에 도착했다. 그리고 어느 정도 면적이 정비되어 있는 (벚꽃이 피는 계절에는 꽃놀이 축제가 열리기도 하는데 아직 꽃봉오리가 부풀어오르는 기색조차 없는) 풀밭에 서서, 북쪽을 향해 완만한 경사를 이루고 있는 경사면을 올려다보았다.

"저기 보면 경사면 딱 중간 정도에……실제로는 좀더 위쪽에 있지만, 검은 바위가 보일 걸세. 저 바위가 운석인데 떨어져서 이 '사야'를 만들었지……아니, 운석이 원시림을 쓰러뜨려 만든 터가 저 큰 바위까지이고, 그 아래쪽도 '사야' 정도 되는 폭으로 벌어졌을 걸세. 번의 젊은 무사들이 승마장을 만들고 무장투쟁 집단을 훈련시켜 막부 말기의 동란기에 대비했다는 전승담도 전해지는 장소이고."

"저 검고 큰 바위와 그 바위를 받치고 있는 평평한 땅을 정리해서 바로 위까지 숲이 이어지도록 수목을 옮겨 심었다. 바로 그곳을 무대로, 아래쪽 전체를 객석으로 해서 공연한 연극에 이 지역 여성이 500명이나 모였다……무대에서 행해진 공연에 관객은 열광했다. 연극의 진행

과정을 전부 쫓아다니며 그 정경을 영화로 찍었다, 라고 아사 아주머니께 들었습니다. 그렇게 성대한 작업에 참가한 건 일생에 단 한 번뿐이었다고 아사 아주머니는 말씀하셨죠."

"아사가 책임을 맡았기에 영화 촬영을 빈틈없이 완수할 수 있었지. 문제는 그다음부터였네. 미국과 일본에서 편집이 마무리 단계에 들어갔을 때 NHK 관련 프로덕션에서 클레임이 들어왔거든. 영화 주제가 계약 내용과 다르다고. 미국 쪽에선 사비를 들인 여성이……아사가 반했던 국제적 여배우였는데, 계약을 내세워 클레임을 받아들이지 않았지. 삼 년 이상 그런 상태가 이어졌고. 그사이 프로덕션은 파산해서 권리 관계가 애매해졌다네. 아사는 이 지역에서 자원봉사자를 조직하는 일에도 분주히 뛰어다녔고, 그 과정에서 연극과 관계된 사람들과의 인연도 생겼지. '혈거인'과 친해진 것도 그렇게 시작된 것이니, 아사 본인한텐 그 모든 것이 무의미했던 건 아니었어."

"영화는 캐나다와 체코의 영화제에서 상도 받았죠? 그렇지만 일반 공개까지는 가지 못하고 관계자들에게 골칫거리만 안겨줬다, 아직도 재판이 진행중이다, 라고만 하시고 아사 아주머니는 말씀을 아끼셨는데요…… 다음 공연 계획을 구상중인 저와 릿짱은 그 영화에 관심을 가지고 있어요. 하지만 시나리오를 보는 일조차 재판이 아직 진행중이라는 이유 때문에 불가능한 상황이지요. 영화 계약이라는 것도 국제적인 작업이 되면 정말이지 성가신 일이 많더군요. 아사 아주머니조차 가지고 있던 시나리오를 변호사에게 건네준 다음에 돌려받지 못했다고 들었어요. 선생님께 상의해야겠다는 생각을 처음부터 갖고 있었지만, 때를 기다리라고 아사 아주머니가 말씀하셔서……"

나는 영역판까지 포함된 시나리오의 최종 원고를 받아놓은 상태였지만 잠자코 있었다. 우나이코 또한 더 캐묻지 않았다. 다만 '사야'를 둘러싼 넓은 활엽수림을 올려다보는 그녀의 곧은 자세와, 말 그대로 면목일신한 단아한 옆얼굴은, 무언가를 계속 생각하고 있음이 분명했다.

3

'산속 집'이 〈죽은 개를 던지다〉 연극 극단을 위해 활용되기 시작한 후로, 일층 서쪽 끝 방을 우나이코와 릿짱이 사무실 겸 침실로 쓰고 있었다. 나와 아카리가 온 후, 그들은 그곳에서 일하면서도 우리에게 신경을 쓰는 것 같았다. 지금은 아사가 도쿄에 가 비어 있는 집에 자러 가는 것 같기도 했다. 극단이 연습을 할 때도 대사 연습 소리나 연극에서 쓸 음악 소리가 이층까지 들리지 않도록 조심했다. 오히려 젊은 배우들이 숲길에서 자유롭게 발성 연습을 하는 소리가 바람을 타고 들려온 적이 있었다.

다이오 씨는 이틀에 한 번씩 오후에 나타나 집 주변 정비를 비롯해 필요한 일을 하는 것을 자신의 임무로 정한 것 같았다. 내가 직접 저녁 식사를 만들 때는 혼마치 슈퍼마켓까지 차를 태워주었다. 내가 거실에 내려와 있을 때는(우나이코나 릿짱이 아카리와 차로 드라이브하며 음악을 들으러 외출하고 없을 때) 말상대가 되어주기도 했지만 되도록 길게 말하는 일이 없도록 자제하는 듯한 인상을 받았다. 그러던 중 우나이코에게 '산속 집'에서의 생활 보고를 받은 아사가 매주 보내오던 답장에서 말해줘서, 나는 다이오 씨에게 이곳 골짜기에서 고용되어 일하는 사람에게 지급하는 일당 정도의 금액을 건네게 되었다. 나로서는 아카리의 깁스를 비롯해 다이오 씨에게 부탁해야 할 일이 쌓여 있었기 때문에 오히려 마음이 편해졌다. 부재중인 아사의 집으로 도착하는 우편물 또한 다이오 씨가 이쪽으로 가져다주었다.

그런데 우나이코가 아사에게 보내는 보고 속에는 내가 '산속 집'에서 얼마나 비활동적으로 지내는지 알리는 내용도 있었던 것 같다. 아사에게서 그런 나를 염려하는 팩스가 도착했기 때문이다. 우나이코는 '익사 소설'이 엎어져버렸으니 집필은 잠시 쉰다 하더라도 내가 독서에 집중하는 모습도 일층에서는 볼 수 없다. 그저 멍하니 시간 가는 대로 몸을 맡기는 모습이어서 왠지 슬픈 기분이 든다, 라고까지 쓴 모양이었다.

아사는 거대 현기증의 후유증 때문에 (아니면 만성화된 거대 현기증이 자주 일어나는 것을 경계해서) 독서를 삼가고 있는 거냐고 물었다. 아카리와 이쪽으로 오기 전에 여기서 읽을 책을 거실 책장에서 골라 바닥에 내려놓았으나 발송할 시간이 없었다고 나는 대답했다. 아사는, 그렇다면 세이조 집에 돌아가 쉬는 날에 보내주겠다고 전해왔다. 그리고 즉각, 상자 세 개가 택배로 도착했다.

그 일에서도 나는 내 노년기의 초라한 모습을 본 기분이었는데, 하루이틀 뒤에 상자 안의 내용물을 꺼내려다가, 같은 재질의 종이로 만들어진 밧에 큰 상자 속에 들어 있었는데도 미처 알아차리지 못했던 작은 상자를 발견했다. 꽤 견고하게 포장되어 있었지만 무게는 가벼웠고, 게다가 발송인은 마쓰야마 시내에 있는 '혈거인' 사무소였다. 열어

보니 숙달된 솜씨로 만든 나무 액자에 이름이 나란히 쓰인 카드가 셀로판테이프로 붙여져 있어서, 극단의 주 멤버들로 이름을 기억하고 있는 배우들의 선물이라는 것을 알 수 있었다. 카드에는 "조코 선생님께, 산으로의 귀환을 환영하며"라고 쓰여 있었다. 포장된 크라프트지를 벗기자 도시 야경이 크게 그려진 무대장치 앞에 서 있는 전라의 여성 사진이 드러났다. 나는 사진 속의 풍만한 젊은 여성에게서 우나이코의 당당한 옆모습을 발견할 수 있었다!

사진을 찍은 이는 객석 제일 앞 줄 아니면 그보다 더 앞의 낮은 위치에 카메라를 설치했을 것이다. 그 옆에서 칸델라*로 빛을 비춘 이도 있었으리라. 여성의 검정 하이힐이 무대 한쪽에서부터 막 걸음을 내디디려 하고 있다. 하지만 두 다리는 균형을 확실하게 잡고 좌측을 향해 곧게 편 상반신을 받치고 있어 앞으로 움직여 갈 방향을 보여주고 있다. 부드러운 지방으로 덮여 있지만 분명 탄탄할 허리, 둥그스름한 아랫배까지 밀려올라가 있는 풍성한 음모. 만화 같다는 생각이 들 만큼 완벽한 형태의 유방⋯⋯

나는 넋을 놓고 바라보고 있었음이 분명하다. 오른쪽 바로 뒤에서 나를 부르는 우나이코의 목소리에 당황한 나머지 어쩔 줄 몰랐으니.

"이 사진을 선생님께 보내기 전에, 배우들은 하루 동안 사무소 벽에 사진을 전시했어요. 조코 선생님한테 음모 페티시가 있으리라고 미리 내다보고 오 년 전부터 준비해왔던 거 아니냐, 하고 시끄럽게 굴면서요. 그러니까 오 년 전 공연에서 몰래 찍힌 사진이죠. 배우들의 생각은

---

* 휴대용 석유등.

그저 노인 조코를 놀리는 수준에서 벗어나지 않지만, 저로서는 음모 페티시니 하는 농담이나 입에 담는 사람들과 동료라고 여겨지는 건 싫어요……하지만 마음에 드신 것 같군요."

"마음에 드네!"

"그러시다면, 보낸 사람들의 마음을 받아주세요."

우나이코는 아카리가 더 필요로 할지도 모를 수건을 안고, 이층에서 내려오는 아카리를 따라 내려왔던 것이다. 나는 아카리가 액자 속 사진을 보지 않았기를 바랐다. 단적으로 말해 그 사진은 그가 적의를 드러내는 종류의 것이었기 때문에.

"나한테 보낸 선물이니 일하는 방에 두겠네."

아카리는 큰 소리를 내며 세면장 문을 닫았다. 지금 우리가 처한 상황과 관계없이 예전부터, 아카리는 내가 가끔 손님들과 나누곤 하는 성적인 문맥이 느껴지는 대화를 (그에게는 의미가 불분명한 점도 있고 해서) 싫어했다. 그런 아카리의 심중을 알아차려서 그런 건지는 분명치 않았지만 우나이코는 이야기를 딱딱한 분위기로 바꾸어 말을 이었다.

"사진 속 각도로는 그저 알몸으로 우두커니 서 있을 뿐이라 그냥 바보 같아요. 무대 위쪽으로는 군함의 깃발이나 일장기 등이 대열을 이루고 있었지요. 거기에 젊은 여성이 나체로 대항하는……그렇게 한다고 해서 상대에게 어떤 위협을 가할 수 있었는지는 의문이지만. 관객이 나체의 여성을 보는 건 아주 잠깐이고, 곧바로 무대 전체가 어두워집니다. 아나이 마사오는 연출에서 애매함을 추구하는 주의라서요, 전라로 당당하게 서 있으라고 지시해놓고는 결국 탱크톱으로 허벅지까지 가리라고 했어요. 하지만……제가 전라로 강행했지요.

제 스트립을 보는 데 재미를 붙여 다음날에도 보러 온 사람들이 몰래 촬영해서 사진 잡지에 팔아넘겨 화제가 됐죠. 〈죽은 개를 던지다〉 공연 전에도 '혈거인'이 스캔들에 휩싸인 한 예입니다. 아나이 마사오는 강경하게 항의하긴 했지만, 저쪽 편에서 이 증거물을 극단에 제출하는 것만으로 끝나버렸어요.

문제는 조코 선생님한테 음모 페티시가 있다느니 하는 그럴듯한 소리를 달아 이 사진을 선생님께 보낸 고참 격 극단원의 저의가 뭐냐는 거겠지요. 아사 아주머니의 협력을 얻은 저와 릿짱이 하려는, 앞으로 할 큰 공연에 대한 의구심일 거예요. 저희가 〈죽은 개를 던지다〉 연극을 '혈거인'보다 우위에 두려는 건가 하고 의심하는 거죠. 폐쇄적인 일본 사회에서는, 새로운 의식을 가진 사람들이 모인 집단으로 간주되는 연극계에서도, 근본적으로 여성 차별이 있답니다."

4

아침식사를 마치자 다이오 씨가 평소보다 조금 일찍 왔다. 아카리의 깁스가 혼마치의 병원에 도착했다는 연락이 왔다고 전해주었다.

"잘 때는 풀어두었다가 아침에 부착하는 겁니다……익숙해지면 아카리 씨 혼자 붙였다 풀었다 할 수 있어요. 처음 몇 번은 코기토 씨가 도와주실 거죠? 차로 아카리 씨와 코기토 씨를 안내해드릴 테니 어떻게 깁스를 탈부착하는지 실습해보시겠습니까?"

"저는 사십 년 동안, 집에 있을 때는 매일 밤 아카리의 침대 정돈을 해왔으니 그리 어렵지는 않을 것 같군요."

"지금은 저 혼자 하고 있습니다." 아카리는 이번에도 고개를 숙인 채 말했다.

"어젯밤에 아빠가 아픈 부위에 소염 테이프를 붙여주지 않았냐? 너는 눌려 있는 추골에 닿는 건 아닌가 해서 경계했지만……"

"우나이코도 릿짱도 아프지 않게 붙여줬습니다."

나는 기가 꺾여 말했다.

"그럼 처음만이라도 깁스 탈부착을 그 두 사람에게 부탁할까? 두 사람한테 도와줄 시간이 있다면 말이야……"

"다이오 씨에게 깁스 예정일을 미리 여쭤봤어요. 오늘도 릿짱이나 제가 병원에 함께 갈 생각이었습니다. 현재 저희는 다음 공연의 줄거리를 구상하는 단계니까 아카리 씨에게 도움을 줄 수 있다면 거들고 싶어요. 그럼 오늘은 제가 운전하는 차로 가실까요?"

"좋습니다!"

"그럼, 부탁드리겠습니다." 다이오 씨 또한 나를 보지 않고 말했다.

아카리와 우나이코가 출발한 후 나는 상자에 남아 있는 책을 꺼내는 작업을 계속했다. 다이오 씨는 소파에 앉아 때때로 책 쪽으로 손을 뻗었다.

"죽은 하나와 고로와 제가 점령군 통역장교를 데리고……피터라고 불렀죠, 다이오 씨의 훈련도장에 갔지요. 한국전쟁에서 폐품 처리된 미군 자동소총을 피터를 통해 입수할 요량으로……저와 고로는 다이오 씨 생각대로 휘둘린 셈이었지만……"

"코기토 씨는 그때 일을 하나도 빠짐없이 소설에 쓰셨더군요. 누가 알려줘서 읽어봤죠. 읽은 뒤, 아, 코기토 씨한테는 그 일이 이렇게 받아들여졌구나, 하고 알았습니다……코기토 씨가 고로 씨와 함께 데려온 피터한테서 고물상으로 넘어갈 예정이었던 폐총을 입수했죠. 그런데, 소설 안에 묘사된, 피터가 방어 목적으로 가지고 왔던 권총을 훈련도장 사람에게 빼앗겼다는 이야기. 그 부분 때문에 경찰에서 사람이 왔습니다. 꽤 오래전 이야기를 쓴 건데. 우리는 입수한 폐총으로 전투 훈련 비슷한 걸 했을 뿐이고……"

"저와 고로는 그런 식으로 전투 훈련을 마친 훈련도장 사람들이 그해 강화조약 발효일 밤……4월 28일이었죠……마쓰야마 근교의 미군 기지를 습격할 거라는 이야기를 곧이곧대로 믿고 밤늦게까지 라디오를 듣고 있었습니다."

"기념사진까지 찍으셨다고요……비장한 기분에 빠지게 한 것 같아서, 미안한 일을 했구나 싶습니다."

"습격하는 쪽은 이미 사용하기 어려운 물건이라는 것을 알고 있다……폐총이니까요……그걸 알면서 한 전쟁놀이지만, 미군 기지 정문을 지키는 미군 병사 입장에선 게릴라의 테러 습격으로 간주할 수밖에 없다. 다이오 씨와 부하들은 그 자리에서 사살된다……그러나 연합군 점령하의 일본에서 유일했던 무장봉기로 역사에 남는다. 그런 이야기였죠."

"그런 일은 일어나지도 않았고 일어날 리도 없었지요……하지만 제 입장에서는 말입니다. 진짜 의도가 하나 있었습니다, 코기토 씨. 당신이 단지 사살당하는 게 목적인 우리의 습격 계획을 믿고, 습격 예정일 저녁 전에 직접 나타날지 모른다고 생각했거든요. 만약 그랬다면, 우리는 전쟁놀이를 중지하겠다고 약속하는 대신, 조코 선생님의 아드님인 당신을, 이후 운동의 우두머리로 받들어 모실 작정이었습니다!

우리가 통탄했던 건, 전쟁에 졌다고 하니 장교들도 병사들도 그때까지 귀신에 씌었다는 듯이, 자신들이 하겠다고 말한 일은 '농담'이었다, 진심이 아니었다면서 태연히 말하는 모습이었습니다. 그렇지만 오직 조코 선생님만이 자신의 신념에 따라 마을을 떠나려 했고, 결국 돌아가시지 않았습니까? 목적을 이루기 전에 홍수로 불어난 강에 빠져 돌아가시기는 했지만, 자신의 생명을 거신 행동 아니었습니까? 우리로서는, 그분의 뜻을 계승하기 위해 훈련도장을 이어왔으니, 조코 선생님의 아드님을 우두머리로 모실 수만 있었다면 얼마나 큰 힘이 됐을는지요!

그런 의도로 계획했던, 허풍 섞인 계획이었죠. 실제로 그날이 닥치자, 본인인 저 또한 말도 안 되는 일을 꾸몄군, 하며 젊은이들과 한바탕 웃기까지 했을 정도였으니……나중에 코기토 씨의 소설을 읽어보니, 그날 밤 코기토 씨와 고로 씨는 머리를 맞대고 폐총 입수를 도운 자신들에게 앞으로 무슨 일이 일어날지 모른다면서 기념사진까지 찍었더라고요. 재미있더군요!"

제9장
'만년의 작업Late Work'

1

거실을 연습실로 정비하기 위해 구석으로 치워둔 소파에 앉아, 도쿄에서 도착한 책 몇 권을 상자에서 꺼내 한 권을 어느 정도 읽다가 다른 책으로 넘어가는 방식으로 읽어나갔다……다 보고 나면 전부 상자로 되돌려놓고 다시 새로운 책 몇 권을 꺼낸다. 그런 작업을 사흘째 반복했다. 앞으로 집중해서 읽어나갈 새로운 주제를 발견하기 위해 그런 건 아니었다. 세이조 집에서 이곳으로 오기 전에 여기로 보내기 위해 바닥에 내려놓았던 책들은 언젠가 다시 읽으려는 생각으로 책장 상단에 꽂아둔 것들이었다. 침실 겸 작업실 책장에는 무스미 선생님의 전집을 비롯해 오랜 기간에 걸쳐 수집해온 사상가나 작가, 시인들의 저작집이 꽂혀 있다. 그 책들 외에, 언젠가 차분하게 다시 읽자고 막연히 생각해왔던 것들도 있다. 그리고 다시 읽자고 막연히 생각했던 그 시기가 '익사 소설'을 단념한 지금, 눈앞에 와 있었다. 나로서는 '익사 소설' 말고는 다른 '만년의 작업' 계획이 없었으니, 지금이 바로 그때였다! 그런데 그 다시 읽기를 위한 시간인 지금, 한 권을 읽기 시작하면 어느새 마음이 조급해져 금방 다른 책으로(그때까지 읽은 내용과 관계가 있기는 하지만) 옮겨가고 마는 일이 이어진 것이다. 이제 내게 남은 시간이 얼마 없다는 실감과는 또다른 느낌인 그 초조함은, 새 장편소설에 착수하려고 이것저것 써보지만 앞이 확실히 보이지 않을 때와 같은 느낌이다. 하지만 나는 나 자신이 더이상 새로운 소설을 쓰려고 하지 않으리라는 것을 안다.

두서없이 읽어가는 방식의 독서는 시간 보내기에는 도움이 되지 않을 거라는 소리를 들을 것 같지만, 정신을 차리고 보면 두세 시간은 훌쩍 지나 있는 게 보통이다. 이날, 아카리는 우나이코가 운전하는 '혈거인'의 큰 차를 타고, 단지 음악만 듣는 것이 아니라 걷기 훈련도 함께 하기 위해(이미 거의 일과가 되었다) 외출했다. 그런데 얼마 지나지 않아 우나이코에게서 전화가 걸려왔다. 시끄러운 잡음이 섞여 무슨 말인지 알아들을 수 없었다. 우나이코 본인 또한 분명히 평정심을 잃은 모습이었다. 그래도 아카리에 대해 무언가를 말하려는 것은 알 수 있어 나는 소파에서 일어났다. 뭔가 투닥투닥 부딪는 소리만 크게 들리다가 전화는 끊기고 말았다. 나는 일단 전화기를 놓았지만 그 자리에 서서 기다렸다. 십 분 이상 지났을 때 도쿄의 아사가 지나치리만큼 차분한 목소리로 전화를 걸어왔다.

"아카리가 발작을 일으켰어요. '사야'에서 우나이코와 걷기 훈련을 했던 모양이에요. 안정을 취하도록 하면 발작은 멎는다고 말해주긴 했지만 거의 패닉 상태예요. 오빠에게 전화를 걸었더니 연결이 잘 되지 않아서……시험 삼아 다마키치의 핸드폰으로 전화했더니 연결이 되었다고요……저한테 상황을 알려달라고 다마키치에게 부탁했나봐요. 그래서 내가 오빠한테 연락해서 '사야'로 가도록 하겠다고 했어요. 다마키치는 '산속 집' 뒷산에 있는 묘목밭에 가 있는데 곧바로 오빠한테 가겠답니다. 숲길 도로로 나가는 곳에서 기다리고 계세요."

발작은 그렇다 치고 만약 아카리가 넘어졌다면 '사야' 여기저기 울퉁불퉁 튀어나온 돌에 머리를 부딪혔을 가능성도 있다(그런 생각에 동요하면서도, 그 순간 우나이코가 넘어지는 나를 받아 안았을 때 느꼈던 허벅지의 탄력을 떠올리는 한심함이라니). 아무튼 아카리와 함께 외출할 때 항상 휴대하는 (그리고 지금까지 우나이코에게 맡기는 걸 잊고 있던) 아카리용 '모든 물품' 가방을 들고 현관으로 나가자, 아사의 아들인 다마키치가 소형 트럭을 타고 내려와 있었다. 다마키치는 운전석에 앉은 채 햇볕에 그을린 팔을 뻗어 문을 열어주었다. 그리고 내가 타자마자 출발했다.

"네 어머니가 숲길 쪽 도로까지 가 있으라고 했지만 나이를 먹어서 행동이 굼뜨구나."

"다시 우나이코 씨한테 전화했더니 이미 아카리 형은 일어났다고 하네요. 몸을 씻으러 강까지 걸어가려던 참이라고 들었습니다."

일단은 안도하면서, 골짜기로 내려가는 숲길이 아니라 고갯길로 접어드는 다마키치에게 이쪽으로 가도 되느냐고 물었다.

"골짜기에서 '사야'로 올라가려면 도중에 차에서 내려 걸어가지 않으면 안 됩니다. 그래서 이쪽으로 우회하려고요. '사야' 위쪽 숲길까지 차로 돌아갈 생각입니다."

나는 이제, 산의 지리에 관해서도 나의 지식이 통용되지 않는다는 것을 깨달았다.

"네가 산에 대한 모든 걸 파악하고 있어서 어렵지 않게 영화를 촬영할 수 있었다고 네 어머니가 말했다. 넌 그 일을 네 일생의 작업이라 여기고 해주었다지."

"외삼촌도 어린 시절 꼭 하고 싶었던 일이었다고 쓰셨잖습니까. '마을 모임'은 촬영이 시작되기 훨씬 전부터 '사야' 주변을 본격적으로 정비했습니다. 촬영이 시작된 후로는 남자는 출입 금지였기 때문에 저희는 그 뒷정리만 했을 뿐이죠. 완성된 영화도 보지 못했습니다……"

"너희 모임이 숲을 정비해준 것이 어떤 효과를 가져왔는지, 편집 단계 때라도 비디오로 볼 수 있었던 거 아니고?"

"아니요. NHK 마쓰야마 지국에 문의도 해봤고 또 거기서 알려준 대로 미국 제작 본부에 의뢰도 해봤지만, 정식 신청서를 영어로 작성해야 한다기에 저희로선 속수무책이었죠.

하지만 그 많은 인원의 우리 고장 여성들이, 그것도 여성들끼리만 '사야'에서 축제 비슷한 걸 한 일은 의미가 컸습니다. 그때 이후로 해마다 단풍놀이 때는 건배할 때마다 '봉기 이래로!'라는 말이 구호가 되었지요."

"봉기 이래로, 라는 말 참 좋구나." 나는 진심으로 말했다.

우리가 달린 숲속 도로는 그렇게 빽빽하지는 않은 활엽수림 사이에 난 길이다. 길을 따라 완만한 능선을 막 넘어서자 눈앞에 오십 년 이상 된 삼나무와 노송나무가 섞인 숲이 벽처럼 늘어서서, 북동쪽으로 내려가는 긴 내리막길을 뒤덮고 있었다. 그 나무 벽 때문에 그늘이 진 이쪽 편 숲속 도로를 달리면서, 나는 신제도 중학교에 다니던 때 전교생이 나무 심기에 동원되었던 날을 떠올렸다.

어느덧 우리는 '사야'에서 가장 높은 곳에 도착해 차를 세웠다. 아래 쪽으로, 위에서 보면 초원에 깊숙이 박힌 고대 선박처럼 보이는 큰 바 위가 있다. 그 건너편으로 샘물이 솟아올라 생긴 작은 시내에 눈길을 보내다가 그 끝 쪽에서 사람의 모습을 발견했다. 아카리는 빛바랜 갈색 초원에 누워 있었고 그 옆에 우나이코가 무릎을 끌어안고 앉아 있었 다. 우리는 곧바로 두 사람 쪽으로 달려갔다.

두 사람은 우리의 움직임을 봤을 테지만 아카리와 우나이코 둘 다 특별한 반응을 보이지는 않았다. 특히 우나이코는 무척 지친 것 같았 다. 처음에 우리는 음악이 들려오는 곳 쪽으로 가려 했는데(슈베르트 피아노 오중주곡 〈송어〉), 상반신을 일으키는 아카리의 움직임이 보이 면서 음악은 중단되었다. 우나이코가 사과했다.

"소동을 일으켜서 죄송합니다. 아사 아주머니한테 들었던 것보다 훨 씬 심한 발작이어서 새로운 증상일지도 모른다는 생각에 그만 패닉 상 태가 되어버렸어요. 전신 경련을 일으켰거든요."

"아카리, 발작은 진정되었니?" 내가 물었지만 보시는 바와 같이, 하 는 듯한 태도로 아카리는 대답이 없었다.

"차에서 내려 조금 올라갔더니 어젯밤 내린 비 때문에 물웅덩이가 있었어요. 팔을 잡아줘도 건널 수가 없어서 아카리 씨가 긴장했어요. 그래도 어떻게 해서 건넜는데 그때 넘어졌어요. 옆으로 넘어졌는데 웃 는 모습이어서 안심했더니 그게 아니었나봐요(아카리는 고통을 참는 표정이 마치 웃는 것처럼 보일 때가 있다). 일어나서 '사야'에 막 도착했을 때 발작이 일어났어요. 저는 당황해서 이성을 잃고 말았고요."

"지금 상태라면 '산속 집'에서 푹 쉬면 괜찮아질 거네. 아카리, 우선 화장실에 가자……그게 좋을 것 같다."

내 말에 아카리가 반발하고 있다는 것을 우나이코가 알아차렸다.

"아사 아주머니한테 '발작 설사'에 대한 주의는 들었어요. 처리는 했지만 갈아입을 속옷과 바지가 없어서 아카리 씨가 날카로워져 있어요."

나는 '모든 물품' 가방을 우나이코에게 건네주었다. 내가 다가가도 아카리가 앉은 채 가만히 있는 이유는 우나이코의 큼직한 숄과 윗옷으로 허리부터 아래쪽을 덮고 있었기 때문이다.

"골짜기로 내려가는 길이 통과하기 힘들다면 소형 트럭을 대기시켜 놓았으니 그걸 타고 돌아가시죠. 제가 위쪽 숲속 도로까지 아카리 형을 업고 가겠습니다." 다마키치가 말했다.

"아닙니다. 저는 우나이코 씨의 차로 돌아가겠습니다."

"또 넘어질지도 모르잖니."

"그러면 제가 업어다 드릴게요."

"그럼 그렇게 하도록 하자. '발작 설사'가 멈췄다면 서둘 필요는 없으니. 조금 쉬었다 출발하자." 내가 아카리에게 말했다.

"다마키치 씨, 아까는 너무 고마웠어요. 아사 아주머니한테 휴대전화 번호를 받아놓았기 때문에…… 이 상황을 이용하는 것 같긴 하지만, '사야'를 안내해주실 수 있을까요? 나무 심는 일을 하시는 분이라고 들었어요. '사야'를 에워싼 나무들에 대해 배우고 싶어서요."

"그런 일이라면 얼마든지요……"

"그리고 영화 촬영 당시 저기 큰 바위 위에 무대를 만드는 책임자가 다마키치 씨였다고 들었어요. 영화 시나리오는 충분히 읽어보셨겠죠? 시나리오 이야기도 들을 수 있을까요?"

다마키치는 무뚝뚝한 표정을 지으면서, 그러나 신나하는 기색을 역력히 드러내며 우나이코를 데리고 사라졌다. 나는 다시 몸을 눕힌 아카리 옆에(어느 정도 거리를 두긴 했지만), 도움이 된 '모든 물품' 가방을 베개 삼아 초원에 드러누웠다. 누워서 올려다보니 '사야'를 둘러싼 활엽수림의 나뭇가지들이 옅은 연둣빛이나 빛바랜 붉은빛을 발하며 빛나고 있었다(그건 이 산의 나무들답게, 수수한 색깔의 꽃을 피우고 있었기 때문일 것이다). 산벚꽃나무들에 하얀 꽃이 핀 모습 같기조차 했다. 안쪽에 있는 상록수나무 숲이 배경이 되고 있어서(능선 건너편의 삼나무들과 노송나무들보다는 어리지만 역시 같은 나무로 된 숲이 조성되어 있다) 더욱 눈에 띄었다. 나는 이리저리 몸을 움직이다가 베고 있는 가방이 너무 높다고 느꼈다. 일어나서 가방을 열어보니 더러워진 바지를 넣은 '타는 쓰레기'용 봉지가 쑤셔 박혀 있고, 여름용 모포가 둘둘 말려 있었다. 집에서 막 나올 때 '모든 물품' 가방에 모포를 넣었었다. 나는 일어나서 아카리가 누운 쪽으로 다가가 가슴에서 발까지 여름용 모포를 덮어주었다. 온몸을 쭉 편 자세로 누운 아카리는 미동도 하지 않았다. 양손으로 커다란 얼굴을 가린 채 움직이지 않았다.

누웠던 장소로 되돌아오자, 코기를 산으로 올려보낼 준비도 하지 않고, 라는 시구가 떠올랐다. 뿐만 아니라 그 코기는 이제 와서 보면 분명 아카리였다. 나는 지금 이곳에, 아카리를 산으로 올려보내는 자로서 와 있는 존재다. 하지만 지금의 내가 어떻게 그 작업을 할 수 있을 것인가? 나 자신을 위한 준비도 되어 있지 않을뿐더러 그 준비조차 어떻게 하면 가능할지 전혀 보이지 않으니. 오히려 지금의 나는, 코기가 실제 나를 부르는 이름이었던 그때와 다를 바 없는 무력한 어린아이가 아닐까? 어린 시절 나를 버려둔 채 숲을 둘러싼 높은 하늘로 사라져버린 또 한 사람의 코기가, 무방비한 모습으로 누워 있는 나를 하늘 위에서 내려다봤다면 쿡 하고 웃을 모습 아닌가?

그러다 또하나 다른 생각이 떠올랐다. 우나이코와 다마키치(다름 아닌 아사의 대리인)가 곧 '사야'를 한 바퀴 돌고 내려올 것이다. 그리고 두 사람은 작업을 함께 할 상대로 아카리를 기용할지도 모른다. 그리고 그들이 부지런히 움직여, 다른 사람이 아닌 바로 나를, 산으로 올려보낼 준비를 완료하는 건 아닐까?

하지만 만약 그렇게만 된다면 나에게는 더할 나위 없는, 편안한 죽음이 주어지는 셈이 아닌가? 정말로 그런 일이 가능하다면, 이제껏 현실로 받아들였던 모든 것이 환영이 된다! 이 산골짜기를 벗어나 도쿄로 가서, 그것이 내가 정말로 원했던 바로 그것은 아니다, 라는 생각을 버리지 못한 채 공부를 계속하면서, 그 공부를 통해 조금 얻게 된 지식에 의지해 활동하고(그러나 최선을 다해 노력했다, 게으름을 부려도 되는 여유 같은 것은 없었다), 결국 어떤 성과를 거두었는지 분명하지도 않은 상태로 산으로 돌아와, 제 한 몸 이끌고 산으로 올라가는 방법도 몰라서 어쩔 줄 모르는……그런 모든 것이 바로 환영이라는 말이 된다! 실은 나는 이곳 외의 다른 곳으로 나가본 적이 없으며, 줄곧 이곳에서 이 지금을 살면서 일흔네 살이 된 것이다. 그리고 이 숲에 사는 노인이라면 모두 잘 알고 있을 방식으로, 흔한 죽음에 이르려 하고 있다.

다마키치와 우나이코는 바로 그 준비를 해주기 위해 '사야'의 언덕길을 올라가 지금 큰 바위 뒤에서 상의중인 것이다……

"조코 선생님, 이런 곳에서 조시면 감기 걸려요. 제가 너무 놀라게 해드려서 심적으로 지치셨다는 건 알겠지만."

우나이코가 옆에서 내려다보며 그렇게 말했다……

하지만 '사야'에서 내려온 두 사람이 돌보고 있는 건 내가 아닌 아카리다. 다마키치가 아카리의 등 근육 통증에(어떻게 만지면 아프지 않을지) 주의하면서, 아카리가 일어나도록 도와주고 있다. 그대로 다마키치가 등에 업을 수 있도록 아카리도 협력하고 있었다.

나보다 키는 작지만 산일로 다져진 등에, 다마키치는 자신보다 덩치가 큰 아카리를 안정감 있게 업은 뒤 앞장섰다. '혈거인' 소유 자동차 비품으로 보이는 견고하게 제작된 재생 장치를 나눠 든 우나이코와 내가 그 뒤를 따랐다.

"아사 아주머니가 동원한 여성분들이 얼마나 열렬한 모습으로 '사야'를 채워주셨는지 다마키치 씨가 알려주셨어요." 흥분한 목소리로 우나이코가 말했다. "그만큼 많은 여성들을 지휘하는 건 힘드셨지요, 그랬더니, 이 고장 여성들은 봉기에 참여하는 일이라면 본능적으로 몸이 움직인다. 오랜만에 다들 그 본능을 일깨웠었다고 아사 아주머니가 말씀하셨대요. 꼭 그것뿐만은 아니었겠지만 〈'메이스케 어머니' 출진〉은 실제로 그런 힘을 지닌 영화였겠지요."

아카리가 우나이코의 차에 탈 수 있도록 도와주고 나서 혼자 '사야'의 산등성이로 되돌아가는 다마키치에게 우나이코는 거듭 친밀감이 가득 담긴 인사를 했다.

2

그날 오후에 마키가 전화를 걸어왔다. 아사 고모는 지금 병원에서 간호에 몰두하고 있지만 아카리 오빠의 발작이 어땠는지 신경쓰고 계시니 자신이 아사 고모 대신 아카리 오빠의 상태를 듣고 싶다고 했다. 그렇다면 먼저 아카리와 직접 이야기하는 편이 낫겠다고 말하고 나는 전화기를 아카리의 방으로 가지고 갔다. 시간이 한참 흐른 뒤 아카리는 전화기를 돌려주러 왔다. 그러고는 마키가, 아카리와 나눈 통화 내용을 같은 전화기로 내게 설명했다.

마키는, 아빠가 없는 산에서 아카리 오빠가 큰 발작을 일으켰다는 소식을 듣고 많이 걱정했다는 이야기를 했다. 그에 대한 아카리의 대답은 아카리 역시 마키에게 받은 작은 책 '나의 대사'에서 인용한 말이었다(현재는 악보도 읽고 있지 않으니 그 책을 열심히 읽고 있는 것이리라).

"저는 곧 죽을 겁니다! 발작이 일어났으니까요! 괜찮습니다. 저는 죽을 거니까! 아아! 심장 소리가 전혀 들리지 않습니다! 저는 죽을 겁니다! 심장이 소리를 내지 않으니까요!"

마키는 그런 아카리식 농담에도 일일이 진지하게 대답해준다. "아니야, 아카리 오빠는 죽지 않아. 발작은 이미 멈췄잖아? 쓰러져 있었을 때 가슴이 두근거리는 소리가 들리지 않았어? 그 소리가 심장 소리야. 아카리 오빠는 죽지 않아." 마키는 그렇게 말했다고 한다. 그러자 아카리는 역시 '나의 대사'에서 인용해서 더 솔직하게 응답했다.

"많이 힘들었지만, 기운을 냈습니다!"

하지만 아카리 오빠가 그런 말을 한 건 자신의 발작에 더해 엄마의 병을 걱정하고 있기 때문일 거라고 마키는 말했다. 아사 고모가 상세히 보고한 것처럼 수술은 잘 끝났고, 의사 선생님은 현재로서는 생명에 위협을 줄 만한 전이는 발견되지 않았다, 다행스럽다고 말씀하셨다. 아카리 오빠의 발작도 무사히 진정되었고 엄마 수술도 잘 끝났으니 이제는 건강해질 일만 남았다, 안심해도 된다고 아카리에게 말했더니, 갑자기 아카리는 큰 소리로 '나의 대사' 속 한 구절을 응용해서 말했다.

"아니에요, 아니에요, 엄마는 죽고 말았습니다! 그렇습니까? 두세 주 지나면 돌아옵니까? 그때가 되면 돌아온다지만 지금 엄마는 죽고 말았습니다, 엄마는 죽고 말았습니다요!"

무엇보다 이 말에서 아카리 오빠의 본심을 읽을 수 있다고 마키는 말했다.

"엄마가 입원하기 전, 아빠가 오랫동안 집을 비웠던 일과 사람의 죽음을 연관시켜 아카리 오빠가 했던 말을 소설에서 발췌해서 '나의 대사'에 삽입해달라고 부탁했잖아요?

왜 엄마가 자신이 위급한 상황에서 그런 부탁을 한 건지 좀 이해가 되지 않았어요……엄마는 부모의 죽음을 아카리 오빠가 어떻게 받아들일지를 생각해보려고 한 거였지요? 나는 엄마가 그 '대사' 말고, 아카리 오빠의 또다른 '대사'를 생각해냈으면 해요. 오빠가 '엄마는 많이 힘들었지만, 기운을 냈습니다!'라고 말하면 엄마가 '고맙습니다, 기운을 내겠습니다!'라고 '대사'를 말하는 게임을 전화로 하고 싶어요."

이날 늦은 밤에 아사에게서 전화가 걸려왔다. 아사는 병원에서 치카시의 간호를 마치고 세이조 학원 앞 역에 가기 위해 오다큐 선 열차를 타려는 참이었다.

"오늘 치카시 언니한테, 아카리는 우나이코와 릿짱에게 맡겨두고 코기 오빠가 언니 문병을 올 수 있도록 해볼까요? 하고 물어보았어요. 언니는, 쇠약해진 조강지처의 모습을 보게 해서 아빠가 울상을 짓도록 만드는 건 좀 그렇네, 라고 하더군요. 고로 씨가 돌아가셨을 때 치카시 언니는 많이 손상된 고로 씨의 유해를 줄곧 지켜봤지요. 코기 오빠가 유가와라에 도착했을 때, 시신을 깨끗이 단장해놓았으니 한번 보시라고 미망인이 말했는데, 보지 않는 게 좋겠다고 치카시 언니가 오빠를 제지했다지요? 오빠가 그런 상황에 약하다는 걸 아는 거죠.

그런데다 치카시 언니는 지금 아빠는 문병 같은 거 생각할 계제가 아니라고 했어요. '익사 소설'을 중지하고 아무런 계획도 없이 예민해져 있다는 걸 핑계로 장애가 있는 아들에게 '넌 바보로구나' 같은 말을 해버렸고. 누구보다 화내고 있는 건 마키라서, 나는 오히려 마키와 아빠 관계가 꼬이는 것이 두렵더라고. 그래서 나는 그 사람 스스로가 어떻게든 자신의 힘으로 아카리와의 갈등을 해결할 마음이 있다면 아카리와 둘이 골짜기 마을로 돌아가라고 권유했어. 아카리에게라기보다 그 사람한테 지금 가장 중요한 건 그거잖아? 라고 하더군요.

코기 오빠, 나는 '산속 집'에서의 두 사람의 생활에 우나이코와 릿짱이 함께하고 있다는 게 너무 든든합니다. 나는 우나이코를 천재라고 생각해요. 머리가 좋다거나 교양이 있다는 뜻이 아니라, 연극 이외의 일에서도 천재예요. 무슨 일이든 스스로 고민하고 해결하려고 하는 천재. 코기 오빠와 아카리의 관계에 대해서도 스스로의 힘으로 깊이 생각해줄 겁니다. 우나이코라면 사태가 어떤 식으로 진전되든 오빠에게 타협하거나 하진 않겠지요. 자신의 신조를 관철할 사람이기 때문에 오빠한테 힘이 될 수 있는 표본이 되는 사람입니다. 반면에 릿짱은 자기실현 같은 건 생각하는 스타일이 아니기 때문에, 우나이코에게선 볼 수 없는 깊이와 넉넉함 같은 것을 보여주곤 하지요."

3

'사야'에서의 일 이후로 아카리와 우나이코는 한층 더 친밀한 관계(그건 곧 릿짱과의 관계이기도 한데)로 발전했다. 아카리는 우나이코와 릿짱이 같이 쓰는 방에서 종종 함께 시간을 보내는 경우도 있었다. 그렇다고 해서 아카리와 두 성인 여성 사이에 대화라고 할 만한 것이 오갈 리는 없을 터였다. '혈거인' 멤버들이 식당이나 거실의 공간을 필요로 할 때, 아카리는 그 공간에서 지금껏 하던 일을 그녀들의 방으로 가서 계속한다(FM 주간지 등의 클래식 방송 편성표를 체크한다). 그리고 일정 시간 동안 그 방에 있는 재생 장치로 FM이나 CD로 음악을 듣는 것 같기도 했다. 여성들의 침실이기도 한 그 방에 아빠가 들어오지 않는 건 확실하다는 조건을 믿고. 다시 말해 아카리가 나와 음악을 공유하지 않겠다는 의사 표시는 여전히 관철되고 있는 셈이다. 월말이라 아카리의 내리인을 도쿄 병원으로 보내 다음달분의 약을 받아 올 필요가 있었다. 내가 전화로 마키에게 그 이야기를 하는 것을 아카리가 듣고 있었다. 이튿날 아침, 정해진 시간에 마키와 주고받는 전화로 아카리는, 누군가 도쿄에 약을 받으러 가게 되면 자신의 CD를 챙겨 와 줬으면 좋겠다고 말했다.

그러다가 다른 일도 생겨서 우나이코와 릿짱 둘이서 도쿄로 가게 되었다. 원형극장과 마쓰야마 소극장에서 거둔 성공이 각종 미디어를 떠들썩하게 한 결과, 우나이코에게 관심을 표명하는 움직임이 마쓰야마를 벗어나 도쿄에서까지 일어날 정도로 커졌기 때문이다. 그래서 나 같은 사람도 이름을 아는(다양한 분야에 걸친 야심적인 연출로 주목받고 있는) 연출가로부터 우나이코를 만나고 싶다는 제의가 들어왔다. 〈죽은 개를 던지다〉 연극이 새롭게 전개되기 직전인 상황에서 아사가 치카시의 간병 때문에 도쿄로 거처를 옮긴 이상, 아사를 포함해서 우나이코와 릿짱이 시간적 여유를 두고 논의해야 할 사항이 많다는 것은 자명한 사실이었다. 나로서는 '산속 집'에서 아카리와 가장 긴밀하게 접촉하고 있는 릿짱이, 아카리의 생활에 대한 보고를 치카시에게 해주었으면 하는 마음이 있었다(그 보고가 나 자신의 '산속 집'에서의 생활에 대해 비판적 성격을 띠리란 것도 각오하고 있었다).

4

현재 우나이코는 일거에 새롭게 교유하게 된 연극 관계자들이 부르는 대로, 연극을 보거나 연습실을 방문하거나 하면서 적극적으로 움직이는 나날을 보내고 있습니다. 따라서 릿짱이 먼저 '산속 집'으로 돌아가 치카시 언니의 상태를 자세히 이야기해줄 겁니다. 어쩌면 우나이코는 주목받는 대극장 공연에 자신만의 연기 스타일을 유지하면서 참여하게 될지도 모르겠어요. 우나이코의 참여가 실현될 경우 계약 협상에서도 릿짱은 한몫해줄 거예요.

그 정도로 릿짱은 우나이코를 뒷받침하는 역할을 잘해주고 있습니다. 그리고 저 또한, 이번에 릿짱과 많은 이야기를 나누면서 얻은 게 많았고요. 릿짱은 아카리의 건강 관리에 관해 마키와 이야기를 나눴어요. 릿짱 같은 이가 아카리와 코기 오빠를 돌봐주고 있으니 안심이 되네요.

우나이코와 릿짱은 내가 마키와 교대해서 병원에서 세이조 집으로 돌아오는 날에는 늦은 시간까지 자지 않고 기다립니다. 그리고 코기 오빠의 술 창고에서 마음대로 꺼낸 술을 마시며 이야기를 나눠요. 이야기 중에는 당사자가 직접 들을 일은 없을 것 같은 조코 코기토론論도 있었으니 하나만 복원해보지요. 처음에는 우나이코가 코기 오빠에 관한 이야기를 하고 있었어요. 거기에 릿짱이 합세해, 나중에는 릿짱이 리드하는, 평소답지 않은 방식으로 대화가 이어졌지요. 〈죽은 개를 던지다〉 연극 방식대로. 이런 때도 녹음기를 틀어놓기 때문에 정확하게 전달할 수 있습니다.

"조코 선생님 작품 말인데요, 사실 저는 거의 모르고 있었어요. 어느 날 딱 한 공연만이라는 약속을 하고 음악과 관련된 아르바이트를 맡았던 극단에서, 역시 아르바이트 신분이었지만 너무나도 매력적인 여배우 시망생과 만나게 되었죠……그 사람이 우나이코예요……저도 우나이코도 그후에 극단에 정식으로 참가하게 되었어요. 지도자는 아나이 마사오로, 그는 조코 코기토의 소설을 바탕으로 자신의 연극을 만든다는 원칙을 가진 연출가였기 때문에, 저 역시 계속 조코 선생님 작품과 관계를 맺어온 셈이지만, 자발적으로 조코 선생님 작품에 빠지는 일은 없었어요. 우나이코도 마찬가지였죠. 우리가 태어났을 때 이미 조코 선생님의 전성기는 끝났으니까요. 게다가 우리 같은 젊은 세대가 동시대 일본 문학을 읽기 시작한다고 했을 때, 열여덟아홉은 지나고 나서 아니겠어요. 달리 생각해본들 조코 선생님은 우리의 작가는 아니었죠.

우나이코와 제가 알게 되었을 때 우나이코도, 아나이 마사오의 그룹이 '근대 작가'를……조코 선생님을 '현대 작가'로 보는 감각은 없었으니까요……중심으로 연극 활동을 하고 있는데, 지금의 감각과 좀 다른 바로 그 부분이 재미있다고 말할 정도였거든요. 그런 우나이코가 조코 선생님 작품에 열중하게 된 건 그보다 몇 년 후 일이고, 〈손수 나의 눈물을……〉 연극판 때도 우나이코는 비판적이었어요. 그랬던 우나이코가, 지금은 이미 마사오를 능가하는 조코 마니아가 되었죠. 생각해보면 늘 그랬는데, 저는 늘 뒤늦게 우나이코 뒤를 쫓아가는 사람이어서, 이제야 겨우 조코 선생님의 작품을 읽게 되었어요."

"저도 뭐 마찬가지인 셈이죠"라고 한 우나이코의 말이 의외였지요. 그래서 내가, 연극 잡지의 신극단 소개 기사를 보면 아나이 마사오는 조코의 초기 작품부터 연극으로 만들어왔는데 주요 작품 대부분에서 연기자로서 (지금의 예명으로는) 우나이코의 도움을 받아왔다고 쓰여 있지 않느냐고 했어요. 그랬더니 릿짱이, 그렇긴 하지만 우나이코의 연기는 마사오가 지향하는 방식과 딱 맞아떨어지는 건 아닌데 그것 또한 우나이코의 일관된 모습이다, 라고 쓰여 있기도 하다고 말해주더군요.

"릿짱 말이 맞아요. 어떤 식으로 변화가 발생했는지에 대해서는 릿짱에게 설명해달라고 하지요."

"우나이코가 진짜로 조코 코기토를 좋아하게 된 건, 실은 조코 선생님의 소설을 읽어서가 아니었어요. 사이드가 '만년의 작업'이라는 표현을 정의한 것을 조코 선생님의 인용을 통해 읽은 것이 계기가 되었지요. 그 부분을 복사해 작업용 책상 앞에 핀으로 박아놓고는, 사이드가 이렇게 말했어, 라면서 제게 항상 강조했죠. 진정한 예술가는 나이를 먹으면서 원숙 또는 조화와는 반대되는 지점에 도달한다. 그러한 '만년의 작업'을 궁극의 지점까지 몰고 감으로써 때로는 완벽한 조화에 이를 수도 있다. 그렇게요……

노년기의 작가가 그러한 작업을 혼자 해나간다는 건 바람직하다고 봐요. 그렇게 '만년의 작업'을 해나갈 수밖에 없는 거라면 그렇게 하는 것도 노인의 자유가 아니겠어요? 하지만 말이죠, 저는 우나이코 같은 삼십대 여성이 조화로운 경지로 나아가는 노인의 돌진에 무언가를 기대하는 건 잘못된 일이라고 생각했습니다. 그랬는데 지금 조코 선생님은 '익사 소설'을 단념하고 아카리 씨와 둘이서 '산속 집'에서 지내고 계시고, 그런 상황에 자연스럽게 우나이코가 함께하는 모습이 저는 기뻐요. 지난번에 아카리 씨가 발작을 일으켰을 때 우나이코가 얼마나 많이 당황했는지 알게 되고 나니, 우나이코도 조금은 변했구나……그러니까 예전보다 인간적으로 변했구나 싶어서……"

"듣고 보니 제가 릿짱한테 얼마나 멋대로 행동해왔는지 돌아보게 해주는군요." 우나이코는 그렇게 그녀답지 않은 유순한 말투로 말하더군요.

"아니요, 아니에요. 지금까지 전 무슨 일이든 우나이코한테 의존하면서 지내왔고, 앞으로도 그 외의 다른 삶은 없을 거예요." 릿짱은 그렇게, 분명 진심이지만 농담인 것처럼 들리기도 하는 말투로 반응했습니다.

나는 릿짱을 보며, 백만 원군을 얻은 것 같은 기분이 들었습니다. 동시에 우나이코한테도, 천재적인 연극인 여성이라는 차원을 넘어 나 자신한테 소중한 존재라는 (릿짱도 그렇게 말하는데) 인간적인 느낌을 받았습니다. 그래서 나는 이런 질문을 던졌습니다.

"사실 마사오에게 묻고 싶었던 건데, 우나이코, 한 가지 물어볼게요. '혈거인'은 지금까지 오빠가 쓴 모든 작품을 존중하며 활동해왔잖아요? 그리고 이번에는 '만년의 작업'으로서의 '익사 소설'을 기다리면서, 그 소설을 쓰는 오빠와, 소설 속에서 익사하는 아버지를 함께 표현할 계획이었고요. 또 그런 연극을 만든다는 계획하에 녹음도 시작했잖아요? 그런데 여러분은 '혈거인' 극단 전체의 연극이긴 해도 〈죽은 개를 던지다〉 방식으로 전체 중 일부분을 담당할 예정이었는데, '익사 소설'을 어떤 식으로 여러분의 스타일로 소화하려고 생각했던 건가요?"

"처음 녹음 중 몇 개는 예행연습 정도의 레벨이었고, 저한테는 더욱 그랬어요. 조코 선생님의 '익사 소설'을 다 파악하고, 그 이해를 바탕으로 앞으로 만들 무대의 세부까지 구상하는⋯⋯그런 일은 없었어요.

저와 마사오가 '산속 집'에서 '익사 소설'을 집필하는 조코 선생님의 생활에 밀착 접근할 수 있게 해주신다는 점에서는 합의를 봤지요. 그건 아사 아주머니가 잘 알고 계시죠. 하지만 그 점을 전제로 저와 마사오가 생각했던 건, 마사오가 만들 '혈거인'의 '익사 소설' 연극과 〈죽은 개를 던지다〉 방식으로 만들 우리 공연은 서로에게 각자의 계획을 그대로 보여주면서 협력해 만든다(양쪽 다 조코 선생님이 참여하게 되는 거지요), 그리고 하룻밤 공연으로서 같이 올린다는 것뿐이에요. 게다가 저한텐⋯⋯그리고 마사오한테도⋯⋯구체적인 구상은 첫 장면과 마지막 장면밖에 없었습니다.

첫 장면은, 육십 년 이상 계속 꿈속에서 봤다고 조코 선생님이 말씀하신 정경입니다. 홍수로 불어난 한밤중의 강에서, 불어난 강물 바로 앞에 달빛을 받으며 떠 있는 보트 위에서 아버지가 저쪽을 바라보고 앉아 있지요. 차가운 황톳빛 물을 가슴으로 헤치며 앞으로 나아가는 소년, 그 모습을 무대에 있는 배우 여러 사람이 읊어나갑니다. 그 광경을, 허공에 떠 있는 코기가 내려다보고 있지요.

마지막 장면 역시 조코 선생님에게 들은 '익사 소설'의 마지막 정경입니다. 이 부분은 완성된 소설을 그대로 낭독할 예정이었습니다. 물에 빠져 익사하는 노인이 머릿속으로 생각하는 내용을 앞서와 마찬가지로 무대 위 연기자의 목소리를 통해 전달할 예정이었어요. 그리고 이야기하는 사람 모두가 한꺼번에 강물에 휩쓸립니다. 이 장면 역시, 허공에 떠 있는 인형, 즉 코기가 내려다보고 있습니다⋯⋯

그런데 이렇게 말해보니 소설에서 다음 장면을 어떤 식으로 쓸 생각이었는지가 명확히 보이지 않지요? 어쩌면 조코 선생님 머릿속에 떠오른 건 딘지 엘리엇의 시구, 그것도 후카세 모토히로가 번역한 한 구절뿐이 아니었나 싶어요."

말을 마친 우나이코는 굳게 입을 다물었습니다. 하지만 우나이코는 아무런 의도도 없이 듣는 이를 두고 가만히 침묵하는 사람이 아니지요. 나는 우나이코가 말한 그 구절을 떠올렸습니다. 이 팩스를 읽는 코기 오빠 역시 마찬가지겠지요……

바다 밑 조류가
소곤대며 그의 뼈를 주워올렸다. 떠오르다간 가라앉으면서
나이와 젊음의 계단들을 오르내리다
곧 소용돌이 속으로 휩쓸려갔다.

5

내가 젊은이들과 나눈 논의에 관해 장문의 보고 편지를 쓴 다음날, 릿짱이 치카시 언니한테 작별 인사를 하러 온 덕분에 잠시 눈을 붙일 수 있었습니다. 내가 자는 동안 코기 오빠의 '만년의 작업'에 대해 치카시 언니가 이야기했다고 해요.

남편은 시코쿠의 숲으로 들어가 '익사 소설'을 쓰려 했지만 최종적으로 포기하기로 했다. 오랜 세월 소설가로 살아온 그가 인생의 마지막 작업으로 하려고 했던 일을 그만둔 것이다. 하지만 '익사 소설'은 끝났어도 남편의 인생은 조금 더 이어질 테니, 어떤 형태로든 '만년의 작업'은 이어지지 않을까. 고로 오빠가 그런 식의 죽음을 선택했을 때, 감독으로서 할 수 있는 일은 이미 끝났다고 같은 업계 사람들은 말했지만, 나는 만약 오빠가 더 살았다면 새로운 작품을 만들었을 거라고

생각했다. 남편은 평소 고로 오빠의 영화에 대해 잘 말하지 않았지만, 베를린 자유대학에서 열린 세미나에서 고로 오빠에 관해 이야기한 게 녹음으로 남아 있다. 남편은 다음과 같이 말했다. 만년의 고로는 일본 저널리스트와의 인터뷰에선 별로 진지한 이야기를 하지 않았지만 외국의 열정적인 전문가들과 할 때는 그렇지 않았다. 나는 영어, 프랑스어 신문은 직접 모아서 읽고, 읽을 수 없는 독일어 신문은 베를린에서 가르치고 있는 학생들에게 의미를 물어가며 기사를 모았다. 그 결과, 고로는 미래에 영화를 몇 개 만들 계획을 갖고 있었다는 결론을 내렸다. 다만, 왜 자살을 결심하게 되었는지, 그걸 알 수가 없다.

남편은 이유 없이 부정적인 생각을 갖지는 않는다. 실제로 아카리와의 관계를 재건하려는 마음도 먹고 있다. 남편은 본인 나름의 '만년의 작업'을 발견하게 되지 않을까? '익사 소설'이 무산되면서 누구보다 안도한 사람이 실은 본인 아니냐고 생각하는 건 옳지 않다……

코기 오빠, 이 보고는 힘겨운 수술을 극복한 치카시 언니가 오빠한테 보내는 성원의 목소리로 이해해줬으면 해요. 그리고 또하나, 마키가 했던 말이라며 릿짱이 나한테 해준 얘기를 전하겠습니다. 우나이코가 필요로 해서 동행하는 경우 외에는 항상 집안일을 해준 릿짱한테 마키는 정말 많은 도움을 받았지요. 두 사람 모두 신중하고 차분한 성격이면서도, 하기 힘든 말도 딱 부러지게 하는 성격 같은 점이 비슷해요. 그런 서로 간의 신뢰가 있었기 때문에 마키가 릿짱에게 그런 말을 한 거겠지요.

"엄마는 아빠와 아카리 오빠 이인조가 그런 상태라면 분명 주변에 폐를 끼칠 거라는 걸 알면서도, 두 사람을 시코쿠로 보냈어요. 그건,

무엇보다 엄마가, 당신이 이번 수술을 잘 넘길 수 있을지 없을지 불안했기 때문이라고 생각해요. 입원하기 전에 많은 일을 정리하기도 했고, 입원하고 나서는 아빠와 아카리 오빠를 병원에 오지 못하게 했잖아요. 엄마는 자신이 죽은 후 두 사람이 나름대로 살아나가기 위해서는 함께하는 길밖에 없다는 걸 아빠한테도 오빠한테도 알려주려 했던 거죠.

그런 엄마의 마음이 아카리 오빠에게는 전해졌더군요. 시코쿠로 출발하는 아빠와 아카리 오빠를 배웅하고 아사 고모를 마중하러 공항에 갔을 때였어요. 아카리 오빠가 너무 풀이 죽어 보여서……엄마의 의도에 반하는 일이었는데……엄마는 오월 초에는 병원에서 돌아올 거야……라고 아카리 오빠에게 말했어요. 아카리 오빠의 대답은 역시나 오빠 특유의 기묘한 유머로, '나의 대사' 속 말을 살짝 바꿔서 인용한 거였지요. '그렇습니까? 오월 초에는 돌아옵니까? 그때가 되면 돌아온다지만 지금 엄마는 죽고 말았습니다. 엄마는 죽고 말았습니다요!'"

코기 오빠, 오빠가 좋아하는 '신생新生'이라는 것이, 아카리의 '나의 대사'에는 이렇게 쓰여 있지 않았던가요?

제10장
기억 혹은 꿈의 정정

1

지금까지의 소극장 중심 무대와는 격이 다른 규모의 극장에 우나이코가 4주 동안 객원 출연하게 되어 릿쨩만 먼저 '산속 집'으로 돌아왔다. 릿쨩은 〈죽은 개를 던지다〉 연극 관련 사무가 많아질 것을 감안해 극단의 무대장치를 담당하는 젊은 단원들에게 우나이코와 자신이 쓰는 방의 가구 배치를 바꿔둘 것을 부탁했었다. 아카리는 그 방에 자신만을 위한 공간을 배정받아 릿쨩이 가지고 돌아온 CD를 두기로 했다. 반나절에 걸쳐 자신의 정리법으로 CD를 배치한 뒤, 우선 피아졸라의 기타 합주 CD 중에 한 곡, 하는 식으로 차례차례 들어보는 것 같았다. 릿쨩은 내 작업실 겸 침실을 청소해주기 위해 올라와서 치카시를 문병한 일에 대해 보고했다. 내가 이미 아사에게 많은 이야기를 들어 알고 있다는 것을 릿쨩도 잘 알고 있었다. 침대 시트, 베개 커버, 잠옷 등을 한군데로 모으고 나서, 내가 큰 사전류 책장에 올려놓았던 우나이코의 용감한 무대 사진을 발견하고는, 그 사진을 두기에 알맞은 위치를 찾아주기도 했다. 그리고 치카시의 병실에는 고로의 사진이 한 장(책 겉표지로 쓰인 사진이라 표지째로) 놓여 있었다고 알려주기도 했다.

"고로가 죽고 나서 십 년이 지난 뒤, 그가 자살해서 떠들썩했을 무렵의 분위기에서 자유로워진 책이 출판됐지. 그 사진은 고로보다 어린 사진작가 친구가 찍어준 사진일 걸세. 나는 모르는 사람이야. 스틸 사진을 찍으려고 하면 그런 직업을 가진 사람이라고는 생각하기 힘들 만큼 과하게 의식하던 고로가, 다른 때와는 달리 편안한 모습으로 찍힌 사진이라고 치카시가 말했네."

"여기엔 아카리 씨나 조코 선생님 사진이 없네요, 라는 제 말에…… 저는 특별한 의미를 두고 한 말은 아니었는데……사모님은 잠시 생각에 잠기시는 것 같았어요. 그러고는, 아카리 사진 중에는 두번째 CD가 호응을 얻은 이후 신문사 주간지의 표지로 썼던 흑백 사진이 마음에 들긴 하는데 너무 커서요, 라고 하셨어요. 또, 장애를 지닌 젊은 사람을 찍는 경우 찍히는 본인도 찍는 작가도, 이렇게 말하면 되나……장애 자체를 지나치게 의식해서 긴장하는 경향이 많은데 그 사진 속 아카리는 정말 편안한 모습이다. 그리고 남편 사진 중에는, 젊은 시절 고로 오빠가 찍어준 사진이 한 장 있긴 하지만, 편안한 모습과는 거의 정반대라서 오히려 잊히지가 않는다. 그런 말씀도 하셨어요.

그 사진을 보고 싶다고 제가 말했더니 『체인질링』 안에 그 사진을 찍게 된 전후 사정이 적혀 있고 같은 페이지에 실려 있다고 알려주셔서……세이조 집에서 마키 씨와 함께 아카리 씨의 CD를 고르던 와중에 한 권 받아서 가지고 왔습니다. 아직 읽을 시간이 없어서 사진도 못 봤지만요……"

2

릿짱은 아카리의 항발작제 및 기타 약 처방을 받고 있는 대학 병원에 가서 얼마 전에 일으킨 심한 발작에 대한 상담을 하고 왔다. 상담결과 복용량을 늘릴 필요는 없다는 말과 함께 운동시의 주의 사항을 들었다. 병원에서 돌아오자마자 릿짱은 곧바로 휴식 시간까지 고려한 주도면밀한 프로그램을 새로 짰고, 지금까지는 들고 가지 않았던 물통도 '모든 물품' 가방에 포함시켜, 프로그램을 재개한 첫날 걷기 훈련에 들고 나갔다. 조금 뒤에 다이오 씨가 찾아와, 〈죽은 개를 던지다〉 연극을 둘러싼 이야기를 하게 되었다. 관계자인 여성들이 없었기 때문에 신경쓸 필요가 없어서이기도 했다.

"해산 후 세월이 많이 흘러서, 훈련도장에 있던 사람들과 모임을 가지거나 하는 일은 없습니다. 하지만 다들 현 안팎에서 일정한 역할을 맡아 현역으로 활동하는 사람들이라, 무슨 일만 있으면 저를 부르지요. 얼마 전에는 그 사람들 가운데 연락 담당 격인 사람과 만났습니다. 운송업을 하는 사람입니다.

이 사람 말이, 우나이코의 연극이 신경쓰인다는 겁니다. 우나이코의 연극은……특히 평이 좋았던 마쓰야마 공연의 경우, 후반이 되면 명백한 토론 형식으로 진행되잖습니까. 그것도 우나이코의 주장에 반대하는 쪽으로 '죽은 개'가 날아가서 상대방은 지는 싸움이 되지요. 그 사람은 자기가 보기에는 옳은 생각 쪽이 '죽은 개'투성이가 된다면서, 불만이 많습니다.

물론 정작 묻고 싶은 얘기는 따로 있어서, 이따위 연극에 제가 편들고 있다고까지는 말하지 않겠지만 여기저기서 들려오는 이야기가 있는데, 어찌된 일이냐? 라고 저한테 물었습니다. 조코 선생님과의 관계도 있고 사모님한테 신세를 많이 졌다고는 하지만 코기토 씨나 아사 씨와 친하게 지내면서 마치 그 극단을 지원하는 사람처럼 보이게끔 처신하는 건 좀 그렇지 않으냐, 이러는 겁니다. 운송업이라 일손도 많고 기동력도 있어서 최근의 저에 대한 얘기를 자세히 조사했더군요.

이 사람이 말하기로는, 우나이코의 연극은 한쪽으로 편향되어 있다, 그건 조코 코기토의 영향을 받은 결과이기도 할 거다, 라는 겁니다. 오랜 세월 우리 고장에서 떠나 있었던 조코가 돌아오니 들락거리는 사람들이 나타나기 시작하더라. 그런 사람들이 하는 연극에 다이오 씨가 연관되어 있는 건 좀 그렇지 않으냐면서요.

이 지역은 교육계의 보수파가 우위에 있는 현이라면서……그 사람이 친하게 지낸다는 교육위원장의 명함을 꺼내서 보여줍디다. 마쓰야마에서 발행되는 신문은 전부 코기토 씨가 소설을 쓰기 시작한 후로 줄곧 비판적인 입장을 유지하고 있지요? 그 조코가 돌아오자 다이오 씨가 교제를 다시 시작하고 또 〈죽은 개를 던지다〉 연극을 하는 여자들과도 친하게 지내는 것 같다. 그건 대체 어떻게 된 거냐? 그러면서요.

그래서 저는, '혈거인'은 코기토 씨의 소설을 축으로 활동해왔다지만 그 여성들이 추구하는 연극 활동은 '혈거인'과는 좀 다르다. 단지 아사 씨가 〈죽은 개를 던지다〉 연극에 대한 공감을 표시하고 있기는 하지만, 아사 씨의 사고방식이나 삶의 태도는 코기토 씨와는 또 다르고, 그건 그 사람 성격에서 비롯된 거다. 조코 사모님이 살아 계셨을 때는 어머니 편에 서서 코기토 씨와 대립하기도 했다. 지금의 저는 아사 씨와 생각은 다르지만 그렇다고 뭐라고 반대하는 소리를 할 생각은 없다고 말했습니다……

그렇게 말을 주고받다가, 그 사람이 진짜 하고 싶었던 말을 하더군요. 중학교에서 했던 연극 〈죽은 개를 던지다〉는 분명히 편향적이다, 그런 반국가적인 연극을 중학교에서 해도 되느냐는 질문서를 학교측에 제출했다는 겁니다. 그랬더니 학교측은, 본교 강당은 건축계에서도 유명한 건축물이고, 중학생이 감소하는 경향 속에서 지역 전체를 위한 문화 시설로서의 활용을 지향중이다. 이를 위해서는 언론과 표현의 자유라는 명목으로 비판받는 건 곤란하다, 라고 했다더군요……그렇다면 우리도 행동에 나서야 한다고 생각한다고 합디다!

또 한편으론 말입니다. 원형극장에서 할 다음번 큰 공연에서, 릿짱과 우나이코는 아사 씨가 몇 년 전에 작업에 협력했던 영화와 연결되는 내용을 공연하려는 것 같습니다. 본인이 도쿄에 가 있는 동안 그 작업을 위한 조사를 릿짱이 시작하면, 릿짱에게 사람을 소개해주었으면 좋겠다고 저에게 아사 씨가 부탁하셨습니다. 그렇게 되면, 원래 그 영화는 코기토 씨의 시나리오로 만들어진 것 아닙니까? 그러니 아까 말했던 무리가 자기네를 비웃는 내용이라면서 또 무슨 행동에 나설지 모르니 주의하셔야 할 겁니다. 아사 씨가 골짜기로 돌아오시기 전에는, 그런 세력이 존재한다고 코기토 씨에게 알려드릴 사람도 없지 않겠습니까, 그게 마음에 걸려서 말이죠……"

"그 무리의 표현이라고 다이오 씨가 말씀하신 반국가적 운운하는 말 말입니다만, 〈죽은 개를 던지다〉 연극에서 우나이코가 배우들에게 시 켰던, 『마음』의 '선생님'에 대한 비판이라면 분명 제가 마사오 군에게 이야기했던 내용이지요. 그러니 제가 그 사람들의 비판과 무관하다고 는 할 수 없습니다.

제가 '익사 소설' 집필을 그만뒀다는 걸 아사를 통해 아시고 다이오 씨가 조코 사모님을 생각해서라도 잘된 일이라며 반가워하셨다지요. 그리고 '붉은 가죽 트렁크'가 더이상 문제될 일은 없으니 오빠와 다시 교류하셔도 좋겠다고……아사가 말해서 저를 방문하시게 되었다고 들었습니다.

이참에 드리는 이야기입니다만 다이오 씨, 저는 지금 아버지가 정치 적인 국가주의자는 아니었던 것 같다는 생각을 합니다. 아버지는 오히 려 문학적, 민속학적인 방향에 흥미를 가지고 계셨다……책도 그런 쪽 방면을 많이 읽으셨다는 말을 다이오 씨한테 들은 것이 직접적인 힌트가 되었습니다.

'붉은 가죽 트렁크' 속에 들어 있던 세 권의 책이 프레이저의 『황금 가지』였다는 것을 확인하고, 저는 지난번 도쿄로 돌아갔을 때 그 책들 을 가지고 가서 조금씩 읽기 시작했지요. 지금은 집안 문제 때문에 중 단한 상태입니다만. 앞으로 다시 그 세 권의 책을 읽을 생각인데, 다이 오 씨는 그 책들만 특별히 '붉은 가죽 트렁크'에 남아 있는 이유에 대 해 뭔가 알고 계십니까?"

다이오 씨는 나를 가만히 바라보았다. 그 눈빛은, 그의 등뒤에서 막 눈을 틔우기 시작한 어린 잎 쪽으로(붉은 석류의 꽃눈, 졸참나무의 연둣빛 잎사귀) 시선을 돌리도록 만들 만큼 강렬했다. 마쓰야마의 고교생이 되어 내가 고로와 재회했을 무렵, 다이오 씨는 때때로 지금과 같은 강렬한 눈빛을 보일 때가 있었다. 그리고 그는 내게 그때의 기억이 되살아나는 말투로 말했다.

"그 이야기 말입니다만, 저는 영어로 된 책을 읽을 수 없긴 하지만, 그 책들과 조코 선생님의 관계에 대해 최대한 빨리 생각을 정리해서 코기토 씨한테 말씀드리려고 생각중이었습니다. 조금만 더 기다려주십시오."

3

아사도 우나이코도 이곳을 떠나 있는 가운데, 릿짱은 훌륭하게 일해주고 있었다.

원래 나는 '혈거인' 단원들이 경제생활을 (젊은 남녀 모두 각자 아르바이트를 한다는 건 짐작하고 있었으나) 어떻게 꾸려나가는지 알지 못했다. 나와 아카리의 매주 생활비 조로 미리 이러이러한 액수의 돈을 지불하라는 말을 아사에게 듣고 그보다 조금 많은 금액을 식당 테이블 위의 철제 비스킷 통에 넣어두었는데, 그다음주 월요일에 뚜껑을 열어보니, 이런저런 영수증과 함께 남은 지폐와 동전이 들어 있었다. 지금은 나와 아카리의 생활을 위해 릿짱이 수고를 해주고 있으니 그에 대한 사례로 다이오 씨한테 지불한 금액 정도라도 받으라고 릿짱에게 말을 꺼내보았지만, 아사 아주머니가 돌아오시면 이야기하겠다면서 들으려 하지 않았다. 릿짱은 식사 준비부터 해서 생활 전반에 걸쳐 아카리를 돌봐주고 있었다. 연극 〈죽은 개를 던지다〉 준비와 '혈거인' 사무에 더해, 우나이코가 큰 극단의 연극에 객원 출연하게 된 사태에도 매니저로서 잘 대처했다(우나이코처럼 특이한 연기 스타일의 유명 여배우에게 건강상의 문제가 생겨 그 대역으로 기용되었다고, 입이 무거운 릿짱이 말했다). 다방면의 능력을 갖춘, 근면한 여성이라고 보지 않을 수 없었다. 다이오 씨 또한 단지 집안일과 관련해서 릿짱을 보좌하는 정도에 그치지 않고, 그녀의 지시에 따라 밖에서 처리해야 하는 집안일을 해주고 있었다.

릿짱은 비가 오지 않는 한 차로 '사야'까지 아카리를 데리고 나가, 흉추가 탈이 난 부분에 주의하면서 주변의 근육을 회복시키기 위한 재활 훈련을 도와주었다. 훈련 시간 동안 아카리가 자유롭게 볼륨을 높여 듣는 음악이 그를 (나와의 어색한 공동생활에서) 해방시켜줄 것임은 물론이었다.

이처럼 릿짱의 하루하루는 각종 일과로 넘쳐났는데도 그녀는 강가 마을부터 시작해서 '자이' 마을까지 인터뷰 조사를 하고 있었다. 릿짱의 조사는 얼마 전 다이오 씨에게 들었던 이야기와 겹치는데, 다음번 〈죽은 개를 던지다〉 연극의 큰 공연과 관련해서 우나이코와 아사 그리고 릿짱이 정한 방침과 관련된 것이었다. 더 단적으로 말하자면 우나이코의 착상에 아사의 응원이 합해진, 영화 〈'메이스케 어머니' 출진〉 촬영 당시의 증인을 찾는 활동이었다.

우나이코와 릿짱이 차기작으로 예정중인 것은 메이지 유신 전후 이

지방에서 일어난 두 번의 봉기 중에 후자를 〈죽은 개를 던지다〉 연극 기법을 사용해 연극화하는 작업이었다. 그 연극은 역사적 사실에(혹은 민중 속 전승에) 입각해서 만들 것이지만, 직접적인 참고 자료는 내가 시나리오를 썼던 영화 〈'메이스케 어머니' 출진〉이라고 했다. 내가 다이오 씨한테 그 계획을 들었다는 것을 안 릿짱은, 이제껏 '비밀주의'를 고수한 것은 두 가지 이유 때문이었다면서, 역시 말은 아꼈지만 필요한 만큼은 충분히 설명을 해주었다. 첫번째는, 오빠를 새로운 연극 활동의 조력자 격으로 염두에 둔 건 찬성이지만(그렇게 해주도록 말해두겠다), 거대 현기증 문제를 제쳐둔다 하더라도 아카리와의 불화와 치카시 언니의 중병이라는 곤경에 동시에 빠진 오빠를 생각해서 좀더 시간을 두고 보자고 아사가 말했다는 점. 두번째는, 우나이코가 우선 자신의 모티브에 따라 연극을 구성하려는 의욕에 넘쳐 있다는 점 때문이라는 것이었다. 그래서 릿짱은 혼마치 도서관에서 봉기 관련 자료를 찾고 있고, 영화 촬영에 실제로 참가했던 이 지역 여성들을 방문해 증언을 수집하는 일에도 착수했다는 것이었다.

그후로 '산속 집'에서의 저녁식사 시간에 릿짱의 증언 조사 일이 화제에 오르는 일이 자주 있었는데, 어느 날 무언가를 골똘히 생각하는 모습이던 아카리가 결연한 태도로 식탁에서 일어나더니 침실로 올라갔다. 그곳에는 마키가 정리해서 보내준 아카리의 자료 상자가 있다. 얼마 지나지 않아 아카리는 파란색 장정裝幀용 천으로 제본한 커다란 물건을 가슴에 안고 내려왔다.

"……바로 이겁니다. 작품 111번의 피아노 소나타 악보도 끼여 있습니다. 사쿠라 오기 마거색 씨가 주셨습니다." 책을 가슴에 품은 채

(즉 책을 내게 직접 건네줄 마음은 없지만 어떤 책인지에 대해 릿짱에게 설명해줄 것은 나에게 요구하면서) 아카리가 말했다.

"아, 네가 그 영화 시나리오를 가지고 있었구나. 네가 사쿠라 씨한테 빌려줬던 베토벤 악보를 돌려주면서, 영화 완성을 기념해서 새로 제본해 만든 시나리오 최종판을 같이 줬나보구나."

릿짱이 책의 표지를 펼치자 아카리가 말한 대로, 책갈피에 끼어 있던 악보가 바닥에 떨어졌다. 아카리가 신속하게 악보를 줍더니(흉추는 재생되는 중이라고 들었고, 매일 계속한 운동으로 근육도 회복된 것 같았다) 페이지를 간추려 릿짱에게 전해주었다.

"'사야'에서 촬영이 진행되었을 때 엑스트라로 참가했던 사람들은 모두 '사야'에 울려퍼지는 이 곡을 들었네. 조사 때 그에 관해 이야기했던 여성이 있었을 걸세. 사쿠라 씨의 '넋두리'가 그 음악과 함께 어우러져 더 깊은 인상을 남긴 것 같으니까(릿짱은 고개를 끄덕였다). 사쿠라 씨는 영화를 만드는 과정에서, 고통스러운 기억이 담긴 이 음악에 대해 알아내려고 한 적이 있네. 베토벤의 소나타였는데, 곡명은 그렇다 치고 사쿠라 씨의 기억 속 연주가 누구의 연주였는지 정확하게 알아낸 건 아카리야. 아카리는 NHK의 음향 스태프에게 영화에서 필요한 부분의 길이를 알려주기 위해 자기 악보에 표시를 해서 주기도 했지."

"아카리 씨가 알아낸 피아니스트의 CD가 있나요?" 자신이 표시를 했다는 페이지를 펼쳐 보여주는 아카리를 주의깊게 바라보더니 릿짱이 질문했다.

"있습니다! 릿짱이 가지고 와주었으니까요!" 그렇게 말하고 이층으로 되돌아가는 아카리의 표정에는 오랜만에 적극성이 나타나 있었다.

우리는 〈죽은 개를 던지다〉 연습 및 '혈거인'이 거실을 연습실로 사용하기 위해 정식으로 설치한 음향 장치에 전원을 연결했다. 벽돌을 깐 가설무대 양쪽에 설치된 스피커가 제대로 드러나도록 릿짱이 남쪽 커튼을 젖혔다. 이번에 '산속 집'으로 돌아온 후로 나와 아카리는 북쪽 고정창을 통해 들어오는 햇빛에만 의지해 생활해왔다(젊은 단원들이 연습을 시작하면 우리는 이층으로 대피한다. 그들은 남북 양쪽 커튼을 완전히 열고 연습을 하지만, 연습이 끝나면 남쪽 커튼을 닫고 연습용 장비를 치우고서 우리에게 거실을 돌려주었다). 싹틀 무렵에는 와인 컬러였다가 점점 연한 초록빛으로 변해가는 단풍나무, 열매를 식용으로 쓸 수 있는 것과 그렇지 않은 것 두 종류 모두 꽃을 피운 석류나무, 드높이 우거진 자작나무, 그리고 하얗고 빨간 꽃을 피우기 시작한 산딸나무…… 남쪽으로 난 정원의 경관을 지금껏 가려두었다는 점이, 지금까지 나와 아카리의 대화 없는 생활을 보여주고 있었던 셈이다.

그런데 지금은 예외적으로 넓은 공간을 채울 수 있는 음량으로 자신이 편애하는 피아니스트 굴다의 연주를 듣고 있으니, 아카리의 감정이 고양되고 있음은 분명했다. 영화에 삽입되었던 2악장이 시작되자 아카리는 악보를 보던 고개를 들어 릿짱을 보았다. 릿짱은 무릎 위에 〈'메이스케' 어머니 출진〉 시나리오를 올려놓은 채, 아카리의 희미한 몸짓에 답해 고개를 까닥였다.

4

이튿날 아침, 아직 아카리가 이층 침실에서 내려오지 않았을 때, 릿짱은 식당에서, 시나리오를 읽었고 아사와 우나이코에게 이미 전화도 했다고 이야기했다.

"아사 아주머니는, 시나리오를 읽을 수 있게 된 건 좋은 일이지만 그 점에 너무 의미를 부여하지는 말고 이제까지 각오해왔던 대로 선생님이 곧바로 작업에 착수할 거라는 기대는 하지 말자고 말씀하셨어요. 그리고 선생님의 '메이스케 어머니' 해석에는 역시 남성 중심주의의 낌새가 있으니 주의하라고도요……

우나이코도 기뻐했지만, 우나이코는 선생님께서도 아사 아주머니께 들어서 극의 원칙을 이해하고 계신 이번 공연에서, 저희만의 연극성을 강하게 내세우려는 생각이 있습니다. 제가 〈'메이스케 어머니' 출진〉에 대한 이 고장 사람들의 경험담을 듣고 있는 이유는, 제 조사 내용을 차례차례 보고해서 우나이코의 반응을 살피고, 우나이코가 어떤 연극을 구성하려고 하는지 제일 먼저 알고 싶기 때문이에요.

'메이스케 어머니'의 '넋두리' 말인데요, 강변 마을과 '자이' 마을 분들이, 기억하고 계신 대로 해주셨습니다. 여러 사람의 목소리를 녹음할 수 있었어요. 이제는 봉기에 나설 수밖에 없다며 '메이스케 어머니'가 호소하는 부분……본오도리*를 출 때 지금도 부른다는 '합쇼야 넋

---

* 본(盆)은 음력 7월 보름에 조상의 혼을 기리는 일본의 명절이다. 우리나라의 추석과 비슷하며, 이때 많은 사람들이 고향을 찾는다. 이 시기 열리는 축제에서 추는 춤을 본 오도리라고 한다.

두리'는 한 명 한 명이 다 다르게 부른다고 말할 수 있을 만큼 멜로디도 가사도 다양합니다. 이번에 시나리오에서 그 부분을 본 뒤, 아, 이게 바로 할머님이나 어머님이 읊으셨던 '문체'로구나, 하고 알게 되었습니다. 책 읽는 식이긴 했지만 우나이코에게 전화로 여러 번 들려주었습니다.

> 하 엔야코라야
> 돗코이 잔잔코라야
> 봉기에 나섭시다
> 우리네 여인들이여 봉기에 나섭시다
> 속지 마라, 속지 마라!
> 하 엔야코라야
> 돗코이 잔잔코라야

시나리오 가운데, 예로부터 전해오는 '넋두리'의 형태를 취하고 있긴 하지만 오페라로 치자면 레치타티보라고나 할까, 합창 부분에 해당되는 설명적인 낭독에서도 '문체'가 느껴집니다. 조코 선생님이 어렸을 때 할머님, 어머님이 들려주신 낭독의 '문체'가 이런 걸까요? 라고 아사 아주머니께 여쭤보았더니, 원래의 '문체'를 소설가로서 여러 번 고쳐 쓰면서 만들어진 것이겠지요, 라시더군요. 우나이코와 저 또한 이 지방 여성분늘이 기억하는 것을 녹음해서 컴퓨터로 문서화한 뒤 계속 고쳐 쓰는……그런 작업을 계속한다면 저희만의 '문체'가 만들어지지 않을까, 하는 생각이 들었습니다. 제가 흥분해서 그렇게 말했더니 우나이코는, 자기한테는 꼭 표현하고 싶은 주제가 있기 때문에 그 주제가 우리의 '문체'를 만들어낼 수 있도록 하고 싶다더군요."

"주제가 '문체'를 만든다는 건 분명 사실이지. 그리고 그 점이 무엇보다 미묘한 부분이기도 하고……" 내가 말했다.

"아카리 씨한테 시나리오를 받았다고 얘기하자 우나이코가 가장 먼저 물은 건, '메이스케 어머니'의 '대답'은 뭐라고 쓰여 있지? 였습니다. '환생한 메이스케'의 지도하에 성공을 거두었던 두번째 봉기 다음에 일어난 일이지요. 옛 번 체제하에서 누렸던 신분을 잃었지만 외부로 나가는 것도 불가능한, 원래는 무사였던 젊은이들이, 오카와라의 진지를 해산하고 마을로 돌아가던 '메이스케 어머니' 일행을 뒤쫓아갑니다. 그들은 깡패가 되어 있었다……고 조사중에 말한 분도 계셨습니다. '환생한 메이스케'를 구덩이에 밀어뜨린 후 머리만 내놓게 하고 돌로 구덩이를 메워 죽여버리죠. '메이스케 어머니'는 여러 명에게 강간당합니다. 문짝에 실려 마을로 돌아온 '메이스케 어머니'에게 길가에 있던 양조장 주인이……물을 먹여주는 척하면서 물어봅니다. 그 물음에 대한 '대답'이 시나리오에는 뭐라고 쓰여 있었느냐는 거지요. 영화 촬영에 참여했던 여성들에게 제가 들은 바에 따르면 이랬습니다. '좋았냐고? 그렇게 알고 싶으면, 다음엔 당신이 당해보든가!'"

나는 침묵했다. 그런 나를 릿짱은 어떤 비판이 담긴 시선으로 보더니, 약간 비껴간 이야기로 말을 이었다.

"먼저 그런 질문을 하는 우나이코가 자신만의 어떤 주제로 작품을 만들 생각인지 알 수 있었어요. 그래서 저도……무슨 일이 있어도 우나이코의 '문체'를 관철할 수 있도록……타협하지 말고 해보자고 결심했습니다."

나는 다시 한번 침묵했다. 그리고 말했다.

"우선은 이 연극도 중학교 원형극장에서 할 건가? 그러면 릿짱이 돌아다니면서 이야기를 들었던 이 마을 여성들도 객석에 앉아 있겠군. 〈죽은 개를 던지다〉 연극식의 문답에 참여할지도 모르겠네……"

"그렇습니다. 그분들의 이야기를 들으러 갔을 때, 원형극장에 초대하겠다는 약속도 했고 직접 만든 '죽은 개'를 가지고 와주십사 말해두었습니다."

5

나와 다이오 씨는 '사야'의 큰 바위에 나란히 등을 기대고, 새 풀이 자라기 시작한 풀밭에 발목까지 맨발을 묻고 이야기했다.

"아사 씨한테 들었는데, 코기토 씨는 조코 선생님이 홍수로 불어난 강으로 배를 띄워 나가던 정경을 자세히 기억하고 계신다지요?"

"제가 그날에 대해 아사나 우나이코, 그리고 그 동료들한테 이야기한 내용은 '익사 소설' 서장에 쓰려 했던 것이고, 눈으로 본 걸 그대로 기억해서 이야기한 건 아닙니다. 오랜 세월 거의 똑같은 꿈을 계속 꿔왔고……그 꿈을 통해 축적해온 정경을 기억하고 있달까. 실제 체험과 얼마나 일치하는지는 저도 잘 모르겠습니다."

"지금 말씀하신 것처럼 꿈이 아니고서야, 강 한복판으로 나아가는 조코 선생님 옆에 코기가 서 있다, 그런 일은 있을 수 없지요. 코기라

는 이름의 또다른 아이가 자신과 함께 살고 있다고 코기토 씨는 주장
하셨다지요……그 무렵 저는 아직 일본에 없었지만……마을에서도
이미 유명했던 코기 이야기를 나중에 듣고서, 그 코기 이야기와 겹쳐
저는 코기토 씨를 뭐랄까, 특별한 사람이라고 생각하게 되었습니다.

코기토 씨가 꾼다는 꿈이라고 남한테 들은 이야기 속에서, 조코 선
생님이 탄 보트에 그 또 한 사람의 코기가 서 있다…… 그 부분에 저
는 감격했습니다.

실은 그날 밤의 코기토 씨를 저는 정확히 기억하고 있으니까요! 코
기토 씨 쪽에서는 제가 있다는 걸 모르셨지요? 장교들이 모이는 곳간
채 입구, 토방*과 마룻바닥이 반반이던 곳에 선생님이 수염을 깎을 때
쓰셨던 의자가 있었지요. 저는 그 안쪽에 이불을 깔고 자고 있었는데
코기토 씨가 혼자 들어오더군요. 이층으로 올라가는 계단을 비추기 위
해 방공용 갓을 씌운 전구가 하나 켜져 있었지요. 코기토 씨가 들어왔
을 때, 저는 일어나려고 했습니다. 조코 선생님이 제게 시킬 일을 코기
토 씨가 알려주기 위해 온 건가 싶어서요……그런데 코기토 씨는 토
방에 조리를 벗어두고 무슨 생각이라도 하는 것처럼 고개를 숙인 채
계단을 올라갔지요. 그래서 저는 그냥 자는 척하고 있었습니다. 나 같
은 외팔이 젊은 놈 따위가 할 수 있는 일이 뭐가 있겠냐, 그렇게 스스
로를 폄하하면서요…… 이층 큰방에는, 저를 막 부려먹던 장교가 두
사람, 그 안쪽 방에는 부하 세 명이 잠을 자고 있었죠. 그런데 더 안쪽
방에서 코기토 씨가 우비로 둘둘 만 것을 등에 지고 내려오더군요. 그

---

* 방에 들어가는 문 앞에 좀 높이 편평하게 다진 흙바닥.

바로 다음의 일이었습니다. 제가 일어나 이층 장교들이 깨어 있다는 걸 직접 확인했던 건……

코기 씨가 등에 지고 내려온 건 그리 크지 않은 네모난 물건이었는데, 그게 '붉은 가죽 트렁크'라는 걸 알 수 있었습니다. 아직 해가 지기 전에, 그날따라 조코 선생님이 곳간채에 모습을 드러내지 않은 것에 신경이 쓰인 장교들이, 조코 씨가 혼자서 일을 실행할 때 가져가겠다고 말했던 '붉은 가죽 트렁크'를 보여달라고 하자면서, 그걸 잠깐 빌려오라고 저를 안채로 보냈으니까요.

그날 밤은, 초저녁부터 술자리가 벌어졌지만 참석한 건 장교들과 부하들뿐이었지요. 조코 선생님은 그 전날 밤 회의에서, 후에 장교들이 썼던 표현을 빌리자면 '결렬' 상태가 발생해서 안채로 들어가버리고는, 다음날 곳간채에 모습을 드러내지 않았던 거죠. 그런 이유로 장교들은 우비에서 트렁크를 꺼내, 제가 빌려 온 '붉은 가죽 트렁크' 내용물을 샅샅이 조사했습니다. 별 시시한 게 다 들어 있군! 하면서 웃는 목소리도 들렸죠. 저는 잠자코 있었지만, 선생님의 물건이라 조사하는 내내 방 한쪽 구석에 서서 뚫어져라 지켜보고 있었습니다. 그리고 기억하는 건, 그때 제가 영어로 된 제목을 읽을 수 있었을 리는 없지만, 나중에 조코 사모님께서 책에 곰팡이가 슬지 않도록 햇볕에 말리시는 걸 거들어드리다가, 아, 이 책은 고치의 선생님이 계신 곳에 조코 선생님과 동행했다가 내가 들고 돌아왔던 그 묵직한 책이구나, 라고 깨달았다는 사실입니다. 그래서 책 제목을 다른 종이에 옮겨 적었습니다. 'The Golden Bough'라는 두꺼운 책 세 권이었죠. 트렁크 속 내용물 대부분은 서류나 편지 다발이었습니다. 편지 봉투나 본문 등은 장교들이 일

일이 확인한 다음 원래대로 다발로 만들어 묶었습니다만, 술을 데우거나 냄비를 데우는 데 쓰는 화로에서 태워버린 것도 있어서 불길이 일기도 했습니다. 그러고 나서 남은 편지 몇 통은……선생님 댁은 종이를 만드는 집이었으니 질 좋은 종이를 저장할 때 쓰는 기름종이가 있었지요……그 기름종이로 싸서 트렁크에 넣고, 비 오는 날 산일 할 때 쓰는 우비로 가방을 다시 쌌습니다. 그것이 늦은 밤 코기토 씨가 가지러 왔던 '붉은 가죽 트렁크'였습니다."

"사실 저는 짐을 가지러 갔던 일이 생각나지 않습니다. 저 말고는 아버지의 짐을 가지러 곳간채를 출입할 수 있는 사람이 없었으니, 제가 그 트렁크를 가지러 갔던 건 분명한데요……기억나는 건 그다음 장면, 이번에는 제가 보트에 올라탄 아버지에게 짐을 전했던, 그 광경입니다. 차가운 물살을 가슴으로 헤치면서 일단 되돌아왔지요. 물에 떠내려갈 것 같았던 호제통 로프를 묶어놓기 위해서요. 그런 장면을 꿈으로 꾸었고, 그 꿈을 다시 기억하고 또다시 기억하면서 살아왔습니다. 하지만 그 로프를 연결하는 콘크리트 바닥의 닻에는, 배를 고정하는 밧줄이 묶여 있었지요. 오히려 그 밧줄을 풀어달라는 아버지의 말을 듣고 되돌아간 건 아니었는지…… 지금 다이오 씨와 이야기를 나누면서 생각해보니, 분명 그랬음이 틀림없습니다. 하지만 밧줄을 풀 새도 없었다고나 할까, 뒤돌아보니 보트는 획 하고 물살의 힘에 끌려가듯 밀려나가버렸지요……

그렇게 된 일이었습니다."

"그렇다면 코기토 씨가 꿈에서 보고 고통스러워하셨던 일……중요한 때, 당신은 호제통을 떠내려가게 해서는 안 된다는 하찮은 생각을 하느라 아버지를 구할 수 없었다……라는 건 잘못된 거였군요. 그리고 이건 제 추측입니다만, 만약 조코 선생님이 보트에 탄 채로 출발하려고 마음을 먹고 계셨다면, 코기토 씨를 돌려보낼 필요는 없었겠죠. 왜냐하면 항상 벨트에 차고 계시던 삼지닥나무 작업용 주머니칼, 그걸로 로프를 끊어버리면 그만이니까요. 어차피 돌아올 일 없는 출항 아니겠습니까? 배를 고정할 밧줄은 더이상 필요 없지요. 저는 말입니다, 선생님은 코기토 씨를 남겨두려 하셨다고 생각합니다!

그리고 조코 선생님은 홍수로 불어난 강에서 홀로 익사하셨죠. 그보다 조금 전, 코기토 씨가 선생님이 착각하신 한자를 정정해드렸다는……森森과 淼淼 맞죠?……역시 그건 조코 선생님의 이해가 옳은 것 아니었을까요? 선생님은 아득한 바다 저멀리로 흘러간 것이 아니었습니다. 이 고장에는 죽은 사람의 혼이 산으로 올라가, 그 사람의 것으로 정해져 있는 나무둥치에 머무른다는 이야기가 있지 않습니까? 바로 그 울창한 장소야말로 선생님이 가신 곳이라고 저는 생각합니다!

저는 이 산에서 태어난 인간은 아닙니다. 제가 죽은 뒤 혼이 돌아갈 제 나무는 이 산에는 없겠죠. 저도 죽은 뒤에는, 울창한 산속 깊은 곳으로 가고 싶습니다!

아사 씨는 마음에 안 든다고 했다지만, 저는 코기토 씨와 조코 사모님이 합작해서 만드신 그 시가 마음에 듭니다. 아카리 씨는 도쿄에서 태어나 그곳에서 성장했지만 코기토 씨가 준비만 잘해놓고 가시면, 그후엔 혼자 산으로 올라가 자신의 나무로 갈 수 있지 않을까요?"

다이오 씨는 이 고장 사람이 아니라고 말했지만, 훈련도장을 폐쇄한 후에도 오랜 세월 이곳에서 생활해왔으니 그 세월 동안 이 고장의 전승담에도 해박해졌음이 분명하다. 원래부터 공부에 열심인 성격이기도 했을 것이다(하필이면 내 아버지가 스승이었다는 점은 문제였지만). 이날, 그는 내가 잘못 알고 있었던 '사야'의 지형에 관해서도, 맨발로 쉬어두었던 발에 신발을 꿰어 신고 '사야'를 종횡무진 걸어다니며, 정확한 지리를 가르쳐주었다.

큰 바위 주변에는 고대의 인간이 만든 돌도끼가 있다는 전승담도 있다. 다이오 씨는 그 이야기에 흥미를 갖고 주변을 파헤친 적도 있었고, 실제로 캐낸 돌도끼의 일부를 큰 바위 밑에 묻어두었다며 25센티나 되는 돌덩이를 하나 나에게 갖다주기도 했다.

우리가 '사야'에서 내려가기 시작했을 때, 아지랑이가 피어나는 것처럼 버드나무 이파리가 늘어진 강 옆, 아카리와 릿짱이 체조를 하는 장소에 남자 두 사람이 다가가는 것을 목격했다. 그들은 매트리스 위에 누운 아카리와 그 옆에 무릎을 꿇고 앉은 릿짱 곁에 쭈그리고 앉아 말을 걸고 있었다. 상체를 반 정도 일으킨 아카리가(이전까지는 이런 자세를 하기 위해서는 고통이 따랐을 것이므로, 릿짱의 마사지는 효과가 있었다) 양 팔꿈치를 들어 손바닥으로 귀를 막고 있었다. 그 동작은 텔레비전 토크쇼에서 개그맨이 성적 농담을 입에 담거나 할 때, 아카리가 거부 의사를 나타내는 동작이다. 나는 서둘러 내려가기 시작했다.

자리에서 일어선 두 사람 모두 사십대 남성으로 보이는데, 경계하는 듯한 자세로 침묵하고 있었다. 릿짱이 매트리스에서 내려와 워킹화를 신고 내게 설명했다.

"이 장소에 붙은 '사야'라는 이름에 대해 아느냐고 묻더니 대답은 듣지도 않고 자기들끼리 떠든 말이 비속한 단어여서 아카리 씨가 저러는 거예요."

'사야'란 운석 때문에 원시림 안에 생성된 좁고 기다란 공간을 가리키는 말이지만, 이 고장에서는 여성의 성기를 가리키는 은어이기도 하다……

내 뒤를 따라 도착한 다이오 씨를 보고 남자들은 그제야 그 자리를 떠나면서, 무언가 재미있는 경험이라도 했다는 듯 서로의 어깨를 두드리며 웃었고, 그러면서 벌게진 얼굴로 우리 쪽을 돌아보고 또 돌아보았다. 다이오 씨가 말했다.

"녀석들, 걸음아 나 살려라로구먼요. 뭐, 당연합니다. 코기토 씨가 그럴듯한 돌도끼를 손에 쥐고 계시니!"

"너무 귀찮게 하기에 어떡하나, 생각하던 참이었어요." 릿짱이 말했다.

"괜찮습니다, 아빠가 싸울 거니까요!" 아카리가 '나의 대사' 가운데 오랫동안 인용한 적이 없었던 한 구절을, 정성을 다해 말했다.

제11장
아버지는 『황금가지』에서
무엇을 읽어내려 했는가?

1

아카리와 화해 조짐이 보이기 시작한 후부터(여전히 유보적이지만, 이렇게 말해도 될 것 같다) 생활에 이전까지와는 다른 변화가 일어났다. 아카리는 우나이코와 릿짱의 방에 있던 재생 장치를 식당으로 옮겨두고 바닥에 몸을 비스듬히 뉘어 음악을 듣는다(눌렸던 흉추 하나는 눈에 띄도록 빠르게 회복중이지만, 그 뼈를 보호하려 하다보니 여전히 오른쪽 등 아랫부분 근육이 뭉쳐 있어서 통증이 있다).

릿짱은 '사야'에서의 재활 훈련을 하루도 거르지 않을뿐더러, 강변 마을이나 '자이'로 인터뷰를 하러 나가면서도 아카리의 상태에 언제나 수의를 기울여주고 있다. 나는 연습실로 개조된 거실 남서쪽 구석에 놓인 소파를 내 구역으로 정해놓고, 보조 책상에 책, 사전, 카드 등을 올려놓았다. 문득 생각해보니 그런 생활 방식은 세이조 집에서의 생활과 동일했다(연습이 시작되면 아카리와 함께 이층으로 올라가는 것만 달랐다).

릿짱은 보통 우나이코와 함께 쓰는 컴퓨터로 사무를 처리했지만, 아카리가 식당에서 음악을 듣게 된 후부터는 식탁에서 〈'메이스케 어머니' 출진〉 촬영시의 인터뷰 기록을 정리하는 경우도 많았다.

다이오 씨가 오면 그와 나는 릿짱 곁으로 자리를 옮겨 대화를 나눈다. 아카리가 조심스럽게 작은 음량으로 듣는 음악은 릿짱의 작업에 오히려 효과적이었고, 나와 다이오 씨의 대화에도 방해되지 않았다. 반대로, 아카리가 듣고 있는 스피커 음량에 맞서 큰 소리를 내려고 하지 않는다면 우리의 이야기 소리는 아카리에게도 방해가 되지 않는다. 마키가 관찰하고 말한 의견에 따르면, 아카리의 경우 음악을 받아들이는 두뇌 활동은 언어를 말하고 듣는 두뇌 활동과 별개인 듯하다.

나에게는 (생각해보면 줄곧 사로잡혀 있었던) '만년의 작업'으로서의 소설을 쓰겠다는 생각은 더이상 없었다. 따라서 그 작업을 위한 주제를 골라 책을 읽는 식의 독서도 필요 없어서, 그날그날 마음 가는 대로 자유롭게 고른 책을 읽게 되었다. 거대 현기증이 찾아오는 것이 불안해서 자제하려는 의식은 남아 있긴 했지만…… 그렇기 때문에도 이층의 작업실 겸 침실보다 아래층 소파에서 여유롭게 책을 읽는 편이 더 적합했다.

그런 와중에 도쿄의 편집자 친구에게 의뢰했던 James George Frazer의 『The Golden Bough: A Study in Magic and Religion』이 도착했다. 1922년 맥밀런 출판사에서 발간된 세번째 판본의 팩시밀리본. 한 질을 다 갖추고 싶었던 이유는 '붉은 가죽 트렁크' 안에 들어 있던 세 권을 전체 맥락 속에서 확인하고 싶었기 때문이다. 때마침 이 원서 3판의 완역본이 최근에 출판되어, 문화인류학자인 친구가 말했는지 나에게도 증정본이 왔다. 그 책도 '산속 집'으로 왔다. 거대 현기증 발생 이후, 장시간 집중해서 읽는 독서 방식 대신, 침대 옆 책상에 책을 놓아두고 기분 내키는 대로 책을 펼쳐보는 습관을 들였다. 그랬는데, 다이오 씨와 대화하다가 이 책의 제목이 등장했기 때문에 더 적극적으로 관심을 갖게 되었다.

나는 우선 '붉은 가죽 트렁크'에 있었던 원서 세 권 속의 밑줄이나 메모, 즉 아버지가 제한된 영어 실력으로 읽으려고 했던 흔적을(처음 페이지를 넘겨보던 때는 신경쓰지 않았다) 꼼꼼하게 찾아내려고 했을 만큼 이전에 비해 적극적으로 변해 있었다. 예상했던 대로 메모라고 할 만한 건 눈에 띄지 않았으나, 전쟁 돌입 전의 일본에서도 입수 가능했을 수입품이 아니라 심이 딱딱한 국산 색연필(빨강과 파랑)로 표시한, 그러니까 지우개로 지울 생각으로 쓴 것이 아닐까 싶은, 희미한 흔적이 눈에 들어왔다.

책은 한 번 물에 젖은 적이 있었다. 낡은 종이가 찢어지지 않도록 조심하면서 한 페이지씩 넘기는 일은 쉽지 않았다. 그래도 몇몇 페이지에는, 인쇄된 부분의 양쪽 끝에 있는 소제목 몇 개에 색연필로 희미하게 동그라미 표시가 되어 있었다. 그런 부분을 읽어나가다가 나는, 아버지에게 귀중한 원서를 빌려줬고(만약 그냥 줬다면 전권이었을 터), 그리고 아버지가 익사하게 되어 이 세 권을 돌려받을 수 없게 된 책 주인이, 아버지가 읽어야 할 부분을 알려주기 위해 표시한 것은 아닐까, 하는 생각이 들었다.

만약 그렇다면, 이 색연필 주인은 어머니한테서도 그 이름을 반복해서 들었던 고치의 선생님이 틀림없다. 아버지가 다이오 씨를 데리고, 탈번*한 사카모토 료마가 걸었다는 길을 이웃마을 강자락부터 반대로 되짚어가 가르침을 청하러 갔다던, 시코쿠 산맥 너머 고치의 선생님!

나는 탐색을 시작했다. 우선 아버지가 읽었을 터인 세 권 중 두 권은 'The Magic Art and the Evolution of Kings', 즉 제1부인 1, 2권이었다. 그리고 내가 가진 팩시밀리본과 대조해보니 제2부 한 권이 빠져 있고 제3부 'The Dying God' 한 권이었다. 고치의 선생님이 어느 정도 자세히 가르쳤는지 몰라도(텍스트를 보여주며 소제목에 대해 설명해주는 정도였는지, 본문을 한 줄씩 읽으면서 설명하는 정도였는지 모르지만), 배우고 나서 다이오 씨에게 책을 들려 돌아와 집에서 본 적 있는 낡고 작은 『콘사이스 일영사전』에 의지해 아버지가 읽었을 원서 읽기에 착수했다. 그런데 페이지 여백에 쓰여 있는 소제목에 빨갛고 파란 표시를 해둔 부분만 따로 읽어보니, 왜 이 세 권이 고치의 선생님과 아버지 사이의 개인 수업의 텍스트로 선정되었는지 싱겁게도 바로 판명되었다! 그 수업은 너무나도 명백한 정치 교육이었던 것이다……

이런 식으로 『황금가지』를 읽어나가기 시작한 지 이틀째 되던 날, 보조 책상으로 커피를 가져온 릿짱이 말을 걸어왔다.

"작업실 이외의 장소에서 책을 읽으시려면……관련 서적을 이렇게나 많이 옮겨둘 필요가 있는 거로군요."

"이건 전에 말했던 '붉은 가죽 트렁크'에 들어 있던 책이지……검토

---

* 자기가 속한 번을 이탈하는 행동. 무사들은 허락 없이 번을 떠나지 못한다.

해보니 이 책을 아버지가 어떤 식으로 읽었는지에 대해, 대충 알게 되었네."

"『The Golden Bough』가 『황금가지』로 번역되었다는 건 알고 있었습니다. 하지만 읽은 적은 없어요. 하시던 일이 마무리되었다면 선생님께서 들려주시겠어요? 제 커피를 가지고 올게요."

나는 팩시밀리본과 번역본에서 이야기에 필요한 부분을 펼쳐 소파 위의 내 위치에서 직각이 되는 위치에 앉은 릿짱 앞에 놓았다.

"『황금가지』는 민속학 책이긴 하지만, 인간과 인간의 관계 방식에 대한 연구서이면서 정치적인 원리도 배울 수 있는 책이라네. 아버지는 이 책으로 정치 교육을 받았다는 걸 알 수 있었고, 아버지가 지니고 계셨다는 문학적 자질도 엿보여서 흥미로웠지. 릿짱은 다이오 씨가 내 아버지를 조코 선생님이라고 부르는 걸 듣고 이상하다고 생각했겠지? 아버지의 초국가주의적 사상이 녹아 있는 훈련도장의 제자였다는 인연의 결과일세. 그런데 이번에 그와 대화를 나누며 의외로 느꼈던 점이 있네. 다이오 씨 말에 따르면, 조코 선생님은 국가라든지 대동아공영권 등의 딱딱한 단어를 쓰면서 이런저런 이야기하기를 좋아하셨다. 그러나 그런 겉모습 안에 있는 보통 때의 선생님은, 문학청년이 그대로 쉰 살이 된 듯한 모습이었다, 라더군.

아버지가 읽었던 『The Golden Bough』를 검토해보니, 이런 식으로 페이지 여백에 소제목 같은 형태로 내용이 요약되어 있는데, 세 권 모두 그 소제목 중 여러 개에 색연필로 동그라미가 쳐져 있더군. 그것도 교사 경험이 있는 사람이 하는 방식으로. 그런데 처음에는 알아차리지 못했지만 평소 밑줄이나 메모를 하지 않는 사람이 색연필로 친 동그라미도 발견했네. 그 표시들을 따라가며 읽어보니, 그건 아버지가 한 것 같았지. 왜냐하면 동그라미가 쳐진 부분이, 다이오 씨가 말한 그대로였거든. 아버지는 이 책의 문학적이랄까, 시적인 측면에 이끌렸다는 것이 분명해 보였어. 고치의 선생님은 이 책을 정치 교육에 사용하려 했네. 그런 의도에 따르고 있긴 하지만 실은 다른 방식으로 읽기도 한 것 같아. 나는 태어나서 처음으로 그런 아버지를(현재의 나보다 스물다섯 살 정도 젊은데) 발견했네. 제1권 모두冒頭에 에피그래프로 시가 인용되어 있더군. 완역판을 보게나. 간나리 도시오라는 번역자는 문화인류학 또는 민속학 전문가 같다는 느낌이 풍기는 번역이라네. '아리키아의 숲 아래 잠들어 있는 / 고요한 거울 같은 호수 / 이 숲의 어슴푸레한 그늘 속에 / 공포스러운 사제가 군림하네 / 사제는 암살자를 쓰러뜨리네 / 그러나 그 또한 누군가에게 죽임을 당하리라.'

이 번역이 원시의 내용에 충실하지 않다고는 생각하지 않네. 원래 이 정도의 시겠지. 그런데 이 시와 거의 동일한 내용을 프레이저가 산문으로 써놓은 부분이 있어. 약간 화려하지만, 깔끔한 느낌을 풍기는, 아주 아름다운 글이지. 아버지는 사전에서 한 단어, 한 단어 찾아가면서 그 아름다움을 직접 읽어내려 한 건 아니었나 싶은 생각이 드네. 쉰에 익사한 사람⋯⋯아버지가 애처롭게 여겨질 정도였지."

2

이어서 나는 아버지의 스승이 표시한 부분에 대해 설명했다.

"최초의 두 권이 이처럼 '주술과 왕의 기원'이라는 제목으로 번역되어 있네. 제3부가 '죽어가는 신'. 제1부 제1장 '숲의 왕'은 문화사에 남을 내용이라고 말할 수 있을 만큼 널리 알려져 있지. 이탈리아 알바 산의 네미 호수 숲에 커다란 오크 나무가 있다. 어두운 얼굴을 한 왕이 검을 들고 그곳을 지키고 있다. 왕 자신을 지키고 있다고 말할 수도 있다. 이 왕과 결투를 벌여 왕을 죽인 청년은 새로운 왕이 될 수 있다. '죽어가는 신'이라는 말에서 알 수 있듯 신들 역시 불사신이 아니고, 언젠가는 죽을 운명이다. 왕이 나이들어 쇠약해지면……지금 왕 자신의 생명력이 세계의 풍요를 약속해주는 것이기 때문에……세계 또한 멸망할 수밖에 없다. 그러한 위기에 어떻게 대처할 것인가? 사람들은 왕이 자연사하는 것을 막으려고 하지. 즉 아직 왕에게 에너지가 남아 있을 때, 차기 왕 후보자에게 왕을 죽이도록 한다네. 새로운 왕의 탄생에 의해 세계의 풍요가 다시 시작되는……그런 구조이지.

네미 숲의 왕의 신화는 『황금가지』 전체 주제의 출발점이기도 하고 누구나 읽는 부분일세. 프레이저는 늙은 왕이 죽고 새로운 왕에 의해 세계의 풍요가 다시 시작되는 방대한 신화 원형 모음집을 만드는 작업으로 나아가네. 그렇게 전개되는 가운데 아버지에게 책을 빌려준 인물은 앞서 말한 제3부 'The Dying God'으로 넘어가 그 책에서 읽어야 할 부분에 표시를 해두었더군. 표시된 부분은 네미 숲의 왕이 어떻게 살해당하고 세계의 힘이 다시 시작되는지에 대해 다시 상세히 서술한 페이지일세. 일관된 지시가 내려진 거지. 내 아버지는 정치 교육에 열심인 사람을 스승으로 만난 거야."

릿짱에게 한참 이야기하는 와중에 아카리가 거실로 들어오는 다이오 씨에게 한 손을 들어 인사하는 모습을 봤다. 다이오 씨는 집안으로 들어오기 전에 남쪽 정원에서 이런저런 일을 했는데 붙박이 유리창 옆을 열어두었기 때문에 나와 릿짱의 대화도 들은 것 같았다.

"코기토 씨가 이렇게 열중해서 이야기하시는 모습을 본 건 훈련도장에 고로 씨와 함께 왔을 때 이후 처음인 것 같은데요." 다이오 씨가 말했다. "저한테는 신경쓰지 마시고 강의 계속하십시오."

"다이오 씨도 참여해주시는 걸로 알고, 다시 프레이저의 책으로 돌아가죠. 고치의 스승이 이 책을 통해 어떤 정치적 방향을 제시했는지는 이해가 되었습니다. 그런 스승의 수업을 받으면서 아버지가 『황금가지』라는 텍스트를 문학적으로도 아름답다고 여겼던 것 같다는 생각도 하게 되었지요. 이 부분은 다이오 씨에게도 들은 이야기죠. 하지만 수업 자체는 정치적인 방향으로, 즉 왕의 부하 되는 자들이 무엇을 해야 하는지를 말하는 방향으로 진행되었던 걸로 보입니다.

번역을 읽어보지요. '……아무리 주의를 기울여 배려한다 한들, 인간신人間神이 늙고 쇠약해져 결국 죽는 것을 막을 도리는 없다. 왕을 숭배하는 자들은 이 슬프고도 필연적인 사태에 관심을 기울이지 않을 수 없고, 이에 대해 그들이 할 수 있는 최선을 다하여 대처해야 한다. 이 위기는 참으로 가공할 만한 것이다. ……이 위기를 피하기 위한 방법은 단 하나밖에 없다. 인간신이 그 생명력이 쇠약해지는 징후를 보이는 즉시 그를 죽여, 그 영혼이 가공할 쇠약에 의해 심하게 손상되기 전에 영혼을 강건한 후계자에게 옮겨놓아야 한다. 이처럼 인간신을 노령과 질병으로 죽도록 놔두는 대신 죽여버리는 행위의 이점은, 원시인들에게는 지극히 명확하다. ……숭배자들이 인간신을 죽이면, 첫째로 그의 영혼이 육체에서 탈출할 때 영혼을 확실하게 붙잡아 적절한 후계자에게 옮길 수 있으며, 둘째로 그의 자연적인 힘이 쇠퇴하기 전에 그를 살해함으로써 세계가 인간신의 쇠퇴와 함께 파괴되는 일을 확실하게 막을 수 있다. 그처럼 인간신을 죽여, 그 영혼이 아직 전성기의 힘을 가지고 있을 때 강건한 후계자에게 옮김으로써 모든 목적은 달성되며, 모든 위기를 피할 수 있게 되는 것이다.'"

아카리가 (계속 누워 있었던 자세 때문에 등 아래쪽에 통증을 느끼는 상태인 것 같았지만, 그래도 노력해서 몸을 일으켜) 우리 곁을 스쳐 지나가더니 화장실 쪽 복도로 사라졌다. 조금 뒤 쾅 하고 문이 닫히는 소리가 들렸다.

"아카리 씨는 FM으로 음악을 듣다가 방송이 임시 뉴스로 바뀌어 살인 사건을 보도하면 싫어해요." 릿짱이 아카리가 큰 소리를 내며 문을 닫은 일을 수습했다.

나는 다이오 씨에게 물었다.

"지금 막, 제가 '익사 소설'을 쓰겠다고 했을 때 어머니와 아사가 두려워했던 것이 무엇이었는지, 그 정체를 깨달았습니다. 아버지가, 고치의 선생님이 해석해준 『황금가지』를 축약해, 국가의 위기를 회피하기 위해서는 인간신을 죽여야 한다고 전했고, 젊은 장교들을 한번은 그런 방향으로 이끌었다. 그렇게 제가 쓸까봐 두려워했던 것 같습니다."

다이오 씨는 침묵을 지켰다. 나는 말을 이어갔다.

"그런데 밀입니다, 다이오 씨. 제가 어려서 잘 이해한 건 아니어도 곳간채에서 열린 회의가 그렇게까지 열기를 띠고 이어졌는데, 갑자기 젊은 장교들이 아버지를 버리고 말았다는 사실이 저로서는 이해되지 않습니다. 지금도……

다이오 씨, 아버지와 장교들이 정말로 서로를 이해했는지, 저는 그 점을 알고 싶습니다. 그 정도로 깊었던 관계가 갑자기 깨지고 아버지 혼자만 그런 지경에 이르고 말았지요. 그런 사실에 대해, 젊은 다이오 씨가 아무런 느낌도 받지 못했다. 그런 일은 있을 수 없겠지요?"

다이오 씨는 앞뜰의 햇살을 받아 황금빛으로 반짝이는 짧은 백발의 머리를 곧게 세우고 생각에 잠겨 있었는데, 그런 그와 그의 대답을 기다리는 나를 책망하듯 릿쨩이 말했다.

"언제까지 아카리 씨를 화장실에 가둬둘 작정이세요? 아카리 씨는 본인이 FM이나 CD를 듣고 있을 때 옆에서 조코 선생님과 다이오 씨가 대화를 해도 그냥 참잖아요! 이제 곧 아카리 씨가 좋아하는 〈클래식 스페셜〉 시간이 시작되는데 그 시간을 돌려주시면 어떨까요?

저희는 오후에 '사야'로 갈 거니까, 그곳에서라면, 아카리 씨가 음악을 듣는 장소에서 떨어져 계시기만 한다면, 아무리 큰 소리로 토론하셔도 상관없어요."

3

우리는 산일을 하는 트럭이 방향을 바꿀 수 있도록 공터에 차를 세운 뒤, '사야'를 둘러싼 활엽수림과는 다른 식으로 나무들이 늘어선, 골짜기를 넘어가는 길을 걸어갔다. 얇은 매트리스와 모포를 외팔에 끼고 다이오 씨가 앞장섰고, 아카리와 릿쨩을 사이에 두고 내가 그 뒤를 따랐다. 아카리를 보살피는 릿짱의 태세는 흠잡을 데가 없었다. 커다란 보스턴백을 들고 있으면서도 아카리가 넘어지거나 하면 한쪽 덤불 속에 발을 넣어 아카리를 받쳐줄 태세로 등산용 운동화를 신고 있었다.

'사야' 아래쪽으로 나오자 시내 옆 평탄한 풀밭에 다이오 씨가 짐을 내려놓고 체조용 매트리스를 펼쳤다. 릿짱이 재생 장치와 CD케이스를 보스턴백에서 꺼내고, 아카리가 신발을 벗고 매트리스 위에 앉은 모습을 본 뒤, 나와 다이오 씨는 '사야'로 올라갔다.

"아직 전쟁중이었을 때 저는 강가에 있던 삼지닥나무 창고 이층을 제공받아 그곳에서 살게 되었지요. 하지만 이곳 '사야' 일대에 발을 들여놓은 건 훨씬 나중 일입니다."

"'사야'에는 예로부터 전해오는 이야기가 있어서 그럴 텐데, 외부에서 온 사람을 안내하는 장소는 아니었으니까요……"

"사위가 의사인 혼마치 남자가 은어 낚시를 가자기에 함께 갔을 때 이야기입니다만……조코 선생님의 유해가 밀려왔던 삼각주 쪽은 아이들이 수영하러 가지 않는 특별한 장소가 되었다는 말을 들었습니다. 이런 마을엔 보통 오래전부터 뭔가 문제 있는 장소로 간주되는 곳들이 있는데, 그런 식으로 새로 만들어지는 경우도 있더구먼요.

홍수로 강이 불어난 밤에 보트를 타고 나서는 조코 선생님을 뒤에서 바라보는, 그런 정경을 코기토 씨는 오랫동안 꿈속에서 봐오셨지요. 아사 씨가, 오빠는 깊은 물속에 가라앉은 아버지를 봤을 거라고 말해서 사람들이 웃기도 했는데…… 저는 그 얘기야말로 꿈 이야기라고 생각합니다. 왜냐하면 물속에 가라앉은 조코 선생님의 시체를 발견한 건

바로 저였으니까요.

아버지가 보트를 타고 나서는 걸 본 사람은 자신과 보트에 함께 탄 코기뿐이라고 오빠는 말하지만, 어머니도 돌담 위쪽 밭에서 지켜보고 있었다고 아사 씨는 말했지요. 하지만 그 모습을 지켜본 사람이 또 있었습니다. 바로 저였습니다. 저는 조코 선생님이 출발하시는 걸 확인한 후 곳간채에 있던 장교들에게 보고했습니다. 그리고 같이 움직이라고 군인들이 말하기에, 선생님을 찾으러 나선 사람들과 함께 행동했습니다. 막 동이 트려는 시각이었는데 저는 자전거로 가메가와 강변을 달렸습니다. 혼마치 쪽 모래톱 위쪽에서 보트가 뒤집히는 모습을 달빛 아래서 봤다는 사람이 있어서, 모래톱 주변 일대를 수색했습니다. 그리고 물속에 가라앉아 계신 조코 선생님을, 바로 제가 발견했지요.

그렇게 된 건데, 그뒤 조코 사모님께선, 유해를 물에서 어떻게 건져냈는지 아는 사람과 코기토 씨가 만나는 일이 없도록 하셨지요. 열다섯 살에 이 산에서 외부로 나간 후로 코기토 씨는 마을 사람들과 친하게 교제하거나 하신 적은 없지요? 이미 그전부터, 열 살 때부터는 늘 혼자였고 신제도 중학교에 입학한 후로도 혼자 교실에서 책만 읽었다고 증언하는 사람도 있더군요. 오직 아사 씨만이 코기토 씨와 이 마을 사이의 연결고리로, 그나마 조코 사모님이 체크를 하시던 고리였지요. 이 마을에서 코기토 씨만큼 완전히 뿌리 뽑혀 성장한 사람은 달리 없는 거 아닙니까?

그렇기는 해도, 우리 입장에서는 역시 코기토 씨는 이 산의 사람이었습니다. 코기토 씨가 할머님이나 어머님께 들었던 이야기를 토대로 써오신 내용들은, 코기토 씨의 공상이 아무리 들어가 있어도, 역시 진짜 있었던 일이라는 것이 보입니다. 코기토 씨가 완전히 도쿄 사람이 되어버려서 이 산으로 돌아오는 일이 거의 없었기 때문이기도 했는데, 가끔 댁에 출입하는 걸 허락받게 되어 제가 이런 말을 한 적이 있습니다. 코기토 씨의 소설은 공상의 산물이지요, 그렇더라도 참, 어떻게 그런 공상을 할 수 있나 싶습니다. 모르긴 몰라도, 그런 게 재능이라는 거겠지요, 라고요. 그랬더니, 제가 뭘 안다는 것처럼 말했기 때문이기도 할 텐데, 그건 공상이 아니라 상상이란다, 라고 사모님께서 제 말을 한마디로 잘라버리시더군요. 남편이 야나기다 구니오 선생님의 책을 읽고는 공상과 상상은 다르다, 상상에는 근거가 있는 법이라고 쓰여 있다고 했는데, 코기는 상상해서 쓰는 걸 거다, 나와 어머니가 들려준 이야기를 잘 기억하고 있다가 그걸 근거로 해서 상상하고 쓴 것이니, 우리가 읽어봤을 때 터무니없는 얘기라고 할 만한 공상 같은 건 하나도 없단다! 라고요. 저는 순순히 물러서지 못하고, 그럼 『손수 나의 눈물을 닦아주시는 날』은요? 방광암에 걸린 조코 선생님이 나무 수레에 탄 채로 은행을 습격하는 얘긴데요, 라고 말했죠. 그랬더니, 그건 망상이고! 라고 하시더군요, 하하하!

사모님다운 재치가 느껴지는 추억 얘기로 얘기가 옆으로 샜습니다만, 지금 우리는 특별히 남을 신경쓰지 않아도 되는 장소에 와 있으니, 중요한 이야기로 다시 돌아가야겠습니다! 꽤 복잡한 문제라서 저는 혼자 생각하다가도 금방 회피해버리곤 했습니다만…… 회피하지 않겠다는 각오를 한다면 코기토 씨가 소중히 간직해온 꿈 이야기와 연관지을 수 있으리라 생각합니다. 코기 오빠가 이런 꿈을 꾼다고 아사 씨도 말하고 코기토 씨 본인도 글로 쓰시기도 한 내용 중에, 이게 정말 꿈

이야기일까 하는 의심이 드는 부분이 있습니다. 꿈 해석 관련 입문서를 읽었을 뿐이지만, 어렸을 때 어머니한테 무언가를 말하려고 해도 어머니가 들어주지 않는 일이 반복되다보면 이러이러한 기억이 있다는 말 자체를 꺼낼 수 없게 되고, 결국은 이러이러한 꿈을 꾼 적이 있다, 라고 말하게 되는 사람들이 있다고 쓰여 있더군요. 코기토 씨의 정신분석을 시도하려는 생각은 꿈에도 없지만, 그런 식의 기억에 준하는 무언가가……코기토 씨의 꿈 이야기에서 엿보인다고 생각할 때가 있습니다.

코기토 씨가 신문 칼럼에 쓰셨던 이야기로 기억하는데, 친구분 중에 문화인류학자이신 분이 인도네시아 플로레스 섬이었나, 산속 부락에서 봤다는 거요. 그곳에 사는 부족 사람들이 숲을 개간한 곳에, 나무를 모아 만든 거대한 비행기 모형을 안치해두었다는 이야기가 가슴에 와닿았다고 쓰셨지요……

그 부분을 읽고 저는 코기토 씨가 어렸을 때 꿨던 꿈을 떠올린 건 아닐까, 생각했습니다."

"분명 저는 그 학자가……스케치 실력이 전문가 못지않은 사람인지라……야외 조사 노트에 그려놓은 비행기 그림에 매료된 와중에도, 한편으로는 내가 꿨던 특별한 꿈에 대한 생각도 하고 있었습니다.

그리고 지금, 당신의 지적에 움찔했는데 그 이유는, 제가 꿔왔던 그 꿈 속 무대가 바로 이곳 '사야'였기 때문입니다. 저 큰 바위보다 더 위쪽, 북쪽 높은 곳으로 꼬리 날개를 두고 기체는 경사면 아래쪽을 향하고 있지요. 꿈에서는 나뭇조각들로 만들어진 것이 아니라 고물이 된 비행기 부품을 모아서 조립한……진짜 비행기가 놓여 있었습니다. 정말, 다이오 씨의 상상은 굉장하군요……"

"사모님이 하신 말씀을 흉내내면, 제 상상에는 근거가 있기 때문이지요. 조코 선생님이 익사하시기 전에 날마다 곳간채에서 회의와 술자리가 이어질 때 그 자리에서 하던 이야기를, 코기토 씨도 어린아이였을망정 잠깐씩 들은 적이 있을 거라고 생각합니다. 잘은 이해할 수 없어도 뭔가 중요한 이야기를 듣고 있다는 생각에 가슴이 쿵쾅거린 적도 있었을 거라고요. 조코 선생님이 혼자 출발하시기 전날, 토론이 한창이던 방 뒤쪽 복도에 걱정스러운 얼굴로 서 있던 코기토 씨의 모습을 기억하고 있으니까요. 두렵고 중요한 이야기가 오가는 걸 들은 거라고 생각했습니다. 하지만 조코 선생님이 돌아가신 후, 그날의 이야기를 가슴속 깊이 묻어버리고, 심지어 스스로도 오직 꿈으로만 그 이야기를 인정했던 거겠지요. 이제 제가 그 비밀을 밝혀볼까요? 요시다하마에 있던 군용 비행장에서 폭탄을 실은 자폭용 비행기를 동쪽을 향해 보내기로 한다. 그 사전 준비를 위해 우선 해당 비행기를 요시다하마에서 이 산속의 '사야'로 옮겨서 숨겨둔다. 회의 내용이 구체적이 된 후로는 그 이야기가 가장 중요한 의제이기도 했으니까요."

"그 이야기라면 미치기 일보 직전인 청년의 망상이라는 형태로『손수 나의 눈물을……』에 쓴 적이 있습니다."

"그건 저도 읽었습니다. 사모님이 절 부르시더니, 열 살밖에 안 된 코기가 그 논의를 듣고 있었단 말이냐, 아니면 기시기시가 말해준 거냐고 추궁하셨습니다. 하지만 그 점이 참, 소설가의 두뇌가 보여주는 기묘한 부분이랄까요. 한 번 잊었던 기억이 꿈을 통해 되살아난 거라고 생각합니다.

실은 저도, 『손수 나의 눈물을······』을 사모님이 보여주셨을 때, 남편이 죽기 전에 장교들과 회의했던 내용을 코기가 이해했던 건 아닌가, 앞으로 그 일을 소설에 대대적으로 써서 우리 가족을 '대역 사건'＊의 고토쿠 슈스이 가족 같은 처지로 만들어버리는 건 아닐까, 하면서 정말로 두려워하시는 걸 보고, 그런 일은 절대로 없다, 그때 회의는 코기토 씨보다 나이가 많은 나 같은 사람도 무슨 얘긴지 도통 이해할 수 없었다고 힘주어 말했습니다. 또 실제로 코기토 씨는 그런 얘기를 쓰시지도 않았지요. 그리고 이제 '익사 소설'은 완전히 끝났다면서, 그 신중한 아사 씨가 안도하는 걸 보니, 그렇게 된 게 잘된 일이다 싶습니다.

하지만 한편으론, 제게도 의구심은 남아 있습니다. 코기토 씨의 의식, 아니 무의식이라고 해야 하나요, 아무튼 코기토 씨는 무슨 의미인지도 모른 채 회의에서 오가는 말을 듣고 있었죠. 그리고 오랜 세월 동안 이해하지 못한 채로 살아왔던 그 의미를, 꿈이 알려줍니다. 의미 전체를 꿈으로 꾸도록 하는 거지요. 그런 일이 실제로 있지 않았습니까? '사야'에 비행기를 불시착시켜 숨겨두는 계획이 존재했고, 그 계획이 조코 선생님의 마지막 태도를 결정했다는 사실을 알고 계시지 않습니까. 더구나 실제로는 실행된 적이 없었던 계획 이후의 광경까지 꿈에서 보고 계시잖습니까."

"아니요, '사야'의 풀밭에 숨겨진 비행기라는 이미지는 그야말로 제 꿈이 낭만주의라는 증거랄까, 공상입니다. 근거 없는 내용입니다."

"네? 공상이라니요. 근거는 있었습니다. 말씀하신 것처럼 그 계획이

_____

＊ 1910년, 메이지 정부가 고토쿠 슈스이를 비롯한 사회주의자들을 천황 암살을 모의했다는 명목으로 검거해 12명을 처형한 사건.

야말로 바로 조코 선생님이 장교들과 갈라서게 된 최대의 논점 아니었습니까? 전쟁은 지금까지 얘기되던 것보다 빨리 패전으로 끝날 조짐이다. 그러니 이 시점에서 제국의 수도 한복판에 자폭 특공기를 보내야 한다는 조코 선생님의 지론을 지금 당장 실행에 옮기지 않으면 안 된다면서, 회의 분위기는 점점 고조되었습니다. 그러다가 마을에 예과련* 부대를 끌고 와서 소나무 뿌리를 캐던, 회의에 새로 참가했던 장교 한 명이 제안을 했지요. 요시다하마에서 비행기 한 척을 조달해서 폭탄도 실어놓고 숨겨두어야 한다는 제안입니다. 그 이야기가 그 회의의 최대 요점이었지 않습니까? ……네? 코기토 씨는 그것도 기억 못하신다고요?"

"제가 꾸는 꿈에 곳간채 술자리 회의 내용 전부가 명확하게 나오지는 않습니다. 지금도 저에겐 그 회의에서 오갔던 이야기들은 알 수 없는 것투성이입니다. 예를 하나 들어보지요. 아까 제가 읽었던 한 구절은 분명 고치의 선생님이 색연필로 표시한 부분인데, 세 권 전체를 관통하는 '인간신을 죽인다', 이를 통해 국가의 거대한 회복을 도모한다고 하는 신화적인 구상에 대해 얼마만큼 현실 정치적으로……그러니까 일본의 천황제와 직접 연결시켜 해석했는지, 그 점을 보여주는 증거도 없습니다. 술을 나르거나 하면서 회의 내용을 곁에서 들을 수 있었던 다이오 씨에게 제가 묻고 싶은 건, 그 시점에서 일본이 처한 곤경을 타개할 전술로 제안된 계획이 존재했고, 그 구상은 대체로 아버지의 생각이었나, 하는 점입니다."

"그렇습니다, 말씀하신 대로입니다. 코기토 씨 말씀이 사실이라면,

---

* 해군 비행 예과 연습생. 일본 구해군이 1930년에 만든 비행기 탑승원 양성 제도에 따라 훈련된 군인들. 후에 특공대원으로 차출되어 죽음을 맞는 경우가 많았다.

코기토 씨는 거기까지 진행된 논의를 제대로 듣지는 못했던 거로군요. 그런데 예과련들을 시켜 작업을 하자고 제안했던 장교가, '사야' 한가운데에 있는 큰 돌을 폭파해서 자기들이 준비중인 폭탄의 위력을 한번 시험해보자고 구체적인 이야기를 꺼냈습니다. 그러자 조코 선생님이 격분하셔서는, '사야'의 대운석을 폭파한다니 무슨 소리냐, 당신네들 같은 타지 사람의 발을 '사야'에 들여놓게 할까보냐, 그곳은 메이지 근대 국가 운운하는 소리로 파괴되어도 되는 그런 차원의 장소가 아니다. 훨씬 오래전부터 소중히 지켜온 곳이다, 가설 비행장을 건설하기 위한 토목 공사 같은 걸 하도록 내버려둘 수 있는 땅이 아니다, 라며 소리를 지르셨죠. 그 고함소리는 들으셨겠죠?"

"네. 아버지의 그 큰 고함소리를 듣고 전 정말이지 가슴이 떨렸습니다. 제가 밖에 서서 떨고 있는 복도로 장교가 나오더니, 이제부터 중요한 이야기가 시작되니 꼬맹이는 안채로 돌아가라기에 그렇게 했고요. 밤늦게야 돌아온 아버지는 어머니와 무언가 이야기를 나누시더군요. 하지만 물론 그 이야기의 내용이 제 잠자리까지 들리진 않았습니다. 그리고 이튿날 아침, 아버지는 홍수로 불어난 강으로 보트를 타고 나서기로 마음을 정하신 거지요. 이미 제가 아버지에게 무슨 다른 말을 할 수 있는 상황이 아니었고, 그저 어머니 혼자서 아버지가 지시한 대로 준비하고 있었습니다. 제가 거든 건, 낡은 자전거 타이어에서 튜브를 빼내 공기를 불어넣은 일, 그거 하나였지요. 실체를 알 수 없는 걱정 근심으로 가슴이 터져버릴 것 같았습니다……

그러던 중에도 곳간채 장교들은 여전히 쥐죽은듯이 조용했습니다. 그리고 날이 저물고, 제가 명확히 기억하는 장면이 시작되었죠."

"그렇군요. 코기토 씨가 그 회의 내용을 정확히 이해했던 건 아니라는 걸 저도 이제 알게 되었습니다." 다이오 씨는 힘주어 말하면서 이야기를 이어나갔다. "지금까지 저는 코기토 씨가 알면서도 모르는 척하시는 건 아닐까 의심한 적도 있었는데 그건 아니었군요. 오히려 그와 반대로, 당신은 그 일에 대한 기억을 떠올리려는 행위 자체를 오랫동안 스스로에게 금지해왔고, 그래서 이를테면 의식적으로 기억을 잊었다, 일은 그렇게 된 거였군요. 그리고 코기토 씨, 저는 그건 자연스러운 일이라고 생각합니다. 그 장교들과 조코 선생님의 대립은, 당시의 코기토 씨가 그 내용을 들은들 납득할 수 있을 만한 게 아니었다, 그런 거 아닐까요?

조코 선생님은 고치의 선생님의 지도하에 『황금가지』를 읽으신 후 국가의 쇠멸을 막기 위해 왕을 죽인다는 구상을 할 수 있었습니다. 그 구상에 장교들도 설득당했죠. 최소한 술자리를 겸한 회의는 뜨겁게 달아올랐습니다. 하지만 그 구상은, 아직 어린아이지만 국가의 방침하에 교육을 받았던 코기토 씨가 쉽게 받아들일 수 있는 것이 아니었을 거라고 생각합니다.

사실 제가 이런 생각을 하게 된 건, 『마음』을 각색한 일전의 〈죽은 개를 던지다〉 연극을 보고 떠오른 바가 있기 때문입니다.

『마음』의 선생님이 '시대정신'을 말하지 않습니까? '메이지 정신'이었던가요? 둘 다였던가요? 아무튼, '선생님'처럼 시대에도 사회에도 등을 돌리고 살아온 사람조차, 그 정신을 따라 죽을 만큼 '시대정신'의 영향을 받는다는 것이 가능한가, 라는 질문이 나왔고 결국 '죽은 개'가 어지럽게 잔뜩 날아다니는 소동이 일어났지요.

그때 저는 말입니다. 조코 선생님이 아직 살아 계셨던, 종전이 얼마 남지 않았을 무렵을 떠올렸습니다. 그것도 코기토 씨, 당신에 대해 생각했습니다. 군국주의 교육 치하의 코기토 소년한테 '시대정신'이란, 소세키나 노기 장군의 '메이지 정신' 정도는 비교조차 안 되는 '신으로서의 천황, 현인신現人神의 정신'이었던 거 아닙니까?

십오 년 전, 자신은 전후 민주주의자이기 때문에 천황 폐하가 내려주시는 상을 받을 수 없다는 말을 코기토 씨가 꺼내신 다음, 우리 훈련도장 젊은이들은 당신을 불구대천의 적으로 여기게 되었죠. 자라를 보내 장난친 건 그들로서는 그저 기분 전환을 하자는 게 아니었습니다. 하지만 저는, 조코 코기토에게는 '시대정신'으로서의 '쇼와 정신'이 둘 존재한다고 생각합니다. 코기토 씨가 경험한 쇼와 시대 전반부, 즉 1945년까지의 '쇼와 정신'은, 그후 민주주의로서의 '쇼와 정신'이 그렇듯, 코기토 씨한테는 역시 진실이었다고 생각합니다.

전반부의 '쇼와 정신'의 적자인 열 살 소년이, 자신이 존경하는 아버지의 입에서 '인간신을 죽인다'는, 특공기 조종사로 훈련된 병사가 '현인신인 천황'에게 자폭 공격을 한다는 작전 구상이 거론되었을 때 그걸 쉽게 받아들일 수 있었을까요? 코기토 소년의 의식은 그 내용을 듣기를 거부했던 겁니다. 그리고 무의식 속에선 젊은 병사가 '사야'에 숨겨놓은 비행기로 이륙 훈련을 하는 장면……토론 얘기 중에 그 정경 하나만 사라지지 않고 남은 거죠. 코기토 씨, 그게 바로 코기토 씨가 오랜 세월 꾸어온 꿈의 내용입니다. 그 꿈의 세세한 부분들을 상상한 주체는 소설가가 될 재능을 가진 아이일지 몰라도, 그 상상의 근거는 그 회의들에서 아이가 들은 말 자체였습니다!

제 결론은 이렇습니다. '쇼와 정신'의 적자인 코기토 씨는, 도저히 조코 선생님의 말씀을 받아들일 수가 없었지요. 한편 조코 선생님은 이 지역 토박이가 아닌데도 숲과 관련된 전승에 마음속 깊이 영향을 받고 계셨고, 그 영향은 장교들을 상대로 말했던 초국가주의 사상보다 훨씬 뿌리 깊은 것이었습니다. 그렇게 생각하면 이런 결론을 내릴 수 있습니다. '사야' 땅은 이 지역 산의 중심 아니겠습니까? 기름을 얻기 위한 소나무 뿌리를 캐는 데 썼던 곡괭이나 삽 같은 걸로 타지 출신 애송이들이 그곳을 갈아엎고 비행기가 불시착할 수 있도록 땅을 정비하는 일 따위, 절대 용서할 수 없는 일 아니었겠습니까?

그런 전술에는 반대한다. 하지만 애당초 그 전략을 생각한 사람으로서 상징적 행위로서의 단독 궐기를 실행하겠다. 그렇게 함으로써 해왔던 얘기는 관철시킨다, 그런 것이었을 겁니다. 상징적 행위라는 말은, 전후에 유행해서 우리도 들은 기억이 있는 말입니다. 패전에 임해 어떤 방식으로든 천황이 폐위된다고 하면, 우리가 전략을 세워, 그보다 한발 앞서 순사를 결행하겠다. 그런 것이기도 했겠지요. 왜 순사를? 이라는 의문이 떠오를지 모르지만 코기토 씨, 조코 선생님은 제국 수도 한복판에 특공기를 띄워 보내는 단계에서, 그보다 한발 앞서 순사할 각오를 하셨던 겁니다!"

4

나는 커다란 바위에 기대서 있었다. 태양이 서쪽으로 기울면서 '사야'를 둘러싼 활엽수림의 새순들을 붉게 물들였다. 프레이저가 고대의 네미 숲에 남방의 상록수림이 아직 진출하기 전이라, 이탈리아다운 월계수와 올리브, 협죽도는 보이지 않고(레몬이나 오렌지 나무는 논외) 낙엽성 너도밤나무나 오크나무만 무성했다고 쓴, 아스라한 광경을 나는 떠올렸다. 낙엽성이라는 번역은 생소하지만 원문은 "When the beechwoods and oakwoods, with their deciduous foliage……"이다.

"릿짱이 손을 흔들고 있군요. 아카리 씨도 일어서서 혼자 깁스를 끼우고 있고." 다이오 씨가 입을 열었다. "저는 오늘 했던 긴 이야기를 언젠가는 코기토 씨에게 말씀드리려고 마음먹고 있었습니다. 코기가 대학에 가고 싶어하는 것 같은데, 라며 방법을 궁리하시던 조코 사모님을 보고, 그렇다면 저도 공부해서 코기토 씨와 제대로 대화할 수 있는 사람이 되어야 한다는 생각에 통신 교육을 받기 시작했지요. 비용이 많이 든 건 아니었지만 매년 도쿄에서 열리는 등교 수업 참석을 도와주신 분이 조코 사모님이셨습니다. 그건, 제가 조코 선생님의 제자이고, 전쟁이 끝난 뒤에도 훈련도장을 잊지 못한 나머지 보통 사람으로 살아가지 못하고 있다고 측은히 여겨주셨기 때문이지요!"

나와 다이오 씨가 완전히 어둑어둑해진 '사야'의 풀밭을 다 내려올 때까지, 릿짱이 싸둔 짐을 튼튼한 외팔로 다이오 씨가 짊어지고, 재활 훈련 운동의 효과로 팔다리가 유연해진 아카리가 보스턴백을 들었다. 대신 릿짱이 아카리의 허리를 받쳐주며 걸었다. 평소와 다를 바 없이 꽁무니 담당인 나는, 아무것도 들고 있지 않았지만 다이오 씨에게 들은 이야기의 무게를 지고 가는 기분으로 침묵하며 걸었다. 그러나 다이오 씨에게는 나처럼 침묵해야 할 이유가 없었다.

"코기토 씨, 저는 말입니다. 조코 선생님이 50세로 돌아가신 뒤로 선생님이 사신 세월보다 더 긴 세월을 살아왔습니다. 조코 선생님을 알고 있던 사람들은 이미 대부분 저세상으로 떠나고 없지요. 먼저 떠나신 분들 중 가장 큰 인물은 역시 조코 사모님이시고요…… 그런데 사모님께선 조코 선생님에 대해 아무 이야기도 남기지 않고 돌아가셨습니다. 완전히, 아무것도 안 남기고요! 조코 선생님의 유품이 들어 있다고들 했던 '붉은 가죽 트렁크'를 코기토 씨가 열어보고 어떻게 반응하셨는지 아사 씨에게 들었습니다. 아무것도 없다는 걸 확인하셨다고 말이죠! 다만 그 안에 들어 있던 『황금가지』 원서 세 권이 계기가 되어 코기토 씨와 솔직한 대화를 할 수 있었습니다. '사야' 풀밭에 숨길 예정이었던 비행기 이야기까지 해버렸는데, 그것만으로도 저와 나눈 이야기가 코기토 씨한테도 무의미진 않았으리라는 생각이 들어 기쁘군요!

저는 말입니다. 그동안 코기토 씨를 만나면 별로 거리를 두지 않고 이야기를 꺼내곤 했는데, 그러다보면 대개 침묵하시곤 하는 코기토 씨에 대해, 내가 이 사람이 하는 생각을 잘 이해하지 못하기 때문일 거다, 그렇게 생각하곤 했습니다. 코기토 씨가 고등학교 2학년 때 하나와 고로 씨와 함께 우리 훈련도장에 오셨을 때부터 그런 생각을 했죠. 이번에도 그렇게 열심히 이야기를 했지만, 코기토 씨가 지금 가슴속에서 무슨 생각을 하고 계신지는 잘 모르겠습니다. 다만 코기토 씨와 저는 조코 선생님 일을 생각하는 태도에서, 비슷한 점이 있는 것 같습니다. 그러니까……코기토 씨도 저도 조코 선생님이 익사하신 날 밤의 일을 늘, 언제나 기억해왔다는 것……그 점 말입니다. 코기토 씨는 꿈으로도 꾸시지요. 그렇긴 해도, 왜 조코 선생님이 그날 그런 행동을 하셨는지, 거기에 대한 진짜 대답은 저도 코기토 씨도 아직 찾지 못한 것 아닙니까? 배경에 대해서는, 아까 제 나름대로 찾아낸 걸 말했지만……

아사 씨에게 들은 말입니다만, 아버지는 본인이 하고자 했던 일에 대해 갑자기 겁을 먹고 도망쳐버린 것이라는 사모님의 의견을 듣고(녹음을 통해 들으셨다고 들었습니다) 코기토 씨는 여전히 말없이 생각에 잠기셨다고……하더군요.

그런데 저나 코기토 씨만큼 조코 선생님을 소중하게 생각하지는 않는 사람들 쪽이, 왜 그런 일이 발생했는지를 더 잘 알고 있었습니다. 이전부터 장교들은 조코 선생님이 듣지 않는 데서 이런저런 말을 하고 있었죠. 그런 이야기를 나누던 중에 원령이라는 단어가 나온 적이 있었습니다. 실은 저 또한 세월이 흐른 뒤 어딘가에서 이 단어를 보고는 아, 그때 장교들이 그런 말을 했지, 하고 떠올렸던 겁니다만……

이 단어는 장교들과 조코 선생님의 사이가 좋았을 때부터 그 사람들 이야기에 나왔던 말입니다. 처음부터 조코 선생님이 장교들의 토론에 참가하셨던 건 아니었습니다. 어느 날부턴가 갑자기 열성적으로 참가하시더니 종국에는 고치의 선생님에게 상담하러 가시기까지 했죠. 그 무렵에 장교 중 한 명이 이런 소리를 했습니다. 조코 씨는 산 출신이라(조코 선생님이 그런 생각을 가지도록 하셨겠죠) 우리 같은 도회지 사람이 보기에는 무서울 정도로 열중해버린다. 원령에 씐 것 같다……면서, 그런 사람의 결심은 강하다……라고요.

조코 선생님께서 그런 행동을 하기로 결심하신 건 코기토 씨도 복도에서 듣고 있었던 그 회의 때, 당장 취할 행동에 대해 선생님과 장교들의 의견이 갈렸기 때문인데, 그랬던지라 회의 다음날 선생님이 보트를 타고 행동에 나서리라는 건 누구나 알고 있었습니다. 조코 선생님이 그 준비를 진행하고 계시는데도 장교들은 말리려고 하지 않았습니다. 그래도 신경이 쓰였는지 오후가 되자 술자리는 대충 정리하고, 선생님이 출발할 때 가지고 가실 '붉은 가죽 트렁크'를 빌려 오라고 저에게 명령했지요. 내용물을 검열하기 위해서요! 그래서 한밤중에 코기토 씨가 그 트렁크를 가지러 곳간채로 오셨던 겁니다.

그날 밤, 곳간채 장교들은, 그대로 내버려두면 조코 선생님이 물에 빠져 익사할 것이고 자신들을 위험에 빠뜨릴 증거는 아무것도 남지 않는다, 성가신 혹을 떼어낼 수 있다, 사태를 그렇게 보고 있었습니다. 그래서 말리지 않았던 겁니다. 저 같은 젊은 사람들한테까지 선생님의 행동을 보고만 있으라면서 아무것도 못하게 했고, 결국 선생님은 보트를 타고 출발하셨습니다. 그 모습을 끝까지 지켜보고 나서 제가 곳간채로 달려 돌아가 보고했더니 그제야 자유를 주더군요. 이미 시체로 변했을 선생님을 찾으러 갈 수 있도록 허락해주었습니다.

그때 장교 중 한 사람이 다른 장교에게 했던 말을 잊을 수 없습니다. 조코 씨는, 요시다하마에서 전투기를 이 산속 깊은 곳에 옮겨놓는다는 작전에 그만 충격을 받고 예과련 젊은 병사들한테 화를 낸 거겠지. 그 말 때문에 가장 강경파였던 조코 씨 내부의 지주가 뚝 부러진 거야. 그 작전은, 우리한테는 '농담' 같은 거였는데 말이야!

그런 이야기를 히면시도……실소랄까, 맥빠진 웃음을 짓던 두 사람을 저는 지금도 용서 못합니다. 그들은 이미 죽고 없겠지만요.

하지만 이런 일을 잊지 않고 기억하는 저와, 꿈으로 계속 꾸는 코기토 씨, 우리 두 사람 말고 조코 선생님을 진정으로 기억해주는 사람은 달리 없다는 얘기가 됩니다!"

이때 나는 다이오 씨에게 묻고 싶었던 것이 떠올랐다.

"다이오 씨는 홍수가 났던 날 밤과 다음날 아침 일을 잘 기억하고 계시는데, 제가 보트까지 가져갔던 '붉은 가죽 트렁크'는 그후 어떤 경로를 거쳐 어머니가 보관하시게 된 겁니까?"

"그 트렁크는, 보트가 뒤집힌 곳에서 멀리까지 떠내려갔는데 낚시꾼이 주워 경찰에 갖다준 겁니다. 그리고 한참 지난 다음에 조코 사모님에게 반납 조치되었지요. 그 안에 있었던 서류나 편지는 전부 늦은 밤에 코기토 씨가 곳간채로 가지러 오기 전에 장교들이 이미 조사를 마친 상태였습니다. 그래서 한창 전쟁중일 때도, 패전 이후에도……조사하는 사람들 생각이야 큰 변화가 있었지만 장교들이 조사를 끝낸 만큼 문제시될 여지가 있는 물건은 아니었습니다. 경찰 입장에서도 그 어려웠던 시기에 『The Golden Bough』를 읽고 조사하는 데 시간을 쓸 수는 없었을 겁니다. 결국 '붉은 가죽 트렁크'를 꼼꼼하게 조사한 건 조코 사모님과 아사 씨 두 분뿐 아니었을까요? 그렇게 함으로써 두 분은, 코기토 씨가 '익사 소설'을 써서 자신이나 가족들에게 안 좋은 일이 일어나는 것을 막으려 하셨던 것입니다.

조코 선생님은 제 인생의 스승이시긴 했지만 조코 사모님은 그보다 한 수 위이신 분이었습니다. 저는 코기토 씨가 어렸을 때부터 보통 아이는 아니라고 생각해왔지만, 사모님은 그런 코기토 씨보다 아사 씨가 한 수 위다, 가장 장수할 사람은 아사 씨라고 생각하고 안심하고 돌아가신 것 아닐까요? 조코 가문은 남성보다 여성이 우위에 있는 가계다,

하시면서요……거슬러올라가 할머님 세대도 그렇고, 더 나아가 먼 친척뻘 되는 '메이스케 어머니'까지 거슬러올라가봐도 그렇게 말할 수 있지 않습니까?"

제 3 부
이런 글 조각 하나로
나는 나의 붕괴를 지탱해왔다

제12장
코기 전기傳記와 빙의

1

  어느 날 아침, 잠에서 깨어 그대로 한 시간 정도 누워 있는데 '산속 집' 뒤편에서 인기척이 느껴졌다. 내려가보니, 시가 새겨진 둥근 돌을 서서 내려다보는 아나이 마사오의 모습이 눈에 들어왔다. 나는 아카리와 '산속 집'으로 돌아온 후로 그와 만난 적이 없었다. 차분히 고개를 들어 내 쪽을 바라보는 마사오는 무언가를 단념한 듯했고(그 무언가란 나와 관련된 것이니 이런 식으로 말하는 건 좀 묘하긴 하지만), 담담해 보였다. 나 또한 미련이 없다는 것을 그도 아는 듯했다.

  부엌의 작은 탁상시계가 아직 다섯시를 가리키는 것을 확인하고 나서 나는 이빈에 도쿄에서 이곳으로 올 때 마키가 가지고 가라면서 싸준 커피메이커로 넉 잔 분량의 커피를 끓였다. 커피를 두 잔 마실 정도의 시간을 마사오와 이야기하게 되리라고 예감해서다. 일층 서쪽 구석

에서 자는 릿짱과 (우나이코가 함께 있을지도 모르겠다) 이층에서 자는
아카리는 두 시간은 더 지나야 일어날 것이다.

집으로 들어온 마사오에게선 담배 냄새가 났지만 더 피우려는 것 같
지는 않았으니, 집으로 들어오기 전에 한 대 피우기 위해 둥근 돌 앞에
서 있었는지도 모른다. 마사오는 인사말도 생략하고 줄곧 생각해왔을
게 틀림없는 이야기를 하기 시작했다.

"요즘 들어 우나이코와 릿짱이 이곳에 틀어박혀 〈죽은 개를 던지다〉
연극 준비에 열중하고 있어서, 저 혼자 사무소에서 자료 정리를 하고
있었습니다. 이제까지 연극으로 만들어온 조코 선생님의 작품 전체를
되짚어볼 수 있었지요."

"자네들이 '익사 소설' 진행에 맞춰 제작하려 했던 연극을 이쪽 사정
으로 중지시켜버렸으니 안타깝다고 아사가 말하더구먼."

"결과적으로 그렇게 되었습니다만, 그래서 마지막 지점부터 되짚어
본 겁니다. 지금까지 조코 선생님 작품을 연극으로 만드는 것을 중심
으로 활동했기 때문에 연극비평가들한테 '혈거인'이란 '조코의 동굴에
들어가 사는 사람'이란 뜻이냐…… 그런 싱거운 비아냥을 듣기도 했지
요.

선생님의 '익사 소설'이 완성되면 저희의 연극을 통해 쌓아온 모든
것을 결집해서 제작해볼 생각이었습니다. 그 작업을 통해 저희 안에
축적된 선생님에 대한 비판도 드러날 것이라고 생각했어요. 우나이코
한테는 다른 각도에서 선생님에 대한 비판 의식이 있지만요. 젊은 '스
케와 가쿠'는 '조코의 사망 전 장례식'으로 선전하면 되겠다면서 신이
났었지요……

'익사 소설'의 탄생을 기다리는 형식을 취하면서 저희가 만들었던 장면은, 우선 홍수로 불어난 강으로 출발하는 정경이었습니다. 선생님께 들은 꿈 이야기에서 시작된 것이니 '조코의 동굴에 들어가 사는 사람'의 한계라고 한들 할말은 없지만……보트에 코기가 올라탄 장면……저희는 코기를 인형으로 만들어 공중에 띄우는 방식으로 그 이미지를 구체화했습니다. 지금도 인형으로 만들어 공중에 띄울 코기에 대해 생각하고 있습니다. 그게 오늘 아침 선생님과 이야기해보려고 마음먹은 이유입니다.

어린애 같은 질문입니다만, 선생님에게 코기란 결국 무엇이었던 겁니까? 그 부분을 지금, 저와 함께 검토해볼 생각은 없으신지요?"

"있다네." 나는 대답했다. "코기가 실재할지도 모를 존재라고 받아들인 최초의 그룹이 '혈거인'이니까! 어린 시절 나를 놀리느라고 재미있어했던 아이들 말고는 코기를 지금, 여기에 있는 존재로 내 이야기를 받아들여준 사람은 없었네. 어머니는 저기 있는 돌에 새겨진 시에서 코기를 실재하는 존재로 쓰셨지. 하지만 저 코기는 내 별명이었던 코기……그러니까 나 자신과 아카리를 함께 가리키는 말이야.

그런데 코기가 등장하는 꿈 이야기를 했더니 즉각 홍수로 불어난 강으로 출발하는 보트 위에 코기 인형을 띄운다는 착상으로 화답해준 것이 자네들이었어. 그건 자네들의 코기가 환영이 아니라는 증거지."

"'익사 소설'은 무산되었고 그 연극판도 엎어졌다고 합의했으니, 이 노트를 뭔가에 실제로 사용하겠다는 의도는 없습니다. 다만 저는 연출가로서의 '인생의 습관'이랄까, 늘 질문표를 만들어버리곤 합니다. 괜찮으시다면 제 질문에 대답해주시겠습니까?"

무릎 위로 큰 노트를 펼치는 아나이에게 나는 알겠다고 대답했다.

2

아나이 마사오 선생님께선 본인의 코기가 주변 사람들에게 객관적으로 받아들여졌던 건 아니었다고 말씀하셨습니다만, 릿짱의 조사에 따르면 어린 시절의 선생님 곁에 코기가 있었다고 말한 사람이 몇 사람 있었습니다. 국민학교 때 같은 반이었고 지금은 이 고장의 농업 지도자가 된 사람, 그리고 역시 같은 반이면서 병원집 딸이었던 사람 등. 그런데 그 코기가 어떻게 선생님에게 나타났는지 설명해줄 수 있는 사람은 없었습니다. 릿짱은 선생님의 어머님과 인터뷰할 수 없었던 것을 안타깝게 여기는 것 같습니다만……

맨 처음에 선생님과 대화할 때 말씀드렸습니다만, 상을 하나 받고 다음 단계로 갈 무렵 제가 주목한 것이 코기였습니다. 언제 코기가 왔는지에 대해, 선생님의 에세이까지 두루 읽으면서 계속 탐색했지요. 그런 존재와의 만남이란 어린 시절의 보석 같은 기억 아니겠습니까? 어딘가에 증거가 될 만한 것이 감춰져 있을 거라고 생각했지요…… 하지만 번번이 실패했습니다. 코기가 어떻게 사라졌는지에 대해서는 상세히 이야기하고 있지만, 언제 어떻게 코기가 나타났는지에 대해서는 아무것도 쓰여 있지 않았습니다. 그건, 선생님이 이 세계에서의 삶을 의식하기 시작했을 때 이미 코기와 함께 있었다는 것이 되겠죠.

선생님 이외의 다른 사람에게는 코기는 보이지 않았다. 하지만 선생님은 자신과 똑같이 생긴 코기가 항상 곁에 있다는 식으로 행동했다. 저는 그 직접적인 증거를 아사 아주머니에게 들었습니다. 오빠는 코기 말고는 아무와도 놀지 않았다. 여동생과 노는 것도 어쩌다가 있는 일이었다. 오빠는 항상 코기에게 말을 하거나 코기의 말에 귀를 기울이고 있었다……

코기는 조용히 귀를 기울이는 오빠에게 산속 세계에 대해 이야기해주었던 건 아닐까, 하고 아사 아주머니가 말씀하셨습니다. 그 이야기가, 오빠의 소설에 나오는, 할머니나 어머니가 들려주셨던 이야기와 겹쳐져 있을 거라고 하셨지요. 숲속에서 숨바꼭질을 하다가 술래도 숨은 아이도 길을 잃고 지금까지도 산속 깊숙한 어딘가를 걸어다니고 있다는 이야기가 선생님 소설에도 나옵니다. 아사 아주머니가, 이 이야기가 재밌어서 더 이야기해달라고 어머님에게 졸랐더니 모른다고 하셨답니다. 코기 오빠가 만든 이야기냐고 물었더니 어머님은, 할머니께 들었겠지, 그렇게 많은 이야기를 혼자 만들어낼 수는 없는 법이야, 라고 말씀하셨다고 합니다. 우리 눈에 보이지 않는 존재와 그렇게까지 열심히 이야기하고 있다는 건 이러한 이야기를……아무튼 산과 관계있는 누군가에게 들었기 때문이 아니겠냐고 하셨다고 들었습니다. 원칙적으로 코기라는 상상의 존재가, 산에 관한 다양한 정보를 선생님에게 전해주었다고 생각할 수 있을까요?

코기토 그렇게 말할 수 있네.

아나이 그랬던 고기가 선생님 곁을 떠날 날이 옵니다. 선생님은 별채 복도에 서 있었죠. 곁에 있었던 코기가 난간에 올라서는가 싶더니 허공을 걸어 강 한복판으로 갑니다. 그러더니 날아올라 높은 산 쪽으로 사라졌지요. 선생님은 코기를 그런 식으로 잃었다고 말씀하시는 거죠?

코기토 그렇게 생각할 수밖에 없었네.

아나이 그러나 다시 한번 코기가 내려옵니다. 잠들지 않고 있던 보름달 밤에 무언가 신호 같은 것이 왔습니다. 밖으로 나가 보니 달빛을 받으며 코기가 서 있었는데 아무 말도 하지 않고 걷기 시작했지요. 코기에게 이끌려 산으로 올라갑니다. 문득 정신을 차리고 보니 비가 사방을 가로막고 있었다……

이 보름달 밤 이야기 중에서 중요하게 여겨지는 건, 이전까진 코기가 어디서 왔는지에 대한 이야기가 없었지만 여기선 산에서 내려왔다고 분명히 나타나 있다는 점입니다.

또하나는 어린 선생님의 내면의 문제이지요. 코기가 복도 난간에서 강 위로 걸어갔을 때 만약 용기가 있었다면 코기의 뒤를 따라 강 위를 걸어가 두 팔을 벌리고 높은 곳을 향해 날아, 산으로 올라갈 수 있었을 텐데. 하지만 나는 겁쟁이라 그걸 못했어. 그런 식으로, 어둡고 좁은 침실에 누워 코기를 따라가지 못했던 것을 두고 선생님이 괴로워할 때, 다시 한번 기회를 주기 위해 코기가 내려와주었다. 그렇게 생각하고 기쁜 마음으로 코기를 따라갔던 게 아닙니까?

코기토 맞네.

아나이 그러나 숲에 올라간 선생님은 빗속에 갇혀버렸지요. 소방단원은 산속 길이 강이 되었다면서……이 표현 자체에 의미가 있다고 느낍니다만……구조를 거부했습니다. 그때 선생님은 구슬잣밤나무 둥치 속에서 고열에 시달리고 있었고요. 하룻밤만 더 그 상태로 있었다면 아마 죽었겠죠. 코기가 선생님을 불렀던 두 경우 모두 선생님을 죽음으로 데려갔을 수도 있었습니다. 헤어지던 날 코기가 강 위로 걸어갔을 때에도, 만약 선생님도 그렇게 했다면 강가에 있는 돌에 머리를 부딪혀 죽고 말았을 겁니다.

그렇지만 선생님은 두 경우 모두 죽지 않고 살아남았습니다. 그리고 선생님 곁에서 코기는 사라졌죠. 아직은 위험했던 회복기에 선생님은 혼자 떨고 있었습니다. 그런 선생님이 가여워서 어머님은 '메이스케 어머니'의 전승담 속 대사를 직접 말씀하신 게 아닐까요? "만약 네가 죽는다 해도 내가 다시 한번 널 낳아줄 테니 걱정하지 마라."

코기토 실제로 내가 기억하는 어머니의 말은 사투리지만······

아나이 구슬잣밤나무 둥치 속에 그냥 남아 있었다면 코기가 안내하는 대로 저세상으로 가버릴 수 있었으니 코기와 헤어질 일은 영영 없었겠지요. 아이들을 위해 선생님이 쓰신 책에선 어머님과 선생님의 대화가 아름다운 장면으로 묘사되어 있긴 합니다만.

코기토 ······

아나이 그리고 열 살이 된 선생님은 보트에 올라타고 홍수로 불어난 강 한가운데로 출발하는 아버지를 지켜봤죠. 자신은 따라가지 않았지만 그 대신 아버지 곁에 코기가 있는 걸 보게 됩니다. 선생님은 일흔네 살이 되실 때까지 그와 같은 정경을 계속 꿈속에서 봐오셨죠. 세번째는 생각대로 된다고 하니, 그때 따라나섰어야 했는데! 하는 마음이 아직도 있으시죠?

코기토 그런 셈이지.

아나이 그래서 저는 선생님이 '익사 소설'을 통해 최후의 역전을 노리시려는 건가 생각했습니다······소설 속에서나마 아버지를 위해 선생님과 코기가 협력하는 장면을 쓰시려는 건가 상상했지요. 그러고는 소설의 필자=소설에 등장하는 나, 라는 설정이 무리라면, 내가 삼인칭의 히어로를 설정해서 그 장면을 연극화해주겠어! 라고 다짐한 겁니다. 하지만 조코 선생님은 '익사 소설'을 단념하셨지요. '붉은 가죽 트렁크' 속 내용에 실망한 선생님은 단념할 수밖에 없었다고 말씀하셨습니다. 하지만 예술가는 인생 마지막에 이전까지의 모든 작품을 돌이켜보고 진정한 '만년의 작업'에 임하는 거라고 E. W. 사이드가 말했는데, 선생님은 단지 그런 용기를 잃으신 것 아닌가요……

코기토 그건 자네 말이 맞을지도 모르겠군.

3

우나이코는 도쿄에서의 객원 출연을 끝낸 뒤 일단 마쓰야마의 '혈거인' 사무실로 갔다가 아나이 마사오가 운전하는 차를 타고 '산속 집'으로 왔다. 언뜻 보기에도 우나이코는 대극장에서 4주 동안 공연하면서 겪은 흥분과 긴장을 고스란히 간직하고 있었다.

"연극은 『헤이케 이야기』*에서 제재를 따왔다던데 기요모리와 훗날의 겐레이몬인을 중심으로 하는 통속적인 내용이었습니다. 다만 제 역할이 글자 그대로 '이상한 것'이었으니 조코 선생님은 흥미로우실 거예요. 대본에는 '빙의자'라고만 쓰여 있었는데, 연출가는 '빙의자'란

---

* 헤이케 일문의 성쇠를 엮은, 가마쿠라 시대의 대표적인 군담(軍談).

『헤이케 이야기』 제3권에 등장하는 영적인 역을 칭하는 말이라고 했습니다. 하지만 설명이라곤 그게 전부였거든요. 구체적인 건 전혀 알 수 없었죠. 텔레비전 예능 프로그램을 통해 교양인으로 알려진 기요모리 역의 배우에게 여쭤봤더니, 사전을 찾아보면 되잖아? 하면서 쌀쌀맞게 굴더군요. 그런데 그 말이 정답이었습니다. 실은 릿쨩이 선생님 작업실 보조 책상에 놓여 있던 사전을 찾아 복사해서 보내줬어요."

우나이코는 핸드백에서 마사오의 것과 똑같은 커다란 노트를 꺼내더니 그 사이에 끼여 있던 복사된 종이 두 장을 보여주었다. 『이와나미 고어사전』의 표지도 함께 복사해둔 것이었다.

"'빙의자'……보통은, 무당이 신을 부르는 기도를 하면 그 옆에 대기하고 있던 영매인 어린아이에게 영혼이 빙의해 신탁 등을 읊는다……

지체 높은 여성이 출산의 고통을 겪는 중이다. 죽은 자의 혼령이 그 고통과 관련되어 있다고 생각하고 그/그들을 진정시키려 한다. 혼령을 진정시키려면 우선 그 혼령을 불러내 직접 목소리를 내도록 해야만 한다. 그것을 위한 무당의 기도 행위 중 영매 역할을 하는 것이 '빙의자'다. 출산을 위해 누워 있는 이는 젊은 중전이자 비극적 인물인 겐레이몬인. 그 아버지는 다이라노 기요모리. 그 시대를 대표하는 초호화 멤버가 등장하는 무대였군."

"선생님 말씀대로예요. 거기다 영매인 제게 들러붙는 혼령 또한 화려한 면면을 자랑합니다. 어령御靈에 사령死靈에 악령惡靈, 그들 하나하나를 부르는 호칭두 가지각색이죠."

"생령生靈도 있지. 기요모리가 기카이가시마鬼界が島로 귀양 보낸 순칸* 같은."

"맞아요, 아무튼 혼령이란 숫자가 참 많아요. 900년 전 궁정에서의 출산이라면 반드시 불러내야 하는 혼령의 숫자만큼 '빙의자'를 불러왔겠지요. 그러나 연극 예산은 한정돼 있어서 저 혼자 모든 혼령에 대응할 수밖에 없었어요. 〈죽은 개를 던지다〉 연극의 고전판이라고 생각하면서 마구 소리치기도 했어요. 역할을 만들어가는 과정에서 애초에 연출가는 여성 영매를 생각했던 것 같았는데, 제 방식으로 해본 모델을 작가가 재미있어하면서 혼령의 정체를 밝히는 대사를 끊임없이 만들어내는 통에 그걸 다 소화하려면 조사가 필요했지요. 그래서 남자아이로 설정을 바꾸어달라고 했어요."

"그게 바로 자네의 날카로운 점이야. 내가 '빙의자'에게 관심을 가진 건⋯⋯ 다른 사전에서 본 글자, 시동尸童, 즉 주검이 된 아이의⋯⋯ 尸라는 한자를 상형식으로 쓰는, ⟩ 글자 때문이었지. 이런 글자인데⋯⋯"

"귀여운 글자네요. 사실 제 발상에도 가까운 곳에 모델이 있었어요" 라고 우나이코가 말하자 마사오가 바로,

"코기"라고 받았다.

"그냥 코기도 아니고 자네들이 연습실에 매달아놓은 코기로군."

"저희가 시도하려 했던 '익사 소설' 연극판은 전부 '헛수고'만은 아니었어요!"

"사모님과 아사 아주머니의 계획에 조코 선생님도 찬성해주시고 우나이코의 극단이 우리 '혈거인'으로부터 자립할 수 있는 경제적 기반

---

* 12세기 미나모토 가문 출신 승려. 미나모토 가문과 다이라 가문이 권력 다툼을 하던 시대에 다이라 가문을 타도하려는 계획이 밝혀져 귀양을 간다.

을 마련해주셨으니 할 수 있는 얘기지요. 일이 그렇게 되었으니 도쿄 무대의 흥분이 더 가시기 전에 앞으로 우나이코가 하려는 연극 계획을 들어보기로 하지요. 연극판 '익사 소설'이 무산된 지금 '혈거인'은 개점 휴업 상태인 셈이지만, 우나이코는 〈죽은 개를 던지다〉 연극 측면에서 보자면 지금부터의 일승일패가 위기이자 기회, 엄청난 찬스라고 생각합니다. 릿쨩한테서도 확고한 계획을 들으셨을 텐데 우선은 〈'메이스케 어머니' 출진〉 영화를 연극판으로 만들고 싶어합니다. 도쿄에서 다른 연극을 할 동안에도 우나이코는 줄곧 〈'메이스케 어머니' 출진〉 연극판에 대해서만 생각하면서 이쪽에서 그 준비를 위한 조사에 착수하도록 릿쨩에게 지시했더군요.

그래서 우나이코가 아사 아주머니와 상담한 결과, 상담에는 응하겠지만 코기 오빠는 위기와 기회라기보다는 더해만 가는 위기 한복판에 있는 셈이니 오빠를 직접 번거롭게 하는 일은 없었으면 좋겠다. 오빠와는 내가 골짜기로 돌아가면 이야기를 해보겠다고 말씀해주셨습니다. 그래서 릿쨩이, 조만간 치카시 사모님이 퇴원하실 테니 아사 아주머니의 귀향에 맞춰 지금 진행되기 시작한 일들을 일지에 쓴다. 그리고 〈죽은 개를 던지다〉 연극을 통해 새로운 체제를 만들어가는 우나이코, 그리고 협력 관계는 유지할 '혈거인' 사람들……'산속 집'에 오는 사람들 모두가 그 일지를 읽는다는……그런 구상을 세웠습니다. 특히 조코 선생님이 꼭 읽어주시길 릿쨩은 바라고 있습니다. 잘 부탁드리겠습니다."

4

이 일지는 작성 담당자인 나와 부녀지간만큼이나 나이 차가 나는 조코 선생님을 첫번째 독자로 의식하며 쓰는 것이다. 그렇긴 하지만 이곳 '산속 집' 연습실을 드나드는 사람 중 누가 읽어도 상관없도록 쓰고 있기도 하다. 그런 점에서 나 자신이 내용을 검열할지도 모른다는 생각도 든다. 그러나 가능한 한 자유로운 태도로 쓰고자 한다. 일지를 읽은 사람 중 누군가는 자신에 대해 쓰여 있어 당황스러워할 수 있고, 그 경우 당연히 이견이 있겠지만 그렇다 하더라도 어쩔 수 없다(이 일지에 대해 이의 제기를 하는 건 자유다)는 각오로 쓸 생각이다.

우선 우나이코에 대해서. 도쿄에 있던 우나이코는 내가 아카리 씨한테 영화 〈'메이스케 어머니' 출진〉의 시나리오 최종본을 받았다는 것을 알고 그중 한 장면이 어떻게 쓰여 있는지 가장 먼저 듣고 싶어했다. '메이스케 어머니' 이야기를 그린 영화 속 중요한 마지막 장면(으로 촬영, 편집되었으리라고 우나이코가 믿고 있던), 즉 '메이스케 어머니'가 문짝에 실려 마을에 돌아온 장면에 대해. 그 질문에 실제 시나리오에 근거해 대답하기란 어려운 문제였다. 현재 우나이코는 해당 시나리오를 이미 읽은 상태다. 그리고 조코 선생님이 내게 주신, 영화에 참여한 시점부터 작성한 노트와, 영화 시나리오로 각색하기 전의 소설 형태로 된 미완성 원고를 함께 읽고 두 자료를 바탕으로 새로운 대본을 만들려 하고 있다. 그러므로 내가 우나이코의 물음에 어떻게 답해주어야 할지 고민했던 문제는 이미 해결되었다. 그렇기는 하지만, 대답하기 어려운 문제라는 게 어떤 것이었는지에 대해, 실제로 촬영된 영화에 근거해 정리된 시나리오 최종본을 보는 작업부터 시작해보려 한다.

영화는……영화 속에 채택된 내러티브는 '넋두리'라고 칭해지는 데……'메이스케 어머니'의 혼령이 나타나서 노래하듯 두 번의 봉기에 대해 이야기하는 방식으로 진행된다. 그러나 단선적인 영화를 벗어나 몇몇 장면에서 새로운 기법을 다양하게 채택하고 있다. 우선 혼령이 가부키의 음곡音曲을 살린 음악을 반주로 해서 노래하듯 이야기하는 것이 영화의 기본축이다. 그 점은 내가 이 영화 촬영에 참가했던 분들한테 들은 것과 일치한다. 조코 선생님의 할머님과 어머님께서 패전 직후 골짜기 마을의 작은 극장에서 상연하셨던 연극을 '사야'에 만들어진 무대에서 재현하는 형식으로 영화는 촬영되었다.

다음으로 시대극 영화로서의 리얼한 진행. 번이 이 지방에 행한 억압적인 정치의 참혹성을 영화는 이야기한다. 도저히 참지 못한 사람들이 '메이스케'의 지도하에 첫번째 봉기를 일으키고 성공을 거둔다. 그러나 '메이스케' 한 사람한테만 책임이 돌아가 번의 감옥에 갇히게 된다. '메이스케'는 병에 걸린다. 이 단계에서 영화는 이야기를 리얼하게 복원한다. '메이스케 어머니'가 병문안을 간다. 메이스케는 번의 젊은 무사들의 존경을 얻어 비교적 자유롭게 지내고 있다. 그와 아직 젊은 어머니의 정감 넘치는 이별 장면. '메이스케 어머니'가 그 유명한 대사를 입에 담는다. "만약 네가 죽는다 해도 내가 다시 한번 널 낳아줄 테니 걱정하지 마라."

다음 장면은 '메이스케 어머니' 혼령의 두번째 '넋두리'. 여기에서는 첫번째 봉기 후 더욱 절박해진 농민들의 궁핍한 상태가 이야기된다. 그러나 농민들은 언제까지고 굴복한 채로 있지는 않겠다, '환생한 메이스케'가 나타나 상황은 변할 것이다, 우리가 바꾸겠다, 라고 결의를 말한다.

그리고 '넋두리'를 노래하는 자리에서 일어나 다시금 리얼한 인물로 돌아온 '메이스케 어머니'가 '환생한 메이스케' 역을 하는 아이 옆에 있다. 이전까지 '넋두리'하는 '메이스케 어머니'를 둘러싸고 공감한다는 표시로 낮은 탄성을 토하거나 몸을 흔들기만 했던 농촌 여성들이 무대 앞쪽으로 나온다. 전투 준비 태세를 갖추고 각자 한쪽 무릎을 꿇고 올려다보는 여성들에게 둘러싸여 '메이스케 어머니'는 그 유명한 출진의 '넋두리'를 노래한다.

> 하 엔야코라야
> 돗코이 잔잔코라야
> 봉기에 나섭시다
> 우리들 여인들이여, 봉기에 나섭시다
> 속지 마라, 속지 마라!
> 하 엔야코라야
> 돗코이 잔잔코라야

무대를 채운 여성들의 노랫소리가 '넋두리'에 이어진다. 그리고 여성들은 춤을 춘다. 춤을 추면서, 무장한 마을 여성들은 질서정연하게 대열을 맞춘다. '메이스케 어머니' '환생한 메이스케'를 선두로 한 봉기의 선봉대는 출진한다……

이 장면부터 피날레에 이를 때까지의 진행에 대해 우나이코와 이야

기해야 했다. 다시금 '사야'의 무대에서는 '메이스케 어머니'의 혼령이
자리를 잡고 앉아 봉기에서 승리한 경위를 이야기하고 있다. 국가 체
제는 이미 변했다. 봉기대는 번의 권력에 대항해 싸운 것이 아니다. 도
쿄에서 온 대참사관의 군대와 싸워 승리한 것이다. 대참사관은 자살하
고, 봉기대는 오카와라 기지에서 철수한다. 사람들은 차례차례 돌아간
다……

점차 마무리되어가는 '메이스케 어머니'의 '넋두리' 노랫소리에 맞
춰 카메라에 생생하게 잡히는 것은 이 지방의 거대한 풍경이다. 나무
숲에 가려 사라졌다 나타났다 하는 경사진 좁은 길을 '메이스케 어머
니'가 '환생한 메이스케'를 태운 말을 끌고 올라간다. 온 산을 뒤덮은
단풍, 그리고 베토벤 최후의 피아노 소나타 2악장. 음악이 울려퍼지는
가운데 아악, 하는 여성의 비통한 절규가 들린다. 다시 음악이 크게 울
리면서 엔딩 마크가 등장한다……

내가 전화로 한번 전했던 내용을 우나이코가 실제로 건네받은 시나
리오를 끝까지 읽고 나서 한 말은 이런 거였다.

"이게 어떻게 우리의 〈죽은 개를 던지다〉 연극이 될 수 있어? 사쿠
라 씨의 절규가 갑자기 영화 속에서 울려퍼지는 순간이야 정말 비통했
겠지. 그리고 그것이 그 시대부터 지금까지 이어지는, 강간당하는 여
성의 비참함을 표현한 것임은 틀림없어. 사쿠라 씨가 자기 자신의 비
참한 기억의 표현으로서 만든 영화니까. 하지만 나는 멀리서 들려오는
절규를 통해서가 아니라, 그 비참한 실상을 나 자신의 신체를 통해 연
기하고 싶어!"

나는 말없이 고개를 숙인 채로 있었다. 우나이코가 나를 더이상 상

대하지 않을 거라고 생각했다. 두번째 봉기 승리 후의 오카와라 기지 철수. 최후에 봉기 지도부 사람들, 특히 함께 싸웠던 간부 여성들 무리와 헤어진 '메이스케 어머니'와 '환생한 메이스케'가 산으로 오르려 한다. 옛 번의 조직이 와해되어 무뢰배로 변한 젊은 무사들이 구시가지와 산간부가 갈리는 고개 위에 숨어서 기다리고 있다……

그래도 우나이코는 궁지에 몰린 내게 이야기를 계속했다.

"'메이스케 어머니'가 강간당하는 장면까지 촬영하는 건, 이런 톤의 영화의 피날레로는 적당하지 않았겠지. 그렇지만 골짜기 마을 연극에서 '메이스케 어머니'는 '넋두리'를 통해 비극의 핵심을 정공법으로 이야기한 거 아니었어? 패전 직후 더이상 지폐 제조에 사용하지 않게 된 삼지닥나무 뒷거래를 통해 큰돈을 만들어 조코 선생님의 할머님과 어머님은, 골짜기의 작은 극장에서 공연한 연극에서 '메이스케 어머니'의 '넋두리'를 노래하며 온 극장 사람들을 열광시키셨잖아? 그런 식으로 패전 후 마을 여성들을 팔십 년 전 봉기에 참여했던 여성과 연결시키셨잖아? 남자들은 전쟁에 졌다는 사실에 순응하던 시대에 말이야. 우리가 조코 선생님을 격려해서 다시 한번, 지금 현재를 살아가는 여성인 우리를, 봉기에 나섰던 여성들과 연결시키는 데 도움을 주실 수 있도록 해보자. 보트를 타고 나서려는 아버지를 돕지 못했다는 사실 때문에 고통스러운 꿈을 아직껏 꾸는 노작가에게 우리가 마지막 기회를 드리는 거야!"

5

릿짱이 일지를 우나이코의 눈, 게다가 내 눈에 들어올 것을 의식해서 썼다는 점을 무시할 수는 없었다. 나는 우나이코와 직접 이야기를 나눴다. 우나이코는 아사의 우려를 충분히 존중하고 있긴 했으나 이미 〈죽은 개를 던지다〉 연극의 타이틀을 〈'메이스케 어머니' 출진과 수난〉으로 정해놓은 상태였다. 어쨌든 나는 내가 쓴 시나리오에서 최종적으로는 삭제되었던 세부를 다시 기억해내는 방향으로 협조하기로 했다. 그건 애초에 내가 사쿠라 씨의 영화에 참가하게 된 동기 그 자체이기도 했기 때문이다.

내가 그런 의사를 표하자 젊은 단원들은 환영하는 태도를 보여주었다. 이후에 확실히 느낀 것은 그들이(특히 '스케와 가쿠'를 중심으로) 내게 바라는 것이 단순히 원래 시나리오를 연극 대본으로 고쳐주는 것만은 아니라는 사실이었다. 릿짱의 조사 결과를 바탕으로 우나이코의 구상을 살려 완전히 새로운 연극으로 만들고 싶다는 의욕을 보인 것이다. 거실과 식당을 겸한 일층 연습실은 그 작업을 위한 의견을 나누는 장소가 되었다.

나 또한 이 극단에 맞는 각본, 그들의 젊은 발상을 중심에 두고 내가 써온 것들을 해체해서 종합하는 각본, 바로 〈죽은 개를 던지다〉 각본을 집필하는 작업에 참여해볼 생각이 들었다. 나는 거실 소파 주변에 놓아두었던 독서용 카드, 노트, 사전류 등을 이층으로 옮기는 일로 나 자신의 태도를 밝히기로 했다. 자료를 옮기고 있는데 단정한 정장을 갖춰 입은 우나이코가 처음 보는 남자를 데리고 왔다. 우나이코는 책을

안고 서 있는 내 옆으로 가까이 오더니,

"젊은 사람들이 앞으로 우리 극단을 위해 일해주실 연장자분을 도와
드리질 않는군요!"라며 들으란 듯이 비난했다.

그러나 마사오, 배우들, 여배우들 모두, 내가 내 물건을 정리해서 공
동 작업용 공간을 넓히자고 말한 후였기 때문에 신경쓰지 않았다. 우
나이코는 내 『The Golden Bough』 팩시밀리본 전권을 들어주었다.
뒤늦게 들어온 회색 코듀로이 상의에 깃이 높은 검은 셔츠를 입은 남
자를 소개해주기도 했다. 그는 젊은 극단원들과는 물론 마사오와도 다
른 느낌을 풍기는 인물이었지만 이미 모두에게 동료처럼 대우받고 있
었다.

"제 남자친구예요. 연극비평을 쓰기도 하지만 본업은 따로 있는 것
같아요. 그 본업 관련 일로 마쓰야마에 들른다기에 제가 공항으로 데
리러 갔어요. 저녁 편 비행기로 도쿄에 돌아갈 예정이지만 잠깐이라도
조코 선생님을 만나뵙게 하려고 제가 데려왔어요.

조코 선생님, 괜찮으실까요? 이층 방에는 사람을 별로 들이시지 않
는다고 들었지만, 거기서 선생님과 이야기를 나눌 수 있도록 허락해주
실 수 없을까요? 이 사람은 작가의 서재에 관심이 있거든요. 아사 아주
머니가 저한테 책장에 있는 책을 보여주신 적이 있어서 그 일을 이 사
람에게 자랑했더니……"

남은 책 전부를 그가 들어줘서 나는 카드류를 챙겨 두 사람을 이층
으로 안내했다. 오늘 거실이 사람들로 가득찰 것이라 예상하고 아침
일찍 아카리를 '사야'로 데리고 간 릿짱이 침대를 미리 정리해둔 덕에
문제는 없었다. 남쪽과 북쪽 창문의 비막이 덧문과 커튼도 열려 있었

다. 서쪽 벽은 책장이고, 그 앞에 작업용 책상이 있는데, 그 책상의 의자를 반대로 돌려 발을 얹고 등받이가 젖혀지는 의자에 앉아 무릎에 화판을 올려놓고 작업을 해왔다. 하긴 지금은 책을 읽을 뿐이지만. 그 의자를 남쪽으로 옮겨서 앉은 뒤, 반대로 돌려 사용했던 의자에, 방향을 내 쪽으로 바꿔서 앉으라고 남자에게 권했다. 우나이코는 침대 동쪽 편에 놓인 책장 상단에 있는 책을 꺼내기 위해 사용하는 동그란 의자를 옮겨왔다.

"이 책장의 책을 보여주십시오." 남자는 동그란 의자에서 일어서려는 우나이코를 제지하며 책장 하나 앞에 섰다. 그 책장에는 전부 초판은 아니지만 초기에서 중기까지의 소설을 초판에 가까운 판본으로 모아놓았다. 나는 최근 출판된 것보다 예전에 나온 책이, 표지 질감이나 색감 면에서 더 마음에 든다.

"제가 조코 선생님 책을 읽기 시작한 건 선생님이 그 상을 받으시기 조금 전이었습니다. 소설 쓰기를 중단했다는 신문 기사를 읽고 이 작가가 죽었구나, 하고 오해했거든요. 그때부터 문고본을 모아 읽기 시작했습니다. 그래서 사실, 이런 양장본으로 선생님 소설을 읽은 적은 없지만 한 권 한 권이 호감이 가는 장정이군요."

"처음 책을 내게 되었을 때부터, 북디자이너는 내가 직접 선택했네. 내 첫 책 표지 타이틀의 글씨는 하나와 고로가 쓴 거지. 그걸 계기로 그는 손글씨가 아름다운 북디자이너로 유명해졌어."

"『우리의 시대』는 로구미 선생님이시죠? 프랑스식 장정에 속표지의 양각 글씨가 인상적이었죠. 제 아버지 서재에서 본 적이 있습니다." 이 말이 떨어지자마자 우나이코는 남자가 말한 그 책을 기민하게 찾아냈다.

나는 우나이코가 찾은 책에 사인을 해서 주기 위해 이름을 물어보았다. 가쓰라 다쓰오.

"정말 기쁩니다, 한번 문고본으로 조코 선생님의 소설을 다 읽고 난 후로는 몇 년 간격으로 나오는 장편을 동시대적으로 읽어왔습니다. 애독해왔다고 말해도 되지 않을까 싶습니다만, 사실 삼십대가 되어서야 읽기 시작한 셈이라 작가의 메시지를 나 자신을 위한 것으로 받아들이진 않았습니다. 그것과는 다른 얘기지만, 선생님은, 특히 최근 이십 년 정도, 자신의 소설이 젊은 층에게 어필될 수 있도록 노력하지는 않으신 거 아닌지요? 폭넓은 독자층에게 읽히고 싶다고 생각하지는 않으십니까?

예를 들면 최근에 내신 『아름다운 애너벨 리 싸늘하게 죽다』 말입니다. 도입부는 선생님 자신인가 싶은 뚱뚱한 노인이 플라스틱제 운동 기구를 손에 쥐고, 마찬가지로 중년인 비만 남성의 걷기 훈련에 동행중인 광경이지요. 저 같은 경우야 지적 장애를 가진 노인의 아들을 아, 아카리 씨구나 하고 바로 알아볼 수 있습니다. 그리고 이 소설의 경우, 국제적인 영화 제작의 실제 과정이 그려져 있어 재미있긴 했지만, 저자에게 연령적으로 동세대적 친근감을 느낄 수 있는 독자는, 설사 있다 하더라도……살아남은 소수의 사람들 정도라고 해야 하지 않나요?"

"분명 나이 차이는 있지만, 개인적으로 전 그 소설에 묘사된 국제적 여배우 사쿠라 씨에게 매력을 느꼈습니다." 우나이코가 말했다.

"나도 그 소설에서 여배우를 도우며 활약하는, 고마바 캠퍼스에서 작가와 같은 강의를 들었던 노老제작자에게 관심이 있어. 하지만 그 사람들한테는 근사한 조연으로서 적절한 포지션을 주면 되지 않나. 역시 청년과 아가씨를 주인공으로 하는……그들의 성격 부여부터 모든 걸 상상력으로 창조해서 본격소설을 쓰는, 그런 작업은 안 하실 건가요?"

"분명 『아름다운 애너벨 리……』 속 화자는 작가 자신이고, 그 작가는 스크린을 통해 봤던 소녀 때의 국제적 여배우를 아는 사람이기도 했으니……완전히 사소설이긴 해. 하지만 그렇다고 해서 본격소설이 아니라고 할 수는 없는 거 아냐?"

"그건 그래. 그 소설이 조코 선생님의 본격소설인 건 분명해. 문체적으로나 구조적으로나 그건 확실하지. 그렇지만 최근 십 년에서 십오 년, 조코 선생님의 모든 장편이 이런 스타일이잖아? 기본적으로는 화자=부주인공……때론 주인공인 인물까지도……모두 작가 본인과 중첩되지. 그건 좀 심한 거 아닐까? 소설다운 소설로 독자에게 받아들여질까? 일반화해서 말하자면 소설다운 소설을 읽고 싶어하는 독자를 끌어들일 순 없어. 선생님은 왜, 이렇게 작품 세계를 좁게 한정해놓으신 거죠?"

"그건 나도 인정하네. 이미 포기한 상태지만 얼마 전까지 준비했던 소설은 예순 몇 해 전에 50세로 돌아가신 아버지에 대해 쓰려고 했던 것이었지. 그러나 완성하는 일이 불가능하다는 걸 알고 단념한 후 조금 전에 자네가 한 말과 같은 생각을 했네. 나는 왜 이런 꽉 막힌 골목으로 들어와 있는가, 하고…… 그랬지만 곧바로, 이런 방식의 글쓰기가 아니면 글쓰기 자체를 지속할 수 없었다고, 즉 나 자신의 세계를 좁게 한정할 수밖에 없었다는 걸 깨달았네."

"⋯⋯하지만 이 책장만 보더라도, 선생님은 폭이 넓으신 분 아닙니까?"

나를 너무 몰아붙일까봐 조심하듯, 가쓰라는 대화 방향을 전환했다.

"독특한 독서 방식도 갖고 계시지요⋯⋯예를 들어 여기 T. S. 엘리엇의 시집을 보면, 영어로 된 전문서 쪽이 많긴 하지만 일본어 번역서 또한 여러 종류를 모아두셨습니다.

조코 선생님은 예이츠에서 오든까지 다양한 일본어 번역시를 찾아 읽고 가장 마음에 드는 번역자를 찾으십니다. 그렇게 찾은 학자의 저서는 전부 갖고 계시지요. 여기 책장을 보면 한눈에 알 수 있습니다. 전문 연구자라면 이 정도로 번역자한테 열중하지는 않잖습니까?"

"나는 고마바에서 만난 친구 중 콜리지와 엘리엇의 전문가가 된 학자에게 많은 도움을 받고 있지만, 그 친구가 누군가의 번역을⋯⋯자신이 번역한 시조차 읽는 걸 본 적이 없네. 원시를 짧게 인용하고 최신 해석을 가르쳐줄 뿐이지.

요즘 들어 깨달은 건 내게는 외국어로 된 시가⋯⋯영어든 프랑스어든, 단테라면 이탈리아어 경우라도⋯⋯원시 그대로는 이해되지 않는 건 아닌가 하는 점일세. 우선 원시를 기억해두었다가 기억날 때마다 그걸 중얼거려보긴 하네. 그러나 그럴 때도, 예를 들어 엘리엇이라면 후카세 번역, 니시와키 번역이 있는데 머릿속에서 이 역시들을 보면서 원시들을 떠올릴 수 있어야 비로소 나로서는 그 시가 완전히 와닿네."

"선생님의 개인적인 생활은 그렇게 시가 와닿는 그 장소에 존재하고, 소설도 거기서 시작되는 것 아닐까요? 한 예로 블레이크의 경우 선생님은 원시와 좋아하는 번역시를 함께 소설에 삽입하시잖습니까? 그런 점은 일본인 독자에겐 친절한 것이기도 하고, 말하자면 합주를 듣는 것 같은 즐거움을 주기도 하죠. 그렇지만 『새로운 사람이여 눈을 떠라』를 영어로 번역할 땐 어떻게 하실 생각인 걸까. 일본어 번역으로는 훌륭한, 일본인 번역자의 개성이 강하게 묻어나는 번역시를, 중세 영어 비슷하게 만들어 원시와 나란히 삽입하게 되나, 하고 혼자 상상했습니다."

"그 소설 번역자는 원시만 그대로 인용했네. 하지만 애당초 소설을 쓰는 내 머릿속에 존재했던, 번역시와 원시가 약간 어긋나는 그 미묘한 맛이랄까, 그런 건 번역 작품엔 안 나오지……"

"이 책장에 핀으로 꽂아놓은 카드는 『황무지』 마지막에 가까운 부분의 한 구절로 채워져 있네요. 우선 원시가 인용되어 있고 후카세 번역과 그 외 몇 명의 다른 번역이 함께 적혀 있군요."

"이건 '익사 소설'을 쓰지 못하고 힘들어했던 흔적일세. 벌써 오십 년 동안 읽어온 한 구절인데도 잘 이해가 되지 않아 괴로웠지. 중년에는 잘 이해했는데, 나이들어 지적 쇠락이 찾아온 것 아닌가 하는 걱정도 들었고……한밤중에 침대에서 후카세 번역을 떠올리고는 그 부분을 원시로 기억하려 해도 생각이 나지 않았네. 침대에서 일어나 찾아봤는데……그러는 사이 엘리엇의 이 한 구절에 대한 내 이해는 번역된 일본어를 잘못 읽은 데서 비롯된 거라는 결론에 이르렀지 (우나이코는 말을 이으려는 내게 해당 카드를 건네주었다).

후카세 번역은 이러하네. '이런 글 조각 하나로 나는 나의 붕괴를 지탱해왔다', 『황무지』에서 이 구절 앞에 나오는 단테와 네르발을 인용한 문구를 하나로 묶어 이런 글 조각 하나라고 한 걸세. 그 글 조각들에 의지해 나의 붕괴를 지탱해왔다. 원시는 이렇게 되어 있네. 'These fragments I have shored against my ruins'

이 구절에 대한 지금까지의 내 해석은, 이 나는, 붕괴에(ruins에) 다다를 수도 있는 상황에 처해 이렇게 생각했다는 거였네. 난파될지도 모를 위기를 어떻게든 극복하려고……그리고 이런 글 조각 하나가 육지까지 무사히 데려다주었다……내 해석은 shored의 뜻, 육지로 올라왔다, 상륙시켰다라는 말의 어감에 영향을 받고 있네. 이제 난 육지에 있다. 이런 글 조각 하나에 불과한 것에 의지해, 붕괴 위기에서 벗어날 수 있었다……겨우겨우, 그런 안도감을 공유하면서 이 한 구절을 이해하고 있었지.

하지만 그런 뜻이 아니었다고 새로이 이해하게 되었네. 나는 지금도 실제로 붕괴 위기에 처해 있고, 어떻게든 그 위기를 버티려 하는 것이라고. 그리고 여전히 이런 글 조각 하나가 의지가 되고 있다고. 그렇게 이해하고 나니 애매한 부분이 있었던 후카세 번역과 엘리엇의 원시가 더할 나위 없이 딱 맞아떨어지더군……

여기서 내가 납득한 사실이 있네. 그건, 이제 내가 노인이 되어 매일매일 붕괴 위기에 처해 있기 때문에, 바로 그렇기 때문에 이 한 구절을 가슴 깊이 느낄 수 있게 되었다는 사실일세."

정신을 차리고 보니 우나이코가 오뚝한 콧날 양옆으로 눈물을 펑펑 흘리고 있었다. 나를 의식하면서 우나이코의 어깨를 감싸안은 채 어떻게 해야 할지 모르고 난처해하는 가쓰라에게 나는 그대로 데리고 돌아가라고 눈짓으로 말했다. 여전히 눈물을 흘리면서 우나이코가 시키는 대로 일어나 아래층으로 이끌려가는 모습을 나는 풀이 죽어 바라보았다.

제13장

'맥베스 문제'

1

그럴 필요가 있지 않는 한 자신의 특별한 능력을 드러내지 않는 릿 짱을 나 또한 딱히 의식하지 않고 지내왔다. 그런데 그녀의 특별한 능력이 발휘되어 아카리한테 커다란 기쁨을 맛보게 해준 일이 있었다! 아카리가 헤드폰이나 극도로 소리를 작게 줄인 휴대용 라디오로만 음악을 듣고 있지만은 않다는 증거로, 마키는 엄청나게 많은 CD를 보내왔다. 그와 함께 중단중인 음악 이론 공부와 작곡을 다시 시작할 수 있도록 『음악 반복 학습 문제집』이라든가 작곡하다 만 오선지 등을 모아 보내주었는데, 특히 오선지가 그 기쁨의 계기가 되었다.

태배로 도착한, 너무 커서 내용물이 막 섞여버린 상자를 정리하고 있었는데 '사야'에서의 재활 연습에서 돌아온 아카리가 곧장 테이블에 딱 달라붙어서는 떨어지지 않았다.

식당을 아카리와 릿짱에게 넘겨주고 이층에 올라갔다가 한 시간 정도 지나 물을 마시러 내려와보니, 아카리는 한 손에 연필을 쥐고『음악 반복 학습 문제집』에 집중하고 있었다. 그 모습을 곁에서 지켜보던 릿짱이 탄성을 질렀다.

"어머, 어머! 아카리 씨는 음의 길이 계산을 틀리네요? 다른 건 완벽한데!"

"기호 계산이 조금, 약하거든요." 아카리도 인정했다.

그러고 나서 나와 릿짱은 테이블 옆에 서서 이야기했다. 릿짱은 내 질문에 대해, 애매한 부분을 전혀 남기지 않고 대답해주었다. 도쿄 예술대학 피아노과를 졸업했으며, 대학원을 중퇴한 뒤 '혈거인'에서 아르바이트를 하던 시절 우나이코와 친구가 되었다고 했다. 그러고 보니 극단의 공연 이력이 소개된 소책자에 음악보音樂補라는 직함이 그녀의 이름 옆에 인쇄된 것을 본 적도 있었고, 지난번 아사의 편지를 통해 릿짱이 음악을 전문직으로 하는 사람이라는 것을 알게 되기도 했다.

그렇다면 지금은 아카리의 피아노 선생님이 도쿄에 계시기 때문에 레슨이 중단된 상태인데 그 레슨을 릿짱이 다시 시작해줄 수 없겠는가? 하고 나는 부탁했다. 하기로 얘기가 결정되자, 나서는 성격은 아니어도 원래부터 실천가였던 릿짱은 공연 준비 관계로 친분이 생긴 중학교 선생님에게 부탁해서 원형극장의 피아노를 쓸 수 있도록 허가를 얻어냈다. 아카리의 CD가 중학교 음악 시간에 사용된 적이 있는 것도 도움이 되었다. 아카리가 작곡을 다시 시작하고 나서 쓴 곡을 함께 검토한 후 곧 릿짱은 이렇게 말했다.

"아카리 씨한테는 오선지와 연필과 지우개만 있으면 되더라고요. 레슨 시작 전 십 분 만에 작곡한 곡인데, 결코 잘못되었다는 건 아니지만 소리를 내봤을 때 좀 위화감이 느껴지는 부분, 다른 방식으로 할 수도 있을 것 같은 부분을 피아노로 쳐서 들려주었습니다. 그랬더니 아카리 씨가 새롭게 작곡해서 보여주더군요. 그걸 쳐보고, 깜짝 놀랐어요."

사흘 뒤, 아카리 씨가 도쿄에서 작곡하기 시작했던 곡이 완성되었는데 한번 들어보지 않겠느냐고 릿짱이 권했다. 나는 신이 나서 아카리를 따라갔다. 이미 자신의 스타일로 아카리가 작곡해놓은 곡에 대해 릿짱이 이런 방식도 있다고 하면서 시범을 보여주면, 다음 레슨 때는 릿짱이 알려준 방향으로 아카리가 수정해놓는 경우가 있다. 그래서 도쿄의 선생님이 어떻게 생각하실지 신경이 쓰여 곡의 변화 과정을 노트해두었다고 릿짱은 말했다. 아카리는 곡을 정정할 경우 지우개로 정성 들여 지운 다음 다시 쓴다. 오선지 여백에 시험 삼아 써보거나 대충 지우고 다음 단계로 넘어가버리거나 하지는 않는데, 릿짱은 일단 한번 쓴 것에 대한 기억력이 좋아 지우기 이전으로 다시 복원하는 일이 가능했다. 내게 음악 이론과 관련된 지식은 없지만 수정 후에 더 좋아졌음은 (그리고 이건 아카리의 음악이다, 라고 느끼는 일까지) 분명했다. 이런 내 의견을 듣고 평소 우나이코와 달리 감정을 그다지 드러내지 않는 릿짱이 기쁜 표정을 지었다.

나는 피아노에 놓여 있는 악보에, 평소에는 아카리가 작곡을 하기로 마음먹으면 먼저 써두는 곡의 제목이 아직 없는 것을 발견했다. 나는 릿짱에게, 아카리가 정서하기 전의 악보에도 제목이 없었냐고 물어보았다.

"저는 아카리 씨에게 그런 습관이 있는지 몰라서 주의깊게 보지는 않았는데요……"

릿짱은 내 말에 신경이 쓰이는 듯했다. 그래서 나는 오래전에 텔레비전 광고를 변형해 아카리와 주고받던 대화를 떠올리고 오랜만에 시도해보았다.

"아카리, 네 곡 제목, 어디로 가버렸을까?"

아카리는 내 농담에 맞장구치지 않았다.

"제가 지워버렸거든요."

"그럼 이제 완성된 곡에 새로운 이름을 붙이자."

"'큰물'입니다." 아카리는 대답했다.

"'큰물'이란, 홍수를 가리키는 이 지역 말이라네." 나는 릿짱에게 설명해주었다. "그러고 보면 아카리와 내가 대립하게 되어 아카리가 음악을 듣지도 만들지도 않게 된……그 사건이 발생한 것은 '익사 소설'을 포기한 직후였지. 도쿄로 돌아와서도 종종 '큰물'에 빠져 돌아가신 아버지 이야기를 했고. 아카리는 이 곡의 원곡이 되는 음악을 작곡하면서 무슨 뜻인지 모를 단어 '큰물'에 깊은 인상을 받았을지도 모르겠군. 하지만 도쿄에서 곡을 쓰기 시작했을 때 지은 제목은 지웠다고 하니까……"

"도쿄에서 작곡했던 부분은 분명히 어딘지 모르게 어두운 분위기였어요. 그걸 고쳐 쓸 생각이 난 거죠. 새로운 곡의 제목은 '홍수 이후'가 좋을지도 모르겠어요. 폭풍우가 온 다음날, 하늘이 티 하나 없이 맑게 개고, 불어났던 강물도 빠지고……그런 분위기지요? 랭보의 시 중에도 그런 타이틀이 있지 않았나요?"

"'큰물'입니다." 아카리가 다시 한번 말했다.

2

"산 안쪽으로 드라이브 가시지 않을래요? 차를 곧장 '산속 집'으로 돌리지 말고요. 상의드릴 일이 있어서요."

릿짱의 제안을 내가 받아들이자, 내게 이야기하기 위해 준비했다는 것이 분명히 드러나는, 지금까지와는 다른 태도로 '상의'를 시작했다.

"〈'메이스케 어머니' 출진과 수난〉을 위해 조코 선생님이 본격적으로 참여해주시기를 우나이코가 바란다고……하는 내용을 일지에 썼습니다. 그리고 저희 마음을 받아주셔서 감사하게 생각하고 있습니다. 하지만 그렇게 되고 보니, 제가 걱정하는 부분을 좀더 자세히 말씀드리지 않으면 공정하지 않은 것 같아서요. 그래서 들어주셨으면 하는 거예요. 마사오는 저를 우나이코의 의도대로 움직이는 로봇처럼 여기는데……실상 지난 열몇 해 동안 그렇긴 했습니다……사실 또 이번 연극에서도 우나이코가 진심으로 원하는 바를 실현하는 방향으로 제가 일한다는 것은 변함이 없습니다. 그걸 전제로 하는 이야기인데요……우선 우나이코가 하려는 일은 〈'메이스케 어머니' 출진〉 영화를 무대에 다시 올리는 것입니다. 조코 선생님의 협력 없이는 불가능하지요. 그 점에선 '혈거인'이 해왔던 작업과 이어지는 것이기도 하고, 마사오가 적극적인 건 그래서이기도 합니다. 하지만 다른 한편으로는 우나이코의 독자적인 일면이 강하게 드러나고 있습니다. 그리고 우나이코가 그 부분에 대해선 아직 소코 선생님께 말씀드리지 않았다는 사실이 걱정됩니다. 제가 우나이코에게 말을 꺼냈더니, 아니 이건 원래 조코 선생님의 구상 속에 있는 부분이다. '메이스케 어머니'의 비극이다,

그렇게 반응하더군요. 하지만 우나이코는 그걸 자신의 방식으로 밀어붙일 테니까……

자신의 방식으로, 라는 것은 〈죽은 개를 던지다〉 연극 기법으로, 라는 의미입니다. 그리고 그렇게 되면 지금까지와 마찬가지로 우나이코는 완전히 자기중심적으로 진행할 겁니다. 따라서 조코 선생님이 뜻하지 않게 트러블에 휘말릴 가능성이 있습니다.

조코 선생님이 이번 상연에서 그 점에 충분히 주의해주셨으면 합니다. 아카리 씨는 음악에 관해 정말이지 신중하지만, 그뿐만이 아니에요. 아버지 일에 대해서도 음악만큼 많은 주의를 기울이고 있습니다. 그 부분이 제일 제 마음에 걸린다고 해도 될 만큼요.

그렇지만 저로서는 지금 단계에서 우나이코가 이번 공연에 어떤 방식의 〈죽은 개를 던지다〉 연극을 계획하고 있는지는 말씀드리지 못합니다. 우나이코를 배신할 생각은 없으니까요. 조만간 우나이코가 직접 말씀드릴 거라고 생각합니다. 너무 과장한다고 생각하실지 모르지만 우나이코한테는 일생일대의 과제거든요.

그래도 제가 말씀드리고 싶은 부분은 객관적으로 이 공연이 현재 어떤 상황에 처해 있는지에 대해서입니다. 다이오 씨에게 들으셨겠지만 지난번 중학교 공연 이래로 우나이코의 사고방식에 분노를 토하는 사람들이 적지 않아요. 그들은 저희가 이곳으로 본거지를 옮기기 전부터 현의 교육계에서 힘을 지녀왔던 우파입니다(저희가 다이오 씨에게 들은 것이니 선생님도 이미 알고 계시겠지만). 그들 당파의 대표들이 원형극장에서 열릴 다음 공연 때 객석에 투입될 예정이라고 합니다. 티켓은 이미 확보해놓았다고 하더군요.

그들은 어디에 초점을 두고 있을까요? 그들은 선생님이 쓰신 영화의 오리지널 시나리오 속, 사쿠라 씨한테 특히 중요했던 '메이스케 어머니'의 강간 장면에 대해 철저히 조사해놓았습니다. 제가 인터뷰했던 여성분 중 몇 명과 직접 접촉하기도 했고요. 그리고 일단은 그 장면을 촬영했다는 사실, 공동으로 제작했던 NHK 혹은 미국측 배급회사의 의향으로 그 장면 전체가 영화에서 삭제되었다는 사실을 파악하고 있습니다. 그리고 그 장면을 삭제시킨 건 자신들 우파의 힘이었다고 공언하고 있습니다.

그런데 우나이코가 삭제된 장면을 연극으로 복원하려 한다는 것을 그들이 눈치챈 것입니다. 강간을 당해 빈사 상태가 된 '메이스케 어머니'가 문짝에 실려오는 장면이 중요한데, 이 장면 바로 앞에 나오는 '메이스케 어머니'가 강간당하는 장면과 '환생한 메이스케'가 살해당하는 장면을 포함해 전부 되살릴 거라는 사실도 알고 있습니다. 저와 우나이코, 마사오는 어디에 스파이가 있는지 체크중입니다. 그리고 그들은 조코 코기토가 고향을 경시하고 일본 근대사를 자학적으로 수정했다는 등의 이제까지 해온 공격에 더해 새로운 공격을 가할 생각이랍니다. 며칠 전 슈퍼에 장을 보러 갔다가 다이오 씨를 만났는데 그 사람들의 토론회를 정찰하고 왔다고 하더군요.

우나이코는 조코 선생님께 이런 식의 싸움이 될 거라고 말씀드리더라도 선생님께서 이제 와서 도망치시거나 하지는 않을 것이라고 말했습니다. 물론 우나이고 자신은 네오내셔널리스트의 야유와 항의에 정면으로 맞설 각오를 하고 있고요. 〈죽은 개를 던지다〉 연극의 토론을 통해 그들을 완전히 격파한 뒤, 우나이코가 '넋두리'에 새롭게 추가한

'남자는 강간하네, 국가는 강간하네 / 우리들 여인들이여, 봉기에 나섭시다'라는 합창 속에서(원작자인 조코 선생님의 허락을 얻어야 합니다만) '환생한 메이스케' 혼령의 인형이 막 날아다니도록 할 겁니다……

하지만 전에 〈죽은 개를 던지다〉 연극을 공연했을 때 경험한 바에 따르면, 강경파 쪽의 논의가 아무리 고조되더라도 관객이 감정적으로 폭발하도록 유도하기는 어렵습니다. 그래서 우나이코는 비장의 카드를 준비해놓았습니다. 아직 제 입을 통해 조코 선생님께 말씀드릴 순 없고, 우나이코가 직접 선생님께 말씀드릴 것이라는 내용은 바로 그거예요."

나도 릿짱이 말할 수 없다는 이야기를 무리해서 끌어낼 생각은 없었다. 나는 달리 신경이 쓰였던 이야기를 하나 물어보았다.

"우나이코가 자신의 남자친구라는 사람을 데리고 왔었네. 내 쪽에서도 흔쾌히 응해서이긴 했지만 나한테 말을 많이 시켰지. 그런데 대화가 끝날 무렵 그야말로 감정적으로 폭발해서랄까, 우나이코가 눈물을 흘리더군. 왜 그랬을까?"

"조코 선생님이 정확히 외우고 계신 후카세 번역의 엘리엇을…… 이런 글 조각 하나로 나는 나의 붕괴를 지탱해왔다라고 인용하시는 것이 너무 안돼서 그랬다고 했어요. 노작가라고는 하지만 인생의 고통은 이미 지나가버린 것이 아니더라, 지금도 계속되는 중이더라, 라면서요…… 앞서 말씀드린 것처럼 그녀는 자기중심적이지만, 그런 식으로 노인분을 골치 아픈 일에 끌어들이는 것을 가슴 아파하는 사람이기도 합니다."

3

결국 아사는 누구보다 가장 오래 도쿄에 머물다가 강변 집으로 돌아왔다. 아사는, 내가 마키에게 자세히 전했던, 릿짱의 레슨을 통해 아카리가 거둔 성과를, 오랫동안 지도해왔던 음악 선생님이 듣고 높이 평가했다면서, 이전까지 도쿄에서 했던 수업의 진행 상태를 대충 알 만한 것들을(완성, 미완성의 자필 악보 전부를 포함해서) 가지고 왔다.

그와 관련해서 나와 아사는 이야기를 나누었다. 의논한 내용 중에는, 유서 깊은 교향악단의 부지휘자를 맡고 있는 남편이 있는 남부 독일 지역으로 음악 선생님이 유학을 갈 계획이 추진되고 있다는, 아카리한테는 걱정거리가 될 뉴스도 포함되어 있었다……

점심식사를 함께 마치고 릿짱이 재활 훈련을 위해 아카리를 데리고 간 뒤, 세이조 집의 경리를 치카시한테 위임받은 마키와 나눴던 이야기를 아사가 보고했다. 치카시 언니의 입원비는 의료보험이 있으니 문제될 건 없지만, 내년의 세금 신고를 마키는 걱정하고 있다. 보통은 세금 신고에 대비해 새 책을 출판해왔다. 하지만 올해는 '익사 소설'이 중지되어 기대할 만한 새 책은 없다. 내년까지 생활은 가능하겠으나, 삼월 말의 납세는 어찌해야 할 것인가?

"그래서 말인데요 오빠, 내가 한 가지 제안을 했어요. 〈'메이스케 어머니' 출진〉 시나리오 판권은 우리 쪽 소유라고 확인했고, 릿짱한테 〈'메이스케 어머니' 출진과 수난〉 대본을(〈죽은 개를 던지다〉 연극 방식으로 공연하기 위한 시안으로) 오빠가 쓰기로 했다고 들었어요. 그래서 우나이코에게 집필 보수를 청구하지 않는 대신 시나리오와 대본을 한 권의 책으로 엮으면 어떻겠냐? 소설가의 시나리오와 희곡이 잘 팔릴 리는 없지만 일단 주목은 받지 않겠느냐, '익사 소설'을 출판할 예정이었던 출판사의 담당자가 누군지는 알고 있으니……그 사람에게 타진해보면 어떻겠냐고요. 이야기가 그렇게 돼서 제가 메일을 보냈어요."

"네 메일에 대한 답장은 내가 직접 받았다. 그 회사 문예지 편집장이 영화나 연극에도 관심이 많은 사람이라, 신작이 될 연극 각본은 우선 본인 회사의 문예지에 싣기로 하고 원고료를 지불하겠다고 하더군. 상대방의 그런 배려까지 이끌어내는 에이전트 역할은 역시 아사가 아니면 아무도 할 수 없지!"

아사는 나의 씁쓸한 말투 따위는 모른 척하고 말했다.

"일단 문예지 게재가 확정되었으니 맡기로 했던 대본 집필을 그만둘 리는 없겠죠? 나로서는 한짐 덜었네요. 이제 코기 오빠가 본격적으로 착수하게 된 이상, 봉기 코스의 현장 검증이 필요하다고 생각해요. 아직 가메가와 강을 따라 코스 전체를 걸어본 적이 없지요? 우나이코가 원해서, '메이스케 어머니'가 봉기 후 어느 장소에서 무슨 수난을 당했는지, 그 현장으로 안내하기로 약속했어요. 다음주 일요일에 가기로 했으니 코기 오빠도 합류해주세요."

4

우나이코가 운전하는 차를 아사가 함께 타고 왔기 때문에 나는 조수석에 타고 우나이코에게 설명하는 역할을 맡게 되었다. 질문하는 역할은 아사가 맡았지만.

"어떤 식으로 안내할지 생각해봤는데." 내가 말을 꺼냈다. "내가 어렸을 때 '파괴하는 자'……그러니까 이 지방에서 가장 잘 알려진 전설속 인물—사실 환상의 인물이라는 말을 붙여야겠지만—아무튼 그 사람과 관련된 유적을 돌아봤던 적이 있었네. 이백오십 년에서 삼백 년전에, 번의 권력이 미치지 않는 산속에 독립된 공동체를 만든 인물. 너무 오래 살아서 신체적으로도 거인이 되어, 그가 주도해서 '죽은 자의길' 같은 큰길을 만들었다는 이야기가 있는데……그 사람과 관련된유적을 보러 갔지. 그중에 주변보다 조금 높게 솟은 평평한 땅에 푸른잡초만 무성한 곳이 있었는데('파괴하는 자'가 낮잠 자는 곳! 아사도기억하는지 그렇게 말했다), 바로 거기서 죽은 '메이스케'의 혼령이'환생한 메이스케'와 나란히 누워 두번째 봉기를 위한 전술을 가르쳐주었다고 전해 내려왔지. 이 이야기는 진짜 있었던 일인 것 같다고 느꼈다네."

"말괄량이였던 난 보통 여자아이들이 안 가는 곳에도 아무렇지 않게가는 성격이어서, 코기 오빠를 따라갔지요. 그때 오빠는 산속으로 들어가고 싶긴 했지만 산을 둘러싸고 전해 내려오는 이야기를 여러 개알고 있어서, 무서운 나머지 나를 데리고 갔던 거 아니에요?"

"사실 난 그곳을 오늘의 출발점으로 삼고 싶었어."

"그 얘긴 다마키치하고 벌써 했어요. 나도 '파괴하는 자'가 낮잠 잤던 곳을 염두에 두고, 봉기와 관련된 장소 중 여유로운 느낌이 있는 그곳부터 제일 먼저 보고 싶다고 다마키치에게 이야기했죠. 그러자 요즘은 간벌재*로는 돈벌이가 안 되기 때문에 그쪽으로는 일하러 가는 사람이 없다. 그래서 접근하기도 쉽지 않다고 다마키치가 알려주더라고요. 그래서 처음부터 아예 가메가와 강 부근까지 내려갔다가 오카와라에서 숲으로 걸어서 올라가는 코스로 돌아보자고 얘기 끝냈어요. '메이스케 어머니'가 수난을 당한 장소에서 '환생한 메이스케'가 돌에 파묻혀 죽은 구덩이 쪽으로 가는 순서로 돌아보죠. 차는 오카와라에 두고 가기로 하고요. 다마키치가 자전거를 타고 차를 가지러 왔다가, 우리가 피곤해서 걷기 힘들어지면 차로 데리러 올 예정이에요."

도쿄에서 영매 연기를 했을 때는 금발로 염색했던 머리를 다시 검게 염색해 뒤로 묶은 우나이코는 정면을 똑바로 바라보며 운전했다. 전체적으로 차분하고 무게가 있어 보였다.

"우나이코는 벌써 '메이스케 어머니' 역할을 연기하기 위한 준비에 들어간 건가?"

"의식해서 살을 찌우고 있어요. 출진 때의 '넋두리'를 박력 있게 연기하고 싶거든요." 살이 오른 옆얼굴을 강조하느라 고개를 약간 돌려 보이며 우나이코가 말했다.

아사는 '메이스케 어머니'가 출진했던 봉기 코스에 구체적인 흥미를 보였던 릿짱이 감기 기운이 있는 아카리를 보살피느라 '산속 집'에 남아 있다는 점을 마음에 두고 있었다.

"릿짱이 얼마나 아카리를 잘 돌봐주는지 모른다고, 매일 아카리와 전화하는 마키가 늘 말하고 있어요. 내가 도쿄로 떠날 즈음 코기 오빠

* 나무를 솎아내기 위한 벌채.

는 아카리와 완전히 화해한 게 아니었기 때문에 '산속 집'으로 갈 때마다 내가 아카리 얼굴을 면도해줬잖아요? 그 일을 대신해줄 사람을 찾는 걸 깜빡 잊어버리고 도쿄로 갔죠. 치카시 언니가 있는 병원에 도착해서 일주일이나 지나고서야 아카리의 면도 일이 생각나서 가슴이 철렁했어요. 마키에게 전화해서 물어보라고 했더니, 아빠는 내 수염을 깎아주지 않습니다, 라고 대답해서 수염이 무성한 아카리 오빠의 얼굴이 떠올라 쇼크였다고 하더군요. 그런데, 아카리는 그애 특유의, 뭔가 꿍꿍이가 있는 화법으로 대답했는데……지금은 릿짱이 깎아주고 있습니다, 아빠와는 달리 아프지 않습니다, 라고 이어서 말했다고 하네요."

"아카리는 새로운 사태가 일어나도 스스로 그걸 화제 삼아 이야기하질 못해. 그래서 자기가 하고 싶었던 말을 할 수 있도록 누가 유도해주면 좋아하지."

"……그때 그 난감했던 상황에서 릿짱이 수염을 깎아주는 역할을 맡아주었다, 그 말을 하고 싶은 거지요. 그때 그 두 사람은 아직 제대로 대화한 적도 없었는데 말이에요. 면도날로 상처라도 내면 어쩌지 하고 겁내는 게 보통인데, 릿짱은 용기 있는 사람이에요."

하고 싶은 말을 마친 다음, 아사는 우나이코를 위해 직접적인 설명을 이어갔다.

"이 차로 돌아볼 예정 경로를 이야기할게. 우선 혼마치까지 갈 거야. 가메가와 강변 국도를, 그러니까 오빠와 어머니의 기념비가 철거돼서 (그뿐이 아니었지만) 넓어진 우회도로를 지나 오카와라까지 바로 갈 텐데. 이십 분 정도 걸리니까 코기 오빠의 가정생활과 관련해서 우나이코도 들어두었으면 하는 이야기를 좀 할까 해.

치카시 언니가 퇴원해서 내가 간호 일을 끝낼 수 있게 된 걸 축하하기 위한 자리를 마키와 셋이서 가졌어요. 그런데 마키는 매달 겪는 심리적으로 불안정한 시기여서……그 시기만 지나면 그렇게 착한 아이도 없는데……코기 오빠에 대해 공격적이었죠.

이런 이야기를 꺼냈어요. 엄마는 이번에 입원할 때 스스로 더이상 가망이 없다고 각오했는지 내게 중요한 이야기를 해주었어요. 그런데 아빠는 우리의 장래에 대해 어떤 생각을 가지고 있는 걸까요? 아카리 오빠와 아빠를 산으로 보낸 엄마의 결단은 옳은 판단이었고, 긍정적인 방향으로 일이 흘러가고 있어요. 하지만 그건 한편으론, 이번에도 아빠가 아빠와 오빠 사이의 문제점에 대해 궁극적인 지점까지 생각하지 않는다는 거 아닌가요. 엄마가 자신의 죽음에 대해 깊이 생각하는 것만큼 아빠는 죽음에 대해 깊이 생각하지 않는 거 아녜요?

올해 초에 아빠는, 이런! 무스미 선생님이 돌아가셨을 때보다 나이를 더 먹게 생겼군! 이라고 말했죠? 그러곤 즐거워 보이는 얼굴로 이런 말도 했잖아요? 아빠도 중년 초반에 마키처럼 우울증에 걸린 적이 있었다. 그랬더니 무스미 선생님이, 내가 라블레에 대해 느꼈던 건데, 한 사람의 저작을 완전히 이해했다고 생각한 건 그 사람이 죽었을 때 나이가 된 다음일세. 자네도 나한테 흥미가 있다면 내가 죽은 나이가 되었을 때 내가 쓴 책을 전부 읽어봐주길 바라네, 라고 말씀하셨다고요. 그래서 지금 아빠는 선생님의 모든 저작을 읽고 있다고요…… 그때 전, 아빠의 죽음을 아카리 오빠가 어떻게 받아들일지, 그후에 어떻게 살아갈지에 대해 아빠는 별로 생각을 안 하는 건 아닐까 생각했어요.

그랬더니, 치카시 언니가, 나도 있어서 마키를 안아주거나 하진 않왔지만, 아니다. 그렇게 보이긴 해도 아빠도 나름대로 생각을 하고 있을 거다. 그게 '맥베스 문제'라면서 마키를 달랬어요. 아빠는 아카리와의 미래를 '맥베스 문제'로 생각하는 거지 회피하고 있는 건 아니라고……

내가 이 이야기를 꺼낸 건 말이죠, 지금 현재 세이조 집에서 치카시 언니와 마키가 얼마나 진지하게 이런저런 생각을 하는지 코기 오빠에게 보고하고 싶었기 때문이에요. 그렇다고 지금 당장, 나는 내가 죽은 뒤의 아카리 문제를 이렇게 생각한다고 오빠가 언니와 마키에게 답하기를 기대하는 건 아니에요. 다만 다른 사람들이 어떤 생각을 하는지 말해두고 싶었어요."

그렇게 말을 마친 뒤 아사는 입을 다물었다. 차는 이미 혼마치 시가지를 통과해 제방 너머로 기다랗게 강 모래톱이 보이는 곳을 달리고 있었다. 어느 정도 시간이 흐른 뒤 우나이코가 물었다.

"'맥베스 문제'라는 건 뭘 말하는 거죠?"

"기노시타 준지가 '이런 일은 그런 식으로 생각하면 안 돼요. 서로가 미쳐버리고 말아요'라고 번역했던, 맥베스 부인의 대사 같은 문제."

내가 대답한 말투는 우나이코가 할말을 찾지 못하도록 만든 분위기였을 터였다. 아사가 얼핏 보기에도 놀란 듯 나를 봤지만, 말은 하지 않았다. 그러나 우나이코는 그대로 조용히 있을 성격이 아니었다. 그리고 그녀의 말은 나에게(그리고 아사에게도) 독특한 힘을 갖고 다가왔다.

"릿짱이 아카리 씨의 음악 레슨을 도와주는 걸 봤는데, 저는 릿짱이 지금껏 경험하지 못했던 보람을 맛보고 있다고 생각했어요. 지금까지

전 항상 릿짱에게 의지해왔죠. 가끔은 릿짱과 따로 살 때도 있었는데 너무 괴로울 때면 릿짱이 저한테 와줄 거라고 생각하며 다시 기운을 냈고, 실제로 그녀는 항상 제게로 돌아왔어요. 그 정도로 릿짱에게 의지해 살아오면서 저는 릿짱이, 나 아닌 다른 사람을 위해 더 훌륭하게 무슨 일을 할 리가 없다고……확신하고 있었어요. 그랬는데 '산속 집'에서 릿짱과 아카리 씨가 음악 레슨을 함께하면서 작곡이 진전되고 또 소리가 되는 걸 듣고는, 이건 분명 릿짱이 나를 위해 내 곁으로 오는 일 이상의 의미 있는 일이다. 그리고 그런 역할이 릿짱을 새로운 방향으로 이끌어주고 있다고 느꼈어요. 그 점을, 방금 들었던 마키 씨가……조코 선생님이 아니라 아카리 씨를 위해 했다는 말을 들으면서 깨달았어요."

"마키가 했던 말을 아빠에게 전하는 걸 듣고 우나이코가 이런 말을 했다고 마키에게 메일을 보낼게요." 아사는 그렇게 말하더니 아사다운 유보 조건도 붙였다. "내가 이런 이야기를 메일로 보내면 마키는 기뻐할 거라고……믿어요. 하지만 그건 장래에 릿짱이 아카리와 함께 지내줄지도 모를 거라고 생각해서가 아니에요. 그런 식으로 생각하는 것이야말로 다름 아닌 '맥베스 문제'겠지요. 그렇긴 하지만 코기 오빠가 죽은 뒤에, 릿짱이 우나이코의 파트너 역할을 계속 맡으면서 아카리의 음악 선생, 치카시 언니의 비서 역할을 맡아준다면…… 언감생심, 꿈같은 얘기지만!"

5

"자, 이곳이 오카와라입니다! 아니, 어디가 오카와라? 코기 오빠 지금 그렇게 생각했겠죠?……[*] 내가 이곳으로 안내했던 사람 중에 아, 이곳이 오카와라구나! 라고 감동해준 마지막 사람이 사쿠라 오기 마거색 씨였어요. 아직 대기업의 분양 주택 개발 사업이 시작되기 전이었어요."

"이래서야 참. 아무리 사쿠라 씨가 영화적인 상상력이 풍부하다고 해도 어디서 감동을 받았을까?"

"코기 오빠가 떠올리고 있는 건 〈'메이스케 어머니' 출진〉 영화 촬영차 왔을 당시의 사쿠라 씨죠? 지금 내가 말하는 건 사쿠라 씨가 오카와라와 처음으로 마주했을 때의 이야기예요. 제작자였던 고모리 씨의 연락을 받고 나는 적십자사에 근무하면서 한 번도 쓴 적이 없는 유급 휴가를 받아 사쿠라 씨를 안내해드렸죠. 오빠는 도쿄 스키야바시에서 김지하 씨를 위한 단식투쟁에 참가중이었는데, 대학 시절 오빠랑 같이 수업을 들었던 고모리 씨가 오빠가 있던 텐트로 찾아와 사쿠라 씨를 오빠에게 소개해줬죠. 이렇게 말하면 연도까지 기억나지 않나요?('1975년, 무스미 선생님이 돌아가신 해.' 나는 대답했다) 사쿠라 씨는 한미 합작 영화가 중지된 바람에 사과하러 서울에 갔다 오는 길이었는데……오빠에게 들은 '메이스케 어머니' 봉기 이야기에 흥미가 생겨 오카와라를 직접 보러 오셨죠. 소녀였을 때 마쓰야마의 점령군 시설에 계셨다

---

[*] 오카와라(大川原)는 넓은 강변이라는 뜻이다.

는 이야기도 그때 들었고요. 그때는 아직 정정했던 어머니가 '메이스케 어머니'의 '넋두리' 가락을 직접 노래해주시기까지 했어요…… 사쿠라 씨는 그때 일을 잊지 않고 있다가 삼십 년이나 지난 뒤에 자비로 영화를 찍기 위해 왔지요.

하지만 지금 정도는 아니지만 그때도 오카와라가 어느 정도 변해 있었기 때문에 봉기대가 이곳으로 집결하는 장면의 로케 구상은 변경되었죠. 그렇게 변경된 구상이, '사야'에서 '메이스케 어머니'의 혼령이 봉기에 나서자며 '넋두리'로 선동하는 첫 장면을 탄생시켰던 거예요. '사야'의 모습은 예전과 같았으니까요."

"오카와라에 대해 내가 확실히 기억하는 건, 전쟁이 격렬해졌을 때 이곳에서 열리는 큰 연날리기 행사는 올해로 마지막이라는 이야기를 들은 아버지가 나와 자전거를 함께 타고 와서 구경했을 때야. 그후 처음이니, 변한 게 당연하지……"

나와 아사는 눈에 들어오는 광경을 보고 충격을 받아 말수가 많아졌다. 그러는 동안 조용히 있던 우나이코는, 생각지도 못했던 긍정적인 흥분을 드러내며 말했다.

"저는 이걸로 만족해요. 우리 연극을 관람하실 분들은 대체로 이 지방 사람들일 테니 지금 현재 이곳의 경치에 익숙해져 있겠죠? 현재의 모습과 '메이스케 어머니'와 '환생한 메이스케'가 진지를 구축했을 때의 오카와라 모습의 차이가 오히려 더 상상을 활발히 자극할 거라고 생각해요. 원형극장에 오실 관객분들이, 깊은 산속 우거진 수풀을 밟아 '메이스케 어머니'를 강간하기 위한 장소를 만들었던 젊은 무사들과, 엄청나게 큰 주차장 콘크리트 바닥에 쓰러진 이 지역 여성 회사원을 연결시켜서 연상하도록 하는 거죠. 그렇게 하면 우리 연극이 텔레비전 대하드라마가 아니라 현재를 살아가는 일본인 여성의 현실의 표현이라고 깨닫게 될 테니까요! 저쪽 주차장 간판을 보니 지명은 아직 그대로이기도 하고요……"

"우나이코를 이곳에 데리고 오길 잘했군요, 그렇지요?" 아사는 나에게 동의를 구했다. "우나이코가 말한 사건은 실제 이곳에서 일어났어요. 지역 신문에 크게 보도되기도 했죠."

그런 다음 아사는 우리가 바라보던 제방 아래에 있는, 우나이코가 언급했던 주차장에 차를 세우게 했다. 그리고 주차장 사무소로 다른 사람이 차를 찾으러 올 것이라는 설명을 하러 갔다. 우리는 동쪽으로 난 오르막길을 걸어 오래된 민가가 남아 있는 언덕 위에 도착했다. 그곳에서 뒤를 돌아보니 반짝이는 강이 처음으로 시야에 들어왔다.

나는 본 적이 있는 구舊도로변 집들을 천천히 살펴가며 걷고 있었다. 그러나 아사는 앞쪽에 있는, 마치 또하나의 제방처럼 보이는 넓은 새 도로 쪽에서 버스가 다가오는 것을 발견하더니 그쪽으로 가서 버스를 타자고 제안했다. 또 우나이코에게 한 발 먼저 정류소로 달려가서 '노인네들'을 기다리고 있으라고 명을 내리기도 했다.

가벼운 발걸음으로 성큼성큼 새 도로 쪽으로 뛰어올라가는 우나이코의 뒤를 나와 아사는 헐떡거리며 따라갔다. 구도로와 나란히 뻗은 현재의 도로가 마쓰야마 쪽으로 꺾이는 지점에서 내려달라고 아사가 운전사에게 말했다. 이 지역에서 오랫동안 병원에 근무했던 아사는 꽤 알려진 인물이었다.

"거기서 내리면 바로 '환생한 메이스케'가 돌에 파묻혀 죽은 구덩이로 가는 입구야." 승객들과 목례로 인사를 나누며 아사는 우나이코에게 설명했다.

그리고 약 십 분 뒤 우리는 버스에서 내렸다.

"봉기에 참여했던 중심 인물들과 헤어진 '메이스케 어머니'와 '환생한 메이스케'는 가메가와 강을 따라 오카와라 동쪽으로 깊숙이 들어간 뒤, 북쪽 골짜기를 지나 산으로 들어갔어. 지금 가는 길이 그 코스야. '환생한 메이스케'를 말에 태우고 '메이스케 어머니'가 고삐를 끌고 갔다고 '넋두리'에도 나와. 산 위 고개에 가면 메이스케의 혼령이 머물고 있는 커다란 전나무가 있는데, '메이스케 어머니'는 거기까지 '환생한 메이스케'를 데려다준 다음 자신은 말을 타고 골짜기로 다시 내려올 생각이었어. 그런데 둘은 쫓아온 자들에게 잡혀버리고 말아. '환생한 메이스케'는 계곡 속 구덩이에 밀려 떨어진 뒤 돌에 파묻혀 살해당하지. '메이스케 어머니'는 여러 명에게 능욕을 당해. 말만 혼자 되돌아온 걸 이상하게 여긴 사람들이 골짜기 마을로 향하던 발길을 돌려 '메이스케 어머니'를 발견하지. 그리고 어디서 구해 온 건지 모를 문짝에 상처 입은 그녀를 눕혀서……"

이윽고 우리는 골짜기 계곡의 흙다리를 건너 작은 사당 앞에 도착했다. 아사는 스커트 차림의 우나이코를 위해 신사 문 좌우에 있던, 열매가 달린 키 큰 잡초들을 낫으로 베어내며(낫은 사당 정면에 있는 낮은 계단 뒤에 처박혀 있었다) 안으로 들어갔다. 사당 뒤편에는 나무를 베어내 빛이 잘 들어오도록 한 공간이 있었다. 그곳 한가운데에는 길이를 맞춰 자른 대나무들이 느슨한 발로 엮여 놓여 있었다.

"이 대나무 발 아래에 구덩이가 있어. 그냥 오래된 구덩이일 뿐이니까 대나무는 그대로 놔둘게. 이렇게 느슨하게 엮어두면 긴 대나무는 다루기 쉽지 않거든. 구덩이가 위험하다고 한번 메웠는데, 오히려 산일을 하는 사람들에게 사고가 계속 일어나서, '환생한 메이스케'가 진노한 거라면서 다시 팠지. 그때 어머니에게 비용을 내달라고 교섭하러 사람이 오는 걸 보고 우리집과 사당이 관계가 있다는 걸 알게 되었어. 몇 년에 한 번씩 정기적으로 대나무 발을 교체한 것도 어머니였고. 지금은 내가 산일을 하는 사람한테 부탁해놓았지."

"아주 오래된 사당인데, 원래 '환생한 메이스케'와 '메이스케 어머니'가 수난당하기 전부터 여기 있었나요?" 주변을 둘러보던 우나이코가 질문했다.

"아마 아닐 거야. 아무리 혈기왕성한 젊은 무사라도 사당 바로 뒤에서 그런 짓을 하는 건 좀 꺼림칙하지 않았을까? 다만 이 부근이 멧돼지가 다니는 길이고 구덩이는 멧돼지 덫이었을 거라고 들은 적은 있어. 돌에 파묻혀 죽은 아이의 영혼이 한을 품고 사람들한테 해를 입히지 않도록 구덩이 앞에 사당을 세웠겠지."

우나이코는 엮어놓은 대나무 사이로 구덩이를 들여다보려다가 고개를 들더니 앗, 하고 소리를 질렀다. 나와 아사가 뒤돌아보니 사당 옆에서 마치 남자 같은 이마를 한 사람과 얼굴이 동그란 사람, 두 중년 여성이 우리 쪽을 바라보고 있었다. 두 사람은 아사와 구면인 듯 살짝 고개를 숙여 인사하더니, 곧바로 일어선 우나이코를 향해 말하기 시작했다.

"우나이코 씨죠? 『마음』 학습 연극은 잘 봤습니다. 저희는 다른 중학교에서 근무하고 있긴 하지만 둘 다 국어를 가르치고 있어요. 정말 우연히 이렇게 만난 김에 평소 저희가 이야기를 나눴던 점에 대해 여쭤볼 수 있었으면 해서요……방금도 그 이야기가 나온 것 같은데, 원형극장 공연에서 '메이스케 어머니' 이야기를 다룰 생각이시죠? 그건 문제없어요. 이 지역 전승이기도 하니까요. 저희가 걱정하는 건, 중학생, 고등학생도 볼 연극에 강간 장면이 들어간다고 들어서……그건 좀 그렇지 않나 해서요."

"좀 그렇지 않나, 라고 하셨는데요." 우나이코는 차분하게 대답하기 시작했다.

"……그 이전에, 강간이라는 단어 자체가 너무 노골적이라고 저희는 생각하니까, 레이프라고 바꿔 말하겠습니다. 중학생, 고등학생이 관람할 연극에서……당신이 주역을 맡을 '메이스케 어머니' 연극이니까……당신 자신이 레이프당하는 장면을 연기할 터인데, 그건 좀 그렇잖아요……"

"좋지 않다는 말씀이신가요?"

"'메이스케 어머니'가 레이프당했다는 건 전해오는 이야기니까……그게 신뢰할 수 있는 역사적 사실인지 아닌지는 제쳐두고 그 얘기를 없었던 일로 해달라는 건 아니에요. 레이프가 있었다, '메이스케 어머니'는 비참하고 슬픈 경험을 했다, 라고 다음 장면에서 아이들에게 이야기해주면, 그러면 안 되나요?"

"우선 말씀드리겠는데요, 강간이라는 단어가 너무 강하다고 레이프로 바꿔 말하셨는데, 레이프라는 단어를 실제로 쓰는 장소, 예를 들어 미국 남부에서 흑인 소녀가 rape당했다고 말한다면 그거야말로 rape당한 그 소녀한테는 심한 단어가 되겠죠. 일본인이 강간이라는 단어를 rape로 바꿔 말한들 뭐가 달라지죠? 강간한 남자를 좀 편하게 해줄지는 모르지만요……그도 그럴 것이 일본어가 아니라 영어니까요……강간당한 소녀는 비참함과 슬픔에서 벗어날 수 없고, 아무리 애매하게 말해본들 강간한 남자는 강간범일 뿐입니다. 저는 그런 남자를 강간인간이라고 부르기도 합니다. 우선, 강간이라는 단어를 피하지 않았으면 합니다. 우리 연극을 볼 남학생 모두가 강간인간의 예비군이라고는 말하지 않겠어요. 하지만 여학생들은 한 사람도 빠짐없이 강간당할 위험에 노출되어 있습니다. 당신은 '메이스케 어머니'가 rape당했다는 비참하고 슬픈 경험을 간접적으로 표현할 수 있을 거라고 말씀하셨어요. 하지만 우리가 연기를 통해 표현하고자 하는 건 '메이스케 어머니'가 실제로 강간당했다. 그리고 강간이란 지금 여기에 있는 우리의 문제라고 제시하는 일입니다."

"그런 끔찍한 이야기를 왜 사람들 앞에서 하시는 거죠?" 동그란 얼굴의 여성이 물었다.

"그런 현실이, 이 나라에서 지금까지 백사십 년 동안이나 보상받지 못했기 때문이죠. '메이스케 어머니'는 강간당한 채로 있고, 지금도 강간당하고 있다고 그 끔찍한 이야기 자체를 표현하려는 겁니다."

"……대체 당신은 왜 그렇게 강간에(더이상 rape라고 말하지 않았다) 집착하는 연극을 하려는 건가요? 왜 우리 지역에서 하죠?" 남자 같은 이마를 한 사람이 원래 이야기로 돌아갔다. "어째서 일부러 이곳에서 그 연극을 해야만 하는 겁니까? 당신 연극에는 숨겨진 의도가 있다는 이야기도 들리던데."

그러자 아사가 나섰다. "어떤 경로로 들으신 정보인지 모르니 여쭙겠는데요. 그건 분명한 얘기입니까? 소문만 듣고 앞으로 상연될 연극 내용을 억측해서, 마치 내용을 검열하듯 그렇게 말씀하시는 건 언론과 표현의 자유 측면에서 봤을 때 문제 있지 않나요? 당신은 제 남편이 혼마치 중학교 교장이었을 때, 마침 지금 여기 있는 오빠가 고향에 내려와 있어서 강연 요청을 받아들였는데도 좌파라면서 클레임을 건 사람들과 한편이죠?"

"언론과 표현의 자유 같은 거창한 이야기를 하려는 게 아니라, 저는 교사지만 엄마이기도 하기 때문에, 엄마의 마음에서 이번 연극에서 중고등학교 남녀 학생들에게 강간 장면을 실제 연기로 보여주는 건 좀 그렇지 않은가 싶어 걱정하는 거예요. 일요일이라 마침 산나물을 캐러 왔다가 우연히 뵙게 되어 말을 건 건데, 놀라게 해드렸네요."

"아뇨, 이 길은 멧돼지가 다니는 길이라 웬만한 일로는 놀라지 않아요. 그리고 이런 계절에 산나물이라니, 어떤 나물이죠?"

그대로 두 여성은 사당 뒤쪽으로 사라졌다. 그들의 뒤를 쫓는 모양새가 되지 않도록 하면서 아사는 말했다.

"우리가 차를 타고 가메가와 강변길을 따라 내려오는 걸 봤을 거고, 거기까지는 분명 우연이었겠지만, 우나이코에게 이곳을 보여주러 온 거라고 직감했겠죠.

자, 그럼 우나이코, 이제부터는 비참하고 슬픈 '메이스케 어머니'가 문짝에 실려오는 도중에, 이제는 양조장을 하지는 않지만, '메이스케 어머니'의 멋진 한마디로 한 방 먹은 양조장 주인 집까지 걸어가볼까요. 우리는 문짝도 필요 없으니……"

제14장

모든 과정이 연극화되다

1

우리는, 봉기대가 오카와라로 집결한 단계에서는 상당히 강력하게 시위 행동을 했지만 철수할 때는 조용히 통과했던 혼마치의, 오래된 집들을 빠져나갔다. 그리고 가메가와 강에 면한 도로를 중심으로 다시 만들어진 신시가지 쪽으로 내려갔다. 전에 알던 구도로가 이제는 완전히 사라져버린 것 같으면서도 이곳저곳의 국도로 이어진 모습을 보자 옛날 생각이 났다. 또다른 강이 가메가와 강으로 합류하기 직전에 있는, 원래 다리 두 개가 놓여 있었던 곳은 입체교차로로 통합되어 있었다. 그곳에는 지역 농산물을 파는 슈퍼와 주차장이 만들어져 있었다.

"혼마치가 이 분지 전체와 함께 지방 도시화되면 다른 한편으로 이곳처럼 교외 같은 느낌이 나는 곳과 과소화過疎化 경향이 심해지는 지역이 생겨. 그 분기점이 바로 이곳이야." 아사가 말했다. "이제부터는 우리 골짜기 마을, 그러니까 과소화 현장으로 가는 거지. 슈퍼의 셀프 서비스 코너에서 커피라도 마시면서 다마키치의 차를 기다릴까, 아니면 한 시간 정도 걸리지만 걸어갈까?"

"'메이스케 어머니'의 수난의 길이니까 같은 방식으로 걸어보고 싶어요." 우나이코가 대답했다.

거대한 장거리 운송 트럭이 우리를 스쳐지나가서 우나이코와 내가 나란히 걷고 아사가 뒤따르는 형태로 걸었다.

"길 폭도 그렇고 구불구불했던 길이 직선으로 바뀐 곳이 있긴 하지만 분명 '메이스케 어머니'가 문짝에 실려 옮겨졌던 그 길이지. 강 반대편은 삼나무, 노송나무가 섞인 숲이지만 이쪽 숲은 활엽수림이고. 저 벼랑 위 나무 같은 건 지금도 '메이스케 어머니'가 올려다봤을 때와 별 차이가 없을지도 몰라."

"옛날부터 있던 길이라고 하시지만, 길이라는 건 원래 옛날부터 있어왔기 때문에 길인 것 아닐까요? 임의로 길이 생기는 일은 없었을 것 같아요. 옛날 사람들이 생각해서 고른 코스라고 생각합니다." 길 한쪽에 있는 오래된 수풀과 강 그리고 강 건너 멀리를 바라보더니 우나이코가 말했다.

"고등학교 때, 실로 현대적인 청년이었는데도 하나와 고로가 똑같은 말을 한 적이 있지. 비아냥거리는 투이긴 했지만. 옛날 사람들은 참 대단해! 라고 고로는 입버릇처럼 말하곤 했지."

우나이코는 고개를 끄덕이며 듣고 있었다. 그러면서도 할 이야기는 정해놓고 있었다.

"아까 만난 여교사 두 분 중 리더 격인 분이, 왜 그리 강간에 집착하느냐고 물었잖아요. 저는 대답할 준비가 되어 있었는데 그만 다른 방향으로 이야기가 흘러갔죠. 제가 연극을 시작한 근본적인 동기가 그일에 있었으니까, 라고 대답했으면 되었을 텐데.

그리고 그분들의 질문에는 포함되어 있지 않았지만, 강간과 이어진 근본적인 주제가 바로 낙태입니다. 강간당하고, 낙태를 강요당하는 여성이라는 주제에서 제 연극은 출발합니다. 단순한 이야기지만, 그건 제가 강간당하고, 또 낙태를 강요당했던 여성이기 때문이에요."

내가 침묵하면서도 그녀의 말에 귀를 기울이고 있다는 것을 확인한 후 우나이코는 보통 대화처럼 주고받는 과정을 생략하고 말했다.

"제가 야스쿠니 신사에서 토하고 말았다는 건 이미 말씀드렸죠. 그날, 큰 깃발을 천천히 흔들며 참배하는……옛 군인 남성의 뒤에 서 있다가 토했을 때, 큰어머니가 추궁하기에 임신한 것 같아요, 라고 대답했어요. 그러자 큰어머니는 곧바로, 남자는 누구야? 하고 물었죠. 저는 남자라는 단어의 의미가 파악이 안 돼서 멍하니 있었어요. 그러자 더 짜증스러운 목소리로 추궁하는 바람에 정신이 들어, 큰아버지요, 라고 말했어요.

큰어머니가 큰 소리로, 그럴 줄 알았어! 라고 하기에 아, 알고 계셨구나……라고 생각했지요. 요코스카 선이 들어오는 플랫폼에 서 있었는데 쇼난행 열차가 먼저 출발해서 큰어머니에게 떠밀리듯 거기에 타게 되었죠. 후지사와에 도착할 때까지, 심문이 이어졌어요. 문 뒤에 사람이 있을지도 모르니 차량 끝 쪽은 위험하다며, 차량 한가운데 빈자리에서 큰어머니는 저에게 자세한 이야기를 하게 했어요. 다 듣고 난 뒤에 큰어머니는 제게, 네 큰아버지는 문부성 안에서도 높은 지위에 계시다가……아직 문부과학성이 되기 전 일이지요……그동안 노력하던 일을 완성시키기 위해 다른 곳으로 옮기셨다. 그 어느 때보다 중요한 시점이니 앞으로 이 이야기는 누구에게도 해서는 안 된다, 너는 잘 모르겠지만 국가적 스캔들이 될지 모른다, 라고 했어요.

저는 그때 잘 알아듣지 못하겠다는 표정……이해하지 못하겠다는 표정을 하고 있었겠지요. 큰어머니가, 일본 교육을 위해 그만큼 큰 업적을 남기신 분이 조카딸에게 외설적인 행위를 시작했고 결국 강간에까지 이르고 말았다……그렇게 매스컴에서 보도하면 어떻게 되겠니? 라면서 저를 몰아붙였어요. 이때 저는, 강간이라는 단어를 처음 저 자신과 관계있는 말로 들었지요.

후지사와 역에 도착하자마자 큰어머니는 큰아버지에게 전화를 걸었고, 큰아버지가 새 직장에서 귀가하기 전에 큰어머니와 저는 일단 택시로 가마쿠라로 갔다가 곧장 후지사와로 되돌아와 병원에 갔습니다. 그곳 병원에서 강제로 낙태를 당한 뒤, 사흘 이상은 입원할 수 없다고 해서 쫓겨나, 회복되지도 않은 상태로 오사카의 고향집으로 돌아갔어요(저 혼자서요).

큰아버지는 제 아버지의 형이지요. 조코 선생님과 같은 시코쿠 출신이에요. 삼형제 중 혼자 대학을 나왔는데 도쿄 대학 법학부를 졸업하고 고위직 관료가 되신 분이죠. 아버지는 대학에 가지 않고 오사카에서 인쇄소를 하면서 근근이 살아오셨는데, 문부성 관계 문서 인쇄를 맡게 되어 운이 트였다고 입버릇처럼 말씀하시던 분이었어요. 그런 아버지는 물론 어머니까지도, 그 일로 큰아버지에게 항의는커녕 앞으로 절대 문제화하지 않겠다는 각서까지 썼다고 들었어요.

임신 사실을 큰어머니에게 알린 게 이런 식이었기 때문에, 그후 지금까지 큰아버지를 만난 적은 한 번도 없습니다. 그런 것도 각서 내용에 포함되어 있겠죠. 오사카 집에 있던 이 년 동안은 강간과 낙태에 관해서만 줄곧 생각했습니다. 대학을 안 나왔기 때문에 취업문이 좁은 상황에서 두 번 직장을 옮겨, 도쿄로 이사 온 게 스물두 살 때였지요. 그때, 우연한 계기로 '혈거인'의 연극을 보게 되었어요. 이후 단골 관객이 되었고, 아나이 마사오가 극단에 들어오지 않겠느냐고 권하더군요. 저처럼 아르바이트를 하고 있는 비슷한 처지면서 음악 관련 여러 가지 일을 맡은 릿짱과 친구가 되었어요. 그로부터 십삼 년간, 분명 마사오가 늘 뒷받침해주긴 했지만 릿짱과 짝을 이뤄 살아왔습니다.

그런 생활 속에서도 언제나 저는 강간과 낙태라는 주제를 생각해왔습니다……그런 주제 자체를 연극으로 할 순 없었지만, 저만의 연극을 모색했다는 점에서는 오래 준비해왔다고 생각합니다. '익사 소설' 관련해서 조코 선생님과 알게 되었고, 그 인연으로 듣게 된 사쿠라 오기마거색의 영화 속 '넋두리' 이야기를 통해 제 생각대로 연극을 만드는 일이 가능할지도 모른다는 생각이 든 게 현재 상황입니다. 연극의 중심축은 〈'메이스케 어머니' 출진과 수난〉이지만 국가, 강간, 낙태라는 내용을 연결시킨 새로운 〈죽은 개를 던지다〉 연극을 생각하고 있어요."

우나이코가 입을 다물고, 온 힘을 다해 이야기했다는 모습으로 걷는 속도를 늦추었다. 그때까지 그녀의 말을 잘 듣기 위해 나와 우나이코의 어깨 사이에 고개를 들이밀고 있었던 아사가 한 걸음 앞으로 나오는 바람에 나는 아사에게 밀려 혼자 걷게 되었다. 이런 상황에서 혼잣말하듯 (충분히 깊이 생각하지 않은 내용을) 입밖에 꺼내버리는 버릇을 가진 나는 나도 모르게 이렇게 말했다.

"강간과 낙태를 연결지어 구상해왔다는 건 이해가 되네. 강간에 관해, '국가는 강간한다'라는 명제도……문부과학성은 국가니까 우나이코가 자연스럽게 떠올릴 수 있는 명제지. 그런데 낙태 쪽은?"

"낙태는 살인이잖아요?" 책망하는 듯한 얼굴을 내 쪽으로 돌리며 아사가 말했다. "합법적인 살인이 가능한 국가의 관습으로 전쟁과 낙태가 존재하지요. 아직 소녀였던 우나이코는 '국가'한테 강간당했고, '국가'한테 낙태를 강요당한 거잖아요?

이렇게 둔한 소리를 해버린 이상, 고통스러운 경험을 이야기해준 우나이코에게 코기 오빠는 오빠가 할 수 있는 무언가를 해주지 않으면 안 돼요.

그럼, 저쪽 높은 곳에서 우리 쪽을 보고 있는 다마키치한테 신호를 보낼게요!"

2

그날 이후로 나는 매일 오전중엔 일층 거실에 모이는 우나이코를 중심으로 한 공연 작업반과 협력 작업을 하는 태세를 갖췄다. 중간에 놓인 식탁을 아카리와 같이 쓰면서. 가끔 릿짱도 같은 식탁에서 작업을 하기 때문에 아카리는 전과는 다른 태도를 취했다. 그러니까 식당 쪽 바닥에 엎드려서 하던 작곡 일을 재생 장치 앞에 있는 테이블 위에서 하기로 한 것이다. 나는 내가 쓰고 나면 릿짱이 정리해서 컴퓨터로 정서하는 〈'메이스케 어머니' 출진과 수난〉 미완성 원고를 앞에 두고 있었다. 종종 작업실 겸 침실에 틀어박히기도 하긴 했지만……

내가 하는 작업은 오히려 문예지에 게재할 대본의 완고를 쓰는 일이다. 젊은 배우들은 내 미완성 원고를 읽어가면서 그것을 기반으로 〈죽은 개를 던지다〉 연극에 넣을 애드리브를 만들어간다. 상연 때 배포할 팸플릿에는, 이 애드리브는 우나이코와 '스케와 가쿠'가 맡은 부분이라고 표시되지만, 나는 그들이 만든 애드리브의 대부분을 대본에 적용하면서 용어 등을 체크한다. 전체로서 통일된 문체를 유지하기 위해 내가 쓴 부분과 맞춰가며 원고를 수정하는 것이다.

나에게는 그런 과정 모두가 신선했다. 지금껏 해본 적 없는 '공동 제작'의 공부라는 생각이 들었다. 그렇게 만들어진 애드리브 중 하나가, 모처럼 릿짱이 제안한 '소리쳐 우는 아이' 이야기였다.

릿짱이 '소리쳐 우는 아이'에 대해 들은 건 여전히 〈'메이스케 어머니' 출진〉 촬영 당시의 일을 구술 기록하던 때의 일이었다. '자이'에 있는 오래된 가문 출신의, 부드럽지만 할말은 분명히 하는 부인에게 "사쿠라 씨는, '소리쳐 우는 아이'라는 말의 의미도 모르고 영화에서 '넋두리'를 연기한 거 아닐까?"라는 비판을 들은 것이다.

'메이스케 어머니'가 출진했을 때, 오카와라에 집결한 봉기대를 해산하려 한 메이지 정부의 군사 세력이, 임시로 세운 본부 건물에 침입했다. 하지만 그들 앞으로 '소리쳐 우는 아이'가 몸을 던져 가로막는 바람에 손쓸 도리가 없었다. 사쿠라 씨는 전승담에 나오는 'オーナキコ(소리쳐 우는 아이)'를 뒤에 붙는 'キコ'의 뜻은 모르겠지만 'オーナ'는 늙은 여인이니까, 라고 잘못 해석해서,* 늙은 여인이 몸부림치며 우

는 연기를 했다는 이야기였다. 하지만 그건 잘못 안 것이고, '소리쳐 우는 아이'는 문자 그대로 큰 소리로 우는 아이다. 봉기를 진압하기 위한 군대 앞에 '소리쳐 우는 아이'가 잔뜩 길에 쓰러져 울고 있어 어떻게 해볼 수가 없었던 것이다. 그 작전을 고안한 것이 봉기에 참가한 젊은 어머니들이었다.

릿짱은 작업반 사람들에게, 현대 사회에도 이런 '소리쳐 우는 아이' 현상이 있지 않느냐고 말했다. 도쿄에 있었을 때 어쩌다가 길에서 본 적이 있다. 사실 마쓰야마에서도 도쿄와 마찬가지로 그런 아이를 본 적이 있어 쭉 마음에 걸렸다. 그것도 '소리쳐 우는 아이' 집단을 본 게 아니라 세 살에서 다섯 살 정도 되는 여자아이가 혼자, 앞만 보면서 엉엉 울면서 걸어가는 정경. 아직 어린아이인데도 광기 어린 분노에 휩싸여선지 아니면 무엇인가가 무서워서 그런 것인지 모르겠으나 엉엉 울면서 하염없이 걸어갔다. 그래도 가끔은 울어서 빨개진 작은 얼굴을 들어 앞쪽을 보기도 했다. 내 쪽에서도 그 시선에 이끌려 그쪽을 보면, 탈색한 머리카락에 얼굴이 시커먼 여자가 눈에 들어오는데, 여자는 우는 아이에게는 신경쓰지 않고 앞으로 성큼성큼 걸어나갔……이런 엄마와 딸이라기보다는 주위에 신경쓰지 않고 큰 소리로 울며 걸어가는 여자아이와 여자를 자주 보는 것 같다.

릿짱의 이야기에 반응해, 나도 그런 정경을 봤다는 목소리가 여기저기서 들렸다. 이날 아침 회의 때 우나이코 옆에 와 있던 가쓰라 씨도 한마디 보탰다.

---

* 일본어로 '소리쳐 우는 아이'는 오나키코(オーナキコ), '노파'는 오나(おうな)라고 읽는다.

"텔레비전 다큐를 제작하는 친구에게 그 비슷한 유의 이야기를 들었습니다. 다만 제가 들은 이야기에선 릿짱이 본 것처럼 격하게 울면서 걸어가는 아이를 절망한 어머니가 내버려두는 건 아니에요. 다른 이야기 같기도 하지만 연결되는 부분도 있는 것 같으니 일단 말씀드리겠습니다.

실은 저 자신도 그런 '소리쳐 우는 아이'를 본 적이 있습니다. 하지만 '소리쳐 우는 아이'가 가까이 와도 모두 이상하다는 듯 바라볼 뿐이고, 그냥 내버려두었지요. 대부분이 그런 태도였는데 경찰관도 아니고 그런 아이들을 돌봐주는 기관에 소속된 사람도 아닌, 그냥 보통 남자 한 사람이 마구 울어대며 걸어가는 여자아이를 꼭 안아주는 모습을 봤다……고 그 친구가 말했습니다. 텔레비전 다큐멘터리 작가로서의 직업 본능이 움직여 친구는 그 남자가 어떻게 하는지 관찰하기 시작했습니다. 얼마 안 있어 여자아이가 울거나 말거나 빠른 걸음으로 사라졌던 젊은 어머니가 되돌아와, 남자와 여자아이 옆에 서 있었다고 합니다. 얼마 지나지 않아 '소리쳐 우는 아이'와 시커먼 얼굴을 한 젊은 어머니가 두 팀이 되었답니다. 젊은 어머니들끼리 이야기를 하는 건 아니고, 어머니와 여자아이 두 팀이 남자를 한가운데 두고 서 있었답니다. 친구는 마침 혼자라서 그 현장을 떠났다고 하네요. 그러고 나서 사건 전체를 떠올려보니, 현장에서 조금 떨어진 곳에 중형 왜건 자동차가 서 있었던 것 같았다는 대충 그런 이야기입니다. 기회를 봐서 추적 조사를 시작하고 싶다고 친구는 말했죠……

그 이야기에 대해 제가 생각해보건대, 그 남자는 무슨 사회 운동의 창시자가 아닐까요? 이제는 길에서 어렵지 않게 볼 수 있는 '소리쳐 우는 아이'와 절망에 빠진 젊은 어머니를 한 팀씩 모아놓고 어딘가에 대기시켜놓고 있는 건 아닐까요? 어쩌면 이미 그런 어머니와 아이가 모인 일정 규모의 합숙소가 만들어져 있는 건 아닐까요? 그건 뭔가 정말이지 추악한 기업이 되어가는 전단계일까요, 아니면 지금껏 존재하지 않았던 희망이 넘치는 시설이 되는 걸까요?

그래서 한 가지 공상을 해봤습니다. 백 몇십 년 전에……이 나라에 왜건 자동차는커녕 자동차 한 대도 없던 시대지요. 농민들이 봉기를 일으킬 수밖에 없을 만큼 빈곤한 사회에서 '소리쳐 우는 아이'와 어머니 같은 사람들은 얼마든지 있었으리라 생각합니다. 농가의 곳간에……아니면 절이나 신사였을지도 모르겠지만, 어쨌든 그런 장소에……살 집도 먹을 것도 없는 '소리쳐 우는 아이'와 젊은 어머니가 모여 있지는 않았을까? 그리고 '메이스케 어머니'가 출진할 때, 그런 이상한 선봉대가 앞장섰던 것이 아닐까? 적어도 '소리쳐 우는 아이'에 관한 이야기는 전해 내려오고 있지요. 그들은, '메이스케 어머니'가 여성들을 봉기로 이끌게 하기 위한 선봉대 역할을 행한 거지요. '소리쳐 우는 아이'들도 어머니들한테 큰 힘이 된 거죠. 유쾌한 이야기 아닙니까……"

"유해한 공상은 아닌 것 같군요. 가쓰라 씨의 〈'메이스케 어머니' 출진〉을 둘러싼 전승의 해석은." 릿짱이 말했다.

이번에는 가쓰라 씨가 유보 의견을 냈다.

"하지만 말이죠, 현재의 '소리쳐 우는 아이'와 절망에 빠진 젊은 어머니에 대한 친구의 이야기가 사실이라면, 제 공상은 말 그대로 해가 되는 엉터리 같은 얘기지요.

사실 그녀들을 어떤 세력이 무슨 의도로 집합시켰는지, 어디로 반출하려고 기다리는지는, 뻔하지 않습니까?"

릿짱이 반발했다.

"그건 무슨 뜻이죠?"

"가쓰라 씨는 그런 일이 오히려 어떤 식으로 비참한 결과를 초래할지 염려하는 거죠? 동남아시아 쪽 사례를 잘 알고 있으니……" 우나이코의 잘 훈련된 목소리가 실내에 울려퍼졌다.

"현대 세계에는 그런 '소리쳐 우는 아이'와 젊은 어머니들을 한곳에 모아 해외 어딘가로 팔아넘기는 무리가 존재한다. 그렇게 생각하는 게 보통이라는 얘기입니다. 하지만 그건 너무나 평범한 연상이잖습니까? 소녀 매춘이라든지 유아 포르노라든지, 그런 유의 인터넷 영상이라면 넘쳐나니까요. 그래서 제 공상이 정말이지 엉뚱한 얘기라는 걸 알면서도, 그 친구에게 다른 방향으로 다큐멘터리를 생각해보라고 제안한 참입니다.

현재의 도쿄 그리고 마쓰야마 같은 지방 도시에도 '소리쳐 우는 아이'와 시커먼 얼굴을 한 어머니 팀의 숫자는 얼마든지 있다. 그 사실이 뭔가 긍정적인 전조일 가능성은 없는가? 제 친구는 우리 사회뿐만 아니라 세계 각지를 직접 봐온 사람인데 이렇게 말하더군요. 모르는 남자한테 안긴 '소리쳐 우는 아이'는 그 남자한테 마음을 열고 있는 것처럼 보였다. 최소한 더이상 소리쳐 울고 있지는 않았다, 라고요!"

바닥에 앉아 회의를 경청하던 '혈거인' 소속 젊은 배우 이인조, '스케와 가쿠'가 고개를 앞으로 내밀고 말을 걸었다.

"조코 선생님 생각은 어떠십니까? 지금까지 나눈 '소리쳐 우는 아이' 이야기와 관련해서 저희는 〈'메이스케 어머니' 출진과 수난〉 서막에 한 가지 안을 낼까 합니다. 그 안을 통해 우나이코가 관객에게 오리엔테이션을 해줄 겁니다. 무슨 안인가 하면, '소리쳐 우는 아이'를 무대 위에서 실제로 울면서 뛰어가는 방식으로 등장시키는 거지요. 그 좁은 무대에 뛰어갈 공간이 있느냐고요? 실은 가능하다는 걸 알았습니다! 건축가이신 아라 선생님이 원형극장의 천장 가까운 위치까지 벽을 타고 연결되는 나선형 사다리를 세워놓았습니다. 다카무라 선생님의 음악회를 위해 만든 건데 실제로는 4분의 1만 사용했다고 합니다. 무대 안쪽에 이층으로 된 구조물을 놓는 식으로 설계되어 있고, 지금도 체육관에 보관되어 있습니다. 그걸 사용하면 어떨까요? 그리고 평균 이상으로 민첩하고 체구가 작은 중학생을 찾아낼 수 있다면…… 안전도를 확실히 점검한 후 중학교 체육 선생님과 구체적으로 이야기해보겠습니다.

그래서 드리는 말씀인데, 〈죽은 개를 던지다〉 방식의 애드리브와는 별도로, 이 제안이 채택될 경우 새로운 서막 장면을 조코 선생님께서 써주셨으면 합니다. 절망에 찬 젊은 어머니 역과, 가쓰라 씨가 비현실적이라는 걸 알면서도 꿈꾸고 있는, 희망에 대해 말하는 여성의 역할은 우나이코가 할 겁니다. 여자아이는 단지 엉엉 소리치면서 울며 걸어갈 뿐이니, 딱히 대사를 쓰실 필요는 없습니다!"

3

우나이코와 릿짱을 중심으로 공연 준비가 진행되고, 내가 '스케와 가쿠'의 제안에 따라 서막과 피날레 계획을 완성시키는 작업반에 투입되어 있을 때, 새로운 사건에 휘말렸다. '산속 집'에서는 젊은 단원들의 오후 연습이 있으므로 강가에 있는 자기 집에서 특별한 의논을 하기로 했다. 그 자리에 참석해주었으면 좋겠다면서 아사가 전화를 걸어온 것이다. 지난번 우나이코가 들려준 고통스러운 이야기에 나왔던 큰어머니와 우나이코가 만난다는 것이다······

"뜻밖이겠지만 그쪽에서 무조건 만나야 한다고 해서요. 만남을 주선한 건 다이오 씨예요. 이미 옛날 일이지만 다이오 씨는 우리 현의 일교조*를 와해시키려는 조직의 실제 행동 대원이었어요. 우나이코가 추진하는 연극 공연에 반대하는 사람들은 대체로, 다이오 씨 훈련도장 출신이 아니어도 그 2세나 3세예요. 지금도 현県의원 선거에선 코기 오빠에게 특대형 자라를 보낸 일을 무용담처럼 이야기한다는 말을 들은 적이 있어요. 그런데도 공연 방해를 극복할 수 있다고 중학교측이 낙관하는 이유는 다이오 씨와 내 관계를 알고 있기 때문이죠.

특별한 의논이 뭔가 하면, 한때 이 나라 교육계의 실력자로 큰 훈장도 받았던 사람이······우나이코의 큰아버지지요······다이오 씨와 나, 그리고 우나이코의 관계를 알고 하는 얘기예요. 〈'메이스케 어머니' 출진〉 시나리오에 바탕한 중심 줄거리와는 별도로, 〈죽은 개를 던지다〉 연

---

* 일본 교직원 조합.

극 특유의 토론 장면에서, '스케와 가쿠'가 주도해서 만든 것이라, 우나이코의 큰아버지를 조롱거리로 삼으려고 한다. 그것도 과격한 방식으로 말이다, 라고 정보가 새어나갔기 때문이지요. 어떻게든 중지시키겠다고. 그래서 십팔 년 만에 우나이코와 다시 만나 꼬인 관계를 회복하고 싶다는 거예요. 이런 일을 잘하는 큰어머니가 나선 것이죠! 그런 사람은 행동도 빨라서 벌써 마쓰야마의 ANA호텔에 도착했어요. 다이오 씨가 데리러 갔지요."

우나이코의 큰어머니인 고가小河 여사는 육십대 중반으로 보였는데 일본인치고는 드물게 체구가 큰 여성이었다. 게다가 건장한 골격을 한 몸에는 지방이 붙어 있지 않았다. 나와 아사를 태우고 온 차를 우나이코가 주차하러 간 사이 다이오 씨가 나를 부인에게 소개했으나, 나 따위는 무시하는 태도였다. 아직 나타나지 않은 우나이코한테만 신경이 쓰이는 듯했다. 다다미 위에 놓인 일본식 테이블 앞에서 등을 곧게 펴고 앉아 기다리던 그녀 앞에 우나이코가 앉는 것을 끝까지 바라보더니,

"오랜만이로구나. 역시 많이 변했네"라고 말을 건넸다.

그러나 우나이코도 지지 않았다.

"십팔 년 만이로군요. 그때 저는 정말 어린애였어요. 혹시 아무것도 모르는 채 강제 중절을 당하지 않았다면 지금 제 옆에 앉아 있을지도 모를 아이와 당시의 저는 닮았을 거라고 생각해요. 그애까지 함께 큰 어머니가 옛날 생각을 떠올리시도록 했을지도 모르지요."

"남편은 진짜 그랬을지도 모르겠구나. 미쓰코는 명랑하고 활달한 조카딸이어서 정말 귀여워했으니까."

"밤낮을 가리지 않고 귀여워해주셨죠."

"그래, 지나쳤다는 건 인정한다. 하지만 네가 열네댓 살 때 오사카에서 처음 우리집에 와서, 집 옆에 가마쿠라 명물인 야구라*가 있는 걸 무서워하지 않았어? 그래서 남편이 네 침실로 가서 같이 자준 거였지. 그게 습관이 된 거였고. 습관성 두통이 있는 나로서는 빨리 자고 싶었기 때문에 다행이라고 생각했고……

바깥일로 지쳐서 돌아오는 경우엔 미쓰코 방에 가서 잠깐 쉬었다가 온다는 식이었지."

"그 쉬었다가가 문제였지요. 그 일은 금방 시작되었거든요. 큰아버지와 조카딸 사이에서는 애무할 때 팬티 안으로 손을 넣어서는 안 되지만, 팬티 가장자리까지 애무하는 건 괜찮다……라고 큰아버지가 설명하기에 그런 건가 했지요. 그러다가 손가락을 안에 넣지는 않겠다(그러면 섹스에 가까워지니까, 라고 말했죠)는 조건하에 팬티 안쪽까지 큰아버지가 손을 넣었어요."

"일이 커진 다음에 남편한테 따졌더니, 분비액이라는 게 이렇게 많이 나오기도 하는 거로구나 싶어서 놀랐다. 그게 점점 수위를 높여간 계기가 되었다고 하더구나. 그건 말하자면, 상대방도 싫어한 건 아니라는 거지, 라고 하던데……너도 그 애무를 즐겼던 거잖니?"

"익숙해진 뒤부턴, 그랬죠."

"네가 고등학교 3학년이 된 후 조숙한 친구에게 들은 말을 인용하면서, 우리가 하는 건 '둘이서 동시에 하는 자위행위'라고 말했다고, 남편에게 들었는데."

---

* 산에 옆으로 구멍을 뚫어 죽은 사람을 매장한 무덤.

"그렇게 말했죠. 섹스는 아닌 거라고 확인하고 싶었거든요."

"그런 식으로 관계가 진전된 거라면, 합의하에 이루어진 것 아니냐?"

"아니요. 강간이에요. 아직 모든 방에 냉방 장치가 들어와 있지는 않았던 시기였죠. 침대 위에서 제가 벌거벗은 채로 다리를 벌려 바람을 쐬고 있었는데 제 다리 사이를 바로 가까이에서 보던 큰아버지가, '둘이서 동시에 하는 자위행위'는 이제 끝났다고 크게 소리치면서 저를 강간한 거라고요. 그때 큰어머니는 대학교 동창회 때문에 교토에 가 계셨죠. 제가 너무 고통스러워 울면서 소리쳤더니, 한번 넣고 나면 그 다음엔 아프지 않다고 하면서 다음날 아침까지 두 번 더 저를 강간하고 자기 침실로 돌아갔어요. 저는 관청에서 큰아버지를 데리러 오는 걸 기다렸다가 오사카로 돌아갔고요. 강간당했다는 증거로, 두번째 할 때 입고 있던 팬티가 피투성이가 되었는데 그 팬티를 가지고 갔죠. 그 후 일은 알고 계신 대로예요.

백 일 정도 지났을 때 큰어머니가 도쿄로 절 불렀지요. 이 나라에서 가장 엄숙한 곳에서 심신을 깨끗이 하고 앞으로의 일에 대해 의논해보자고요. 야스쿠니 신사에서 제 얼굴 바로 앞에서 펄럭이는 일장기를 보고 전 현기증이 나 토했어요. 그때 임신 사실을 알았고 강제로 낙태를 당했죠. 그때 입었던, 피로 더럽혀진 속옷도 증거로 가지고 집으로 돌아갔고요."

"……지금 네가 한 얘기를 중학교 강당에서 공연을 통해 고백한다지? 원래는 이 지방에서 일어났던 백성 봉기를 지도한 여성을 그린 연극이라고 들었는데, 그런 연극과 네 고백이 무슨 관계가 있는 거지?"

"'메이스케 어머니'라는 인물은 이곳 산속 지방의 여성들을 이끌고 봉기를 일으켰어요. 봉기는 승리했지만 '메이스케 어머니'는 강간을 당했고 아이는 살해당했지요. 제가 존마게 머리*를 한 남자 여럿에게 강간당하는 신을 장황하게 연기할 것이라는 이야기를 만들어내 중고생 어머니들이 제 연극에 반대하도록 하려는 움직임이 시작되었더군요. 그래서 방식을 변경했어요. 애초에 저는 '메이스케 어머니'의 고통이나 비애를 훌륭히 연기할 수 있다고 생각하지는 않았지요. 그래서 저는 이렇게 말하고 싶은 거예요. 이 연극에서 '메이스케 어머니' 역을 맡은 나 자신 또한 현실 속에서 강간당했고 태아는 살해당했다. 이런 나를 봐달라, 내 경험은 현재도 이 나라에서 계속되고 있는 현실이다, 라고요. 내 증언은 중고생들에게도 잘 전해질 거라고 생각합니다.

예를 들어 지금 역사극에서 연기하는 여배우가 옛날 복장 차림으로 쓰러져 우는 모습을 보여준들 관객이 그걸 믿을까요? 하지만 나는 실제 강간을 당했다고, 본인이 무대 위에서 소리친다면 관객은 움찔할 겁니다. 바로 거기서부터 피와 살이 있는 표현과 전달이 시작되는 거지요. 그것이 우리가 하는 〈죽은 개를 던지다〉 연극의 기법이고요. 하지만 그런 방식으로 제가 '죽은 개를 던지고', 또 저 혼자 승리하고 끝나는 건 아닙니다. 지금 큰어머니가 하신 것처럼 큰아버지도 참여해서 저도 반대심문을 받게 돼요. '넘치는 분비액'이라든가 '둘이서 동시에 하는 자위행위'라든가 하는 말을 큰아버지가 '죽은 개'로서 저한테 다시 던질 기회는 느리도록 하지요."

---

* 이마 위 머리를 밀고 후두부에서 머리를 모아 틀어올린 일본식 상투머리.

"이래서야 얘기가 안 통하는구나." 실로 커다란 체구를 일으키며 고가 여사가 말했다. "내 역할은 이걸로 끝내겠다, 나머지는 남편이 나가서 하겠지. 네 증언에 대한 남편의 반대심문도 있다. 뭐 그런 기법을 쓰는 연극이라는 말이로구나? 이제 남편도 나이를 먹어서 단순한 웃음거리로 전락한 노인이니, '넘치는 분비액'이든 '둘이서 동시에 하는 자위행위'든 쉰 목소리로 말하면서 동정을 사려고 할지도 모르겠구나. 조코 선생님이야 민주주의자시니 대사 검열 같은 건 하지 않으실 거고……

넌 연극 세계로 들어가기 전부터 표현하는 사람이었지. 케이블 텔레비전 중계에서 나중에 겐레이몬인이 되는 이한테 들러붙은 혼령을 진정시키기 위해 네가 소악마로 분장해서 신음과 탄식 소리를 내면서 열연하는 걸 봤다. 그것과 똑같은 소리가 남편이 쉬던 그 방에서 들려오곤 했지."

·

4

〈'메이스케 어머니' 출진과 수난〉 공연에 대해 반대를 표명하는 움직임이 속속 등장했다. 그러나 그 사실을 릿짱이 운영하는 〈죽은 개를 던지다〉 연극 사이트에 올리자, 오히려 연극을 적극적으로 지지하는 반응이 생기기 시작했다. 만사에 신중한 릿짱이, 연극 관람을 희망하는 분위기가 대단하니 원형극장에 전원을 수용하기란 불가능하다, 그러니 공연이 시작하는 날에 맞춰 골짜기 공간에서 대규모 행사를 열어 연극을 지지하는 열기를 생산적으로 수용하고 싶다는 말을 꺼냈다. 그리고 나 또한 우연한 계기로 릿짱의 계획에 도움이 되는 역할을 맡게 되었다.

영화 〈'메이스케 어머니' 출진〉 촬영 때 사쿠라 오기 마거색과 누구보다 좋은 관계를 유지했던 아사는, 근래엔 그녀와 연락을 주고받지 않았다. 직접적인 원인은 〈'메이스케 어머니' 출진〉을 국제적으로 공개하는 데 있어서의 트러블과, 그와 더불어 작품 제작을 맡았던 고모리 다모쓰의 죽음에 있었다. 그렇기는 해도 한동안은 고모리 사무소로부터 분명치는 않지만 영화 공개에 관한 정보가 전해졌다. 그러다 그것도 중단되어 아사가 사쿠라 씨와 직접 연락할 수 있는 통로는 막혀버렸다.

그런데 〈'메이스케 어머니' 출진과 수난〉 공연을 둘러싼 비판적 움직임에 대한 기사가 전국지에 실렸는데, 기사에 사쿠라 오기 마거색 여사의 이름이 나온 것을 봤다며 나에게 연락을 취해온 인물이 있었다. 규슈의 대학에서 영미 문학을 가르치는 사람이었는데 자신이 워싱턴 대학 유학 시절 주로 일본을 연구했던 마거색 교수의 지도를 받은 적이 있었다는 것이다. 마거색 교수는 돌아가셨으나 일본인 유학생을 도와주었던 부인과의 교류는 지금도 이어지고 있다고. 작년에 워싱턴에 갈 기회가 있어서 이제는 연금 생활을 하시는 사모님 댁에 찾아뵀었는데 조코 선생님 가족을 여전히 그리워하고 계시다······ 내가, 현재 그녀는 주소를 공개하지 않고 있느냐고 물었더니 사쿠라 씨의 현재 집 주소, 이메일 주소를 즉각 알려주었다. 마거색 부인은 여전히 정정하지만 일본어 편지는 잘 읽지 못하게 됐다. 그래서 일본의 지인, 친구들과의 접촉이 당연히 줄어들고 있다……

내가 영문으로 편지를 썼더니 릿짱이 이메일로 전해주었고 곧바로 사쿠라 씨의 영문 답장이 도착했다. 나는 첫 편지에 지금 내 친구들(아사도 포함해서)이 추진하는 〈'메이스케 어머니' 출진〉 연극판 제작에 나도 협력중이라고 썼다. 영화 공개 문제는 트러블이 이어졌지만 만약 그사이 사정이 변해 혹시 영화의 DVD를 볼 기회를 얻을 수 있다면, 사쿠라 씨가 영화에서 연기했던 '메이스케 어머니'의 '넋두리'를 무대에서 연기할 여배우에게는 참으로 유익하리라 생각한다고.

이후에는 릿짱이 나를 거치지 않고 사쿠라 씨와 직접 이메일을 주고받아 사태는 빠르게 진전되었다. 지금 현재 영화 공개에 대한 권리는 자신이 가지고 있다고 사쿠라 씨는 릿짱에게 확답해주었다. DVD는 바로 보내겠다. 그런데 중학교 강당에서 연극판 공연을 하는 걸로 봐서는 그 골짜기 마을에 영화관은 없는 거 아닌가? 엑스트라로 촬영에 참여해준 그 지방 여성들이 일본에서 아직 공개된 적 없는 내 영화를 가능한 한 많이 봐주었으면 한다고 사쿠라 씨는 전해왔다.

그래서 생각한 건데, 연극판 상영에 맞춰 영화를 찍었던 '사야'에서 상영회를 개최하면 어떻겠는가? 야외에서 상영하기 위한, 운반 가능한 (조립 가능한 큰 스크린) 상영 설비 일체는 내가 가지고 있다. 고모리는 조코 선생님에게 영화 시나리오 집필 개런티를 지불하지 않았을 터이니, 내 돈으로 상영 설비를 제공하겠다(즉, 항공편으로 운송하는 비용을 맡겠다).

이렇게 되어 우나이코는 릿짱과 함께, 원형극장에서의 한정된 관객을 위한 공연을 확대한다는 실제 계획을 세웠다(아사의 엄호를 받는 것은 변함이 없었다).

제15장

순사 殉死

1

아나이 마사오와 나는 객석 바로 앞 중앙에 모인 관계자들과 떨어진 곳에 나란히 앉아 있었다. 공연 전날의 리허설.

원형극장 정면 안쪽에 폭은 좁지만 튼튼한 다리처럼 보이는 구조물이 2단으로 설치되어 있었다. 짙은 남색 마麻 원피스와 같은 색 모자를 쓴 여자가 무대보다 약간 높게 설치된 다리를 힘주어 밟으며 오른쪽에서 왼쪽으로 지나갔다. 고개를 깊이 숙인 모습이라 예행연습 때처럼 우나이코라고 생각했다. 왼쪽 커튼 뒤로 사라진 여자가 잠시 후, 사람 키 정도 되는 높이로 설치한 다리 위에 나타나 (역시 오른쪽에서) 같은 걸음걸이로 지나쳤다. 두 단 중 높은 쪽 다리를 횡단하는 걸 보고, 하나로 연결된 나선형 사다리를 오르고 있다는 걸 알 수 있었다……

우나이코가 반드시 참석해야 하는 긴급회의가 열리고 있기 때문에 젊은 여배우가 대역으로 무대 위에 서 있다는 것을 나는 옆자리의 마사오에게 들었다. 그런데도 뒷모습은 역시 우나이코 같았다. 그녀가 높은 다리 맨 위쪽 어두운 부분까지 거의 다 갔을 무렵, 희미하게 들리던 여자아이의 울음소리가 크게 울려퍼지기 시작했다. 여자는 무대에 설치된 것까지 합해 다리를 세 바퀴 돌고 어둠 속으로 들어가버려 보이지 않지만, 울음소리는 더욱 크게 극장을 울린다. 그리고 연한 꽃무늬 의상에 운동화를 신은 여자아이가 총 세 단 중 가장 아래쪽 다리에 나타나, 큰 소리로 울면서 올라간다. 이 장면은 천천히 이어진다. 어린 소녀는 울면서 다리 위로 걸어올라가서는 객석에서 보기에는 흐릿한 어둠으로 보이는 곳으로 넘어지듯 모습을 감춘다. 울음소리는 그치고 한줄기 조명이 무대를 비춘다. 침묵에 잠긴 무대 위에 앞서의 여자가 서 있다. 고개를 숙인 채 다리를 오르던 때의 우울한 모습은 그대로지만, 이야기를 시작하는 목소리는 쩌렁쩌렁 울린다.

"길가에서, 혹은 지하철역 안 통로에서 누구의 목소리인지는 몰라도, 이렇게 힘껏 소리쳐 울면서 혼자 걸어가는 소녀를 본 사람은 많을 겁니다. 소녀에 앞서서 걸어가는 젊은 어머니가 눈에 들어온 적도 있을 텐데, 어머니는 둘 사이의 벌어진 간격을 좁히려는 마음은 없는 듯, 성큼성큼 걸어갑니다. 이것이 우리 사회의 현실이지요.

백사십 년 전, 이 지방에서 '메이스케 어머니'의 지휘하에 출진했던 여성 봉기대의 선봉에 선 이들은 '소리쳐 우는 아이'들이었습니다. 온 힘을 다해 울면서, 어른들의 간섭을 거부하면서, 온몸으로 우는 '소리쳐 우는 아이'들의 힘은, 옛 번 체제 아래에서 일으킨 봉기에 이어 여성들이 두번째로 일으킨 봉기의 진지 안으로 새 국가의 군사 세력이 들어오지 못하게 했습니다. '메이스케 어머니'가 지휘하는 봉기대는 그곳을 근거지로 싸워 승리했습니다. 지금도 이곳에서 여러분이 추시는 본오도리의 '넋두리'에 나오는 그대로입니다. 거기에 제가 한 줄을 추가했습니다.

하 엔야코라야
돗코이 잔잔코라야
봉기에 나섭시다
우리들 여인들이여, 봉기에 나섭시다
남자는 강간하네, 국가는 강간하네
우리들 여인들이여, 봉기에 나섭시다
속지 마라, 속지 마라!
하 엔야코라야
돗코이 잔잔코라야

자, 우리는 이렇게 연극을 시작합니다. 우리 앞에 기다리는 곤경을 잘 극복하고 나서, 조금 전에 지나갔던 '소리쳐 우는 아이'와 절망에 빠진 어머니를 다시 무대 위로 부르겠습니다. 그때는, '소리쳐 우는 아이'는 혼자가 아니며 젊은 어머니 또한 혼자가 아닐 것입니다. 여자아이들은 소리치며 우는 것이 아니라 아름답게 미소 짓고 어머니들도 희망찬 표정을 짓겠지요.
그런 피날레가 윤곽을 드러내면서, 저희의 연극 안과 밖에서 슬퍼하고 탄식하던 여성들도, '아무것도 존재하지 않았던 것과 마찬가지, 어떤 인생도 살지 않았던 것과 마찬가지'가 되지는 않습니다. 그것이 저희의 바람입니다."

하 엔야코라야
돗코이 잔잔코라야

무대가 어두워지자 '넋두리' 노랫소리가 멀리서 메아리치듯 들리고, 남자들의 목소리보다 큰 여자들의 환성이 터져나온다. 물결치듯 점점 높아지는 환성 소리가 봉기가 성공리에 끝났음을 알려준다. 음향 연출은 릿짱. 음원은 사쿠라 씨가 보내온 영화 〈'메이스케 어머니' 출진〉. 이날은 영화 촬영 때도 함께했던 다마키치 쪽 그룹의 활약으로 '사야'에 큰 텐트가 설치되어, 그곳에서 상영하는 영화의 음향이 바람의 세기에 따라서는 강가 마을에서도 들렸다. 내일의 공연 무대를 관람할 관객은 '사야'에서 울려퍼졌던 음향의 의미를 다시 한번 가슴 깊이 이해하게 될 것이다. 매수가 한정된 공연 입장권은 이미 매진되었지만, 지방신문은 물론 지방 TV방송국에서도 공연 전반에 대해 보도했기 때문에 '사야'에서 열린 영화 상연회는 입추의 여지 없이 만원이었다.

다시 조명이 무대를 비추자, 무대 중앙에 깔린 다다미 두 장 위에 쇠약해진 '메이스케'가 누워 있다. 그의 주위에 비치는 영상을 통해 누워 있는 '메이스케' 주변을 네모진 떡갈나무 기둥이 에워싸고 있음을 알 수 있다. 젊은 무사 몇 명이 울타리 안으로 들어와 분노에 휩싸인 '메이스케'의 이야기에 귀를 기울이고 있다. 너희는 번藩의 새로운 세력이면서도 봉기 세력을 대표하는 나의 요구를 들어주었다. 그럴 수밖에 없기도 했지만, 우리는 친구였다. 봉기 세력이 해산하자 너희는 구세력과 타협했고 나 혼자만 쫓기다 붙잡혔다. 지금 나는 감옥에 갇혀 있으며 병든 몸이다. 젊은 무사들은 말한다. 봉기를 책임질 사람이 필요했다고. '메이스케'는 말한다. 왜 나를 도망치도록 놔두지 않는가? 그러자 젊은 사무라이는, 병에 걸린 너는 자유의 몸이 된들 다른 봉기를 지도할 힘이 없다. 즉 너를 석방한다 해도 농부들에게는 무의미하지만, 네가 만약 옥사한다면 구세력은 우리를 다시 신뢰하게 될 것이다. 그렇게 되면 앞으로의 개혁에 도움이 된다.

젊은 무사들은 사라진다. 절망에 빠진 '메이스케'는 울타리 밖에서 쪼그리고 앉아 있던 여성에게 호소한다. 아직 어려 보이는 여성이 봉기의 전승 가운데 가장 유명한 구절을 말한다. "만약 네가 죽는다 해도 내가 다시 한번 널 낳아줄 테니 걱정하지 마라." 네모진 떡갈나무 기둥이 보이는 영상은 끝난다. '메이스케 어머니'는 '메이스케'의 베갯머리로 가서 베개와 이불을 다시 정리해준다. 그곳을 비추던 조명이 점차 어두워진다……

관계자들 사이에서 작은 박수가 일어났다. 나는 그 의미를 이해했다. 이 장면을 두고 학교측과 우나이코는 줄다리기를 계속해왔다. 학교측은 실제 친모자 사이에서 '환생한 메이스케'가 태어났다고 하는 (가장 오래된 버전의) 전승을 부정한다. 하지만 우나이코 또한 물러서지 않았다. 이런 갈등에 대해 처음 이야기를 들었을 때, 나는 "친어머니라 한들 뭐가 나쁠까요?"라고 사쿠라 씨가 말했던 것을 떠올렸다. 그러나 나는 논쟁에는 참여하지 않았다. 다만 죽어가는 아들을 향한 어머니의 조심스러우면서도 사실적인 몸짓만을 대본에 썼을 뿐이다.

나는 오랜 세월 소설가로 살아온 사람으로 현재도 텍스트의 수정을 거듭하는 인간이다. 그러한 인생의 습관을 통해 얻은 지혜 중 하나는 '수정에 자신이 없으면 해당 부분 전체를 삭제하라'다. 나는 그 지혜를 따랐다.

조명이 다시 무대를 비추자,

"방금 전의 박수는 조코 선생님을 향한 것이었습니다"라고 마사오가 말했다.

"아닐세. 젊은 여배우들이 대본을 잘 이해해서 훌륭히 연기한 만큼, 배우들의 연기를 저처럼 탄탄히 안정시킨 우나이코를 향한 박수야." 나는 대답했다.

그뒤 나는 무대 왼편(객석의 일부이기도 하다)의 좁은 통로에서 아사가 앞서 봤던 '소리쳐 우는 아이'의 어머니처럼 고개를 깊숙이 숙이고 있는 것을 보았다. 내 쪽은 보지 않고, 단지 자신이 그곳에 서 있다는 것을 알리려는 것이다.

나는 자리에서 일어나 객석 뒤편으로 가서 기다렸다. 무대에선 '환생한 메이스케'의 지휘하에 새로운 봉기대가 출진하는 장면으로의 전환이 관객의 눈앞에서 펼쳐지고 있었다. 아사는 내 옆으로 다가와,

"세 남자가 다이오 씨의 훈련도장이었던 곳에 우나이코를 가둬놨어요. 셋 중 둘은 본인들 차에 타고, 남은 한 사람이 우나이코와 아카리를 태운 차를 릿쨩한테 운전하도록 위협해서 갔다고 해요. 조코가 경찰에 신고하면 아카리를 가만두지 않겠다, 라는 말을 극단의 젊은 배우에게 남기고요. 그뒤에 다이오 씨가 전화를 걸어 오빠에게만 상황을 설명한 다음 데리고 오라고 말하더군요. 그때까지 모든 걸 나 혼자만

알고 있으려고, 그쪽에서 움직이기를 기다리고 있었어요. 그래서 극단의 젊은 배우들한테 아무에게도 말하지 말라고 입단속을 해두었기 때문에, 사실 마사오도 아무것도 몰라요.

오빠한테 직접 뭘 요구하겠다는 건 아니고 그쪽에서 대본을 체크해서 우나이코에게 수정을 강요하는 것 같은데, 〈죽은 개를 던지다〉 연극의 애드리브 부분이라 해도 조코 코기토의 승인이 필요하다고 하면서 우나이코가 잘 버티고 있다고 하네요.

다이오 씨의 입장이 어떤지는 모르겠어요. 나는 고가 부인과 그 남편, 그리고 다이오 씨가 예전부터 친분이 있던 사이라는 것밖에 모르거든요. 아직 누가 아군이고 누가 적군인지도 모르는 형편이니 경찰한테 이러쿵저러쿵 말할 단계도 아니고요."

2

아사가 운전하는 차로 나는 훈련도장의 농장을 올려다볼 수 있는, 전체 지형에 대한 희미한 기억이 남아 있는 깊은 골짜기의 반대쪽 기슭에 도착했다. 흐렸던 하늘은 이제 완전히 어두워져 있었다. 흔들리는 현수교였다고 기억하는 장소에 와보니 철제 다리가 놓여 있었다. 다리를 건너자 트럭 한 대와 소형 트랙터가 있는, 지붕만 씌워놓은 차고가 있었다. 오르막 위쪽으로 차가 지나갈 수 있는 길이 이어져 있었으나 우나이코와 아카리, 릿짱을 데려갔다는 승용차는 보이지 않았다. 하나뿐인 높은 통나무 기둥에는 아무것도 씌우지 않은 전등 하나가 빛나고 있었다. 전등빛 바깥쪽에서 정장 차림의 남자 두 명이 불쑥 나타나 우리 차를 차고 뒤쪽으로 넣으라고 지시했다. 그리고 나와 아사는 앞장선 두 남자의 뒤를 따라 긴 오르막길을 걸어갔다. 활엽수림을 개간해서 만든 농장은, 내 기억보다 훨씬 더 오래된 경작지로 안정감이 있었다. 널따란 공간 위쪽에서 불빛이 비치고 있고, 가느다란 창을 들고 몸을 감춘 사람들이 늘어선 것처럼 보이는 지점에 와보니, 그곳은 잘 관리된 토마토밭이었다. 농가 출신이었던 중학교 교장 남편이 죽은 뒤, 집에서 가꾸는 텃밭치고는 너무 넓은 규모의 채소밭에서 야채를 길러 수확한 것을 도쿄로 가끔 보내는 아사는,

"이건 과일 같은 토마토예요. 마쓰야마에 있는 호텔에 납품한다고 다이오 씨에게 들었어요. 역시 샐러드용인데, 특별한 로메인 상추 같은 것과 함께 사용한대요"라고 말했다.

"……"

"무언가 시작하면 몰두하는 스타일이잖아요. 훈련도장을 운영했을 때 가르친 옛 제자의 자녀 중에 오사카나 요코하마로 나가 살던 사람이 돌아와서는……부모가 시킨 거겠지만……이런 채소들의 재배법을 배우러 오는지라 항시 너덧 명은 일하는 사람이 있다고 다이오 씨가 말했어요."

내가 말할 기분이 들지 않은 것과 반대로 아사가 말이 많아진 것은 분명히 같은 불안에서 비롯된 것이었다. 아무튼 그런 기분으로 올라가다보니 고등학생이었던 나와 고로가 젊은 점령군 통역장교와 함께 찾아갔던 훈련도장이 눈에 들어왔다. 온천이 있던 본관은 어두컴컴했지만 좌측 약간 높은 곳에 위치한 이층 건물에는 불이 켜져 있었다. 우측

안쪽, 커튼은 쳐져 있으나 불빛이 새어나오는 곳, 내 애매한 기억 속에도 존재하는 단층 사무실에서 다이오 씨가 나왔다. 그는 손에 든 손전등으로 이쪽을 비추기 전부터 이미 우리가 왔음을 알고 있었다.

"코기토 씨, 당신까지 휘말려들게 해서 죄송합니다. 저쪽 사무실에서 우나이코와 그 사람이……전에 자기 부인과 우나이코가 만난 자리에도 함께 있었던 고가라는 인물이……역시 전에도 이야기되었던 문제로 대본을 체크중입니다. 죄송한 일이지만, 양쪽의 주장을 옆에서 들어라도 주시면 좋겠다고 우나이코가 말해서……"

"단지 연극 대본을 점검하기 위한 거라면, 이건 말도 안 되는 큰 소동 아닙니까? 나는 아카리 일만으로도 용서하기 어렵습니다."

"그 점은 저도 몇 번이고 말했습니다만……지금은 좀 양보하셔서, 그렇게 해주세요, 코기토 씨!"

사과하는 말투는 비굴할 정도였지만, 그의 몸짓에는 '산속 집'에 드나들던 때와는 다른, 어떤 권위가 배어 있었다.

"아무리 생각해도 너무 심한 얘기네요. 아카리와 릿짱을 납치한 남자가, 만약 경찰이 출동하는 사태가 발생하면 아카리를 가만두지 않겠다고 했다니……그 점에 대해선 앞으로 제가 다이오 씨한테 확실히 짚고 넘어가겠어요. 하지만 그건 나중 일이고 일단 아카리와 릿짱은 어디 있죠?

저쪽 사무실에서는 우나이코와 한창 갑론을박중인 것 같은데……저는 아가리의 서녁 약과 속옷을 가져왔어요. 저녁으로 먹을 샌드위치 같은 것들도 준비해왔고요. 오빠는 당신이 말한 대로 고가 씨와 이야긴지 뭔지를 해야 하는지 모르겠지만, 당장 저는 아카리가 무사한지 확인하고 싶어요. 아카리가 갇힌 곳으로 안내해주세요. 그럴 여유가 없다면, 그래요. 마침 저기 깜깜한 곳에 서서 우리를 감시하는 남자한테 안내해달라고 지시해줘요!"

다이오 씨는, 더이상 아사에게 의도가 뻔히 보이는 이야기는 하지 않고, 앞서 오르막에서 앞장섰던 남자들과는 달리 농장 사람처럼 보이는 청년에게, 아사의 보스턴백을 받아들고 안내하라고 명령했다. 나는 다이오 씨의 손전등에 의지해 (이때도 습기를 머금은 밤공기가 우리를 짓누르듯 에워싸고 있었다) 사무실로 향하는 돌길을 올라갔다. 분개한 아사의 말은 내가 어느 정도 평정심을 되찾을 수 있도록 해주었다.

다이오 씨는 외팔로 입구 손잡이를 돌려 상반신만 들이밀고 묵직해 보이는 낡은 커튼을 머리로 밀어젖혔다. 그 뒤를 따라 나도 팔을 뻗어 커튼을 밀어젖혀 진로를 확보했다. 알전구가 낮게 드리워진 실내로 들어가니, 좁은 삼화토 콘크리트 발판과 이어진 마룻바닥에 사각 테이블이 놓여 있었다. 그리고 테이블 앞에 여러 개 다닥다닥 붙어 있는 의자에, 나란히는 아니었지만 앉아 있던 남자와 여자(우나이코)가 이쪽을 응시했다.

다이오 씨가 전등 줄을 천장에 늘어져 있는 철선에 걸어 빛이 더 넓게 퍼지도록 했다. 머리에서 어깨까지 큰 숄을 걸친 우나이코의 모습은 낯설긴 했지만 지친 기색은 아니었다. 방금 다이오 씨를 지나가게 하기 위해 의자에서 일어섰던 노인이 우나이코의 큰아버지라는 사실은 곧바로 알 수 있었다. 빽빽이 흰 머리가 난 좁은 이마와는 어울리지 않게 오뚝한 콧날에, 볼살이 꽤 붙은 얼굴이었다. 명민한 눈빛은 우나이코와 닮아 있었다. 명민한 눈빛 그대로(절대 표정을 드러내지 않는

다) 남자는 목례 비슷한 인사를 했다.

우나이코가 몸짓으로 나를 곁으로 불렀기 때문에, 내가 목례에 답하지 않을 것임을 알아차리고 고개를 숙인 남자의 정면으로 가서 앉았다. 문 양쪽 의자에 아까의 정장 차림 남자 둘이 앉았다. 그들은 우나이코의 탈출 시도를 저지하는 역할도 하는 것 같았다.

"필요한 만큼의 소개밖에 못하지만," 다이오 씨가 입을 열었다. "이쪽은 우나이코 씨의 연극 내용에 따라 여차하면 명예훼손 소송을 걸려고 하시는 고가 씨……선생님이라고 부르는 편이 저희한테는 편합니다만 여러분 모두에게 똑같이 씨라는 호칭을 쓰겠습니다……이 나라 교육 행정에 업적을 남기신 분입니다. 문부성 어디 국장 같은 요직에 계셨을 때는 텔레비전 국회 중계에도 자주 나오셨지요. 코기토 씨 같은 분은 전후 교육의 미래에 관심이 있으니 본 기억이 있으시겠죠? 그리고 이쪽은 방금 말한 것처럼 전후 교육을 생각하는 정치적 입장도 표명해오신, 소설가 조코 코기토 씨. 역시 처음 보시는 얼굴은 아니죠? 저는 늘 코기토 씨라고 부르고 있습니다. 이분 아버님과의 인연으로 그럭저럭 지금까지 코기토 씨와도 관계가 이어지고 있습니다. 원래는 고가 부인께서도 이 자리에 와 계셔야 합니다만, 준비를 위한 논의 때문에 시코쿠에 와주셨다가, 실은 지난번 일로 포기하셨습니다. 어쨌든 꼭 재판으로 가야 하는지, 결론을 내기 위해서라도 우나이코 씨와 이야기를 해보고 싶다고 고가 씨가 말씀하셨습니다.

그런네 이미 고가 부인과 만났다며 우나이코 씨가 강경하게 나오는 바람에 평화적인 회견이 불가능해져서 말이죠. 고가 씨의 뜻이라기보다는, 여기 계신 고가 씨 재단측 두 분께서 두 사람을 직접 만나게 해

야 한다고……그래서 우나이코 씨 입장에서는 강제 면회가 되어버렸
습니다. 그래도 여기서 이야기가 원만하게 정리된다면 재판 이야기는
없어지는 거니까요."

농장 사람임을 한눈에 알 수 있는 젊은 남자 둘이 커튼을 젖히고 들
어왔다. 그들은 페트병에 담긴 음료수와 종이컵, 그리고 빵 같은 것이
담긴 종이 상자를 테이블 위에 쌓인 서류 틈 사이에 놓고 갔다. 너무나
무거워 보이는 낡은 커튼은 방음 효과를 충분히 발휘하는 듯했다. 잠깐
문을 연 사이, 쏟아지는 빗소리와 숲을 훑고 지나가는 바람 소리가 사
무실로 들어왔다. 골짜기를 떠나기 전 '산속 집'에 들러 아카리를 위한
잡음 차단용 '보스' 사의 헤드폰을 가져오길 잘했다는 생각이 들었다.

"그럼 시작하겠습니다. 조코 씨가 도착하기 전 바로 이쪽으로 온(우
나이코 씨 입장에서는, 강제로 끌려온 셈이지만) 두 분이 문제점을 검
토해주셨습니다. 우나이코 씨 쪽에서는 이 부분은 꼭 필요한 부분이라
고 하고, 고가 씨 쪽에서는 이 부분은 반드시 삭제하거나 수정해야 한
다고 말씀하시는, 극명하게 대립하는 부분입니다.

쟁점이 두 가지인데, 우선 첫번째 문제점부터 살펴보면, 역시 큰아
버지와 조카라는 관계 설정입니다. 이 부분은, 저로서는 뜻밖입니다만,
우나이코 씨가 바로 삭제해도 상관없다고 말씀하셨습니다……

대본을 보시면, 우선 빨간 사인펜으로 표시한 이 부분입니다만, 한
장면 전체를 삭제해도 좋다고 말하셨습니다. 우나이코 씨 말에 따르면
한 막幕 전체를 삭제하는 것이니 삭제된 부분을 메꾸기 위한 수정은 필
요 없다고 합니다. 다시 말하면 그 장면을 보강하기 위한 새로운 대사
는 필요 없다. 따라서 정정 후 대본의, 문체를 다듬는 것 같은 문제로

코기토 씨를 번거롭게 할 필요는 없게 되었습니다."

대본을 확인중인 나를 바라보는 고가 씨는 오히려 내 속내를 확인하려는 듯한 태도였다. 내가 문제가 된 부분을 다 읽었음을 확인한 다음 고가 씨는 말을 꺼냈다.

"이 장면은 우나이코와 합의를 통해 삭제하기로 정했기 때문에 실질적으로 더이상 말할 건 없지요. 단지 나는 이런 장면이 연기될 뻔했고 조코 씨도 거기에 동의했다고 하시니……나는, 젊었을 때부터 동시대에 당신 글을 읽어온 사람으로서 말이죠, 사상이나 내용적인 것에 대해 말하는 게 아니라 무엇보다 이건 조코 코기토의 문장 스타일이 아니다, 이건 오히려 작가 조코에게 실례가 되는 게 아닌가 하는 생각으로 우나이코에게 삭제를 요구했습니다. 그걸 알아주셨으면 합니다.

어쨌든 이 장면에는 말입니다, 아내가 보기에는 한층 더 철저한 악의가 감춰져 있다고 하더군요……우나이코는 내일 공연에 나를 초대하여 객석의 나와 무대 위의 자신 사이에 논쟁이 일어나기를 기대하고 있습니다. 그게 〈죽은 개를 던지다〉 연극 방식이라고 말이죠. 우나이코가 내 죄상을 폭로하고, 거기에 내가 반론한다. 그런 상황이 발생한 후 우나이코가 텔레비전 시리즈의 등장인물 같은 분장을 하고 무대 뒤에 대기한 이인조에게 스케 씨, 가쿠 씨, 그걸 보여주세요라고 명령하기로 되어 있다더군요. 이인조는 끝에 비닐봉지를 묶어둔 막대를 가지고 와서……오래된 혈흔과 말라비틀어진 오물 등이 안에 담겨 있다는데   … 그 봉 끝으로 무대 바닥을 쿵쿵 치며, 이게 보이지 않는가! 라며 나를 위협하는……그런 장면이 조코 씨의 승인하에 대본에 들어가 있다는 겁니다."

"그 장면은 나중에 넣은 장면입니다. 당신과 우나이코 씨 사이에 발생할지 모를 명예훼손 재판을 가정하고 젊은 친구들이……텔레비전 개그 프로용 팀을 결성한 '스케와 가쿠'라는 두 사람입니다만……법정에서 원고측 증언에 임할 당신을 우나이코와 함께 반대심문을 하는, 그런 발상으로 만든 콩트입니다. 저는 분명 그 장면을 최종 원고에 넣었지요." 내가 대답했다.

내 말에 이어 우나이코가 이야기했다. "이 장면에서 '죽은 개' 역할을 할 비닐봉지에 담긴 물건들은 실제 재판을 하게 된다면 법정에 제출할 증거물입니다. 첫번째로 열일곱 살이었던 내가 당신에게 강간당했을 때 남은 혈액과 체액 등이 묻어 있는 속옷. 두번째는 임신 중절을 강요당했을 때 내가 용기를 내 간호사에게 부탁해 건네받은……처리 후의 것들입니다. 전문가에게 문의했더니 DNA 감정은 현재도 가능하다고 하더군요."

"재판정에서 그런 게 증거품으로 채택될지 안 될지는 모르겠지만, 어쨌든 내일 공연에서는 나나 조코 씨가 젊었을 때 언더그라운드 연극에서나 유행했던 그런 저속한 취향은 일단 철회된 셈입니다." 내 쪽을 보며 고가 씨가 말했다. "국제적인 문학상을 수상한 조코 씨의 명예를 생각해서라도 잘된 일이죠."

"그건 조코 선생님의 문학적인 명예와는 별개 아닌가요?" 우나이코가 말했다. "내 쪽에서 삭제하겠다고 약속한 부분은 이제 끝난 이야기 아닙니까? 이제부턴 다이오 씨가 말한 두번째 문제점에 대해 이야기하죠.

……두번째 문제점이란 고가 씨 변호사 되시는 분들이 주장하는 내

용입니다. 그 사건이 발생하기까지 삼 년 가까이 되는 기간 동안 저와의 동거 생활은 원만했기 때문에 오히려 그런 친근감의 연장선에서 그런 일이 일어난 것이다, 라는 주장이죠. 즉 저와 고가 씨 사이에는 성적인 행위로 발전할 만한 기반이 존재했다고 변호사들은 말하고 있습니다. 그리고 사건 당시 이미 제가 열일곱 살이나 됐다는 점도 강조하고 계시죠."

"오히려 너 자신이 재밌어하며 썼던 그 표현을 빌리자면, 우리는 '둘이서 동시에 하는 자위행위'를 합의하에 즐겼어. 그리고 그 행위가 오래 지속되면 정도가 지나치니까(이 또한 네가 쓰던 표현이지) 어느 정도 단계에 이르렀을 때 행위를 끝내기 위해 서로가 손가락을 사용하는, 그런 습관이 있었잖아?"

"하지만 나한테는 섹스를 하고 있다는 인식은 없었지요."

"물론 그랬겠지. 하지만 그 시점에서 갑자기 일탈……을 하게 되었잖아?"

"일탈? 습관이 된 행위에서 자기도 모르게 벗어났을 뿐이다, 라고 말씀하시는 건가요, 큰아버지?"

"내 말을 그렇게 잘 따라온다면 두번째 문제점도 잘 해결되겠지? (고가 씨는 큰아버지라는 호칭을 우나이코가 썼다는 사실에 힘을 얻은 듯했다.) 한때 우리는 '둘이서 동시에 하는 자위행위'를 함께 즐겼지. 그 표현의 우스꽝스러움을 의식하면서도 함께 쓸 수 있는 사이였을 정도로…… 그렇지 않으냐?

그랬는데 갑자기, 언더그라운드 연극의 위악적 취향으로 비밀을 공개해버리는 네 연극에 나까지 끌어들여, 나와의 논쟁을 유도하려는 계략에 내가 걸려들지 않으면 내 역할을 연기할 남자 배우까지 준비해두기나 하고. 그 남자 배우는 내 성명, 예전에 관직을 지닐 때 받았던 훈장까지 화판에 써서 목에 걸고 있고. 아니, 이제 와서 그따위 일이 왜 필요한 거지?"

"바로 거기에 그때 이후부터 십팔 년 동안 내가 계속 생각해온 근본 문제가 있어요. 대본의 그 대목을 연기해볼까요? 아무리 큰 목소리를 내도 괜찮겠지요. 어차피 이렇게 비바람이 세차게 휘몰아치는 태풍 한가운데 있으니."

우나이코가 고가 씨에게 도전하듯 몸을 일으켰다. 우나이코의 태도에 한 방 먹은(그것도 실로 복잡한 감정이 치밀어 안팎으로 동요했음을 이제야 짐작하겠다) 고가 씨가 일어서는 것을 봤다.

"다이오 군, 이래서는 이야기가 다시 원점으로 돌아간 셈이로군. 이 사람은 내 말을 전혀 듣고 있지 않아. 그야말로 시간만 낭비한 꼴이군…… 좀 쉬었으면 하는데, 아내와 변호사에게 약속했던 전화를 걸어야 할 시간도 이미 한 시간 정도 지났지?"

고가 씨는 이미 입구 쪽으로 걸어가고 있었다. 두 남자가 그를 뒤따랐고, 다이오 씨도 나에게 목례하듯 살짝 고개를 숙인 뒤, 세찬 빗속으로 고가 씨를 따라 나갔다.

내 앞에 홀로 남겨진 우나이코가 (사무실 앞쪽에선 흰셔츠를 입은 감시자 두 사람의 뒷모습이 비 내리는 어둠 속에서 보이다 말다 했다) 금속 안경 자국이 남아 있는, 피로와 흥분이 역력히 드러나는 표정으로 말했다.

"마지막까지 폐를 끼쳐서 죄송합니다."

"나는 소설 수정을 항상 해온 사람이기도 하고, 강연 기록 따위를 고칠 때는 오히려 초고를 쓸 때보다 수정할 때 시간이 더 걸린다네. 그런 습관이 있으니 아까 고가 씨의 요구도 자네들이 최종 완성한 고가 씨 대사 부분을 그 사람들 요구대로, 자네도 절대 받아들일 수 없다고는 말 못할 만한 수준으로 수정해볼까, 하고 생각하고 있었다네."

"저로서는, 끝까지 받아들이기 어려운 무언가는 남겠지요. 그래도 이번 공연용 대본은 중학교측에서 시간 엄수를 철저히 요구하는 바람에, 여러 번 수정해주셔서 감사했어요. 저와 릿짱이 쓴 초고는 선생님의 시나리오가 바탕이 된 것인데도 저희가 말하고 싶은 걸 자꾸 덧붙였더니 너무 길어져서……선생님이 잘 다듬어주셔서 '넋두리'의 문체에 가까워졌어요. 확인을 위해 '사야'에서 영화 상영회를 열기 전에 〈'메이스케 어머니' 출진〉을 DVD로 직접 봤습니다……사쿠라 씨는 카메라 앞에서 '넋두리'를 연기하면서 '메이스케 어머니' 혼령의 목소리를 내고 있더군요. 가부키 의상을 입고 앉아 있는 '빙의자' 사쿠라 씨에게 혼령이 빙의해 말을 하고 있었어요. '메이스케 어머니'의 혼령이 나타난 거예요.

제가 이번 공연에서 표현하려는 건 '메이스케 어머니'의 혼령에 썬 '영매'이자 열일곱 살 때의 제 혼령이 깃든 '빙의자'의 이야기라는 것을, 큰아버지와 이야기하던 중에 깨달았어요. 큰아버지가 흠칫 놀랐던 건 제가 깨달았던 그때 큰아버지도 동시에 깨달았기 때문이 아닐까요? 시른다섯의 여배우가 연기하는 '빙의자'에 들러붙어 현실로 나타난 열일곱의 혼령을 느꼈기 때문이 아닐까요? 저는 오늘밤 그 혼령이 열일곱 살 소녀가 맞는지 아닌지 확인하기 위해 큰아버지가 다시 올 거라고 생각해요!"

흠뻑 젖은 작업용 코트 차림의 다이오 씨가 돌아왔다. 모자에서도 빗방울이 뚝뚝 떨어졌다. 코트와 모자를 안쪽 소파에 벗어던졌지만 다이오 씨에게서 비 비린내가 강하게 풍겼다.

"부인과 부인을 보좌하는 변호사와 대화를 나누고 고가 씨가 결론을 내주었습니다. 십팔 년 전 고가 씨와 우나이코 씨의 관계가 드러나는 대사는 모두 삭제하기를 요구한다. 그 약속을 해주지 않으면 우나이코를 계속 감금한다. 그러면 그 시점에서 공연은 끝장난다! 공연을 재개하려는 움직임이 보이면 미리 입수해놓은 대본을 근거로 명예훼손 재판을 걸겠다, 라는 게 그쪽 입장입니다. 말하자면 최후통첩. 그걸 전제로 고가 씨는 오늘밤 안으로 우나이코 씨의 태도가 누그러지기를 기다릴 태세입니다.

코기토 씨, 하지만 저는 이 연극은 반드시 해야 한다고 조금 전까지 고가 씨에게 말하고 왔습니다. 이 땅의 백성이 빈곤에 시달리던 중 '메이스케'의 봉기가 일어나 '메이스케'의 깃발 아래 여자와 아이들까지 모두 모여든다. 봉기는 성공을 거둔다. 하지만 몇 년 뒤 농부들은 또다시 곤궁 상태에 빠진다. 그동안 메이지 유신이라는 대변동으로 인해 번은 사라지고 국가에서 파견된 대참사관에게 고통받는 상황. 상대가 누구든 가장 약한 존재인 여성과 아이들이 봉기에 나서야만 무언가 할 수 있는 상황. 그런 상황에서 새로운 지도자로 '메이스케 어머니'가 뽑힌다. 그녀는 '환생한 메이스케'라는 아이와 숲으로 들어가 '파괴하는 자'가 낮잠 자는 곳(옥사한 '메이스케'의 혼령과 나란히 누워 있는)으로 가서 전술을 배워온다. 구체제의 '번'이 아니라 새로운 국가의 '군郡'

에서 군대가 출동하여 오카와라에 있는 봉기대의 진지를 짓밟으려 했지만 전투가 시작되자 '환생한 메이스케'와 함께 나온 어린아이들이 언제까지고 운다. 마침내 '소리쳐 우는 아이'와 여성들이 군대를 물리친다. 메이지 정부가 파견한 대참사관은 자살한다……

사실은 저도 우나이코 씨 등이 하려는 연극 대본을 받고서야 봉기 이야기에 대해 자세히 알게 되었습니다. 특히 지금의 이야기는 릿짱이 조사해온 것을 코기토 씨가 새로운 '넋두리'에 집어넣으신 거죠? 저는 이런 이야기를 이 지방 사람들에게 상기시켜주기 위해서라도 연극을 할 가치가 있다고 봅니다!

자, 이제부터가 제가 우나이코 씨에게 묻고 싶은 부분입니다. 이런 봉기 이야기가 담긴 연극에, 어째서 열일곱 살 우나이코 씨가 고가 씨에게 강간당했던 일을 넣어야만 하는 겁니까? 그런 일은 일단 공연을 실현시키기 위해 잊어버리고, '여인들이여, 봉기에 나섭시다'라고 말하는 공연 마지막에 반복되는 '넋두리' 노래로 분위기를 고조해서 전체를 끝내면 좋잖아요. 그렇게 하면 고가 씨는 아무런 방해도 하지 않을 겁니다. 그런 수가 있는데 왜 쓰지 않는 건지, 우나이코 씨, 이게 제 의문입니다!"

"먼저 말해두겠습니다, 다이오 씨." 다이오 씨를 향해 똑바로 고쳐 앉은 우나이코가 입을 열었다. "'환생한 메이스케'가 돌에 파묻혀 죽은 이야기도, '메이스케 어머니'가 강간, 나아가 윤간까지 당한 뒤 문짝에 들려 옮겨진 이야기도, 본오도리의 '넋두리' 안에 있어요. 그 장면들은 '사야'에서 상영된 영화에서도 최초의 시나리오에는 존재했다고 들었고요. 그랬는데 제작 단계에서 제외되어 결국 완성본에선 삭제된 거예요. 실제 영화에서는 다이오 씨 말씀처럼 '메이스케 어머니'의 '넋두리' 장면이 한번 더 나오는데 봉기에 참가한 여성들의 대합창으로 고양되는 광경으로 영화가 끝나지요. 베토벤의 음악이나 외침 소리 같은 것이 넋두리의 여운처럼 아름답게 표현되고 있어요……

저도, 합창으로 끝나는 영화의 엔딩을 연극에 그대로 도입했습니다. 단지 그 장면 전에 제 연극은 '메이스케 어머니'와 그녀의 아들이 당하는 수난을 명확히 묘사하고 있습니다. 그걸 전제로, '메이스케 어머니' 분장을 하고 그런 수난 이야기를 '넋두리'로 이야기하는 연기를 했던 제가 마지막엔……가부키 의상을 혼자서 열심히 벗고……서막에 나온 곤색 원피스를 입은 여성으로 돌아가지요. 여기서 저는 열일곱 살 소녀가 강간당했다는 사실과, 그 소녀를 강간한 남자는 현재 이 나라 교육의 기둥을 자기가 세웠다고 자서전에 쓴 인물이고, 그 부인은 이 나라의 교육을 지키기 위해서라며 소녀에게 낙태를 강요했다는 사실을 소녀의 혼령에 씌어 이야기합니다.

남자 쪽에서 반론을 제기할 경우에 대비해 객석에는 그쪽 입장을 대변할 배우가 준비되어 있습니다. 그러나 그의 증언은 제 반대 심문으로 격퇴당합니다. 승리한 저는 무대로 올라오는 여자들에게 둘러싸이지요. 여기서 여성들이 '넋두리'를 합창합니다. '넋두리'는 더욱 고조되어 다시금 일어날……이른바 영원한 봉기를 위한 출진을 촉구하는 피날레가 완성되는 것이죠. 그리고 그 자리에는 새로 태어난 '소리쳐 우는 아이'와 어머니들도 함께하게 됩니다."

우나이코가 말을 마칠 때까지 자신을 응시하는 그녀의 시선을 피하지 않았던 다이오 씨가 고개를 떨어뜨렸다. 침묵 속에 비바람 소리가 더욱 거세게 들렸다. 얼마간 침묵이 흐른 뒤, 다이오 씨는 (그리고 나는) 겨우 긴장을 풀었다.

3

잠깐 동안이었지만 지친 기색을 역력히 보인 우나이코가 골격은 옆으로 넓어 당당하지만 납작해 보이는 가슴에 얼굴을 묻은 뒤, 다이오 씨는 다시금 사무적인 처리에 임하는 어조로 돌아왔다. 앞서 아사 씨와 의논했던 일이 지금 준비되었다고 침착한 목소리로 이렇게 말했다. 오래된 본관은 코기토 씨도 목욕했던(다이오 씨는 그렇게 말했지만 목욕을 했던 건 통역장교 피터와 고로였다) 온천 목욕탕을 넓혀 외부에서도 온천을 사용할 수 있게 했으며 반대쪽은 일반 손님을 위한 큰 식당으로 개조해놓았다. 그러나 현재는 이용자도 없고 해서 평소에는 자기가 안쪽을 거실로 활용하고 있을 뿐이다.

신관은 훈련도장이 가장 번창했을 무렵 현에서 교육 연수 시설로 지정해 세운 것이다. 일층에는 대형 교실과 자습실, 식당, 강사를 위한 숙박 시설이 있다. 이층에는 특별한 게스트룸이 마련되어 있다. 특히 동쪽 끝 모서리에 있는 방은 화장실과 욕실이 겸비되어 호텔로 치자면 스위트룸 격이다. 그곳 침실은 우나이코 씨가 쓰면 되는데, 반대 방향으로 난 거실에는 어쩔 수 없이 고가 씨 재단 남자들이 예비용 침대를 들여놓고 대기하고 있다. 그 방 서쪽으로 붙은 게스트룸은 그다지 넓은 편은 아니지만 침대가 두 개에 화장실도 물론 딸려 있다. 이 방에 릿짱과 아카리 씨가, 그리고 현재는 아사 씨도 함께 있다. 아카리 씨에게 잘 시간이 되면 릿짱을 아버지와 교대하도록 하면 어떻겠냐고 아사 씨가 아카리 씨에게 물었다. 그랬더니,

"아닙니다. 제가 릿짱을 지켜야 하거든요!"라는 대답이 돌아왔다.

아사 씨에게는 코기토 씨에게 내주기로 한 내 방에서 코기토 씨를 보살펴달라고 부탁해두었다. 그리고 고가 씨에게는, 밤사이에 부인에게서 연락이 올 수도 있기 때문에, 깊은 산골짜기라 휴대폰은 안 통할 수도 있어서 전화를 달아놓은 장기 강사용 별채를 내주었고, 그는 지금 잠자리에 들기 전 가볍게 한잔하고 있다……그러니 이것으로 오늘 밤은 마무리하도록 하자. 비바람이 더욱 거세게 불고 있으니 나와 우나이코 씨, 코기토 씨 세 사람은 청년이 운전해주는 밴을 타고 신관으로 이동하고, 그후에 나는 여기로 돌아와 자기 전에 술을 한잔할까 한다. 만약 코기토 씨한테 급한 용무가 생기거나 하면 신관 로비에 대기한 청년에게 말해 밴을 타고 이쪽으로 오면 된다. 우나이코 씨는 고가 씨와 함께 온 남자들에게 감금당한 처지니 어쩔 수 없고.

우리가 각자의 숙소에 도착했을 때는 이미 새벽 두시가 지난 시점이어서 커튼 틈 사이로 보이는 숲은 암흑에 둘러싸여 있었다. 멀리서 낙뢰가 떨어지자, 번쩍이는 번갯불 사이로 무성한 활엽수 잎들이 뒤집어질 듯 요동치는 모습이 마치 거대한 물결처럼 보였다. 태풍은 사그라질 기미가 보이지 않았다.

아사와 나는 어릴 때 이후 육십 년 만에 한방에서 나란히 누워 자는 경험을 했다. 우리는 전등을 끄고 얼마 동안 세찬 비바람 소리를 가만히 듣고 있었다.

"……코기 오빠는 젊은 장교들이 불렀던 독일어 노래도 기억하고 있고, 우나이코가 '메이스케 어머니'의 '넋두리' 연습을 개시한 후로는 후렴구 리듬이 다르거나 하면 정정해주기도 했지요. 아카리의 음악적 재능에 감동했던 나와 어머니는 그건 치카시 언니한테 물려받은 재능이라고 생각했거든요. 그런데 어쩌면 코기 오빠한테 물려받은 것도 있을 법해요. 옛날에 어머니는 골짜기의 작은 극장에서 연극을 하던 무렵, 별 어려움 없이 '넋두리'를 외웠다고도 하셨고……"

나는 세찬 비바람 소리 때문에(건물 전체가 심하게 삐걱거려서 항상 나던 이명 소리도 잊었을 정도였다) 나지막한 아사의 음성을 못 들은 척했다.

"코기 오빠, 우리 어릴 때 골짜기 마을에서 불렀던 동요 중에 이 노래 기억나요? '기시기시는, 어디서 왔니, 기시기시는, 어디에 놓고 왔니, 한쪽 팔을.' 동네 아이들을 따라 같이 흉내내며 내가 불렀더니 어머니가 귀 뒤쪽을 때렸는데, 어머니한테 맞은 건 처음이라 깜짝 놀랐지요……"

당연한 일이지만 나는 어린 시절의 다이오 씨 모습을 상상하지 못한다(아사도 자기보다 나이가 많은 다이오 씨를 놀리듯 노래를 불렀으리라).

"오빠가 릿짱과 함께 건너편 건물 이층에 있는 아카리를 보러 갔던 사이에 나 혼자 여기 있었잖아요? 그때 다이오 씨가 청년들한테 들려보냈던 이부자리를 확인하러 왔거든요. 그런데, 내가 책상 위에 있던 낡은 액자 속 사진을 집어 들고 보려고 했더니, 어이구 그건! 이라고 하면서 젖은 작업용 코트 주머니에 쑤셔넣어버리더라고요. 아버지가 넓은 초원의 높다란 곳에서 여행자 같은 복장으로……스파이였나!?
하고 생각했다니까요……서 있고, 옆에는 짐을 실은 당나귀가 있고.
아이였어도 키가 컸던 다이오 씨가 짐을 지키는 것처럼 당나귀 쪽으로
몸을 기울이고 있고……오빠가, 조선 아니면 중국에서 자란 어린 시
절 이야기를 다이오 씨에게 물어보면 좋을 거예요……'익사 소설'은
이제 엎어졌으니 기시기시도 경계하지 않을 테고."

나는 계속 가만히 있었지만 물론 아사는 내가 잠든 척하는 것을 알
고 있었다.

"어릴 때부터 아주 참혹한 일을 겪어서, 다이오 씨가 누구를 신용하
고 누구를 신용하지 않는지 겉으로 봐선 알 수가 없어요. 하지만 자기
주관이 확실한 사람이니까, 지금까지도 그랬고 앞으로도 그럴 텐데 어
느 누구의 편도 아니라고 생각해요."

아사가 그렇게 말하는 바람에 나는 결국 대응했다.

"아버지를 일생의 스승이라고 믿는 걸 빼면 그렇겠지."

"아버지와 사진을 찍은 직후가 아닐까 하는데, 기시기시는, 진짜로
어딘가에 한쪽 팔을 놓고 온 꼴이 되어버렸어요……참혹한 일을 당한
건 사실이고, 아버지도 거기에 책임을 느꼈고 어느 정도는 책임을 졌
다고 봐요."

"내가 고로를 처음으로 집에 데리고 와서 너도 만났던 그때……이
곳에서 돌아가는 길에 골짜기에 들렀는데……지금 생각해보면 어머
니의 '붉은 가죽 트렁크'와 세트였던 것 같은, 그러니까 아버지 물건이
었음이 틀림없는 조금 더 큰 트렁크를 본 적이 있어. 그런데 그 트렁크
가 아까 건너편 사무실 안쪽 소파 위에 놓여 있었어.

그걸 보고 생각난 건데, 고로와 내가 다이오 씨와 마쓰야마에서 만났을 때 다이오 씨는 그 트렁크를 훈련도장의 청년들에게 길 뒤편에 있는 여관 쪽으로 옮기게 했어. 이건 우리의 휴대용 무기고라고 말하면서. 계곡에서 민물고기 잡을 때 쓰는 작살에, 뾰족하게 만든 굵은 철사를 고무 탄력으로 발사시키는 죽통 같은 게 있었어. 이런 게 어떻게 무기가 될 수 있어요? 라고 고로가 말하자 다이오 씨는 울컥하면서, 적이 우리 아지트를 알아내서 척후병에게 열쇠 구멍으로 정탐을 시키면, 반대쪽 구멍에서 팍! 하고 발사하는 거야. 어때? 라고 말했지. 고로가 웩! 했더니, 다이오 씨는 멋진 무기를 손에 넣을 수만 있다면, 웩! 하는 소리를 들을 전투 방식은 취하지 않지! 하고 말했어……"

아사 또한 정말 웩이네, 하는 식으로, 역시 쇼크를 받은 모습이었다. 더이상 이야기하지 않겠다는 표시로 나를 위해 처방된 수면제와 물이 있는 쟁반을 내 쪽으로 밀어주었다.

4

나는 최근 들어 경험한 적 없던 깊은 잠에 빠졌다. 눈을 뜨고 나서 안심한 것은, 아직 비는 내리고 있었지만 천장이 낮은 방을 숲의 공기와 어렴풋한 빛이 채우고 있었기 때문이다. 농장 쪽 창문은 비막이 덧문만 열려 있었다. 그 아래 다다미와 이불 사이의 좁은 공간에 놓인 등나무로 만든 좌식의자에 앉은 아사가, 내가 언제 잠에서 깨어날지 주의깊은 모습으로 살펴보며 기다리고 있었다. 아사는 차분하게 나에게 말했다.

"간호사 일을 그렇게 오래했던 내가 수면제 양 조절을 잘못한 바람에……자는 코기 오빠의 숨소리가 확실히 들리긴 해서 크게 걱정은 안 했지만. 그래도 권총 소리는 들었죠?"

듣지 못했지만 아사의 말에 내가 그렇게 놀라지 않고 있다는 것을 느낀다.

"꿈인지 생시인지 몰라도 무슨 일이 일어나고 있다는 건 느꼈던 것 같은데. 꿈이라고 해봤자 연속된 줄거리는 없지만……단편적인 꿈들이었어."

"릿짱이 보고한 내용을 내가 이야기할게요. 아카리도 '보스' 헤드폰 덕에 아까까지 자고 있었으니 그 점은 안심해도 돼요."

아사에게 들은 이야기를 바탕으로 후에 릿짱이 보충한 세부적인 내용은 이렇다.

어젯밤 릿짱은 아사가 편의점에서 사서 나눠준 야식을 아카리와 먹은 뒤, 나란히 놓인 트윈 침대 중 하나에 누운 아카리의 커다란 몸을 모포로 덮어주고 자신도 누웠다. 지붕에 직접 부딪히는 빗소리, 높게 소용돌이치듯 들리는 숲속 바람소리에 좀처럼 잠들지 못했지만 아카리는 나와 마찬가지로 잠에서 깨는 기색이 전혀 없었다.

그러던 중에 동쪽 벽 너머로 성인 남자의 목소리가 들려왔다. 남자는 줄곧 이야기를 하고 있었다(사무실에서 잠깐 봤을 때보다는 부드럽게 느껴지는 고가 씨의 목소리). 가끔 여성의 목소리가 대답했다. 아카리를 생각해서 목소리를 낮춘 듯한 우나이코. 싸우는 목소리로 들리진 않았다. 그러다 때론 두 사람 사이에 아웅다웅하는 기척이 느껴졌다.

금방 중단되면서도, 반복해서 남자가 여자를 건드리는 듯한 기척은 점점 더 노골적으로 변해갔다. 그러나 우나이코는 분노를 표하거나 도움을 요청하기 위해 소리를 지르는 일은 하지 않았다. 고가 씨 쪽도, 집요하게 계속 건드리는 것 같았지만, 가끔은 웃음소리도 들렸다.

약 한 시간 정도 후부터는 벽 너머 침대 위에서 몸싸움을 벌이는 기색이 명백하게 느껴졌다. 실내등은 켜지 않은 채 방문을 살짝 열어 밖을 보니 옆방 문 정면에서 이쪽을 (경찰봉을 들고) 감시하는 고가 씨 부하와 눈이 마주쳤다. 남자는 릿짱을 향한 위협인지 아니면 그녀의 뒤에 있는 사람들 모두를 향한 의사표시인지 몰라도 아무튼 경찰봉을 높이 쳐들어 보였다. 릿짱은 문을 닫은 채 그냥 서 있었다. 더이상 장난이 아닌 격투의 낌새가 계속 느껴지는 와중에, 그때까지의 고가 씨의 톤과는 다른 강한 음성으로, 제삼자에게 무언가 명령하는 것이 들렸다. 문이 열리고 닫히는 소리. 안도하는 심정으로 릿짱은 침대로 돌아가 걸터앉았다. 릿짱이 생각한 건, 잠깐 우나이코와 떨어져 있던 고가 씨가, 옆방 안에서 직접 감시하던 다른 부하가 우나이코를 건드린 것을 질책하는 광경. 그래도 불안한 마음에 또 한번 문을 열고 옆방 입구를 살펴보니 조금 전의 남자는 보이지 않았다. 하지만 옆방에서 목소리와 움직임의 기척은 이어졌다. 자연스럽게 문이 잠기도록 문을 닫은 뒤, 희미하게 밝은 방에서 나와 일층 로비로 내려갔지만 나와 있는 사람은 없었다. 농장으로 끌려온 뒤 다이오 씨와 잠깐 만났던 사무실만 불이 켜져 있었다. 비옷도 없이 비바람이 거센 암흑 속으로 나간 릿짱은 맨발로 돌길을 내려갔다.

다이오 씨는 옷을 입은 채 사무실 안쪽 소파에 몸을 누이고서 사각 테이블에 놓인 한 되들이 소주병으로 잔을 채우던 중이었다. 릿짱을 보고도 아무 말도 하지 않고 아무것도 묻지 않았다. 그저 곧장 신발 벗는 발판에 세워놓았던 장화를 신고, 벗어 던져놓았던 작업용 코트를 입었다. 그러고는 다시 소파로 돌아가 소파 구석에 놓인 트렁크에서 고무를 입힌 비막이용 천으로 싼 무언가를 꺼내 코트 주머니에 넣었다. 그것을 코트 밖에서 외팔로 꽉 내리누르고는 릿짱을 바라보더니 잠시 묘한 표정을 지었다. 그게 무슨 뜻인지는 알 수 없었다. 손전등을 켜지도 않고 발밑에 주의하지도 않는 모습으로 다이오 씨는, 성큼성큼 걸어나갔다. 그로부터 얼마 후 연속해서 두 발의 총성이 들렸다. 릿짱은 사각 테이블의 의자 중 가장 끝에 놓인 의자에 그냥 앉아 있었다.

곧바로 돌아온 다이오 씨는 열린 문을 뒤로하고 (문을 거의 가린 채 빗방울을 뚝뚝 떨어뜨리고 있는 다이오 씨의 몸은 한쪽 팔밖에 없지만 엄청나게 커 보여서, 겁에 질린 릿짱은 목소리조차 나오지 않았지만) 부드러운 목소리로 말을 걸었다.

"고가를 쐈습니다. 총알은 남아 있지만 고가의 부하는 쏘지 않았습니다(그렇게 말한 뒤 다이오 씨는 발아래 방바닥에 권총이 든 보따리를 내려놓았다). 날이 밝으면 경찰로 옮기도록 하고 그때까지는 차에 실어두라고 지시했습니다. 그대로 두면 우나이코가 무서워할 테니까.

코기토 씨가 일어나서 오시거든 전해주세요. 떠나려 하는 보트를 숨어서 보던 나는 선생님의 후계자인 코기토 씨가 함께 갈 것이라고 생각했다고. 후계자가 홍수로 불어난 강에 빠져 함께 죽어버리면 끝나는 것 아닌가?라고 생각할 수도 있겠지만 선생님은 코기토 씨도 거들게 해서……이 부분이 아주 중요한 부분인데……'붉은 가죽 트렁크'가

물에 뜨도록 만드는 장치를 만들어두었습니다. 강가에 사는 아이들은 수영을 잘하기 때문에 물에서 매달릴 수 있는 튜브가 되는 '붉은 가죽 트렁크'가 있다면 익사할 걱정은 없지요. 선생님 자신은 죽을 각오를 하셨어도, 죽은 뒤 자신에게 씌어 있었던 혼령이 코기토 씨한테 옮겨가게 해 코기토 씨를 진정한 후계자로 만들려는 작정이셨겠죠. 아버지와 아들이 보트를 타고 홍수로 불어난 강으로 나간 건 혼령의 '빙의자'를 코기토 씨로 바꾸기 위한 의식이었다, 저는 그렇게 생각합니다.

하지만 코기토 씨는 보트로 올라타야 할 때 그 기회를 놓쳐(스스로의 의지로 거부한 것일지도 모르겠지만) 홍수로 불어난 강 안으로 들어가지 않았고 코기의 환영이 아버지와 함께 가는 것을 바라보고만 있었지요…… 저는 방금 방아쇠를 당겼을 때 외팔이지만 조준에는 실수가 없었고, 조코 선생님에게 씌어 있었던 혼령이 지금은 저를 새로운 '빙의자'로 맞이했다는 걸 깨달았습니다. 이미 너무나 늦었지만, 저는 함께 가겠습니다. 조코 선생님의 수제자는 누가 뭐래도 나, 기시기시니까!"

그러고는 상체를 숙여(다이오 씨가 신발을 벗고 안으로 들어오면 어쩌지, 하고 릿짱은 두려워했지만 그렇게 하지는 않고) 문 안쪽 우산통에 넣어두었던 신발로 바꿔 신고 나서 다이오 씨는 뒤도 돌아보지 않고 밖으로 나갔다. 비바람은 여전히 이어지고 있었고 바깥은 어두웠다. 낡은 본관 안쪽에 주차되어 있던 대형 벤츠가 농장 외곽을 따라 내리막을 내려갔다. 릿짱은 긴장이 풀렸다. 아카리가 걱정되어 울음을 터뜨렸다.

아사의 이야기가 이어졌다.

"당연한 일이지만 우나이코는 큰 충격을 받았어요. 릿짱의 방으로 옮겨 재우긴 했지만 오늘 공연은 취소했어요. 마을 방송으로 알렸습니다. 치카시 언니에게는 전화로 아카리도 코기 오빠도 무사하다고 알렸고요. 전화를 건 김에, 앞으로의 우나이코의 일에 대해 이야기도 했습니다. 매스컴에서 떠들 게 분명하니 우나이코의 연극 활동은 당분간 불가능하지요. 그런 일을 당했으니 임신했을 수도 있고요. 만에 하나 임신했다면 중절수술을 받도록 그녀를 설득하기란 불가능합니다. 아이를 낳을 때까지, 그리고 그후에도 우나이코가 '산속 집'에서 가쓰라 씨와 숨어 지낼 생각이 있기만 하다면 나는 최선을 다해 도와줄 생각이라고 말했어요. '산속 집' 양도 건은 전에 이야기했던 대로 하면 어떻겠냐고 말했더니 언니는 흔쾌히 수락해주었습니다.

그리고 릿짱에게는 극단 활동이 당분간 정지되면 수입이 없어 생활이 곤란해질지도 모르니, 도쿄로 와서 아카리의 음악 레슨을 계속해줄 수 없겠는지 스케줄을 물어봐주었으면 한다고 치카시 언니가 말했습니다. 아카리에게 전화를 바꿔주었더니, 중학교 피아노는 조율이 잘되어 있지 않으니까요라고 말했어요. 이미 도쿄에서 릿짱에게 음악 수업을 받고 싶다고 마음을 정한 거지요."

아까부터 신관 쪽에서 움직이고 있는 사람들의 기척을 느꼈다. 나는 아사가 지금도 꿋꿋한 자세로 대처하고 있고 앞으로의 사건 처리에서도 그러리라는 점을 알기에 믿음직스럽다고 느꼈다. 그와는 별도로 밤 사이 깊이 잠들었지만 드문드문 꾼 꿈 중 하나가, 줄기차게 쏟아지는 비를 맞으며 산의 높은 쪽, 깊숙한 곳으로 올라가는 다이오 씨의 뒷모습을 (또다시 내가 그저) 바라보는 꿈이었다는 것이 생각났다.

꿈속의 기억을 뒷받침해주는 것은 두 개의 한자어다. 끊임없이 쏟아진 폭우는 엄청난 양의 물로 활엽수림을 채웠다. 그 물줄기는 숲을 울창하게森森 채우고 아득히森森 깊게 만들 터였다. 칠흑 같은 한밤중, 거친 바람에 미끄러져 쓰러진 자가 제 몸을 다시 일으킬 의지를 갖지 않는다면, 익사하는 것은 어렵지 않다.

그러나 숲을 헤치고 나아가는 일이라면 누구에게도 지지 않는 다이오 씨는 결코 넘어지지 않을 것이다. 훈련도장 바로 위쪽 숲은 혼마치 구역을 돌아 골짜기의 산으로 이어진다. 다이오 씨는 멈추지 않고 걸어, 새벽 무렵에는 경찰에게 추격당할 위험이 없는 장소에 도착했을 것이다. 그러고는 무성하게 우거진 풀숲에 고여 생긴 빗물 웅덩이에 얼굴을 담가, 선 채로 익사할 따름이다.

새로운 공동체를 위하여

방황하는 영혼들

『익사』는 두 개의 농담을 둘러싼 이야기다.

대학에 들어간 아들을 향해 '저 아이는 소설가가 될걸요!'라고 말했던 어머니의 '농담'. 코기토는 그 농담이 가슴속 깊숙한 곳에 자리잡아 농담에 이끌리듯 소설을 쓰게 되었고 소설가로서 살아온 인물이다. 작가는 이 에피소드를 소설 첫머리에 쓰면서 "이 이야기에는 '농담'이라는 단어가 그냥 웃어넘길 수 없는 방식으로 다시 한번 나타날" 것이라고 말하는데, 아버지의 죽음이 장교들의 농담을 농담으로 치부하지 않고 관철한 행동이었음을 코기토는 훗날 알게 된다. 그렇게 이 작품은 아버지와 코기토를 '농담'을 실천한 존재로서 등장시킨다.

소설가로서 살아온 코기토가 힘없고 쓸모없는 노인으로 자신을 인식하는 건, 그가 아버지의 죽음뿐 아니라 자신들의 '죽음'을 염두에 두고 있음을 보여준다.

코기토가 '붉은 가죽 트렁크'의 내용물을 보기 위해 찾아온 시코쿠에서 그의 눈앞에 처음 나타난 것이 어머니와 함께 만든 기념비의 말 — '노년기에서 유년기까지 거슬러올라가며 돌이켜보'는 내용 — 이라는 것도 이 사실을 가리킨다.

'코기를 산으로 올려보낼 준비'를 재촉하는 어머니의 말은 ('코기'가 코기토 자신과 아들 아카리 두 사람 모두를 가리키는 이름이었다는 점에서) 아카리뿐 아니라 아버지에 대해서도 제대로 다시 생각하는 일로 코기토에게 '자신의 산으로 오르는' 길을 보여주려는 것이라 할 수 있다. 코기토를 놓아주지 않는 아버지의 영혼을 위무하고, 결과적으로 코기토가 아버지로부터 해방되기를 바라면서.

주인공 코기토는 유년 시절 어느 해 홍수가 난 날, '궐기'를 위해 나간 아버지의 배가 뒤집히는 것을 보면서 아무것도 할 수 없었던 과거를 갖고 있다. 그날 밤의 사건은 육십 년이나 되는 오랜 세월 동안 늘 꿈에 나타날 만큼 코기토의 가슴속 깊이 자리잡고 있다. 코기토가 자신의 죽음을 의식하는 단계에서 아버지에 관한 소설을 다시 쓰려는 것은 그 체험이 코기토에게 절대적 체험이었다는 것을 보여준다. 그의 소설가 인생에는 어머니만이 아니라 그렇게 아버지 역시 깊이 관련되어 있었다.

어머니는, '익사 소설'을 쓰려고 하는 아들의 의도가 아버지의 '명예회복'에 있음을 간파한다. 그리고 아버지의 행동을 아들을 동반해 '도피'하려 했던 것으로 단정하고 코기토가 가진 영웅상을 깨부수려고 한다. 하여 '익사 소설'을 완성하는 시도는 일단 좌절하게 된다.

코기토는 아버지로서 장애인인 아들을 '산으로 오르게' 하는 작업에 대한 책임을 의식하면서도 아카리가 악보를 더럽힌 일을 계기로 깊은 갈등 국면에 빠지게 된다. 아버지와의 화해뿐 아니라 아들과의 화해 문제까지 안게 되는 것이다. 스스로를 고독한 '리어 왕'에 비유하는 것은, 그가 이 위기를 광기에 이를 수 있을 만큼 심각한 것으로 받아들이고 있음을 보여준다. 그런 의미에서 『익사』는 아버지와 코기토, 코기토와 아들이라는 두 부자지간의 방황하는 영혼들을 위무하고 안정시켜야 하는 과제를 풀어나가는 이야기이기도 하다. 코기토는 과거에 아버지를 이해하지 못한 채로 희화화해서 소설에 쓰고 아들에게 '너는 바보다'라고 말하는 언어폭력을 행한 인물이지만, 그런 자신의 폭력성에 스스로도 상처받고 있으니 코기토 역시 구원이 필요한 셈이다.

여자들의 계승 ─ 우나이코와 아사

트렁크 안에 기대했던 정도의 내용물이 없어 소설은 일단 중단되지만, 이후 우나이코라는 여성과의 협력 관계에 의해 재개될 조짐을 보인다. 여기서 재개의 계기를 만드는 협조자로서 젊은 여성 우나이코가 선택된 이유는 자신의 '과거'에 일어난 일을 이후에도 '계속 생각해왔다'는 공통점에 있다.

『마음』에서 '선생님'은 K의 죽음을 목격한 순간 되돌이킬 수 없다고 말하는 검은 빛줄기가 미래를 비추었다고 말한다. 그후 '선생님'은 죽은 셈 치고 살아가게 되는데, 코기토가 아버지의 꿈을 꾸어온 육십여

년 또한 죽은 셈치고 살아온 세월과 겹쳐지고 있다. 패전하던 날 코기토는 스스로 강물로 들어가 바위틈으로 머리를 들이미는데, 그때 커다란 남자의 벌거벗은 몸으로 강물 아래 물결에 편안히 흔들리고 있는 아버지를 본다. 코기토가 그때 아버지의 '흉내를 내려 한' 것은 함께 따라가지 못했던 아버지를 따라가려는 몸짓이었을 것이다.

그런 의미에서 이 이야기는 코기토와 우나이코의 가족과의 '관계와 기억'의 이야기이기도 하다. 코기토가 늘 생각해온 과거의 인물은 아버지이고 우나이코가 늘 생각해온 건 큰아버지지만, 과거의 어떤 사건으로 인해 상처받았다는 점은 그들의 공통점이다. 이후 코기토가 소설, 우나이코는 연극을 통한 자기표현으로 자신을 지탱해왔다는 점 역시 마찬가지다.

우나이코가 '익사'를 완성시키는 협력자로서 등장하는 필연성은 무엇보다 여성이라는 데 있다. 우나이코는 소녀 시절 큰아버지에게 강간당하고 큰어머니에게 이끌려 낙태를 당한 경험이 있다. 가까운 집안사람—'친척'에 의해 상처받는다는 설정은 『마음』에서의 '선생님'과 겹쳐진다. 그리고 『익사』는, 근현대 일본을 지탱해온 '남성 중심의 이야기'(박유하, 『내셔널 아이덴티티와 젠더』)인 『마음』을 여성인 우나이코의 시점에 서서 비판하는 시도를 통해 '남성의 이야기'가 아닌 새로운 '이야기'가 되려 한다.

그렇기는 해도 친척에게 배반당한 '선생님'이 (여성인 부인이 아니라 남성인 제자이긴 하지만) 자신의 심장을 깨서 그 피를 뿌려보고 싶다고까지 생각하는 한 인간을 향한 진정한 '관계'를 열망하는 이야기이자 '계승'의 이야기라는 『마음』의 기본틀은 '익사'에서도 유지된다.

코기토를 도와온 우나이코가 아사와 함께 코기토가 소유하는 '산속 집'의 새로운 계승자가 되는 것은 그래서다.

『익사』의 여자들은, 남자들이 만든 '근대' '국가'를 비판하는 존재로 등장한다. 물론 코기토 역시 그 대상이어서, 어머니와 여동생, 부인, 우나이코는 각기 코기토에 대한 비판적 조언자로서의 역할을 철저하게 수행한다. 아버지의 행동에 대한 어머니의 해석은 제대로 된 해석이 아니라는 것이 후에 밝혀지지만, 어머니의 그런 해석은 군인들과 남편이 이야기하는 자리에서 배제되어 끝까지 내용을 듣지 못한 결과이기도 하다. 군인들의 연회에 도중부터 요리를 운반하기만 했던 어머니는 여자라는 이유로 정보가 차단된 존재다. 남자들의 '중요한 논의'—국가를 둘러싼 '정신'적 이야기의 장에서 여자들이 배제되는 건 『마음』도 마찬가지다. 그러나 『마음』의 시즈가 '순사'를 비웃었던 것처럼, 배제되었기 때문에 거꾸로 비판적 시점을 가질 수 있었으니 아이러니한 일이 아닐 수 없다. 『익사』는 이렇게, 근대의 중심적 담론의 장에서 배제되어왔던 여성들을 담론의 장으로 불러들이는 것이다.

여동생 아사가 '산속 집'에 관한 코기토의 명의를 우나이코에게 양도하자는 제안을 하는 것은 궐기 작전(국가/이념)을 위해 숲을 훼손하려 했던 군인들에게 대항하는 역할을 여성들에게 부여하고, 남성들에게 배제되고 유린당하면서도 자연이 들려주는 풍요로운 이야기를 품어온 여성들에게 공동체로서의 '골짜기의 산'을 되찾아주고 맡기는 일이다. 우나이코의 등장과 '산속 집'의 계승은 그런 의미가 있다. 이는 『익사』가, 근대 이전부터 존재해온 '국가' 이전의 원래의 공동체—'숲의 기묘함'이 살아 있는—모습을 되돌리는 방식으로 국가를 넘어선 새로운 공동체를 모색하는 소설임을 의미한다.

'이방인'들의 귀향—아버지와 다이오

코기토는 다이오에 따르면 '조코 선생님'을 대신해 '우두머리'가 될 황국 소년이었다. 하지만 코기토는 후에 전후 이념을 내면화하고 머지 않아 아버지를 희화화한다. 코기토가 아버지에게 갖는 동경과 경멸은 전후 일본의 모순적인 모습을 보여주는 것이기도 하다.

코기토의 아버지는 어머니와 결혼해 이 지역으로 들어온 '외부인'이 다. 그리고 만주처럼 보이는 대초원의 높은 꼭대기에 여행자 같은 복 장으로 아직 어린 다이오와 찍은 사진에서, 중국과 관계가 있었던 사 실이 드러난다. 이는 아버지와 어머니가 살았던 시대가 일본이 식민지 를 만들고 더 넓은 확장을 위해 전쟁으로 돌입한 시대였으며, 어머니 가 트렁크에 모아둔 신문 기사들이 런던 해군 군축 조약, 간범 문제, 우서 사건, 생사 대폭락, 농촌 부채 48억 같은 기사였다는 데서도 알 수 있다. (이 사건들은 전부 1930년에 일어났다. 일본은 런던 군축회의 에서 미국, 영국 등과 함께 해군 군축을 결의했는데, 원래는 천황의 권 한이었던 재정권을 정부가 수행해버렸기 때문에 군부의 격한 비난이 일어났고 당시 수상이 우파에 살해되는 일도 있었다. 또 타이완 주민 과 일본인의 충돌학살사건인 우서 사건은 일본의 식민지배 문제를 시 사한다. 1929년의 대공황 때문에 심각한 불황에 빠지자 일본은 농촌의 빈곤문제를 일본인의 해외 이주로 해결하려 했고 이른바 '만주개척단'

이 만들어졌다.)

코기토의 아버지는 식민지/점령지와 관계 있는 인물인 듯하고, 예전의 스승인 '조코 선생'을 따라 '일생의 스승'에게 순사하는 것처럼 자살하는 '다이오'도 고아인 히키아게자(귀환자)다. 다이오가 원래는 오黃 씨이고 조선인지 중국인지에서 자랐다는 것도 그가 일본인이 아닐 수도 있음을 시사한다. '조코 선생'이 '다이오'를 데려온 것은 다이오가 한 팔을 잃는 끔찍한 일을 당한 점령지의 소년에 대한 책임을 느껴서였다. 이런 일들은 군부가 이끄는 대로 전쟁에 나서 대륙 침략을 감행한 쇼와 시대 후반을 명료하게 보여준다. 다이오가 후에 우파인 고가를 쏘는 것은 우선은 우두머리가 될 터였던 코기토를 대신해 스승이 이루지 못한 '궐기'를 감행한 것이라고 해야 하지만, 동시에 열일곱 살 소년 코기토를 받들어 결행할 예정이었던 자신의 '연합군 점령하의 일본에서 유일한 무장봉기'를 성립시키는 의미를 갖는 것이기도 했다. 말하자면 반복된 국가=남성의 '강간', 즉 국내외에 대한 폭력—전쟁과 식민지배를 행한 일본 제국에 대한 비판이다. 또한 전쟁을 일으키면서 그 '사후처리'조차 제대로 하지 않은, 전쟁 단계에서 궐기를 '농담'으로 치부하고 스승을 홀로 죽음으로 내몬 '장교들'—끔찍한 농담을 던진 군부에 대한 비판이자 연합국에도 천황에도 이의를 제기하지 않았던 '전후 일본'에 대한 비판이기도 한 것이다.

그래서 다이오는 『마음』의 선생님처럼 자신을 '시대에 뒤처진' 인물로 느끼고 순사한 것처럼 제국 일본의 종언을 앞두고 '순사'한 '일생의 스승'의 정신을 혼을 다해 이어받으려 한다. 그것은 스승의 '수제자'가 되려는 행위이기도 했다. 조코의 유해를 발견한 것이 다이오였다는 사실, 그가 죽은 장소가 스승이 지키려 한 '골짜기의 산'이었다는 것도 그것을 말한다.

일본에 돌아와서도 자신의 정착지를 찾지 못한 귀환자는 적지 않았다. '전후 일본'에 대해 늘 위화감을 갖고 살아가면서도 우파가 되어간 귀환자의 한 사람으로서 다이오는 '국가'나 '민족'이 내세우는 이념으로부터 자유로운 '골짜기의 산'을 선택하고 그곳에서 '자신의 나무'를 발견하려 한다. 그건 『마음』처럼 목숨을 던질 정도의, 그러나 또다른 형태의 '관계'를 찾으려 한 일이기도 하다. 동시에 '이방인'까지도 받아들이는 공동체를 꿈꾸는 일이었다.

아버지를 '기억'하다 — 아버지와 코기토

다이오는 '조코 선생님을 진정으로 기억해주는 사람'은 자신과 코기토 씨 두 사람뿐이라고 말한다. 그건 코기토 또한 아버지의 후계자였다는 것을 인식시키는 말이다.

코기토는 아버지가 남긴 『황금가지』를 다시 읽는 일을 통해 아버지가 정치적인 국가주의자가 아니었다는 사실, 숲에 전해 내려오는 전승에 의한 영향이 초국가주의 사상보다 훨씬 뿌리깊은 것이라는 사실을 알게 된다. 코기토의 아버지가 강경파이면서 장교들이 비행기를 옮겨오기 위해 숲을 파손시켜 비행기 활주로를 만드는 것을 허용하지 않은 것도 숲을 지키기 위한 일이었다. 뿐만 아니라 도망친 것은 오히려 장교들 쪽이었고 아버지는 '단독 궐기'를 실행하려 한다. 자신이 살아온 시대에 대해 '한발 앞서 순사를 결행'한 셈이다. 그건 궐기 계획을 두고 농담이었다고 말한 군인들을 뒤로하고 홀로 나섬으로써 '농담을 관철'하는 것이기도 했다. 아버지가 코기토를 강으로 데려간 것은 그런 자신의 '혼령'=영혼을 아들에게 심어주기 위한 '의식'이었다.

중단되었던 『익사』가 다시 쓰인 것은 코기토가 그런 아버지를 이해하게 되었기 때문이다. 아버지는 코기토에게 새로운 일본을 이어받을 역할을 기대한 '문학적 자질'을 지닌 문학청년이었으니, 자신의 '소설가'로서의 인생은 다름 아닌 그런 아버지의 정신과 자질을 이어받은 결과인 것이다. 아버지는 정말로 심장을 깨서(목숨을 던져) 자신의 피(영혼)를 아들에게 뿌린 셈이다.

오에 겐자부로의 만년 소설 『익사』는 그런 의미에서 1935년에 태어나 이른바 군국 소년으로 자랐고 그런 과거를 부정하는 '전후 일본' 칠십 년을 살아온 오에의 자전적 소설이라고 할 수 있다. 소설과 현실 사이 디테일의 일치 여부를 떠나 오에의 일생의 테마였던 '인간 구원'과 '근대 일본'의 문제를 겹쳐놓고 고민하고 고찰한 소설인 것이다. 시대의 한가운데에 놓였던 자신과 자신이 속했던 공간에 대한 오에의 탐구.

피와 폭력으로 점철된 과거로부터의 구원이 가능할지, 신뢰와 평화가 가능한 공동체 구성이 가능할지, 오에에게 아직 답은 없다. 오에는 그저 어떤 사고와 함께 그 길을 가야 할지를 제시할 뿐이다.

박유하

1935년   1월 31일 일본 에히메 현에 있는 오세무라에서 태어남. 산들
         로 둘러싸인 골짜기 마을인 오세무라는 이후 오에 겐자부로
         의 정신세계 형성에 큰 영향을 미치게 된다.
1941년   오세 소학교 입학. 같은 해에 태평양전쟁 발발.
1945년   일본의 패전. 오에는 10세의 나이로 패전을 경험하게 된다.
1947년   오세 중학교 입학. 이 해에 일본을 점령한 연합군이 주도해
         만들어진 반군국주의, 반제국주의적 신헌법이 시행되었고
         이에 기반한 이른바 '전후 민주주의'가 지배적 사상이 된다.
         오에는 이 사상에 큰 영향을 받고 자란 세대로 스스로를 '전
         후 민주주의자'로 칭하게 된다.
1950년   에히메 현 고등학교에 입학했지만 집단 괴롭힘 때문에 다음
         해 마쓰야마히가시 고등학교로 전학. 이 학교 재학중에 오에
         에게 커다란 영향을 끼치게 되는 이타미 주조와 친구가 된
         다.
1954년   도쿄 대학 교양학부에 입학. 교양학부 교지에 「화산火山」을
         게재, 이초나미키상을 수상함. 이 무렵부터 카뮈, 포크너, 사
         르트르, 아베 고보 등을 탐독한다.
1956년   문학부 불문학과를 선택, 평생의 은사 쇠디니베 가즈오를 만
         나 사사한다. 희곡「짐승들의 목소리獣たちの声」가 창작 희곡
         콩쿠르에 당선됨. 같은 해에 미군이 관리하던 다치가와 기지
         확장 반대 데모에 참여한다.

1957년	〈도쿄대학신문〉의 사츠키사이상에 당선된 단편 「이상한 작업奇妙な仕事」을 평론가 히라노 겐이 주목함. 『문학계文学界』에 「죽은 자의 오만死者の奢り」으로 등단. 이 작품은 곧바로 제38회 아쿠타가와상 후보작으로 추천된다.
1958년	첫 장편소설 『새싹 뽑기, 어린 짐승 쏘기芽むしり仔うち』 출간. 「사육飼育」으로 아쿠타가와상 수상, 1956년에 수상한 이시하라 신타로에 이어 두번째 최연소 수상자가 됨. 단편집 『보기 전에 뛰어라見るまえに跳べ』 출간.
1959년	도쿄대 졸업. 논문은 「사르트르 소설에서의 이미지에 대해サルトル小説におけるイメージについて」. 같은 해에 장편 『우리의 시대われらの時代』 발간. 이 작품부터 성을 테마로 한 이야기를 적극적으로 다루게 된다. 장편 『밤이여 천천히 걸어라夜よゆるやかに歩め』 출간.
1960년	시인 다니가와 슌타로 등이 중심이 된 젊은 문화인 모임 '젊은 일본의 모임'과 일미안전보장조약에 반대하는 '안보 비판의 모임'에 참여. 장편 『청년의 오명青年の汚名』 출간. 친구 이타미 주조의 여동생인 이타미 유카리와 결혼.
1961년	당시 사회당 당수였던 아사누마 이네지로를 한 우익 소년이 암살한 사건을 바탕으로 「세븐틴セヴンティーン」과 「정치 소년 죽다政治少年死す」를 발표. 우익 단체로부터 협박을 받았다.
1962년	장편 『늦게 온 청년遅れてきた青年』 출간.
1963년	중편집 『비명叫び声』, 단편집 『성적 인간性的人間』 출간. 장남 히카리가 장애를 갖고 탄생. 이후 히로시마를 방문하고 전환기를 맞게 된다.
1964년	장편 『일상생활의 모험日常生活の冒険』 출간. 지적 장애를 갖고 태어난 아이와의 공존을 결심하기까지의 젊은 아버지의 심리를 그린 소설 『개인적인 체험個人的な体験』으로 신초샤 문학

상 수상. 히로시마를 여러 차례에 걸쳐 방문하며『히로시마 노트ヒロシマノート』연재 시작. 이 무렵부터 지적 장애를 가진 아이와의 생활과 히로시마의 원폭 체험이 오에 소설의 주요 테마가 된다.

1965년   오키나와 방문.『히로시마 노트』출간. 평론집『엄숙한 줄타기厳粛な綱渡り』출간.

1967년   『만엔 원년의 풋볼万延元年のフットボール』출간, 다니자키 준이치로 상 수상. 1860년에 시코쿠의 골짜기 마을에서 일어난 민중 봉기와 그로부터 100년 후인 1960년의 안보 투쟁을 배경으로 공동체의 폭력에 상처받은 영혼에 관한 이야기를 난해하면서도 시적인 필치로 써냈다. 장녀 탄생.

1968년   오스트레일리아, 미국 여행. 평론집『지속되는 의지持続する志』출간.

1969년   『우리의 광기 속에서 살아남을 길을 말하라われらの狂気を生き延びる道を教えよ』출간. 차남 탄생.

1970년   르포에세이집『오키나와 노트沖縄ノート』, 평론집『망가지는 존재로서의 인간壊れものとしての人間』『핵시대의 상상력核時代の想像力』출간. 아시아·아프리카 작가회의에 참석하기 위해 아시아 여행.

1971년   히로시마 원폭병원장과의 대담집『원폭 후의 인간原爆後の人間』출간.『오키나와 경험沖縄経験』을 공동 창간.

1972년   중편『손수 나의 눈물을 닦아주시는 날みずから我が涙をぬぐいたまう日』, 평론집『고래가 사멸하는 날鯨の死滅する日』출간. 이 무렵부터 1970년의 미시마 유키오의 할복자살 사선을 비판하며 천황제 문제에 관해 쓰기 시작.

1973년   장편『홍수는 나의 영혼에 이르러洪水はわが魂に及び』로 노마문예상 수상. 천황제 문제를 비판적으로 다루었다. 작가론『동시대로서의 전후同時代としての戦後』출간. 소련 여행.

1975년　『상황으로状況へ』『문학 노트文学ノート』출간.

1976년　멕시코 국립대학 콜레히오 데 메히코의 객원교수로 체재. 평론『언어에 의해言葉によって』, 천황제와 핵문제를 고찰한 소설『핀치 러너 조서ピンチランナー調書』출간.

1978년　평론『소설의 방법小説の方法』『표현하는 자—상황·문학表現する者—状況·文学』출간.

1979년　소설『동시대게임同時代ゲーム』출간. 지방, 국가, 우주의 역사를 쓰는 주인공을 '파괴하는 사람'으로 내세워 인간의 영혼에 대해 썼다.

1980년　문학시평집『방법을 읽다方法を読む』『현대 전기집現代伝奇集』출간.

1982년　단편 연작집『레인트리를 듣는 여자들「雨の木」(レイン·ツリー)を聴く女たち』출간. 이 작품으로 다음해에 제34회 요미우리 문학상 수상. 평론집『핵의 큰불과 인간의 목소리核の大火と「人間」の声』출간. 오다 미노루 등이 중심이 된 '핵전쟁의 위기를 호소하는 문인들의 성명'에 발기인으로 참여.

1983년　윌리엄 블레이크의 시를 배경에 두고 아들 히카리와의 생활에 대해 쓴『새로운 사람이여 눈을 떠라新しい人よ眼ざめよ』출간. 이 작품으로 오사라기 지로 상 수상.

1984년　단편집『어떻게 나무를 죽일 것인가いかに木を殺すか』『일본 현대의 휴머니스트 와타나베 가즈오를 읽다日本現代のユマニスト渡辺一夫を読む』출간.

1985년　단편집『하마에게 물리다河馬に嚙まれる』『삶의 방식의 정의—다시 상황으로生き方の定義—再び状況へ』『소설의 음모, 지의 즐거움小説のたくらみ, 知の楽しみ』출간.

1986년　『M/T와 근원의 숲 이야기M/Tと森のフシギの物語』출간.『하마에

게 물리다』로 가와바타 야스나리 상 수상.

1987년   단테의 신곡을 주저음으로 한 『그리운 시간에 보내는 편지懷
かしい年への手紙』출간. 모스크바 원탁회의에 출석.

1988년   장편 『킬프의 군단キルプの軍団』, 평론 『새로운 문학을 위해新し
い文学のために』『마지막 소설最後の小説』출간.

1989년   『인생의 친척人生の親戚』출간. 이 작품으로 이토 세이 문학상,
유러팔리아상 수상.

1990년   핵문제와 인류 구원의 주제를 다룬 『치료탑治療塔』, 장애아
오빠와 여동생의 일상을 그린 『조용한 생활静かな生活』출간.

1991년   『치료탑 혹성治療塔惑星』『히로시마의 생명의 나무ヒロシマの生命
の木』출간.

1992년   『내가 정말 젊었을 때僕が本当に若かった頃』『인생의 습관人生の習
慣』출간.

1993년   『우리의 광기 속에서 살아남을 길을 말하라』로 몬데로상 수
상. 『구세주가 맞을 때까지─불타오르는 초록빛 나무 제1부
「救い主」が殴られるまで─燃えあがる緑の木第一部』『새해 인사新年の挨拶』
출간.

1994년   『흔들리다 ─ 불타오르는 초록빛 나무 제2부揺れ動く─燃えあがる
緑の木第二部』출간. 각 분야에서 국제적으로 공헌한 이에게 수
여하는 아사히상 수상. 같은 해 10월에 가와바타 야스나리
에 이어 두번째로 노벨문학상 수상. 12월 스웨덴 스톡홀름
에서 열린 시상식에서 가와바타의 〈아름다운 일본의 나美し
い日本の私〉를 의식한 〈애매한 일본의 나あいまいな日本の私〉라는
제목으로 기념 강연. 일본 정부가 문화훈장과 문화공로사상
을 수여하기로 결정했으나 '전후 민주주의자로서 자신은 민
주주의 이상의 권위와 가치를 인정하지 않는다'며 거부. 『소
설의 경험小説の経験』출간.

1995년	『위대한 날에―불타오르는 초록빛 나무 제3부大いなる日に―燃えあがる緑の木第三部』 출간. 독일 작가 귄터 그라스와 주고받은 서신을 '전후에 대한 물음'이라는 제목으로 아사히 신문에 발표. 프랑스의 핵실험에 항의해 예정되었던 문학 행사 참여를 취소.
1996년	『'나'로부터의 편지私からの手紙』『느슨한 인연ゆるやかな絆』 출간. 프린스턴 대학에 반년 동안 체재.
1999년	『공중제비宙返り』로 집필 재개.
2000년	친구 이타미 주조의 자살로 충격을 받음. 소설『체인질링取り替え子』 출간.
2002년	『우울한 얼굴의 아이憂い顔の童子』, 아동 도서『2백 년의 아이二百年の子供』 출간. 레지옹 도뇌르 훈장 수훈.
2003년	이라크전쟁으로 자위대가 이라크에 파견되자 일본을 비판.
2004년	가토 슈이치, 쓰루미 슌스케 등 일본 전후를 대표하는 지식인과 함께 전쟁을 못하도록 규정하고 있는 헌법 9조를 개정하려는 움직임에 반대하는 '9조회'에 참여, 이후 적극적으로 지방에서의 강연회 등을 행하고 있다.
2005년	미시마 유키오와 일본의 전후 문제를 다룬 작품『책이여 안녕!さようなら, 私の本よ!』 출간.
2006년	오에 겐자부로 상 설립, 작가 자신이 우수작을 뽑아 수여. 선출된 작품은 영어, 프랑스어 등으로 번역되고 있다.
2007년	등단 50주년 기념작『아름다운 애너벨 리 싸늘하게 죽다臈たしアナベル・リイ総毛立ちつ身まかりつ』 출간.
2008년	『헌법 9조, 내일을 바꾼다憲法九条, あしたを変える―小田実の志を受けついで―』 출간.
2009년	『익사水死』『명탄 가토 슈이치 추도冥誕 加藤周一追悼』 출간.
2012년	「'영토 문제'의 악순환을 멈추자「領土問題」の悪循環を止めよう」라는

제목으로 진보파 지식인, 문화인 1300명과 공동성명 발표.
『정의집定義集』 출간.

2013년   『만년양식집晩年様式集イン·レイト·スタイル』 출간.

2023년   3월 3일 88세를 일기로 별세.

문학동네 세계문학전집 발간에 부쳐

세계문학은 국민문학 혹은 지역문학을 떠나 존재하는 문학이 아니지만 그것들의 총합도 아니다. 세계문학이라는 용어에는 그 나름의 언어와 전통을 갖고 있는 국민문학이나 지역문학의 존재를 인정하면서 그것을 넘어서는 문학의 보편적 질서에 대한 관념이 새겨져 있다. 그 용어를 처음 고안한 19세기 유럽인들은 유럽문학을 중심으로 그 질서를 구축했지만 풍부한 국민문학의 전통을 가지고 있는 현대의 문학 강국들은 나름의 방식으로 세계문학을 이해하면서 정전(正典)의 목록을 작성하고 또 수정한다.

한국에서도 세계문학 관념은 우리 사회와 문화의 변화 속에서 거듭 수정돼왔다. 어느 시기에는 제국 일본의 교양주의를 반영한 세계문학 관념이, 어느 시기에는 제3세계 민족주의에 동조한 세계문학 관념이 출현했고, 그러한 관념을 실천한 전집물이 출판됐다. 21세기 한국에 새로운 세계문학전집이 필요하다는 것은 명백하다. 우리의 지성과 감성의 기준에 부합하는 세계문학을 다시 구상할 때가 되었다.

문학동네 세계문학전집은 범세계적으로 통용되는 고전에 대한 상식을 존중하면서도 지난 반세기 동안 해외 주요 언어권에서 창작과 연구의 진전에 따라 일어난 정전의 변동을 고려하여 편성되었다. 그래서 불멸의 명작은 물론 동시대 세계의 중요한 정치·문화적 실천에 영감을 준 새로운 작품들을 두루 포함시켰다.

창립 이후 지금까지 한국문학 및 번역문학 출판에서 가장 전문적이고 생산적인 그룹을 대표해온 문학동네가 그간 축적한 문학 출판 경험을 바탕으로 새로운 세계문학전집을 펴낸다. 인류가 무지와 몽매의 어둠 속을 방황하면서도 끝내 길을 잃지 않은 것은 세계문학사의 하늘에 떠 있는 빛나는 별들이 길잡이가 되어주었기 때문이다. 우리가 자부심과 사명감 속에서 그리게 될 이 새로운 별자리가 독자들의 관심과 애정에 힘입어 우리 모두의 뿌듯한 자산이 되기를 소망한다.

문학동네 세계문학전집 편집위원
민은경, 박유하, 변현태, 송병선, 이재룡, 홍길표, 남진우, 황종연

세계문학전집 128

익사

1판 1쇄 2015년 3월 10일
1판 5쇄 2023년 3월 30일

지은이 오에 겐자부로 | 옮긴이 박유하

책임편집 박신양 | 편집 이미영 오동규 | 독자모니터 이지수
디자인 신선아 이주영 | 저작권 박지영 형소진 오서영
마케팅 정민호 이숙재 김도윤 한민아 이민경 안남영 김수현 왕지경 황승현 김혜원
브랜딩 함유지 함근아 박민재 김희숙 고보미 정승민
제작 강신은 김동욱 임현식 | 제작처 영신사

펴낸곳 (주)문학동네 | 펴낸이 김소영
출판등록 1993년 10월 22일 제2003-000045호
주소 10881 경기도 파주시 회동길 210
전자우편 editor@munhak.com | 대표전화 031)955-8888 | 팩스 031)955-8855
문의전화 031)955-1927(마케팅), 031)955-3560(편집)
문학동네카페 http://cafe.naver.com/mhdn
인스타그램 @munhakdongne | 트위터 @munhakdongne
북클럽문학동네 http://bookclubmunhak.com

ISBN 978-89-546-3530-1 04830
      978-89-546-0901-2 (세트)

www.munhak.com

● 문학동네 세계문학전집은 계속 출간됩니다